Nach Auflösung des italienischen Heeres, Folge des Waffenstillstands von 1943, fühlen sich viele junge Männer, unter ihnen Luigi Meneghello, dem Frieden orientierungslos ausgesetzt. »Das Regime verduftete wie der Dunst eines Misthaufens unter einem Regenguß, und was zählte, war das Durcheinander.« Mit einigen Studenten schließt sich der Autor zu einer Widerstandsgruppe zusammen. Sie gehen in die Berge, wo Einheimische, zwei Engländer und ein Russe zu ihnen stoßen, und planen Aktionen gegen Deutsche und Faschisten.

Der Roman entsteht aus einer Reihung von Episoden, in denen Meneghello in einem Ton von liebevollem Humor bis hin zu beißendem Spott die Taten der Gruppe schildert, die wahrhaft bemerkenswert sind. Eigentlich weiß dieser zusammengewürfelte Haufen gar nicht so recht, was er will und was er mit seinem Kriegsgerät anfangen soll. Überhaupt eignen sich seine Mitglieder zu allem, nur nicht zum Kriegführen, vor allem die Studenten nicht, die mehr in der Literatur als in der Wirklichkeit zu Hause sind. Was wunder, daß die praktische Umsetzung ihrer strategisch großspurigen Unternehmungen meist ausgesprochen kläglich und zugleich urkomisch ausfällt.

Fast könnte dem Leser der Partisanenkrieg wie das ausgelassene Spiel von Kindern erscheinen, würde Meneghello nicht immer wieder, voll leiser Trauer und ohne jegliches Pathos, die Absurdität des Krieges benennen.

Luigi Meneghello, der 1922 in Malo bei Vicenza geboren wurde, lebt seit 1947 in London und Thiene (Vicenza) und lehrt an der Universität von Reading Italienische Literatur.

Luigi Meneghello

Die kleinen Meister

Roman

Aus dem Italienischen von
Marianne Schneider

Fischer
Taschenbuch
Verlag

Ungekürzte Ausgabe
Veröffentlicht im Fischer Taschenbuch Verlag GmbH,
Frankfurt am Main, Oktober 1993

Lizenzausgabe mit freundlicher Genehmigung des
Klaus Wagenbach Verlags, Berlin
Die Originalausgabe erschien unter dem Titel
›I piccoli maestri‹ bei Rizzoli Libri, Mailand

Umschlaggestaltung: Buchholz/Hinsch/Hensinger
Gesamtherstellung: Clausen & Bosse, Leck
Printed in Germany
ISBN 3-596-10987-6

Gedruckt auf chlor- und säurefreiem Papier

1

Ich ging in die Hütte und Simonetta hinter mir her; es sah immer so aus, als liefe sie hinter mir her, wie ein junger Hund. Ein wenig zerzaust, ohne Lippenstift, aber frisch und schön. Seit ein paar Wochen war der Krieg zu Ende. Der Hirte gab uns Milch in einer Holzschüssel, und wir tranken nacheinander. Dann sagte er:

»Ich habe Schüsse gehört.«

»Ich bin gekommen, weil ich mir die da holen wollte«, sagte ich. Ich hatte meine Sten über der Schulter, und im Wald hatte ich sie ausprobiert. Sie funktionierte tadellos.

»Wir sind mit dem Zelt unter dem Colombara«, sagte ich, »seit drei Tagen.«

Er fragte, ob wir Geschwister seien, und Simonetta sagte nein. Als wir hinausgingen, nahm er mich beiseite und sagte leise zu mir: »Du hast eine Blume.« Er schien sagen zu wollen, daß er sie lieber selbst gehabt hätte, aber daß ich mich wenigstens ihrer würdig zeigen solle.

Das Zelt war himmelblau. Nachts kamen regelmäßig Gewitter, und bei jedem Blitz füllte sich das Zelt mit fluoreszierendem Licht. Es ließ das Licht durch wie ein Schleier, und das Wasser ebenso; außerdem kam auch noch Wasser von unten. Die Nächte verbrachten wir Seite an Seite auf unseren Rucksäcken sitzend, mit hochgezogenen Knien und die Arme um die Knie geschlungen; jeder um die seinen, versteht sich; ich um die meinen und Simonetta um die ihren.

Eine Abneigung gegen die Rinnen, die man rund um ein Zelt anlegen sollte, habe ich schon immer gehabt; aber hier auf den Felsplatten unter dem Colombara, da ginge es ja gar nicht, man müßte schon Meißel und Ahlen haben. Doch hier ist Kalkstein, so hatte ich mir gesagt, da sind keine Rinnen nötig, der saugt das Wasser auf. Es stellte sich aber heraus, daß er nichts aufsaugte.

Es regnete stark und stoßweise, und die Zeltwand schickte fein zerstäubte Spritzer ins Innere: statt den Regen abzuhalten, diente das kleine himmelblaue Zelt dazu, ihn aufzufangen und uns damit zu duschen. Simonetta war sehr schläfrig: bei jedem Blitz sah ich sie, ihre geschlossenen Augen, ihren schmollenden Mund, naß wie eine getaufte Maus und geistesabwesend.

Da sitze ich also mit meiner Blume, dachte ich, an solch wasserreicher Stätte. Merkwürdigerweise war ich nicht wütend: die Nacht und den Regen empfand ich durchaus nicht als feindselig; es war ein Knoten da, der sich löste. Ja, ja, dachte ich, Simonetta ist ein wenig schläfrig, der Platz hier feucht, der Zwieback (den ich mit Leidenschaft kaute) aufgeweicht und erdig: das macht nichts. Man könnte auch so leben, vorausgesetzt, man hat eine Höhle voll Zwieback. Wir sind am Leben. Mir war zumute wie auf der Schwelle einer geschlossenen Welt, im Begriff auszuschlüpfen; einer von jenen Augenblicken, die es manchmal gibt, wenn ein Krieg zu Ende geht oder man mit der Familie Krach hat oder wenn die Examina zu Ende sind, und man hat das Gefühl, das Ding dreht sich, man spürt genau, wie es sich dreht.

Ich bekam einen Anfall jener Energieform, die wir Freude nennen; ich stellte meine Füße hinunter ins fließende Wasser, stützte Simonetta mit meinem Rucksack ab und ging, meine Sten in der Hand, platschend hinaus. Draußen war Latschengebüsch, waren Felsbrocken und Kiefernbestände. Es donnerte wie aus Gewehren, ein herrliches Geprassel, und es blitzte unentwegt. Da fing ich auch an zu schießen und zu schreien, aber man hörte nichts bei dem Höllenlärm. Ich verteilte Gewehrsalven in die Luft: das ergab kleine blaue Blitze von länglicher Gestalt und mit gelblichen Rändern, die Explosionen konnte ich kaum unterscheiden, aber es kam mir vor, als hörte ich das Knacken der windgepeitschten Kiefernzweige heraus, ein winziges Geräusch, abgetrennt von allen anderen.

Wie das befriedigt, so aus dem Vollen zu schießen, Himmeldonnerwetter. Als ich wieder ins Zelt kam und mir Simonetta wieder an die Schulter lehnte, wachte sie auf und sagte: »Nicht einmal schlafen kann man bei dem Gedonner«: und schlief sofort wieder ein.

Auf diese Art und Weise ging für mich der Krieg zu Ende, denn genau an der Stelle, da spürte ich: jetzt ist er zu Ende. So trat ich völlig durchnäßt, Simonetta vorläufig an meiner Seite, in den Frieden ein. Die Bande gab es nicht mehr, denn es gibt zwar einen Bandenkrieg, aber keinen Bandenfrieden.

Ich war ein Loch suchen gegangen. Unermüdlich hatte ich gesucht, mit Simonettas leicht lustloser Unterstützung. Stundenlang: groß waren die einzelnen Räume ja nicht, aber verwickelt und verschlungen. Von Anfang an war ich in Aufregung. Ab und zu meinte ich, wir hätten uns in die richtige Furche eingeschleust, ich erkannte die Gestalt der Erdfalten wieder (die ich in meinem Innersten schon seit eh und je kenne), orientierte mich eine Weile in den verfänglichen Harmonien der Erhebungen und der Mulden. Dann verlor ich wieder den Faden.

Wir waren beide in Schweiß gebadet und erdbeschmutzt; und wir sahen schon ein, daß es eine große Dummheit gewesen war, sich auf diese Suche zu begeben. Aber auf einmal fand ich das Loch.

»Wir sind da«, sagte ich zu Simonetta. »Hier ist es.«

Sie sagte: »Sehr gut.« Ich glaube, sie hatte es allmählich satt. Mit ihren Shorts aus Barchent und ihrem gestreiften Leinenblüschen.

Ein horizontaler Riß, ein Spalt in einer waagerechten Felsplatte. Die Landschaft ringsum war, wie ich sie in Erinnerung hatte, ein wenig lieblicher vielleicht. Eine unscheinbare Ritze; niemandem wäre in den Sinn gekommen, daß darunter ein Mensch Platz hatte, und sogar zwei.

Man mußte sich schräg hineinzwängen; und selbst schräg kam man kaum durch. Ich ließ mich hinunter, bis ich ganz unter der Erde war, und dann ließ ich mich noch ein wenig weiter hinunter. Ich wußte, ich würde Boden unter die Füße bekommen, sobald meine Arme ungefähr zu drei Vierteln ausgestreckt waren, und ich bekam Boden. Ich hatte meine Augen geschlossen, und einen Augenblick blieb ich so; dann machte ich sie wieder auf. Ich erkannte alles wieder: die langen feinen Wurzeln der Latschen, die Feuchtigkeit der Felswände, die schattige Gestalt des Raumes, den unregelmäßigen Kokon, der an beiden Enden eingedrückt war. Alles war da: mein Buch lag auf der Erde, und als ich es in die Hand nahm, sprang es an der fleckigsten Stelle auf. Die Sten stand an ihrem Platz, den Lauf nach oben gekehrt; schwarz und beinahe ohne Rost; ich wartete auf den Stich, den es mir geben sollte, aber er kam nicht; in halber Höhe standen auf einem Podest die beiden Magazine, sie waren trocken. Eines war ganz voll, das andere halb.

Ich wartete noch ein wenig, aber es geschah nichts. Da kam der Gedanke: »Das hat keinen Sinn.«

Aber doch, bei einer Razzia bin ich hier gelandet, und jetzt bin ich wieder hier. Die Verbindung zwischen damals und heute besteht in nichts anderem, keine besonders starken Bande. Und dennoch, an dieser Stelle der Erdkruste habe ich den lebendigsten Augenblick meines Lebens verbracht, zum Teil auf der Erdkruste, laufend, zum Teil unmittelbar darunter, reglos. Ja, und?

Die Gegenstände um mich herum waren so in ihre eigenen Umrisse eingelassen, so isoliert, daß ich ihre wirklichen Ausmaße nicht mehr wahrnahm. Einen Augenblick war mir, als sähe ich sie durch eine Linse ins Riesenhafte vergrößert, während sie in Wirklichkeit der Welt der Mikroben angehörten, in einem anderen Augenblick stellte ich mir jedoch vor, sie seien die umgekehrten und verkleinerten Bilder großer Astralleiber.

Ich rief Simonetta und sagte, sie solle auch herunterkommen. Zuerst kam ein Bein zu mir herunter, dann das andere, ich nahm sie beide in die Arme und zog das übrige nach. Wir hatten zu zweit gerade Platz, kein Fleck blieb frei.

Ihr Gesicht konnte ich nicht gut erkennen, weil das Licht, das durch die kleine Öffnung kam, fast ganz hinter ihrem Rücken einfiel. Die maßstablosen Gedanken setzten wieder ein, und ich glaube, es teilte sich ihr etwas davon mit. Ab und zu kratzte sie sich, bald an den Beinen, bald auf der Bluse, und auch ich kratzte mich da und dort: so geht es einem dort oben immer, ab und zu muß man sich kratzen, wohl weil man so oft an Latschen und Felsen entlangstreift.

Wir befinden uns unter dem Niveau der Erdkruste, eingekapselt in diese Nische; in einem lebensvollen, aber sinnlosen Augenblick, ein Gedenkmoment für einen Sinn und einen Augenblick, die schon tot sind. Wir stecken in der Erde, die sich in die der Sonne entgegengesetzte Richtung dreht, von meiner Linken zu meiner Rechten, und für Simonetta im Gegensinn. Sie und ich sind uns so nahe, wie man sich nur sein kann, wir berühren uns an verschiedenen Stellen; ich spüre ihre Beine, ich spüre, ich bin ein wenig in ihrem Haar, wir tauschen Erdreich, kleine Schnecken, Stimmungen, vielleicht sogar Gedanken, womöglich auch ein paar verworrene. Wir rühren uns nicht vom Fleck, und trotzdem drehen wir uns; wir sind in diesem

Augenblick der Zeit, der stillzustehen scheint, in Wirklichkeit aber unterwegs ist.

Simonetta sagte nichts, solange wir dort drinnen waren, und auch nichts, als wir wieder draußen waren. Ich erklärte ihr, solche Löcher hießen *scafe* und auf dem ganzen Plateau seien die Felsen alle so. »Das kommt daher, daß es Kalkstein ist«, sagte ich. »Der saugt das Wasser auf, und das Wasser macht dann die Löcher.«

Ich probierte die Sten im Wald aus, sie schoß; ich zeigte Simonetta das Buch, aber es interessierte sie nicht besonders; dann gingen wir zu dem Hirten und baten ihn um Milch, jetzt gab es ja in den Hütten wieder Milch; dann wurde es dunkel, und wir gingen ins Zelt, und kurz darauf kam, wie gewöhnlich, ein Gewitter, und es fing an zu regnen und zu donnern.

Was privat ist, ist privat, und wenn es vorbei ist, ist es vorbei. Du kannst nicht mehr verlangen, es noch einmal zu erleben, es zu rekonstruieren: in deiner Hand bleibt eine leere Hülle zurück. Was du hier siehst, sagte ich mir, ist rohe Materie. Wenn es überhaupt eine Form gab, war sie in unsere ganze Geschichte gegossen. Man müßte die ganze Geschichte erzählen, dann käme der Sinn des Ganzen, wenn es einen gibt, vielleicht heraus; aber hier ist er sicher nicht mehr und auch sonst nirgends.

Was mir blieb, dieses Buch und diese Sten, waren ausgedörrte Sporen. Das Buch ließ mich vollkommen gleichgültig (und ich verlor es später noch einmal, weil ich eben alles verliere), aber auf die Sten, so dachte ich, will ich nun, da ich sie wiedergefunden habe, wirklich besser aufpassen. Ich hatte noch andere zu Hause, in meinen Schränken waren mehr Waffen als Kleider, aber das hier war nicht irgendein Gewehr, es war meine Sten. Bevor ich sie wiederfand, hatte ich große Furcht, ich würde bei ihrem Anblick hin- und hergerissen werden zwischen Aufregung und Scham, schließlich hatte ich sie mitten im Krieg einfach stehengelassen. Aber so war es nicht, im Gegenteil: ein wenig Scham im allgemeinen empfand ich schon, weil man die ja immer empfindet, besonders am Ende eines Krieges, in dem man nicht einmal umgekommen ist; aber ich empfand zum erstenmal, daß sich dunkel ein Schatten der Erleichterung ankündigte. Jetzt ist er zu Ende, sagte ich mir. Im Grunde ist es ja nicht unsere Schuld, daß wir noch am Leben sind. Es stimmt, unser Krieg, das waren lauter Fehler, einer nach dem anderen; wir waren der Sache nicht gewachsen. Der arme Teufel von italienischem Volk hat nicht viel von uns gehabt. Zumindest von mir nicht, das steht fest; offensichtlich passen wir nicht zusammen.

Am Morgen schien die Sonne, das ganze Plateau war schon trokken. Simonetta kämmte sich vor einem Stückchen Spiegel, das sie bei sich hatte; ich sah ihr zu, und sie schnitt mir Gesichter; das kleine himmelblaue Zelt stand anmutig und ruhig da. Das kommt vom Frieden, dachte ich. Jetzt haben wir Frieden.

Alles war trocken, nur im Hintern saß noch ein feuchtes Gefühl. Also setzten wir unsere Hinterteile der Sonne aus und legten uns bäuchlings auf die Felsplatten. Ich steckte die Kugeln zurück ins Magazin. Mit der Ausrede, ich wollte sie zählen, hatte ich sie herausgeholt; schön sahen sie aus, ganz vergoldet, es waren einundzwanzig.

»Genausoviel Jahre bist du alt«, sagte ich zu Simonetta.

»Wollen wir sie verschießen?« sagte sie, und ich sagte: »Also los!«

Wir drehten uns im Liegen herum, und ich stellte die Sten zwischen uns zwei; sie klammerte sich am Lauf fest, ich legte meine Hände auf ihre, hielt auch das Gewehr und führte ihren Finger auf den Hahn, und so schossen wir dieses halbe Magazin in die Luft. Man hörte die Kugeln in den Himmel sausen, daß es ein Vergnügen war; lachend parierte ich die Rückstöße des Gewehrs.

Zuletzt sagte ich zu Simonetta: »Weißt du, die kleinen Stückchen unseres Lebens sind zu nichts nütze. Was vorbei ist, ist vorbei. Es bleibt ein vages Gefühl zurück, wie ich es hier in dieser Gegend habe.«

»Was für eine Art von Gefühl?« fragte sie.

»Ich fühle mich wie zu Hause«, sagte ich, »nur ein wenig aufgeregter.«

»Wahrscheinlich, weil ihr hier Heldentaten vollbracht habt«, sagte Simonetta.

»Ach wo«, sagte ich, »ausgerissen sind wir.«

»Wetten, ihr habt auch Heldentaten vollbracht?«

»Was für Heldentaten denn?« sagte ich. »Siehst du nicht, daß ich sogar meine Sten im Stich gelassen habe?«

»Stimmt«, sagte sie. »Warum hast du sie eigentlich hier gelassen?«

»Was soll ich dir sagen?« sagte ich. »Wir ließen sie überall stehen.«

»Warum?« fragte Simonetta.

»Die Sonne bringt es an den Tag«, sagte ich. »Wir verstanden uns nämlich gar nicht aufs Kriegführen.«

2

Was wollten denn die Trompeten?

Die Zeit hatte einen Hammerschlag versetzt bekommen, und ihre Bruchstückchen kreisten durch die Luft. Einige hießen Stunden, andere Tage, wieder andere Wochen, sie waren alle gleich. Es war nicht das, was man eine Erfahrung nennt, sondern nur ein Feuchtigkeitsentzug: alles war ein wenig trocken, die Luft, der Mund, die Kommandos.

Was wir machten, hatte keinen Sinn. Wir waren umgeben von Gewehrläufen, Schließhaken, Sprungfedern, genarbten Knöpfen, wir sagten das Einmaleins der Waffe, die Fünf Teile, die Acht Teile und was sonst noch dazu gehört; schon als kleine Kinder hatten wir angefangen, dies alles herzusagen, und jetzt machten wir weiter. Es gab auch Laufstrecken, gespickt mit windschiefen Hindernissen, wackeligen Pfählen, Löchern, häßlichen Mauern. Wir turnten an der trockenen, kalten Luft.

Ich war mit Lelio zusammen. Auf den bin ich erst hier gestoßen; zuvor war er kein Freund von mir, aber er wurde sofort einer. Mit der Sache hier mußten wir gemeinsam fertigwerden, und in diesem Sinn ist er wieder der erste von meinen Freunden, von denen nämlich, die dann, wie ich, Banditen und illegal wurden. Er war auch aus Vicenza, und dem Namen nach kannte ich ihn schon: er gehörte zu denen, die in der Schule ziemlich gut sind und deren Namen man in der Stadt weiß, auch wenn sie in andere Schulen gehen, er war nämlich nicht am Gymnasium; er war blond und wortkarg; strohblond.

»Siehst du«, sagte ich zu Lelio, »das ist die letzte Absurdität des italienischen Lebens. Wenn das hier keinen Sinn hat, dann, weil das ganze Leben Italiens keinen Sinn hat. Sonst wäre das hier ja einfach nur der Barras.«

»Zu guter Letzt«, sagte Lelio (so sagte er immer), »stecken wir selbst auch mitten drin in dieser Absurdität.«

Wir steckten allerdings mitten drin. Eingekeilt zwischen steile, schroffe Bergwände, mit schweren Lasten bepackt gingen wir bergauf. Hin und wieder machten wir Rast, und der Schweiß auf unseren Gesichtern gefror rasch zu Eis, und eine Reifkruste verschleierte uns die Augen; mit dieser Maske, die uns milchiges Licht in die Augen filterte, machten wir uns wieder auf den Weg. Die Schwachen blieben auf der Strecke, den Gipfel erreichten wir nur zu zweit oder zu dritt, vollkommen erschöpft, dem leichten Schritt des Offiziers folgend, der keine Lasten trug. Wenn wir auf dem Gipfel waren, ging's wieder hinunter: aufsteigen und wieder absteigen, absteigen und wieder aufsteigen, das war's. Wenn es abwärts ging, bewegten wir die Füße nach unten; die große Kraft des Berges zog uns gefräßig nach unten, die Knie bekamen das Gewicht zu tragen und gaben es in einer langsamen Kette an den Kopf weiter; die Füße gaben es an die Knie weiter, die Knie an den Kopf, der an den Gewehrlauf und der Gewehrlauf an die Krümmung des Rükkens, an die Fersen, an die Füße. Als Kinder nannten wir das, was man dabei bekam, den Knieschwamm.

Auch unten kamen nur wenige an, die meisten blieben wieder auf der Strecke. Es gab Aufderstreckegebliebene auf den schroffen Bergrücken, und auch unten in der Kaserne, in den Höfen, in den Latrinen, in den Meandern des Kriegsverlaufs. Manche verbrachten Stunden um Stunden unter einer Wand, vergeblich ihre Hände ausstreckend, um hinaufzuklettern; andere kamen Fußtritte austeilend auf den Gipfel und blieben dort oben verbannt, die verängstigten Gesichter im Spiegel der Sternbilder.

Wir waren die Crème Italiens, nicht nur Offiziersanwärter, sondern auch Gebirgsjäger, die Elite einer Elite.

»Sollen das vielleicht die Strukturen der herrschenden Klasse Italiens sein?« sagte ich zu Lelio.

Es gab viele Trompeten, über den ganzen Tag verstreut; einige verstand man, aber die anderen, was wollten die?

Ich hatte einen winzigen Dante dabei, und wir lasen einige Stücke daraus, besonders das »Fegefeuer«. Damals habe ich erkannt, um wieviel besser es ist, als ich dachte. Ich las immer nur ein paar Verse, und die besten sagte ich Lelio auf. Es gab einige hervorragende. Die eine Lage dort glich der unseren.

Während der Tagesstunden kamen, zwischen den spärlich gefiederten Kielen der Sonne im Widder, scharenweise Feldwebel zu uns herunter, immer wieder mit derselben Botschaft: »Wieder von vorne!« Sie hatten kahl geschorene Köpfe und bäurische Manieren.

»Spinnst du?« schrien sie und stellten sich wütend. Ja, ein bißchen sponnen die meisten, um uns gärte der Wahnsinn wie im »Fegefeuer« und steckte uns an.

Unter den Leutnants kamen manchmal die hinfälligen Erscheinungen der Holzköpfe aus unseren Schulen zum Vorschein. Die Hauptleute sagten: »Kühe! Ammen! Schwangere Mägde!« Sie waren von einer strahlenden Angriffslust, sie hatten das Leuchten derer, die sich in Gegenwart des Obersten aufgehalten hatten.

Der Oberst tat nichts. Manchmal erschien er uns am frühen Morgen in den Höfen in seiner kleinen, dicken leiblichen Gestalt; sein Gesicht erinnerte an den Parteisekretär von Vicenza. Wir wußten, daß wir beim Anblick seines Wesens in Asche zerfallen würden; und selbst den Hauptleuten, glaube ich, offenbarte er sich nur mit Vorsicht, indem er ihnen lediglich seine Rückenansicht zeigte, wie Gott dem Moses.

»Was soll man da machen?« fragte mich Lelio. Das wußte ich allerdings auch nicht.

»Das ist wie die allerletzte Parodie des Lebens in Italien«, sagte ich.

Dann kam eine Trompete und stellte ihrerseits Fragen.

Wer ist hier krank? wer ist verseucht?

Es war eine von denen, die man verstand.

»Deine Schwester«, sagte Lelio. Am Abend traten wir weg und hatten Ausgang.

In der Kaserne waren auch echte Soldaten, alte aus dem fünften Regiment Gebirgsjäger, die in den Schlafsälen und in den Höfen herumlungerten. Ihre Anwesenheit löste tiefe Verlegenheit aus, beinahe Bestürzung. Sie hatten von morgens früh bis abends spät nichts zu tun: sie waren einfach da, einzeln oder in Gruppen, ohne was zu tun; das beeindruckte einen sehr. Theoretisch weiß man diese Dinge ja, aber wenn man sie dann vor Augen hat, ist die Wirkung ganz anders. Es waren Leute, die man vor drei, fünf, neun, zwölf Jahren eingefangen hatte. Zum Teil hatten sie die Zeit in Afrika, Albanien, Griechenland und an anderen Orten verbracht. Unsere Gesellschaft hatte sie dahin und dorthin geschickt, zu Zwecken, die für sie nicht einmal den Schimmer einer Bedeutung gehabt hatten; in all den Jahren hatte sie die Gesellschaft gefangengehalten und ließ sie selbst jetzt noch nicht frei. Sie standen an die Mauern gelehnt herum und sahen uns zu, wenn wir von Märschen oder Übungen zurückkamen und uns die Feldwebel strammstehen ließen; sobald wir an ihnen vorbeikamen, hänselten sie uns in ihrem Dialekt.

»Dauert nimmer lang, dauert nimmer lang…«

Das sollte heißen: Ihr feigen Interventionisten, Studentlein, jetzt seid ihr bald dran. Sie waren zu optimistisch, denn in einigen Monaten würde wohl eine Runde zu Ende sein, aber wir würden in unseren eleganten kurzen Pelerinen dastehen und Befehle geben, und sie würden uns grüßen. Der rauhe Dialekt, den sie sprachen, hatte es mir angetan: Bauern und Gebirgler aus den Tälern um Bergamo; spielten Morra in der Kantine, wobei sie in gutturalen Lauten herumschrien, die manchmal in ein unglaublich dünnes, hohes Kreischen ausliefen, das einem Quieken ähnlich war. Reichten einander einen Napf Wein, es war der Zwei-Liter-Napf der Gebirgsjäger.

Ich ging mit Lelio in die Kantine, und wir schauten ihnen von einer Ecke aus zu, wobei wir aus unserer Feldflasche einen Wein tranken, der nach gefaultem Stroh schmeckte und den wir manchmal noch vollends verdarben, indem wir in der Kantine gekauftes oder in einem Garten gestohlenes Obst dazu aßen. Dann entstand ein Wettstreit zwischen Übelkeit und Trunkenheit. Wenn wir in den Schlafsaal zurückkamen, zog mir Lelio die Schuhe aus, ich merkte, wie er mir den ersten auszog, den zweiten nicht, aber am Morgen waren dann doch beide ausgezogen; ich zog sie mir wieder an, und es begann wieder ein Tag.

Manchmal ging ich in der Ausgangsuniform und den weißen Handschuhen allein aus, um mich zu betrinken. Ich saß vor dem ersten Liter Wein (es gibt guten Wein in der Gegend von Meran) und trank ihn schnell aus, den zweiten langsamer. Dann kehrte ich mit äußerster Vorsicht in die Kaserne zurück, die weißen Handschuhe unter der Pelerine bereit und die Hände in den weißen Handschuhen bereit zum Grüßen der Offiziere, wozu man die Pelerine mit dem Ellbogen beiseite zu schieben und mit stolzem Gesichtsausdruck strammzustehen hat. Mir war jedesmal, als riskierte ich den Verlust meines Gleichgewichts, aber die Offiziere merkten nichts, im Gegenteil, die eifrigsten schienen den angriffslustigen und herausfordernden Blick zu schätzen, der sich für einen guten Anwärter geradezu zu empfehlen schien.

Dann lernte ich Beata kennen, und immer, wenn ich Ausgang hatte, ging ich mit ihr. Sie war rothaarig und kam mir lächelnd entgegen, dort, wo Untermais aufhört und Meran beginnt. Sie hatte ein schönes, großes, freundliches Gesicht voller Sommersprossen; sie stammte aus der Lombardei, lebte aber mit ihrer Familie seit mehreren Jahren da oben, und in ihrer Sprache glitzerte manchmal strohhell der Dialekt von Meran. Wenn die Ausgangszeit zu Ende war, waren wir immer ein wenig betrunken. Ich begleitete sie bis zu ihrer Haustür und sagte: »Warte hier, bis es vergeht.« Wir gingen miteinander in Wirtschaften, manchmal bezahlte ich, manchmal sie; sie war ein naives, großes, sanftes Mädchen, trug flache Schuhe mit einem Riemchen um den Knöchel. Nach dem ersten Glas begann ich sie anzusehen und sagte zu ihr: »Was stellst du eigentlich dar?« und sie sagte: »Nichts«, aber ich erklärte ihr, daß wir alle etwas darstellen, und das Schöne ist zu wissen was.

Wir waren kein Liebespaar. Wir leisteten einander nur Gesellschaft. Mir ist heute noch, als hätten wir – Beata und ich – die Stunden meines Ausgangs am oberen Rand Italiens damit verbracht, daß wir einander festhielten, um nicht umzufallen.

Gegessen hat sie ja den Salat
sterben muß das arme Kind.

Und wenn ich stürbe noch heute abend
ihr würdet mich begraben.

Ihr würdet mich begraben
ganz nahe bei der schönen Blum.

Der Wachposten Giazza hatte eine sehr hohe, beinahe weibliche Stimme: die Strophen, die er, auf seinem Feldbett liegend, sang, waren harmonische Schreie.

Und alle Leute, die dann vorbeigehn,
werden sagn: Welch schöne Blum.

Das ist die Blume von der Rosina,
die vor Lieb ist kommen um.

Aber vor Liebe kommt man nicht um,
denn man stirbt ja nur vor Schmerz.

In den Pausen zwischen den einzelnen Strophen fuchtelte und zuckte er mit seinen Füßen in der Luft herum und schrie dazu laut: »Leutnant! Leutnant! Leutnantlein! Leutnantleinchen komm herein!« Er hatte neun Jahre Barras hinter sich und bildete diese teleskopischen Diminutive, um drüber wegzukommen, denn es reichte ihm, er hatte wirklich die Nase voll. Er bildete auch Verben und rhetorische Fragen (wie: Was willst du denn leutnanteln?), und die Kritik am Militär und am militärischen Leben, die er ihnen mitgab, habe ich – das kann ich wohl sagen – von ihm gelernt. Manchmal machte er die Umstände im Kampfgebiet nach. Auf seinem Feldbett ausgestreckt (wo er fast immer lag), fing er auf einmal an zu schreien: »Alle Mann in Deckung, die Flieger!« Dazu schlug er mit den Füßen in der Luft herum, um uns seinen beinahe wahnsinnigen Spott über die tödlichen Blödheiten des Krieges spüren zu lassen. Er war ein ernster, nachdenklicher, verzagter Mann; was er mir über sein Leben im allgemeinen erzählte, war interessant und verlangte Respekt. Aber was soll man denn respektieren? Nach dem Krieg habe ich mich nicht mehr nach ihm umgesehen, ich weiß nicht einmal, ob er noch lebt.

Auf den Hügeln um Meran blühten die Apfelbäume: Wolken blühender, heller Bäume. Ich will nicht sagen, daß diese Schönheit uns wütend machte, aber wir hatten bestimmt keine Freude daran.

Wir betrachteten den Himmel in nordwestlicher Richtung, er war zartblau mit weißen Flocken, die im Frühlingswind dahinsegelten. Dort hinter dem Berg liegt die Schweiz; das Stück Himmel dort ist Schweizer Himmel. In wenigen Stunden könnten wir, immer aufwärts gehend, den lähmenden Raum namens Italien verlassen. »Früher oder später müssen wir es tun«, sagten wir; aber dann betrachteten wir die Wachposten, die Offiziersanwärter, die alten, müßig im Kasernenhof herumstehenden Gebirgsjäger, und es schien uns unmöglich.

Abends blies ein Trompeter den Zapfenstreich für die ganze Kaserne; manchmal erklang der Zapfenstreich auch außer der Zeit. Die Alpenjäger erkannten ihn schon bei den ersten Noten, liefen barfuß zu den Fenstern und drängten sich dort zusammen; die Offiziersanwärter setzten sich verängstigt in ihren Feldbetten auf. Der Trompeter ging unsäglich langsam über den Hof, und man konnte hören, wie sich der Klang in dem riesigen Raum langsam fortbewegte. Es muß ein guter Trompeter gewesen sein: die Noten reihten sich aneinander zu einem überaus eleganten, herzzerreißenden Ballett. Das Dunkel war wie elektrisiert; am Ende brach aus allen Stockwerken der Kaserne ein konfuses Geschrei, das so freudig klang, daß es einem das Herz zuschnürte: die armen Leute: nur wegen eines Zapfenstreichs außer der Zeit!

Dann gingen wir Anwärter zum Biwaken ins Hochgebirge, und gleich darauf wurden wir zur Bewachung eines tyrrhenischen Küstenstreifens nach Mittelitalien geschickt, zwischen Cecina und Corneto, wo früher das rauheste und unwegsamste Gestrüpp gewesen war. Wir waren in Corneto, Tarquinia, wie man heute sagt.

Eine merkwürdige Umgebung, dieses Tarquinia. Ich war noch nie aus Venetien hinausgekommen, außer in andere Städte, und wußte in Wirklichkeit nicht, was eine Landschaft ist. Ich glaubte, es wäre bestenfalls so etwas, was man auf Ansichtskarten sah, ein Ausschnitt mit Pinien, Wasser, Felsen, ein Stückchen Stadt und im Hintergrund beispielsweise ein rauchender Berg. Oder ich glaubte auch, eine Landschaft sei ein Phantasiegebilde aus Worten wie etwa: *Ihr schönen Abendberge / in blauen Schatten schon versinkt Italien*; vage Gemütszustände, wie wenn man mit dem Zug durch neue Gegenden fährt und auf einmal denkt, hier sind wir jetzt schon in der Romagna, in der Toskana, in Piemont, und der Name gleicht einer Farbe. Unsere venetische Landschaft, in der ich aufgewachsen bin, als eine Landschaft zu empfinden, war mir nie in den Sinn gekommen. Aber hier um Tarquinia gab es wirklich eine Landschaft, und wie: es war gleichsam ein Schlag auf den Kopf. Das Getreide war schon geerntet, aber man mußte sich erkundigen, um es genau zu wissen; was man sah, waren nur Reihen kahler Hügel in Wellenlinien, der Farbton zwischen Werg und Stroh. Es sah aus wie eine Wüste, aber überall in Bewegung. Da und dort gab es dunkelgrüne, beinahe schon schwarze Flecken; wenn man zu einer dieser winzigen Inseln kam, fand man einige Feigenbäume und ein paar Tomatenstauden. Manchmal kamen wir dorthin, wenn wir Geländeübungen machten, ein wenig laufend, ein wenig auf dem Boden kriechend: in der einen Hand hielten wir das Gewehr, mit der anderen nahmen wir eine halb verfaulte Tomate vom Boden und steckten sie in den Mund. Das hat mir Lelio beigebracht, ich hatte Tomaten nie anders gegessen als gebacken bei Tisch. Die Augen brannten uns vor Schweiß, und unsere Gesichter waren erdbeschmutzt. Der Erdboden war hart und ausgedörrt, es klang hohl unter den Füßen. Jedesmal nämlich, wenn wir einen Schützengraben aushoben – wir mußten sie zum Zeitvertreib ausheben, nicht um die Landung der alliierten Flotte zu verhindern, die sollten wir befehlsgemäß auf dem weiten Meer versenken, jeder mit den sechs Patronen, die ihm zugewiesen waren –, stießen wir früher oder später mit den Hacken auf einen Hohlraum, und dann kam ein Grab zum Vorschein.

Unwillkürlich entstand die Vorstellung, daß es sich nicht um beliebige Gräber handelte, sondern um die unterirdischen Schlupfwinkel einer Kultur, die vor der Wüstenei der Oberfläche, vor der Epidemie der Sonne geflohen war, und daß der geheime Sinn der Landschaft nichts anderes wäre als dies.

Auch das Städtchen selbst hatte seine Eigentümlichkeiten; auf den Straßen sah man unter den jungen Frauen überwiegend einen bestimmten Typ, der uns als typisch etruskisch vorkam: große, gedrungene Beine, die auf eine unelegante chthonische Weise schön waren; Beine, dazu angetan, ein wenig unter der Erdkruste zu bleiben und nur zu drei Vierteln hervorzuschauen. Solche Beine zeigten sich oft in den Straßen; sie ließen an eine ruhige, vorchristliche Wollust denken, die keine andere Bedeutung von Sünde gestattete als die in unseren Zustand eingeschlossene, daß wir nämlich aufrichtbare und sterbliche Organe besitzen und aus Triebzyklen bestehen. Merkwürdigerweise erschienen sie immer auf dieselbe Weise, von hinten gesehen, auf gewaltige, aber nicht harmonische Weise mit den vorspringenden Teilen der Rückenansicht verschmolzen, und häufig auf einer höheren oder tieferen Ebene als der Betrachter, denn die Straßen gingen immer bergauf oder bergab. Die Röcke ließen damals die Kniekehle frei; die Haut war da und dort rötlich gefleckt; das Fleisch sah aus wie in die Haut abgefüllt. Ich zweifelte keinen Augenblick daran, daß die Etruskerinnen so ausgesehen hatten; und ich empfand einen so abgrundtiefen Unterschied, wie man ihn manchmal im Ausland empfindet, wenn die Sinneswahrnehmungen, da aus ihrer normalen Bahn geworfen, so hart werden wie

Steine, und man von einer kleinen Panik erfaßt wird bei dem Gedanken, daß auch dieses Wirrwarr aus allem möglichen Welt ist. So geschah es auch in Tarquinia mit den Etruskerinnen und ihren Mordsbeinen.

Ich sagte immer wieder zu Lelio: »Sind das überhaupt Italiener?« Lelio sagte: »Und wir?«

Wir lasen natürlich Cardarelli[1]*, mit nicht ganz sicheren Ergebnissen. Nicht einmal ihre Weine kamen mir italienisch vor; wir hatten fast kein Geld, tranken wenig, aber es war immer noch soviel, daß uns übel wurde. Nur einmal gingen wir, nachdem wir lange gespart hatten, zu viert oder zu fünft ins Gasthaus, um Spaghetti zu essen; jeder nahm einen halben Liter Wein, etruskisches Zeug; ebenso etruskisch erschien mir die traurige Gier, mit der wir beinahe resigniert die Spaghetti verschlangen, die uns von etruskischen Mädchen serviert wurden, und mit der wir nach Hexerei schmeckenden Wein tranken. Wir zwangen uns alle, ein lustiges Gesicht zu machen, und manchmal lachten wir alle im Chor. In wenigen Minuten war der Ritus zu Ende; die große, künstliche, düstere Ausgelassenheit machte einem mit Übelkeit getönten Schweigen Platz. Keiner erbrach sich, aber wir konnten nicht einmal sprechen; nur Lelio sagte im Weggehen zu mir, er empfinde Reue. Das hatte jedoch nicht nur mit Etrurien und mit der Melancholie bei dieser Entdeckung Italiens zu tun, sondern auch mit der Vorstellung, die mich und Lelio bedrängte, daß es immer eine Schweinerei ist, sich in einem Land armer Leute sattzuessen, wenn es auch nur einmal in zwei Monaten geschieht.

Unser Zeltlager war auf einem strohigen Abhang, dahinter ging nicht weit entfernt die Via Aurelia vorbei; es gab Gestrüpp, durch die Hitze verbiesterte Schlangen, kaum Bäume. Die Sonne fiel den ganzen Tag steil herunter, was eine Art Betäubungseffekt zur Folge hatte. Außer an den Tagen der Geländeübungen hatten wir von morgens früh bis abends spät nichts zu tun: wie echte Soldaten. Wir trieben uns auf den Stoppelfeldern herum: nackte Kinder unter den Pelerinen der Gebirgsjäger, in die Sonnenglut gepackt wie in Watte, vor Unterernährung völlig benommen. Wir hatten gelbe, aufgetriebene Bäuche und sahen aus wie schwanger; ich las ab und

* siehe die Erklärungen auf Seite 270f.

zu Seneca, *De ira*, glaube ich, um ein wenig Latein zu hören, nicht weil dort vom Zorn die Rede war. Wir schienen am dunkelsten Punkt unseres Lebens angelangt zu sein; mit den Lippen sagten wir, man müßte den Krieg verlieren, bald verlieren und gründlich. Es waren noch viele alte Gebirgsjäger da, die an uns angeschlossen waren oder wir an sie, wer weiß: Jahre um Jahre militärischer Knechtschaft traten diesen Leuten gleichsam aus allen Poren; eine stumme Entkräftung jeglicher persönlichen Rebellion.

Wir hatten fast alle Fieber, ein merkwürdiges, nicht allzu hohes Fieber, das einen nicht aufregte, sondern im Gegenteil wie ein Beruhigungsmittel wirkte, wie ein kleines kaltes Feuer.

»Vielleicht geht's so mit uns zu Ende«, sagte ich zu Lelio, »und wenn es mit uns zu Ende gegangen ist, wird schön langsam auch der Krieg zu Ende gehen. Und wenn die Amerikaner kommen, werden sie sagen: ›Siehst du, sogar schwangere Jungen wurden zu den Waffen gerufen‹, und sie werden Gräben ziehen, um uns zu bestatten, da sie dann aber mit ihren Hackmaschinen sicherlich auf diese schon fertigen Gräber stoßen, werden sie uns da gleich hineinlegen, und somit werden wir auch Etrusker, und dann ist's endgültig vorbei mit uns.« Lelio sagte: »Verdammte Scheiße.« Nicht zu mir, versteht sich, sondern im allgemeinen.

Die Veteranen begannen Störungen zu zeigen. Eines Abends blies ein Trompeter die (verbotenen und märchenhaften) Töne des endgültigen Abschieds. Die Wachposten hatten uns die Melodie privat schon öfter vorgesungen. »Eines Tages werden wir sie zu hören bekommen«, sagten sie mit ungläubigen Mienen. Ich saß neben dem Wachposten Giazza, als die ersten Töne erklangen. Ich sah, wie sein Gesicht erstarrte. »Das ist der endgültige Abschied«, sagte er. »Der Trompeter ist verrückt geworden.« Er hatte sich auf einer kleinen Anhöhe am Rande des Lagers mutterseelenallein aufgestellt, und es glückte ihm, das ganze Stück zu blasen, bevor er eingefangen wurde. Nach der anfänglichen Überraschung kam es unter den Veteranen zu gleichsam galvanisch elektrisierten Reaktionen: sie weinten mit offenem Mund, grinsten höhnisch und riefen laut: »Schau, schau!« Einer pißte in seinen Napf und, als er fertig war, schüttete er ihn sich traurig über den Kopf.

Der Waffenstillstand kam in Gestalt eines Brüllens gegen Abend: Wir saßen vor den Zelten, die Hände über den Bäuchen gekreuzt;

ein Gebirgsjäger lief quer durch das ganze Lager, wobei er über Gestrüpp stolperte und allem, was ihm in den Weg kam, Fußtritte versetzte: Näpfen wie Waffen. Er brüllte wie einer, der abgestochen werden soll und der, schon ein wenig von den Messern geritzt, wegrennt. Man hörte ihn schreien: »Aus ist's, aus ist's.« Er glaubte, es sei wirklich aus. Merkwürdigerweise erinnere ich mich nicht mehr daran, wie wir dagegen den Sturz des Regimes erfuhren; obwohl das eine grundlegende Erinnerung sein müßte. Aber nichts. Der Barras ist ein starker Isolator, wir waren eingepackt zwischen Feldwebel, Uniformen, Verschlüsse, Schlangen; eingepackt mit den Etruskern und mit Seneca; und was außerhalb unserer Verpakkung geschah, erschien uns weiterhin von höchstem Interesse, aber nur aus Trägheit, es war aber, als würden wir in alten Zeitungen die Nachrichten aus einem anderen Jahrzehnt lesen. Und wie ist es mit dem *De ira* zu Ende gegangen? Und mit dem Faschismus, wie ist's mit dem zu Ende gegangen? Man spürte, dort war der Mittelpunkt nicht mehr; die Sache – die unglaubliche – war in Wirklichkeit wie erwartet. Überdies hatten wir unterschätzt, bis zu welchem Grad uns die Zugehörigkeit zu einer Abteilung des Heeres oder zu einem Offizierslehrgang verpflichtet hatte. Wir hatten unsere Prüfung für den Gefreiten abgelegt oder auch für den Feldwebel, sorgfältig darauf geachtet, sie gut zu machen, die übliche gute Figur abzugeben: »Eins, zwei! On, Dui! Fianco: des, des!« mit der dröhnenden Stimme des kleinen Offiziers. Die Leutnants betrachteten gerührt den Hauptmann, und der Hauptmann schluckte vor Erregung über die Schönheit der Stimme und der Kommandos: mich ekelte es dunkel vor mir selbst. »Alle Mann halt! On, dui! Presenttat: caz! Fianc: arm! Ri: poso!« Idiot.

Ich hoffe, es gab noch mehr, die verwirrt waren bei der feigen Handlung des Regimes, das den Ring verließ, ich will nicht sagen, ohne den ersten Fausthieb abzuwarten, sondern, daß sich jemand wenigstens die Boxhandschuhe überstülpte. Wir waren allerdings verwirrt: das Regime verduftete wie die Oberfläche eines Misthaufens unter einem Regenguß, und was zählte, war das Durcheinander, in dem wir zurückblieben, der Krieg, die feindlichen Alliierten, die alliierten Feinde.

Lelio und ich gingen in die Stadtbücherei von Tarquinia, um uns neue Bücher zu holen. An der Wand hing ein Porträt des Königs und Kaisers[2], links davon ein Porträt von D'Annunzio, auf der anderen Seite, an der Stelle, wo der Duce gehangen hatte, ein weiß gebliebenes Viereck; Lelio stieg auf einen Stuhl, riß den König und Kaiser herunter und stellte ihn an die Wand gelehnt auf den Boden, dann streckte er die Hände aus, um D'Annunzio herunterzuholen. Die Frau Bibliothekarin wurde feuerrot und sagte: »Nein, um Himmels willen, den da nicht: Das ist D'Annunzio!« Lelio sagte: »Eben«, und stellte ihn an die Wand neben seinen König. Die Bibliothekarin war dem Weinen nahe und murmelte: »Aber das ist doch der Dichter des dritten Italien«, oder auch des vierten; aber wir setzten sie unbeugsam alle beide ab. Dann nahm Lelio das Kruzifix ins Auge, das noch allein über den drei weißen Vierecken hing. Die Bibliothekarin wurde nun auch noch weiß. Nach einer Weile löste Lelio seinen Blick vom Kruzifix, und die Bibliothekarin wurde wieder rot und tauschte uns die Bücher um. Es fehlte nur noch grün.

Achter September, das heißt neunter oder auch zehnter[3]. Die Anweisung lautete: Waffen unbrauchbar machen und vernichten, jede Heeresabteilung für sich. Unter Aufsicht der Feldwebel nimmt man das Einundneunziger-Gewehr beim Lauf, sucht sich einen großen Stein aus und schlägt es mit aller Wucht darauf. Vom Kolben splittert etwas ab, aber das Gewehr ist noch da, in gutem Zustand außer der abgesplitterten Stelle am Kolben. Dann wird es noch einmal probiert mit wütenden anarchistischen Schlägen, haltungslos »Savoia« schreiend. Wir bildeten einen Kreis, und alle schlugen drein. Schlag auf Schlag! Man spürte, es war falsch, doch die Genugtuung war enorm. Schade, daß wir mit dem Kolben unserer langen Gewehre auf nichts anderes hauen konnten als auf die ehrbaren Steinblöcke.

Es war die halbe Stunde des Krieges mit der größten inneren Anteilnahme. Ich glaube, das nationalistische Italien muß uns dankbar sein, daß wir nach Kräften dazu beigetragen haben, die militärische Ausrüstung des Landes, die tatsächlich ein wenig im argen lag, aufgefrischt zu haben. Leid tat es uns nur um die altehrwürdigen Karabiner von 1891, die sich mit einem einzigen Schlag nicht unbrauchbar machen ließen; wir hatten sie nicht gut genug kennengelernt, jetzt erst sahen wir, wie sie von unseren Großvätern gestählt worden waren, jetzt, wo wir sie vernichten mußten; und erst in einem Ausbruch später Verwunderung gelang es uns, sie um die Ecke zu bringen.

Was wir da machten, war falsch; das spürte man, wie gesagt, aber nur verschwommen; nachdem wir unsere persönliche Waffenausrüstung zertrümmert hatten, gingen wir ratlos zwischen den Zelten umher und legten schließlich bündelweise andere unversehrte Waffen und auch Kisten voller Munition zusammen; wir hoben sie auf und, weil wir dann nicht wußten, was wir damit anfangen sollten, warfen wir alles wieder auf die Erde. »Legen wir uns etwas auf die Seite«, sagte ich. Vielleicht aus Reaktion auf das Gefühl der Geringschätzung und auf die Verschwendung dieses kostspieligen Zeugs. Es gab ein Grab, das wir erst seit kurzem entdeckt hatten. »Geben wir's den Etruskern«, sagte Lelio, und wir gaben's ihnen; sie waren praktisch gleich alt.

Im letzten Moment nahm sich jeder von uns ein Gewehr und ein paar Magazine; wir nahmen sie beinahe aus Gewohnheit, es waren ja so viele da; nicht weil wir durchgeblickt hätten. Der Weg war weit; wir wußten nicht einmal, daß es ein Weg war; wir kamen uns vor wie im Zirkus, Clowns, die wie Gebirgsjäger angezogen waren. Der Hauptmann ließ die Kompanie antreten, er sprach unter Tränen, dann umarmte er jeden einzelnen von uns.

»Warum weinen die?« wisperte Lelio.

Ich glaube nicht, daß sie Angst hatten, ihren Posten zu verlieren, es war nur ein allgemeiner patriotischer Kummer. Sie heulten wie die Schloßhunde, die Armen: ich war überrascht und gleichzeitig ein wenig peinlich berührt. Der Hauptmann hatte ein Glasauge, und ich fragte mich, ob er wohl auch mit dem weinte. Er war ein kleiner, sympathischer Mann; ich erfuhr, daß er dann im Bürgerkrieg umgebracht wurde, und das hat mir aufrichtig leid getan. Sein patriotischer Kummer vom achten oder zehnten September erschien uns allerdings am falschen Platz: Als wir jedoch an der Reihe waren, traten auch wir – Lelio und ich – unseren Schritt nach vorne und ließen uns diszipliniert umarmen. Er küßte mich auf beide Wangen und nannte mich bei meinem Vornamen, dann kam ein anderer dran, und ich stand ganz naß da.

Die Kompanie wurde mit dem vorgeschriebenen Zeremoniell aufgelöst. Nun die letzten Minuten, die letzten Sekunden, unter Strömen merkwürdiger Tränen geht der Barras zu Ende, ist zu

Ende. Mit einem Mal sind wir mitten in einer Gruppe von Leuten, die einen Augenblick vorher noch die Kompanie waren, wir sind frei. Die ehemaligen Offiziere trocknen sich das Gesicht ab. Das italienische Heer geht nach Hause.

Die Leute teilten sich in solche, die Vorbereitungen trafen, und in solche, die keine trafen. Wir waren mitten in Italien, zwischen hier und zu Hause lagen vier oder fünf Regionen. Also war es vollkommen gleich, ob man Vorbereitungen traf oder nicht. Ich sah, wie der Feldwebel Landolfi unter einer Kochkiste gebeugt abzog, einer Last für ein Maultier, nicht für einen Mann. Er hatte nichts anderes gefunden, um den Rum zu transportieren, und so zog er mit dieser monströsen Kiste ab, zu Boden gedrückt wie ein Tier. Sein Ziel war Como.

Lelio und ich machten uns mit drei anderen aus Vicenza auf den Weg; es ging darum, quer durch Italien zu kommen; ein schönes Stückchen davon durchquerten wir drei oder vier Tage zu Fuß. Die Leute waren überall sehr gut zu uns, sie gaben uns Brot. Die Landschaft war staubig.

Am Bolsener See war ein Kloster, und an der Pforte stand ein freundlicher Klosterbruder, der zu uns sagte: »Wenn ihr mit Sankt Franziskus zu Abend essen wollt...«, und so aßen wir mit ihm zu Abend. Das Abendessen war vorzüglich. Das Kloster bezauberte mich: es war vollkommen. Kahle, große, lichte Gänge; helle Zellen; davor der See; die Mönche selbstverständlich abgeschieden vom Geschehen der Welt, heiter und freundlich, nach altem Brauch. Wir sprachen lange über Amalaswintha, die mit diesem See zu tun hat. Ich bin überzeugt, daß ich nach meiner allgemeinen Chromosomenstruktur dazu bestimmt war, Mönch zu werden; es fehlt nur das letzte Paar, und deshalb wurde nichts daraus. Die Anziehungskraft dieses Klosters war ungeheuer; wenn sie auch Ungläubige aufnähmen, dachte ich, dann komme ich wohl am besten hierher, wenn der Friede ausbricht. Hier war es mir schon eher nach Italien zumute; es war das Land des Balilla Vittorio.[4]

Nachdem wir schon einige Zeit in Umbrien waren, sagte Lelio: »Ist ja gar nicht grün.« Wir schossen auf Krähen: ich bin nie ein Jäger gewesen, und dies war das erste Mal, daß ich auf Tiere schoß, aber ich strengte mich nicht an, sie liefen überhaupt keine Gefahr. Sie hockten da und dort auf den offenen, havannafarbenen Wiesen, und wenn sie den Schuß hörten, flogen sie weg, nicht notgedrungen, sondern vorsichtshalber.

Sehenswert waren die Straßen Mittelitaliens in jenen Tagen; zwei praktisch nicht abreißende Reihen von Leuten, auf der einen Seite ging's hinauf, auf der anderen hinunter, alle waren ziemlich jung, zwischen zwanzig und fünfunddreißig, viele in nicht vorschriftsmäßiger Uniform, viele in Zivil mit nicht zusammengehörigen Kleidungsstücken, Damenblusen, Sandalen, Fußballschuhen. Priesterkleidung gab es in Hülle und Fülle, und nicht wenige Fahrzeuge: Kaleschen mit einem Eselchen oder von Hand gezogen, Schubkarren, Milchwagen, sehr viele, zumeist unvollständige Fahrräder ohne Mantel, ohne Kette, einige ohne Lenker. Einer unserer Feldwebel, der mit dem Panzerwagen von Tarquinia abgefahren war, sah, als er durch ein Dorf im oberen Latium fuhr, vor einem Gasthaus, an ein Gitter gebunden ein Fahrrad stehen, auf dessen Sattel ein Bauernhut lag, und er tauschte, band den Panzerwagen fest und legte zum Zeichen den Bauernhut darauf. In Umbrien stieg er einen Augenblick ab und erzählte uns diese Geschichte, während er sich den Schweiß abwischte.

Die zwei Kolonnen grüßten einander fröhlich, von der einen Seite kam es auf venetisch, piemontesisch, bergamaskisch, von der anderen in den Dialekten entgegengesetzten Zeichens. Es war, als hätte sich die gesamte männliche italienische Jugend auf den Weg gemacht, eine Art große maskierte Wallfahrt von Jungmännern, denen ähnlich, die zur Musterung müssen. Schau mal, dachte ich, ganz Europa krempelt sich die Ärmel hoch zum Krieg, und unser Volk organisiert ein solches Fest. Zweifelsohne ein Volk, dem es nicht an Möglichkeiten mangelt.

Bei Sonnenuntergang erschien, als wir, die Sonne im Rücken, dahingingen, im Osten eine Art goldfarbene Fata Morgana, und Lelio sagte, das sei Orvieto. Ich betrachtete es mit weit offenem Mund, denn es war wirklich ein Schauspiel. Es kam mir in den Sinn, daß auch dort der achte September war oder auch der zwölfte. Wer befahl denn jetzt in den Städten? Wir gingen noch ein Stück weiter, im Anblick der goldenen Fata Morgana, und dann sagte ich zu Lelio:

»Ist Orvieto Provinzhauptstadt? Weißt du das?« Lelio glaubte nicht, und ich auch nicht.

»Wem wird's dann unterstehen?« fragte ich.

»Woher soll ich das wissen?« sagte Lelio. »Wohl Perugia.«

»Also nehmen wir den Stadtpräfekten von Perugia«, sagte ich, »was wird der in diesem Moment machen?«

»Vielleicht ist er auf dem Klo«, meinte Lelio.

»Eine merkwürdige Situation«, sagte ich. »Wer befiehlt denn jetzt?«

»Gehen wir nach Haus«, sagte Lelio.

Wir warteten auf die anderen, die ein wenig zurückgeblieben waren, und als wir dann unseren Weg wieder aufnahmen, betrachteten wir die violette Staubwolke, auf der die Erscheinung von Orvieto schwamm.

Wir gingen durch ein kleines Dorf; ein Bauer, der vor seiner Haustür saß, rief uns zu: »Heh, Gebirgsjäger!« Wir gingen zu ihm hin, und er sagte: »Hinter der Kurve sind die Deutschen, die entwaffnen alle Soldaten.«

Die Deutschen, dachte ich, was sollen die denn jetzt? Die Störenfriede. Ich glaube, ich hatte damals mein Gewehr schon verloren, aber die anderen hatten noch welche. Der Bauer sagte: »Ihr könnt eure Gewehre bei mir lassen. Ich passe gut darauf auf«; und meine Genossen gaben ihm ihre Gewehre.

Hinter der Kurve waren keine Deutschen. Da stand ein Männchen um die Fünfunddreißig-Vierzig, ohne Mütze, mit dem Rükken nach Orvieto, die Hände in den Hosentaschen. Als wir vor ihm vorbeigingen, sagten wir: »Guten Abend«, und es sagte: »Halt!« Die Deutschen, das war dieses Männchen.

»Habt ihr Waffen?« fragte es in seiner Muttersprache. Ich wollte ihm etwas Geistreiches in seiner Muttersprache sagen, aber ich kam nicht dazu, denn schon stand es vor mir und hatte angefangen, meine Hüften abzutasten. Dann tastete es alle ab, einen nach dem anderen.

Schließlich fiel mir etwas ein: es war nicht besonders geistreich, aber doch das Beste, was mir im Moment einfiel. »Suchen Sie nur Waffen oder auch Munition?« fragte ich. Die Sprache gelang mir gut, ein wenig hart. Hinter den Büschen sahen wir nun noch andere Männer, wohl die Helfer des Männchens, die Gewehre auf ein kleines Lastauto luden. In einer Hosentasche hatte ich eine Gewehrkugel, nicht die ganze Patrone, nur den kleinen Bleizylinder. Ein alter

Tick von mir, wenn ich eine fand, mußte ich sie aufheben. Das erste Mal, als ich, soviel ich mich erinnern kann, im Flußbett des Piave war, als Kind in Susegana muß es gewesen sein, fand ich, kaum unten auf den Kieselsteinen, den geheiligten Kieselsteinen, dem Eldorado, angekommen, eine Gewehrkugel. Ich hob sie mit Inbrunst auf und fragte mich: »Ob sie wohl einen Italiener getötet hat oder einen Deutschen?« Ich schrieb den gegnerischen, ausschließlich aus Helden zusammengesetzten Heeren eine unfehlbare Zielsicherheit zu. Wir waren diesseits des Piave, und bald mußte ich einsehen, daß diese bestimmt mörderische Kugel keinen Deutschen am anderen Ufer getroffen haben konnte. Die Schlußfolgerung machte mich buchstäblich zittern. Im Stummfilm sind Kriege wunderbar: Die Leute rotten sich hier und dort zusammen, sie laufen; alle vollbringen Heldentaten, das Klavier spielt eine patriotische Weise dazu: *Monte Grappa – du bist mein Vaterland, du bist* der *Stern, der zeigt auf den Kamin* – (ein Stern, ein rauchender Kamin: das Vaterland); die Bajonette funkeln; die Leute beginnen zu fallen: das sind die *Gefallenen.* Das alles macht keinen Lärm und tut nicht weh. Aber dort im Flußbett des Piave, dort, wo ich stand, mit diesem länglichen Geschoß in der Hand, packte mich die Vorstellung, daß dieses Geschoß, wenn es durch dich hindurchsaust, dir weh tut und du stirbst.

Ich hatte den Anzug mit den Puffärmeln an, der unten zugeknöpft war, und meine Lackschuhe.

Ich trat mit geschlossener Faust vor den Deutschen und öffnete sie vor ihm, als wollte ich ihm eine Überraschung machen.

»Betrachten Sie das als einen Teil der Bewaffnung?« fragte ich. Er sagte nichts; er war nicht feindselig, nur besorgt, und er wollte fertig werden. Störenfriede. Wir gingen weg. Meine Weggefährten bemerkten: »Wenn wir Gewehre gehabt hätten, hätte er uns entwaffnet.«

»Was brauchen die denn noch Gewehre? Haben sie denn nicht genug?«

»Verflixt nochmal«, sagte ich. Die Erklärung war mir auf einmal in den Sinn gekommen. Ich muß wirklich einer der dümmsten Italiener der damaligen Zeit gewesen sein. Wenn ich eine Viertelstunde früher daran gedacht hätte, dann hätten wir – bei meinem Charakter – wahrscheinlich das erste Opfer des Widerstands in

Umbrien gehabt. Statt mit dem Deutschen meinen Spaß zu treiben, hätte ich mich vielleicht so aufgeführt wie in der Straßenbahn, wenn ich einen Streit vom Zaun brechen will. Ich sage nicht, daß er das erste Opfer geworden wäre, obwohl er nur ein kleines Männchen war; aber sie gerieten wenn nötig schnell in Bewegung, das muß man wissen, und ich habe sie ja gesehen. Aber auch ich gerate schnell in Bewegung, in meiner Familie sind alle schnell.

Als wir nach Orvieto kamen, sahen wir an einer Mauer ein neues, weißes, unheilvolles Plakat. Ich weiß nicht mehr, von wem es war oder was es genau sagte. Es enthielt Befehle, Vorschriften, Aufforderungen und Drohungen im Namen des Vaterlandes und der Ehre und der Treue zu unseren Verbündeten. Sogleich verspürte ich eine große Erleichterung, sah, daß alles noch vollkommen in Ordnung war, und dachte: »Preis und Dank sei allezeit dem allerheiligsten und göttlichsten Sakrament.« Dann kam mir Lelio in den Sinn, und ich sagte zu ihm: »Was denkst du?«, und er sagte: »Sakrament«, was, glaube ich, auf dasselbe hinausläuft. Die drei anderen betrachteten das Plakat, ohne etwas zu sagen. Einer von ihnen wurde dann Brigadist[6], wohl von der auffallenden Uniform angezogen, die anderen zwei kümmerten sich um ihre eigenen Angelegenheiten, wobei sie es nicht übersahen, gegen Ende bei der siegreichen Partei ihre Schäfchen ins Trockene zu ziehen. Ich glaube nicht, daß die Zahlenverhältnisse etwas zu sagen haben, weder für Italien noch für Vicenza; auch für die Offiziersanwärter könnte ich es nicht sagen, glaube aber, daß sich die Mehrheit zu keiner Partei geschlagen hat. Es waren keine bösen Menschen, vielleicht hätten sich viele noch gebessert, wenn sie die Zeit gehabt hätten, ihren Dienst im Regiment anzutreten.

Orvieto hat einen Bahnhof: Und so kehrten wir mit Hilfe einiger geschickter Manöver, einige Male äußerlich, einige Male innerlich davonlaufend, unter der plebiszitären Zustimmung des italienischen Volkes, in Zügen und auf Bahnhöfen stehend, den Gebirgsjägerhut manchmal in der Tasche, manchmal auf dem Kopf, nach Hause zurück und dachten dabei ab und zu: »Sakrament«.

3

»Hierher, Gebirgsjäger!, kommt daher«: das italienische Volk verteidigte sein Heer, da dieses vergessen hatte, sich selbst zu verteidigen: die Italiener wollten nichts davon wissen, daß man es ihnen wegschleppte. Am Bahnhof von Vicenza wurden wir ergriffen und praktisch von Hand zu Hand gereicht, bis wir in Sicherheit waren. Es war, als ob uns die Frauen mit ihren Röcken zudecken wollten: die eine oder andere soll es tatsächlich versucht haben.

Lelio ging nach Hause, ich machte mich auf den Weg in mein Dorf. »Ich habe eine Steyr zu Hause«, sagte ich zu Lelio, »du, zieh dich um und komm dann herauf!« Zu Hause bekam ich sofort rohes Ei mit Zucker zu essen. Die Steyr lag in der Schublade der Kommode in Papas Zimmer; es war auch ein Dutzend Kugeln dabei. Als Lelio mit dem Fahrrad aus Vicenza gekommen war, gingen wir sofort in den Gemüsegarten, um sie auszuprobieren.

Aus dem Haufen Schrott nahm ich den Kolben einer 505, stellte ihn auf die Einfassungsmauer und schoß zweimal: einmal verrückte ich ihn und einmal zertrümmerte ich ihn. »Sechs«, dachte ich, das heißt sechsmal ins Herz getroffen, und die übrigen Schwerverwundete. Lelio schoß auf eine Tomate und verpaßte ihr einen klaren Durchschuß. Als Offiziersanwärter hatten wir alles mögliche gemacht, nur nicht mit der Pistole geschossen. »Offenbar können wir auch mit der Pistole gut zielen«, sagte ich; und von dem Moment an dachte ich den ganzen Krieg über nie mehr daran, meine Zielsicherheit zu überprüfen. Mit dieser Zielsicherheit und der Steyr-Pistole gingen wir hinauf auf den Monte Pian, um einen geeigneten Ort zu suchen. Geeignet wozu? Das war alles noch nicht klar.

Lelio und ich hatten irgendwie das Gefühl, als müßten wir zwei allein Rebellen werden, gegen die Verfasser von Plakaten: wir hatten uns nicht ernstlich überlegt, wen das Problem sonst noch interessieren könnte. Aber wir wurden überrumpelt. In meinem Dorf wimmelte es von Leuten wie uns. Kaum wiederzuerkennen war es, mein Dorf: stündlich trafen Soldaten aus allen Himmelsrichtungen ein, und alle suchten einander, suchten uns, wollten etwas tun, sich zusammentun.

Wir versammelten uns im Freien unter den Bäumen, beim Brunnen hinter der Wallfahrtskirche Santa Libera; es kam, so kann man sagen, die gesamte Dorfjugend, von den allerjüngsten Wehrpflichtigen bis zu dem ehrwürdigen, beinahe weißhaarigen Teil der Dorfjugend, die vor zehn, elf, zwölf Jahren zum Militär gekommen waren. Dort saßen unter die anderen gemischt die Veteranen von 1911, die Ungeheuer von 1912, die grotesken Jahrgänge. Ich kannte sie noch als Gestalten aus meiner Kindheit: später waren nur noch ihre Namen geblieben und die der Länder, in die sie geschickt wurden. Jetzt saßen sie hier: ruhig, unglaublich und bereit, sich mit uns zu verbünden. Ich geriet in eine euphorische Raserei, scharrte vor Ungeduld mit den Füßen: ich wollte sofort anfangen, schnell machen. Leute aus dem Volk, Bürgertum, Militär und Zivilisten; ganz junge Studenten; Untaugliche, Geschäftsleute, einige Krüppel, Kleriker, Diebe, Lehrer; alle waren sie da.

Es war mir ein wenig peinlich, daß ich so oft zum Sprechen kam, als wollte ich mit meiner Bildung protzen, und daß mir alle zuhörten; ich sprach, ohne zu stocken, und sauber wie ein Buch. Und die Bücher müßte man alle verbrennen, dachte ich; und die, die sie auswendig können, müßte man mitverbrennen (das sagte ich ihnen aber nicht, denn man kann ja nie wissen). Auf jeden Fall war es mir unangenehm, daß man der Ansicht war, ich sei als Anführer tauglich, weil ich reden konnte. Das Reden fiel mir freilich leicht: man brauchte ja nur den Mund aufzumachen, und schon kamen Ideen, Initiativen und Programme heraus, und wenn sie einmal draußen waren, schienen sie auch maßgeblich zu sein: ein großer Vorteil – die humanistische Bildung. Wer reden kann, schafft an. Aber ich hatte etwas gegen diese humanistische Bildung; sie hatte mir schon übel mitgespielt. Ich wollte nicht anschaffen, aber ich redete. Ich sagte: »Laßt euch von niemandem beeinflussen, am wenigsten von mir; tut das, was euch richtig erscheint«; und alle sagten: »Bravo, Herrgott nochmal: wir wollen tun, was er sagt.«

Um die Wahrheit zu sagen, die anderen schwiegen auch nicht; jeder gab seinen Senf dazu, und man spürte, daß wir uns verstanden.

Rino, der auf dem Boden neben mir saß, während davon die Rede war, daß irgendwelche Pistolen aufzutreiben seien, zog sich plötzlich ein Hosenbein hoch und steckte die Finger in einen Sokken. »Die beste Waffe von allen ist immer noch die hier«, sagte er zu mir. Er zog eine lange, zylindrische, scharf geschliffene Feile, eine Art fadenförmige Ahle hervor. Er trug sie immer in seinem Socken bei sich. Ich mußte an Luccheni denken, der Elisabeth von Österreich, die Frau von Franz Joseph, mit einer derartigen Feile erstochen hatte, die so scharf geschliffen und so fein war, daß Elisabeth nicht einmal merkte, daß man ihr einen Dolch in den Rücken gestoßen hatte, während doch dieses Fädchen von einer Feile buchstäblich in ihrem Herzen steckte; aber niemand wußte es, bevor sie tot war. Ich spürte, wie sich dort über dem Becken des Brunnens mehrere Strömungen kreuzten: politische Anarchie, Hühnerdiebe, Croces Historizismus und Antifaschismus. Man hatte das Gefühl, Zeuge eines einzigartigen historischen Prozesses, einer Angelegenheit zu sein, welche die verschütteten Komponenten des italienischen Lebens oder vielleicht der europäischen Geschichte betraf. An jenem Tag sang ich auf dem Heimweg vor mich hin:

Und auch der Franz Joseph, der war ein Fuhrmann,
weil er kein Maultier hatte, kam seine Frau dran.

Historisch gesehen stimmt es ja nicht, denn Franz Joseph war überaus vornehm, und seine Frau noch mehr; aber das macht nichts. Rino erbot sich, mir auch einen Feilendolch zu machen, und ich willigte ein. Ein wenig verlegen war ich schon, das muß ich sagen, und als er fertig war, nahm ich ihn naserümpfend an, er erinnerte mich zu sehr an Gasthausraufereien und die Verletzungen von Gaunern. »Wenn es so weitergeht«, dachte ich, »bekomme ich das nächste Mal einen Dietrich geschenkt.«

Es war trotzdem ein großes Vergnügen, mitten in diesem Tohuwabohu zu weilen. Die Studenten und die Leute aus dem Volk taten sich am meisten hervor, aber alle versuchten etwas zu tun, sogar die Stadtgecken: die übernahmen es, den Mädchen, die sich mit Deutschen hatten blicken lassen – vielleicht ohne wirklich politische Hintergedanken, die Armen –, die Köpfe kahlzuscheren; den Henker spielte der erste Friseur am Platz, und der Schnitt wurde mit allen Finessen ausgeführt, beinahe mit Koketterie.

Da war auch noch ein junger Mann, der schwarze Stiefel und eine wunderliche Pelzmütze trug und zwei glänzende, lange, buschige Koteletten hatte. Die Samtaugen, die ebenmäßigen Gesichtszüge und den Glanz eines Zigeuners hatte er außerdem. Miteinander überlegten wir uns dieses oder jenes Unternehmen, bereiteten Pläne vor, aber wenn dann beschlossen wurde, wer den Plan ausführen sollte, hob immer er die Hand und sagte: »Ich.« Immer ging er, allein oder mit anderen, zu Fuß oder mit dem Fahrrad, auftreiben, entwaffnen. Wie ein anderer atmet, aus einem tiefen Instinkt, so mußte er entwaffnen und auftreiben. Man sah ihm den Typ des volkstümlichen Helden sofort an, auch wenn es sich im Moment noch um einen vorläufigen nächtlichen Ruhm handelte: Sack auf dem Rücken, Leiterwagen, Lastenfahrrad, granulöser Sprengstoff, lepröse Bajonette, ein paar Pistolen.

Sein Name war schon legendär: Er stammte aus einer Familie, die seit eh und je zu den Carabinieri hartnäckige und stürmische Beziehungen gepflegt hatte und auch weiterhin pflegte. Was mich begeisterte, statt mich zu beunruhigen. Es gilt, eine ganze Gesellschaft abzubauen, dachte ich, und vielleicht ist nun der richtige Augenblick gekommen. Es waren übrigens auch einige ehemalige Carabinieri unter den Widerständlern aus meinem Dorf; und es sah sonderbar aus, sie nebeneinander zu sehen: den Mann mit der Pelzmütze und seine Erbfeinde brüderlich vereint bei patriotischen Diebstählen. Auch die ehemaligen Carabinieri verhielten sich vorbildlich: aber der Mann mit der Pelzmütze strahlte weithin.

Seine spätere Karriere war glänzend; er war ein geborener Leader, und der Krieg auf unseren Hügeln trägt seinen Namen; für uns Studenten ist es eine große Ehre, mit ihm zusammengewesen zu sein, als alles anfing.

Die Gesellschaft ist aber nicht demoliert worden: nach dem Krieg mußte der Mann mit der Pelzmütze wieder ins Gefängnis, und ich sage, das ist eine schöne Schande.

Der natürliche Bezugspunkt wären für mich meine Mitschüler und Kommilitonen in Vicenza gewesen; denn uns verband merkwürdigerweise nicht Kameradschaft, sondern Bildung und Politik. Ich sage merkwürdigerweise, weil Schule und Universität an sich solche Bande nicht förderten; aber wir hatten andere Schulen und andere Pädagogen gefunden.

»Das wahre Italien«, sagte ich zu Lelio in den Niederungen unseres militärischen Exils, »lebt im Geist der totalen Verweigerer wie

Antonio Giuriolo. Das ist einer aus Vicenza, wird dreißig Jahre alt sein; Studienrat, unterrichtet aber nicht, weil er kein Parteimitglied werden wollte.«

»Ich habe gedacht, solche Leute gibt es nicht mehr«, sagte Lelio.

»Ihn gibt es«, sagte ich, »und man kann sagen, wir sind seine Jünger.«

»Was soll denn das Herumjüngern?« sagte Lelio; aber ich erklärte ihm, daß jeder, der mit Giuriolo verkehrte, unausbleiblich zu dessen Jünger wurde, und im Grunde genommen auch, wer mit dessen Jüngern verkehrte. »Du gehörst auch schon zu seinen Jüngern«, sagte ich zu ihm.

»Wie viele solcher Jünger gibt's denn?«

»Ein Dutzend mögen wir schon sein.«

»Wie die von Jesus Christus.«

»Das waren ja Apostel.«

Ich nahm die Gelegenheit wahr, um ihm eine kleine Bibliographie zu diesem Thema zu liefern: Omodeo, Renan, die historische Kritik. Lelio war beeindruckt: »Woher weißt du denn das alles, ausgerechnet du?«

»Bei Giuriolo lernt man, was man eigentlich in der Schule lernen müßte.«

Hatten die Apostel etwas mit Italien zu tun? Und ob, sie hatten sehr viel damit zu tun. Denn was ist ein Vaterland anderes als der Kulturraum, in dem man lebt, und das bedeutet doch: die Dinge kennen und verstehen. »Leider ist es für uns persönlich schon zu spät«, sagte ich, »wir mußten zu lange im Brunnen unten hocken, ganz werden wir uns nie von dem Schimmel säubern können, den wir angesetzt haben«; und Lelio sagte: »Immer lustig!«

In der Septemberkrise fand sich unsere Vicentiner Gruppe nicht sofort zusammen. Antonio war auswärts; er war in der Nähe der jugoslawischen Grenze unterwegs, mit einigen Einheiten, den sogenannten Partisanen. Das klang ziemlich Slawisch, wohl bewundungswürdig, aber ein wenig fremd wie eine barbarische Tugend. Einige der Maßgeblichen unter uns waren ebenfalls außer Aktion; Franco war im Gefängnis. Praktisch mußten wir, jeder für sich selbst, zusehen, wie wir zurechtkamen.

Wir spürten aber deutlich, daß wir, obschon in alle Winde zerstreut, eine Gruppe bildeten, und instinktiv wollten wir anfangen, als Gruppe zu funktionieren: eine kleine, auserwählte Mannschaft Vicentiner Perfektionisten: ich, Bene, Bruno, Nello, Lelio, Mario, Enrico und noch einige mehr. Eines Abends kamen wir zusammen und beschlossen fürs erste, daß sich jeder seine persönlichen Waffen beschaffen sollte. »Das ist nicht viel«, sagte ich, »aber für den Anfang reicht es.« Wir diskutierten lange über die geeignetste Art und Weise, dabei kamen alle Schrullen unserer bürgerlichen Erziehung an den Tag: unbeugsam in den Begriffen, aber sehr empfindlich und voller Skrupel in der Praxis.

Wenn das Ziel die physische Vernichtung des zu Entwaffnenden ist, taugt jedes Mittel; wenn aber das Ziel nur der Entzug der Pistole ist, muß man das Mittel sorgfältig auswählen. Nachdem aus dem Brennholz ein zylindrisches Stöckchen mit bläulicher Rinde ausgesucht war, beschlossen wir seufzend, es mit Lappen zu umwickeln. »Wir müssen uns doch noch Christen nennen können«, sagte Bene.

Abends gingen wir durch die Straßen Vicenzas, jeweils zu dritt, in kleinen Freundespatrouillen, alle im Regenmantel, alle die Hände in den Taschen; der mittlere hatte das Stöckchen bei sich. Sorgfältig wählten wir die Offiziere aus und folgten ihnen dann. Das Stöckchen wurde mehrmals aus der Tasche gezogen und auch in die Luft geschwungen: aber wenn sich das Ziel vorwärtsbewegt, dann verlängert sich, sobald das Stöckchen hochgehoben ist, der Zwischenraum zwischen ihm und dem Kopf automatisch: Wir beschlossen, die Mannschaften zu teilen; einer geht voraus, hält den Offizier an mit den Worten: »Entschuldigung, haben Sie ein Streichholz?« Die anderen zwei kommen von hinten und verwenden nun das Stöckchen für ein unbewegtes Ziel.

Der Offizier setzte sich auf den Boden mit vor Aufregung zitternden Händen, wir knöpften ihm die lederne Pistolentasche auf, aber sie war leer, es war keine Pistole drin.

Feige Verräter, sie hatten nicht einmal Pistolen für die Pistolentaschen ihrer Offiziere!

In der ganzen Provinz geschahen dieselben Dinge wie in meinem Dorf. Die Leute versammelten sich, zählten sich, versteckten Waffen; Heimkehrer und Aufderstreckegebliebene verbrüderten sich mit den neuen Verweigerern: die Familien hielten sich nicht zurück, die Priester erteilten – freilich ein wenig vorsichtig – ihre Einwilligung. Lieber Himmel, natürlich gab es manchen, der sagte: »Ich würde schon lieber einen schriftlichen Befehl des Königs sehen.« Aber es gab auch einen Haufen tüchtige Leute.

Eine allgemeine aufrührerische Bewegung hatte um sich gegriffen, es herrschte ein radikales Nein, die Geduld war zu Ende. Man hatte den Krieg satt und damit auch, verschwommen freilich, das System, das ihn zuerst hatte beginnen wollen und ihn dann groteskerweise, indem es ihn aufgab, verloren hatte.

Die Bewegung der Gemüter richtete sich nicht nur gegen das gestürzte Regime, sondern gegen die gesamte Welt, die darin ihren Ausdruck gefunden hatte. Die Leute wollten Schluß machen damit und neu anfangen. Alle tasteten sich vorwärts: es gab ein wenig ausdrücklichen, praktischen Antifaschismus (aber nicht viel), ein wenig Wut auf die Deutschen, die alles kaputtmachten, einen Volkspatriotismus und eine hübsche Dosis ewige italienische Spezialität, die Lokalinteressen nämlich, das Wohlergehen der Pfarrei. Am meisten hörte man den Satz »das Dorf retten« (oder vor allem die Häuser im Stadtkern, die Brücke über den Gießbach, die Kabinen für die Elektrizität) vor der mutmaßlichen Rache der auf dem Rückzug befindlichen Deutschen. Natürlich war die Stimmung noch nach bevorstehendem Rückzug, nach sichtbar werdendem Ende; und man redete davon, man werde einander helfen, unter Dorfbewohnern, wie bei einer Naturkatastrophe.

Aber das Wesen solcher Reizbewegungen lag in der Vorstellung, man müsse eben selbst zusehen, wie man durchkomme, denn es war zu spüren, daß alles auf einmal dahin war, der Faschismus wie alles übrige; und so enthielt jegliche Initiative, auch die bescheidenste, den Keim des Aufruhrs, und solche Keime blühten auf, wohin man auch blickte. Die öffentlichen Institutionen gab es nicht mehr, wir würden Gelegenheit haben, sie neu zu machen, von Grund auf, es war Zeit.

Überall (zumindest bei uns in der Gegend von Vicenza) spürte man, daß dieselbe Strömung kollektiven Empfindens in Gang gekommen war; es war das Erlebnis einer wirklichen Volksbewegung, und das war berauschend; die Übermacht der Dinge, die von unten her kommen, der spontanen Dinge war spürbar; man empfand Wärme und Geborgenheit, wenn man in diese Woge des allgemeinen Willens eingetaucht war. Sieh mal an, sagten Lelio und ich, nun kommt plötzlich heraus, daß es den Volkswillen doch gibt. Wir hatten noch den Volkswillen der Mauerinschriften im Sinn, denn, wenn etwas an die Mauern geschrieben stand, hieß es, das existierte nicht; so war es für uns sonnenklar, daß der Wille Italiens nicht existierte. Aber jetzt war er plötzlich zum Vorschein gekommen, und wir waren mittendrin. Es ging uns durch den Kopf, wie sich wohl Lenin und seine Freunde gefühlt haben mochten, in jenen ersten Wochen nach der Ankunft auf dem finnischen Bahnhof; und wir bedauerten unsere Wenigkeit.

Wir fuhren von einem Dorf ins andere, um »Kontakte« herzustellen, Leute zu zählen und einzusetzen, mit dem Pfarrer, dem Lehrer, den Schülern und den Heimkehrergruppen zu sprechen. Wir gingen in die Häuser, in die Pfarrhöfe, in die Wirtschaften, in die Werkstätten; wir sahen, wie die Leute leben, wie sie ihre Angelegenheiten anpacken. Ich bin zwar ein Dorfbewohner, aber über mein Dorf hatte ich nie nachgedacht, ich war zu sehr damit beschäftigt, dort zu leben; es war nämlich für mich keine soziologische Struktur, sondern eine apriorische Kategorie der Intuition; das mag ein großes Wort sein, aber es trifft zu. Hier in den anderen Dörfern und Dörfchen traf ich auf ähnliche Schemata von Beschäftigungen, Lebensführung und Vorstellungen, und jetzt, da ich sie außerhalb meiner Sphäre sah, verstand ich sie. Dörfer und Dörfchen waren – noch eine Folge des Krieges – aus den Fugen; in den Häusern, auf den Marktplätzen, auf den Feldern, überall war die Stimmung noch unsicher und alles vorläufig. Die Leute wußten noch nicht genau, wie sie sich wieder in einem normalen Leben einrichten sollten: in den Familien drehte sich noch alles um die Frauen, um die Alten und die Kinder; die jungen Männer, die eben erst heimgekommen waren, erschienen noch wie ausgeliehen.

Lelio und ich suchten uns, wo es ging, die Dörfer aus, in die wir aus der Ferne verliebt waren; er liebte Trissino und Barbarano, ich hatte verschiedene kleinere Lieben; und so fuhren wir bald nach Tretto in den Bergen, bald ins absurde Cogollo, nach Poleo, Arcugnano, Gambugliano, ins staubige Tezze und ins märchenhafte Giavenale, die alle genau dort mitten aufs Land gefallen waren, wo aus dem Boden die Achse der Welt hervorkommt, um die sie ihren Kirchturm herumgebaut haben. Wir fanden die Küchenherde aus Ziegelsteinen, die Zimmer mit den unverputzten Balken, die Ställe, die Tennen, die Höfe; wir tranken Wasser aus den Kupfereimern; saßen auf den Stühlen, denen ihre Strohfläche verlorengegangen war, auf dem Stein bei der Feuerstelle; wir verschworen uns in den Häusern und auf den Marktplätzen mit unseren Leuten, im Dialekt. Ihre Lebensweise und ihre Redeweise rührte uns. Unterwegs plauderten wir über Dichtung, Philosophie und insbesondere über Ästhetik; denn mitten in dieser Zerrüttung hielten wir die Ästhetik immer noch für wichtig. Fast alle meine Freunde hielten sie für wichtig; heute mag das seltsam erscheinen, aber so war es.

Wir fuhren los mit unseren munteren, neuen, auf Kredit gekauften Fahrrädern; bald flitzten wir nordwärts, bald hinunter über die Riviera Berica, um, sagen wir, nach Noventa zu fahren. In Vicenza war Fliegeralarm, es war um die Mittagszeit, hoch über der Stadt sah man in der Luft viele kleine Flugzeuge aus Stanniolpapier. Es hatte sich eine lange Schlange von Leuten gebildet, die fröhlich lachend und schwatzend auf ihren Rädern davonfuhren. Unterhalb des Monte Berico begleiteten die lange Schlange Luftstöße und Staubwolken, die sich, wie wir, hintereinander in dieselbe Richtung bewegten, nur schneller. Auf einmal sah die Straße vollkommen aufgewühlt aus: vor unseren munteren Fahrrädern erschienen unglaublich große Löcher und große Haufen lockeres Erdreich, und alles war versperrt durch die vielen Bündel, und auf einmal war die Straße ganz weg, so mußten wir halten. Auch die Radfahrerschlange war weg; geblieben waren Schwaden staubiger Luft und da und dort Umrisse betäubt erscheinender Gestalten. Ich lehnte mein Fahrrad an das Gartentor eines Einfamilienhauses (wir waren am Stadtrand, es gab Einfamilienhäuser mit Vorgarten und Gartentor), und da lag ein Mädchen, das sich zwischen den zwei Pfosten des Gartentors auf den Boden geworfen hatte. Ich dachte, sie habe sich weh getan, und ging hin, um ihr beim Aufstehen zu helfen. Es war ein Mädchen vom Land, offensichtlich in Stellung in der Stadt, wohlgerundet und hübsch; sie mochte sechzehn sein. Ihre Augen waren geschlossen, und ihr Gesicht war schneeweiß geworden; ich nahm sie in den Arm und fing an, zu ihr zu reden, aber auf einmal merkte ich zu meiner heftigen Überraschung, daß sie tot war. Sie mußte geplatzt sein, innerlich geplatzt, eine Wirkung, die bestimmte Bomben haben können; von außen sah man nichts. Die Bombe hatte gerade vor dem Gartentor einen kleinen Krater hinterlassen, auf dem Rand des Kraters lag ein dunkel gekleideter Mann, er hatte nur einige kleine Verwundungen, aber auch er war geplatzt; er war jedoch nicht tot, sondern dabei zu sterben. Ich fing an, ihm die Jacke und den Hemdkragen aufzuknöpfen, aber Lelio sagte zu mir, ich solle ihn in Frieden sterben lassen. Aus seinem Mund kam eine Art vanillefarbene Schlagsahne.

Wir blieben eine ganze Weile dort, zogen die Toten hoch und knöpften die Verwundeten auf. Ein Mann lief rufend umher, unter dem Arm hatte er ein Bündel, ein kräftiges, blondes, totes Kind mit einem sympathischen Gesicht und langem, nach rückwärts gekämmten Haar à la Rodolfo Valentino. Überall waren Krater und Erdhaufen; wir gruben, wo es uns die Leute voller Entsetzen sagten: ein Vulkanfiberköfferchen kam zum Vorschein, und einer sagte: »Das gehört meiner kleinen Tochter«; und dann kam der Fuß einer Frau mit seinem Schuh zum Vorschein, und ein anderer sagte: »Der gehört meiner Frau.« Jeder nahm sich sein Zeug wieder, und wenn er es in der Hand hatte, wußte er nichts damit anzufangen.

Ab und zu kam wieder ein Schwarm Tiefflieger; ein Teil der Leute bekam Angst, die anderen nicht. Als die Toten und die Verwundeten geborgen waren, brachen wir wieder auf; in der Zwischenzeit hatte mir jemand mein Fahrrad gestohlen. Der italienische Charakter ließ sich auch durch Bombenangriffe nicht unterkriegen. Zuerst dachte ich mir, daß ich mir auch eines stehlen könnte, es standen nicht wenige herrenlose Fahrräder herum, aber den Toten etwas zu stehlen ist unsympathisch; so mußte mich Lelio auf der Stange nach Noventa bringen. Außerdem waren die Räder der Toten ziemlich heruntergekommen; und meines war neu.

Schritt für Schritt waren wir eine Organisation geworden; jetzt gab es Komitees; man verwendete schon das Wort »illegal«; hielt Zusammenkünfte ab, stellte Listen auf mit verschiedenen Spalten, Dorf, Vorname, Nachname, Deckname, Pistolen, Gewehre, Munition: alles, was eine Polizei braucht, um sich eine klare, detaillierte Vorstellung zu verschaffen. Politische Einrichtungen begannen sich von militärischen Einrichtungen zu trennen; die Initiatoren begannen sich je nach Berufung zu spezialisieren; viele hatten sich einen falschen Namen zugelegt, aber es war einfacher, sie bei ihrem richtigen zu nennen. Einige waren offensichtlich anständige Leute, andere offensichtlich nicht; uns gefielen vor allem die schweigsamen, hageren ehemaligen politischen Emigranten, die aus irgendwelchen Ecken hervorkamen. In einem kleinen Dorf in den Voralpen besuchten wir einen kleinen Mann mit heiserer Stimme, der in Spanien gekämpft hatte; er troff vor Ruhm und Traurigkeit, es war die Traurigkeit des langen Weges, der zu diesem kleinen Gebirgsdorf führte, wo er nun verborgen lebte; nachmittags ritt er, um sich zu zerstreuen, auf den Pfaden hinter dem Dorf, und die Leute flüsterten einander zu: »Der General.« Es war ein trauriger General. Er erzählte uns vom ethischen Programm des Kommunismus und davon, daß wir in erster Linie ehrenwerter, aufrichtiger und selbstloser sein müßten als die anderen; der Rest würde uns dazugegeben werden. Bewegt und ehrfürchtig lauschten wir ihm. Wir standen auf der Seite der Aktionspartei[6] und bewunderten die Kommunisten zutiefst. Ehrlich gesagt waren auch einige Nervensägen dabei, selbst unter den Jüngeren; in den praktischen Dingen waren sie sehr tüchtig, man hatte jedoch nie das Vergnügen, vernünftig mit ihnen zu reden; es sah immer so aus, als würden sie unsere doch so feinen, offenen, menschlichen Bemerkungen nicht verstehen. Mit zwei bis drei wirksamen Hammerschlägen hatten sie ihre Nägel angebracht; und wenn wir dann redeten, schwiegen sie, nur hin und wieder schlugen sie, ganz für sich, wieder ein wenig mit dem Hammer zu, immer auf denselben Nagel, als ob wir überhaupt nicht da wären. Sie flößten jedoch großen Respekt ein; selbstverständlich steckten sie bis über die Ohren in den neuen Geschehnissen in Italien, waren immer vorne dran, bei allem, immer allem ausgesetzt, ohne Kalkül, immer selbst für alles einstehend. Es ist vergeblich, heute zu sagen, ein Kalkül habe es doch gegeben; wer so redet, hat von den damaligen Kommunisten nichts verstanden; wir haben sie aber mit unseren eigenen Augen gesehen und wissen, was sie wert waren. Als Kontrastfiguren kamen uns einige Schulkameraden aus Vicenza in den Sinn, die sich, womöglich im Hause einer Tante auf dem Land, weiterhin mit Kierkegaard und Jaspers beschäftigten oder sogar mit Universitätsexamen, um im Leben und in der Karriere vorwärts zu kommen, vielleicht in den Pausen ein paar hermetische Verse – Eigenbau – herausschwitzten. Solche ungenierten Urlauber zu Zeiten des Bürgerkrieges hat die Bourgeoisie nicht wenige hervorgebracht; viele von ihnen stehen heutzutage entschieden auf der Seite der Engel, haben Karriere gemacht und werden hoffentlich zufrieden sein.

Auch die Verhaftungen hatten angefangen. Bei der Polizei war eine politische Kommission am Werk oder ein politisches Büro; man spürte schon, daß es mit diesen häßlichen Gorillas zu einem Wettlauf kommen würde, aber jede Woche, die verging und die der Krieg im untersten Zipfel Italiens stillstand, schwand die Wahrscheinlichkeit, daß wir es vor ihnen schafften. Wir versuchten nun, mit einiger Umsicht zu handeln, die freien Debatten wurden abgeschafft, die nicht unbedingt notwendigen Zusammenkünfte reduziert. Ich hatte ein Heft, dem ich als Titel *Cahier jaune* auf den Umschlag geschrieben hatte, und das füllte ich mit Zahlen und Zeichen, die Seiten, die ich nicht mehr brauchte, riß ich immer wieder raus; aber ja, man muß anerkennen, daß wir es gewesen sind, die sie gezwungen haben, die Folter einzuführen. Ich habe das Heft kürzlich im Speicher wiedergefunden; drei oder vier Seiten waren noch beschrieben.

Eine abstrakte Geometrie aus Silben und Ziffern, herrlich: ich verstehe gar nichts mehr davon. Die Vorstellung, aufgrund von Anmerkungen gefoltert zu werden, deren Geheimnis man vergessen hat, erscheint mir, ästhetisch betrachtet, interessant. Viele von uns wohnten noch zu Hause, abgesehen von denen, die sich schon zur Badoglio-Zeit[7] kompromittiert hatten. Diese waren, um die Wahrheit zu sagen, nicht lauter Sachverständige; einer von ihnen verschwand am 8. September in einem Schrank bei Freunden in Venedig und verbrachte vorwiegend dort den Rest des Krieges. Die Schränke Italiens wüßten ein Liedchen zu singen.

Der Herbst ging zu Ende: mein Großvater starb, und ich war in dem kahlen Zimmer anwesend und sah seinen feierlichen Tod; der Winter kam. Alles um uns verhärtete sich, erstickte. Anfänglich gab es beinahe keinen Unterschied zwischen Aktivisten und Sympathisanten; nun verloren sich die Gelegenheitshelfer. Mitten im Herbst hatten wir noch eine Schar ehemaliger Schulkameraden, die zu unserer Überraschung auf unserer Seite standen. Einige jedoch verbanden den Transport von Waffen, Sprengstoff und illegalen Zeitungen mit gewissen anderen Transporten und führten in die kleinen Fährnisse der normalen Illegalität andere Fährnisse ein. Einer zum Beispiel transportierte in dem Koffer mit der Munition auch Gold, ich weiß nicht, ob gestohlenes oder geschmuggeltes, aber in eigenem Interesse, nicht ad maiorem dei gloriam; ein anderer stieg aus dem Omnibus, teilte dem Freund, der den Auftrag hatte, ihn zu empfangen, das Ergebnis seiner bescheidenen Mission mit, zog dann eine kleine Pistole heraus und schoß sich mitten in die Brust, ich weiß nicht mehr, ob aus Liebe oder wegen seiner Schulden, auf jeden Fall aber aus privaten Gründen; ein dritter hatte sich vorübergehend einen Brotbeutel voll Sprengstoff – fünfundzwanzig Kilo – mit nach Hause genommen; als es aber an seiner Haustür klingelte, bekam er es mit der Angst zu tun, schüttete den Sprengstoff ins Klo und zog die Strippe. Tagelang bangte man in Vicenza um die Unversehrtheit der Bürger, die nicht ahnten, was in den städtischen Kloaken herumschwamm.

Nun verschwanden alle diese Leute langsam von der Bildfläche: sie gingen mit der Verlobten ihres Bruders durch, ließen sich bei einer Rauferei festnehmen oder fuhren einfach weit weg (oft waren es auch keine Einheimischen), und wenn wir zu ihnen nach Hause gingen, um die Zündkörper abzuholen, sagten die Mütter zu uns: »Er ist nach Sardinien, dieses Päckchen hat er mir dagelassen«, und dieses Päckchen war eine Art Abschied von den Waffen und von uns.

Schließlich blieb dann das gewohnte kleine Häufchen übrig. Wir fühlten uns schon mit einem Fuß im Gefängnis, nur rein zufällig hatte man uns noch nicht verhaftet; es begann etwas durchzusikkern über die Art der Behandlung, welche die politische Kommission für uns vorsah; und man bemerkte, daß eine Verhaftung tendenziell immer andere nach sich zog, und diese wieder andere, eine Kette. Das italienische Volk ist aufgeflammt, dachte ich; jetzt sind wir an der Reihe. An meinem Geburtstag, im Februar, erfuhr ich, daß einer unserer Helfershelfer, der zuviel wußte und zuwenig schweigen konnte, verhaftet worden war; vorsichtshalber ging ich zu meiner Großmutter, ein paar Häuser weiter ins Dorf hinunter, und bewegte mich den ganzen Tag nicht von der Stelle. Bei mir zu Hause erschienen zwei oder drei in Zivil; sie setzten zwar meinen Eltern ein wenig zu, aber nicht allzusehr, nahmen jedoch niemanden mit. Sie waren noch unerfahren. Der Tag im Haus meiner Großmutter verstrich in Traurigkeit; der Großvater und die Großmutter waren nicht mehr, die anderen waren nicht da, das Haus war menschenleer und finster. Zu Mittag saß ich mit meiner Tante Nina allein am Tisch, und beim Essen sagte ich ihr, daß ich Geburtstag hätte.

»Wie alt bist du?« fragte sie; ich war zweiundzwanzig. Meine Tante weinte. »Du Armer«, sagte sie, »du bist schon alt und bist noch nicht jung gewesen.« Ich ging hinauf ins Schlafzimmer und las das *Lob der Polemik* von Russo. Ich fühlte mich alt, zweiundzwanzig muß ein kritisches Alter sein. Als ich neunzehn war (auch damals platzte ich nicht vor Jugend), hatte ich ein Liebesverhältnis mit einem Mädchen in Padua, die eben zweiundzwanzig war und mit einem resignierten Lächeln zu mir sagte: »Ich bin alt und du bist jung; du bist Rußland und ich bin Deutschland.« Merkwürdige Metaphern, besonders da ihre Familie ziemlich faschistisch war; aber die Ehrlichkeit ihres Gefühls war unbestreitbar, und ich frage mich, ob nicht gerade in dem Alter der normale Mensch bemerkt, was die Jugend eigentlich ist, wenn schon nichts mehr zu machen ist. Aber ich hatte das Gefühl, daß ich die letzte Karte noch nicht ausgespielt hatte, und empfahl mich dem Jesuskind.

Alle meine Mitschüler und Kommilitonen in Vicenza hatten vom Größten bis zum Kleinsten dieselbe Erfahrung gemacht. Jeder hatte die Arbeit getan, die gerade anfiel, wo und mit wem sie anfiel; fast alle mit einem totalen Einsatz, Studien und Privatinteressen hintansetzend. Hin und wieder wurde einer aus besonderen Gründen dispensiert, zum Beispiel wegen der aufsehenerregenden Verhaftung seines Bruders. Um die Familie zu entschädigen, durfte der andere Bruder einige Prüfungen ablegen: der Auffassung waren alle. So kam es, daß in der Unbill des Winters da und dort einer von uns, die wollene Sturmmütze über den Kopf gestülpt, in seinem eiskalten Zimmer über den Büchern hockte. Aber nur tagsüber; denn nachts wurde die Sturmmütze abgestreift und man zog mit einem Eimerchen Kalkweiß los, um aufrührerische Schriften an die Hauswände zu schreiben oder um, anders ausgerüstet, Sabotage zu betreiben. Die Sabotagen waren bescheiden, beinahe unsichtbar; die Schriften in Riesenlettern. Unser allgemeiner Hang zum Geschriebenen trat stets zutage; die Texte der Inschriften waren – beinahe zu – geistreich.

Die Idee, ins Gebirge zu gehen, kam ganz von selbst. Sie war eng verknüpft mit dem Empfinden, daß der Volksaufstand nun, nach den ersten Monaten, abgeflaut, die Gelegenheit versäumt war. Jetzt mußten wir allein zurechtkommen. Es gab in ganz Italien nichts Öffentliches mehr, nichts mehr von dem war da, was man normalerweise als die Kultur eines Landes betrachtet. Was blieb, waren (außer den neuen Institutionen von neofaschistischer Seite, die als Fremdkörper, Seuche und Drohung empfunden wurden) die privaten Institutionen, die Familien, die sich in ihre Behausungen verkrochen hatten, die häuslichen Schlupfwinkel, die Arbeit der Frauen; und dann noch die Kirchen mit ihren Pfarrern, die Dichter, die Bücher; wer wollte, konnte sich in diese privaten Hüllen zurückziehen, um abzuwarten, was kommen würde. Unsere Sache war das nicht, es war uns nie in den Sinn gekommen.

Das einzige, nach dem wir uns in dem zerrütteten Land noch richten konnten, war zugleich das, was aus uns eine Gruppe machte: die Bindung an die kulturelle und intellektuelle Opposition. Wir kannten davon nicht mehr als einige Personen und einige Bücher; wir fühlten uns nur als Neophyten und Katechumenen, aber wir glaubten, daß nun wir an der Reihe seien, diese Geheimnisse an uns zu nehmen und sie wegzubringen aus den verseuchten Städten, aus den Ebenen, durch die deutsche Kolonnen zogen, aus den Dörfern, wo – in schwarzer Kleidung – die Funktionäre des Chaos abermals auftauchten. Die Geheimnisse mitnehmen, ins Gebirge gehen.

Warum hat trotz des anfänglichen Aufschwungs keine große, wirklich alles umstürzende Volksbewegung stattgefunden? Warum haben wir nicht ausdrücklich versucht, eine derartige Bewegung ins Leben zu rufen? Die Wahrheit ist, daß wir nicht *begriffen* hatten, welche Möglichkeiten in dieser Lage steckten: in der aktivistischen Euphorie der ersten Monate, in dem Gefühl, von einer Woge getragen zu werden, hatten wir kaum je innegehalten, um uns zu fragen: Aber was geschieht hier eigentlich? Wie fügt sich das alles ein in die italienische Geschichte? Was sollen wir jetzt tun, außer uns von der Woge tragen zu lassen?

Wenn ich Mazzinis Schriften über den »Bandenkrieg« wiederlese, könnte ich mir alle Haare ausraufen. Dort steht schon alles.

Es ist vonnöten, auf eine andere Methode der Kriegsführung zurückzugreifen. Es ist vonnöten, diese sozusagen aus den Eingeweiden der Nation zu gewinnen, aus den Lebensbedingungen des in Aufruhr befindlichen Volkes, aus den topographischen Elementen eines Landstriches, sie aus den Mitteln, die sich aus den äußeren Umständen ergeben, hervorzubringen.

... der Bandenkrieg: *ein Krieg, der jedem, der sich dazu imstande fühlt, einen Weg zum Handeln und zum Ruhm auftut: Indem er gewissermaßen jeden Menschen zum Schöpfer und König seiner eigenen Sphäre macht, indem er auf tausenderlei Weise den Wettstreit zwischen den einzelnen Dörfern, Bezirken und Staatsbürgern schürt, bereitet er ein Feld für die individuellen Fähigheiten und erweckt in hohem Maße den Nationalgeist.*

... Und Haß und Rachegeist, für sich allein schändlich, verwandeln sich in allerheiligste Gefühle, wenn deren Opfer, der ausländische Ausbeuter, auf dem Altar der Freiheit und des Vaterlandes dargebracht wird. Und ohne jenen Haß und ohne jenen Rachegeist werden wir uns nie das Vaterland und die Freiheit erringen. Und diesen Haß hätte man erzeugt, wenn der Kriegsruf an alle ergangen wäre – und er dem Volk seine eigene Kraft geoffenbart hätte –, wenn man es einen Krieg gelehrt hätte, der, anstatt Bildung, Wissenschaft, Schlachtfeldausrüstung und sklavische Unterwürfigkeit zu verlangen, nichts anderes erfordert hätte als Kühnheit, kräftige Arme und Glieder, Ortskenntnis, List und Geistesgegenwart – wenn man, auf den Österreicher zeigend, gesagt hätte: Gold, Waffen und Pferd sind eure Beute – *wenn die Revolutionsbehörden den Aufruf und die obersten Normen allerorten verbreitet hätten –, wenn einige alte Soldaten mit ihrem Beispiel vorangegangen wären, indem sie sich an die Spitze der Jungen gestellt hätten, die ihnen auf jeden Wink gehorcht hätten –, wenn das Banner des Aufstandes in den Dörfern, auf dem Land, auf den Kirchtürmen der Pfarreien geflattert hätte – wenn man Feuerwaffen ausgeteilt oder, da diese fehlten, Hacken oder Messer hergestellt hätte.*

Und Feilen.

Es hätte genügt, wenn man die richtigen Texte gelesen hätte, ein wenig gescheiter gewesen wäre. Man hätte den Aufstand ausrufen sollen, und das *sofort.* Nicht den Widerstand, den Aufstand: der Grund der Lage, ihre explosive Ladung, war politisch, nicht im konventionellen Sinn militärisch; man hätte einen politischen Krieg des Volkes in die Wege leiten müssen, nicht einen allgemeinen abwartenden Widerstand; handeln, nicht Vorbereitungen treffen. Man hätte sagen müssen: Gehen wir hinunter ins Dorf, heute abend, jetzt. Rufen wir alle Leute auf dem Marktplatz zusammen, schlagen wir die Trommel, hissen wir die Fahnen, zeigen wir die Bilder: das Bildnis des Königs, des Papstes und Lenins zusammen ausgestellt; die ganze Welt ist mit uns. Rufen wir: Es leben die Sowjets! Es lebe Jesus Christus! Der Rest findet sich dann von selbst.

Es wäre ein leichtes gewesen, damals eine Revolution einzuleiten, das Vicentiner Oberland hätte in wenigen Stunden Feuer gefangen. Man hätte nur daran zu denken brauchen. Wenn es im Jenseits ein Komitee gibt, von dem patriotische Verdienste beurteilt und registriert werden, dann wird man uns dies nie vergeben.

Natürlich wären wir bald vernichtet worden, zumindest der erste Schub und dann auch der zweite und dritte. Aber Italien hätte wenigstens den Geschmack dessen verspürt, was es heißen muß, sich von Grund auf zu erneuern, und unsere Grabsteine würden heute von einer wahrhaft besseren Nation verehrt.

Es hätte genügt, die Texte zu kennen; aber leider kannten wir sie nicht. Die Geschichte der russischen Revolution erschien uns wunderschön, aber sie gehörte nicht hierher; die Maßgeblichsten von uns, die wahrscheinlich die Texte kannten, waren entweder abwesend oder in den Karnischen Alpen oder im Gefängnis; und mir kommt der Gedanke, sie könnten uns vielleicht absichtlich einen kleinen bibliographischen Hinweis verweigert haben, weil sie unseren Charakter kannten und daher fürchteten, wir würden übertreiben. Auf jeden Fall hatten wir im Herbst noch nichts unter Dach und Fach, und im Winter waren wir dann in diesen Engpaß geraten, nackt und bloß und allein. Und so suchten wir einander instinktiv gegen Ende des Winters, um wenigstens miteinander ins Gebirge zu gehen, mit dem Gefühl, daß es nichts anderes mehr zu verteidigen gab als das Schatzkästlein des Antifaschismus, die Ehre sozusagen.

Ich habe gesagt nackt und bloß und allein: das ist eine Metapher. Marta hatte ein Haus auf dem Land, auf einer Anhöhe zwischen zwei kleinen Tälern; sie hatte eine Menge schöne Bücher und so etwas wie eine Hofhaltung oder eine Zufluchtsstätte, zu der alle Arten Leute kamen. Es war ein privates Zentrum, aber so bedeutend und so chaotisch wie eine öffentliche Institution; und von dort aus hatte sie angefangen, sich auch unser anzunehmen. Sie gab mir sofort eine falsche Identität (eine Identität zu fälschen, war ein Leichtes für sie) und machte mich um einige Jahre jünger, damit ich nicht unter die wieder aufgerufenen Jahrgänge fiel, und sie legte mir ans Herz, mit niemandem unnötigerweise zu reden: »Wenn du den Mund aufmachst, kann man dich auch für volljährig halten«, sagte sie zu mir.

Ich stand morgens mit der Sonne auf, arbeitete, ohne ein Wort zu reden, den ganzen Vormittag mit den Bauern; wir brachen die Erde auf, das heißt wir legten einen tiefen Graben für die Weinstöcke an, und etwas anderes aufzubrechen, habe ich bis heute nicht gelernt. Dann nahm ich ein Bad, und den Rest des Tages verbrachte ich mit Bücherlesen. Das Leben wäre eitel Wonne, wenn man immer den Schmarotzer spielen könnte.

Marta scheute wirklich keine Mühe für uns; sie war aber immer so aktiv, daß jeglicher Zuwachs ihrer Aktivität sich verlor wie ein Stöckchen in einem großen Feuer. Sie kam und ging ohne Unterlaß, auch weil sie einen oder vielleicht zwei Berufe hatte und jeden Werktag in die Stadt fahren mußte, um sie auszuüben.

Sie war wirklich eine außerordentliche Frau: überall war sie gewesen, kannte alle. Tirol, Edinburgh, Mailand, Tripolis; überall war sie zu Hause. Bekanntlich soll Croce, nach genauen Berechnungen, in seinem langen, arbeitsreichen Leben nicht mehr als ungefähr eine halbe Stunde zur Verfügung gehabt haben, um Platon zu studieren; und so hatte sie wohl eine halbe Stunde für die Dordogne und fünf Minuten für Pantelleria: pflegte jedoch enge Beziehungen zu beiden. Sie war Krankenschwester, Professorin, Landwirtin, Dolmetscherin; und sie hatte sich immer für die Leute eingesetzt: für Familien, einzelne, Kategorien. Ihre Art, den Leuten beizustehen, war abenteuerlich und romanhaft: sie trat unvermutet auf, häufig in Verkleidungen (aber leicht verkleidet sah sie eigentlich immer aus), es gefiel ihr, in ein Leben, in einen Familienkreis plötzlich einzubrechen und alles umzustülpen. Häufig suchte sie sich irgendwelche Leute aus: Bekannte, Reisegefährten, Verwandte der Untermieter ihrer Verwandten. Sie brachte Geschenke, Stellenangebote, Zugfahrkarten, Rezepte schottischer Gerichte; sie riß ein Familienmitglied an sich, nahm dieses – selbstverständlich auch leicht verkleidet, etwa mit einem irischen Schal, einem brasilianischen Hut, nur gute Stücke – mit auf Reisen.

Ich glaube, daß sie sich in die Leute, die sie für bewunderungswürdig hielt, auch verliebte; es war eine halb brüderliche, halb mütterliche Verliebtheit, mit Bewunderung gepaart. Dadurch wurde ihre ohnehin schon spektakuläre Energie vervielfältigt und in einen geheimnisvollen Ausbruch der Natur verwandelt. Der achte September muß ihre Phantasie beflügelt haben: sie adoptierte unverzüglich als ihren Sohn und Bruder den gesamten Widerstand der Gegend um Vicenza, nicht in dem Sinn, daß sie mit allen zu tun hatte, sondern daß sie jeden seiner Vertreter und jeden seiner Aspekte, wie sie ihr unterkamen, als ihre eigene Sache behandelte. Sie hielt uns alle für tüchtig, einen für tüchtiger als den anderen, jeglicher Übertreibung würdig. Das Außergewöhnliche an ihr war, daß sie sich niemals als Herrin aufspielte (außer in Kleinigkeiten wie dem kalten Reis am frühen Morgen als Nachahmung des schottischen *porridge* und andere ähnliche weltläufige Exzentrizitäten mehr), sondern im Gegenteil das beinah Dienende, Bescheidene ihrer Funktionen stets hervorhob.

In Wirklichkeit war sie alles andere als dienend: sie hatte nichts von der konventionellen weiblichen Figur der Rotenkreuzschwester, der sich selbst verleugnenden Balsamspenderin; ihre Dienste waren schöpferisch und erfinderisch. Mit derselben Natürlichkeit, wie andere weinen oder lachen, konnte sie erfinden; bei ihr befand man sich in einer Welt der Phantasie und des Unvorhersehbaren. Man muß sagen, daß sie in uns, außer ihren unwürdigen Schülern, auch ein feinfühliges Publikum gefunden hatte; denn ihre Energie war stets von der Lust begleitet, die anderen zu überraschen, zu sehen, wie sie die Augen aufrissen; und wir rissen sie auf, in aller Ehrlichkeit. In manchen Augenblicken erschien sie uns nicht einmal wie eine Frau, sondern wie eine Zauberin, die, mit sich selbst im Wettstreit, damit befaßt war, sich selbst zu überbieten, vielleicht aus Begeisterung darüber, daß sie sich mitten unter der Jugend befand (sie war ein wenig älter als wir) und sich notwendig fühlte.

Die eine Hälfte von ihr war Florence Nightingale, die andere Mata Hari; sie hatte Gefallen an Fälschungen, an nicht unbedingt unerläßlicher Schminke, an Verkleidung als Stilmittel. Sie verschaffte uns falsche Papiere und Waffen, aber keine Schußwaffen;

Bronzewaffen genossen ihr geradezu blindes Vertrauen, besonders eine sehr schwere, die sie »die eiserne Faust« nannte, wahrscheinlich ein Original aus der Bronzezeit; die hatte sie mir gegeben, und ich habe sie dann leider verloren. Sie versorgte uns mit all diesen Dingen, rief uns zusammen, richtete uns her: Als wir dann alle fertig ausgerüstet dastanden, hätte sie uns am liebsten auch noch verkleidet, womöglich als Frauen. Jegliche Ausrede war ihr gut genug, wenn sie versuchen wollte, uns als Frauen zu verkleiden; da wir uns aber stets dagegen sträubten, war sie dazu gezwungen, sich auf einige kleinere Verkleidungen an ihrer eigenen Person zu beschränken. Ihrem Instinkt nach hätte sie sich gern als Carabiniere einer Elitetruppe oder als Zollbeamter oder als österreichischer Offizier des Ersten Weltkriegs verkleidet; dann freilich gab sie sich mit banaleren Mustern zufrieden: Bettlerin mit Stock, alte Bäuerin mit buntem Kopftuch und Veilchenkorb, Kartenlegerin. Seltsam daran war: je mehr sie sich verkleidete, desto besser erkannte man sie. Sie näherte sich den Leuten mit einer Kiepe auf dem Rücken und rußverschmiertem Gesicht, und die Leute sagten: »Meine Liebe, welche Freude: du siehst blendend aus.«

Kurz bevor wir ins Gebirge gingen, versuchten wir, nur um ihr eine Freude zu machen, Bene als Frau zu verkleiden, mit Stöckelschuhen und Schleierhütchen; er sah aus wie eine Nutte, und das gefiel ihr. Aber es ist nicht zu glauben, wie groß ein Mann aussieht, wenn er sich als Frau verkleidet; und dann erst Bene, der auch als Mann schon groß wirkte. Er sah aus wie eine Riesennutte, eine zyklopische Kuh, sehr schön, um die Wahrheit zu sagen. Er wäre sofort als öffentliches Ärgernis verhaftet worden, allein schon wegen der Ausmaße des Ärgernisses; daher zogen wir ihn wieder aus, und ich erinnere mich noch, daß er selbst in Stoffunterhemd und -unterhose sehr, sehr groß aussah.

Auch ich hatte mir (nur um es auch auszuprobieren) die Lippen angemalt und ein schwarzes, kurzes, hautenges Frauenkleid angezogen, dazu Stöckelschuhe und zwei Kartoffeln vor die Brust, dann steckten mir die anderen noch Ohrringe an und setzten mir ein Schleierhütchen auf, und so trat ich vor den Spiegel, um mich anzusehen. Das Lachen erstarb mir auf den Lippen. Ich war sehr schön. Schnell zog ich mich aus.

Marta versorgte uns mit eleganten Reisetaschen und -säcken, mit

Stücken, wie man sie in internationalen Zügen sieht, darin waren unsere Militärrucksäcke, Wollpullover, antike und moderne Waffen. Dann mußten wir auf ihr Geheiß den Zug besteigen, und sie verteilte die Rollen: ein Vetter, ein Trottel, eine Reisebekanntschaft. Ihr gefiel die Vorstellung, uns mit dem Zug bis an den Fuß der Berge zu bringen. Gebirgseinheiten gab es in unserer Gegend damals noch nicht; wir zogen nun los, um in der Gegend von Belluno, wo Antonio war, eine zusammenzustellen. An einem kleinen Bahnhof vor Belluno stiegen wir aus, wir waren zu dritt: Nello, Bene und ich; in der Nacht trafen wir uns mit Antonio.

Ich sah, wie sich in seinem Gesicht einen Augenblick lang die Befriedigung widerspiegelte, daß ich auch dabei war. Ich freute mich darüber, war aber auch ein wenig überrascht, weil es mir selbstverständlich und natürlich erschien. Vielleicht unterschätzte Antonio die Tiefe seines Einflusses; er war zu sehr daran gewöhnt, allein eine Partei bilden zu müssen und zuzusehen, wie die Dinge und Tatsachen ihre eigenen Wege gingen, wie, gewissermaßen, die Geschichte Fehler machte. Vielleicht unterschätzte er auch unsere, meine absolute, beinahe wahnwitzige Überzeugung, für die die Ideen an erster Stelle standen. Die bedeutendsten Tatsachen vollzogen sich meiner Ansicht nach in der Sphäre des Denkens, wo man dieses oder jenes allgemeine Verhaltensmuster akzeptiert oder ablehnt: alles übrige verstand sich von selbst, war nur noch Umsetzung in die Tat. Er aber hatte sich daran gewöhnen müssen, von den Absichten immer etwas abzuziehen, und in diesen Dingen zählten für ihn nur die praktischen Tatsachen; daher freute es mich ein wenig, daß die Tatsache, mich dort oben zu sehen, ein positiver Beweis war, ein wenig bekümmerte es mich freilich nebenbei, daß ich nicht im voraus sein volles Vertrauen genossen hatte, wie ich es meiner Meinung nach verdient hätte. So war es immer in jenen Jahren: Es bekümmerte mich, wenn man mich nicht für vollkommen hielt.

Dann wurden aus den eleganten Reisetaschen die Rucksäcke ans Tageslicht gezogen, und wir schulterten sie und machten uns auf ins Gebirge.

4

In der Gegend von Belluno liegt ein Talschlauch, der Canal del Mis. Die Orte, über die man in dieses Tal gelangt, habe ich nur nachts kennengelernt, Sospiròlo, Sèdico, Mas, Santa Giustina: nächtliche Lande. Die Struktur der Gegend bekam ich nicht zu fassen, angenommen, es gab sie überhaupt: es gab Weiler, Felder, Dämme, Flußläufe, dunkle Straßen, stumme Häuser; entweder wohnte niemand in den Dörfern oder alle schliefen, Mensch und Tier.

Zwei Nächte lang streiften wir mit einem einheimischen Führer durch die Gegend. Ab und zu lag das Flußbett des Piave vor mir, und ich dachte: »Was will der Piave hier? Was hat der denn hier zu suchen?« Die Frucht unseres Herumstreifens waren wohl die vier Riegel, die ich doch als unsere ersten Waffen bezeichnen muß: vielleicht haben wir sie von den Äckern aufgelesen, ich kann mich nicht mehr erinnern.

Mitten in der zweiten Nacht machte unser Führer eine entschiedene Wendung auf das Gebirge zu, um in den Canal del Mis einzubiegen. Als wir drin waren, spürte ich auf einmal die Struktur; abermals gingen wir zwischen verschlossenen Fenstern und vorgeschobenen Riegeln, und die Anlage des Tals, eine lange kahle Furche, war nun zu erkennen. Ein Stück gehen wir auf der Straße im Talgrund; dann schlagen wir rechts einen Pfad ein, der sich an den Berg klammert, und in wenigen Minuten sind wir hoch oben in der schwarzen Luft. Wir steigen mehrere Stunden in der Dunkelheit auf; in einer kleinen Lichtung oben auf den Bergen machen wir halt.

Wir tasteten uns nach allen Seiten vor, eine Hütte war da, aber verrammelt. Dieser Ort heißt Landrina; es schneit. Unser Begleiter steigt jetzt wieder hinunter. Wir bleiben allein hier: Nello, Bene und ich. Im Schweinestall neben der Hütte legen wir uns schlafen. Wir sind angekommen, wir sind Partisanen.

Bene, der zwischen Nello und mir zusammengekauert im Stroh lag, schnaubte und schimpfte. Der Schweinestall war in mancher Hinsicht ein geschlossener Raum, in manch anderer ein offener; er war an ein trocken gefügtes Mäuerchen angebaut und bestand aus nicht aufeinander passenden Brettern. Durch die Ritzen wehte der

Wind herein, und auf den war Bene hauptsächlich böse, er war nämlich äußerst luftzugempfindlich: derlei Dinge müsse man später büßen, sagte er, mit dreißig oder vierzig. Zu meiner Überraschung mußte ich feststellen, daß ihn jene Altersstufen offenbar interessierten: wohl als barocke Abstraktionen.

»Halt dich ruhig«, sagte ich zu ihm, denn er wälzte sich unaufhörlich hin und her und zog bald Nello, bald mir die Decke weg; wir hatten nämlich nur eine zu dritt.

Durch die Ritzen kamen auch ein paar Schneeflocken herein, hin und wieder spürte ich, wie mir eine aufs Gedicht fiel und im Nu schmolz. Wir waren absurderweise mutterseelenallein, das spürte man, kilometerweit.

»Eine schöne Nacht«, sagte Bene.

»Schlaf jetzt«, sagte ich. Nello sagte nichts. Alles, was mir aus jenen Wochen von ihm in Erinnerung geblieben ist, trägt gleichsam ein kleines Siegel. Ich spürte, wie die zarten Kristalle mit den Augenlidern in Konflikt kamen, einen winzigen Kampf ausfochten.

Am Morgen war dann der Ort beinahe schön, kahl, aber nicht wild. Wir befanden uns auf einer Art Terrasse, die nach Süden schaute. Ich ging sofort nachsehen, wo die Pfade ankamen, berechnete dabei mit dem Augenmaß, wie sich ein Sperrfeuer anlegen ließe. Die Vorstellung war im Augenblick rein theoretisch: das einzige Feuer, das es nun anzuzünden galt, war ein Holzfeuer, vorausgesetzt, daß es uns gelang. Ich versuchte, mit Bene darüber zu sprechen, aber er sagte: »Hast du nicht einen Offizierslehrgang gemacht? Sorg du mal dafür!«

Auf dem Lehrgang hatte man uns vor allem beigebracht, wie man Schützengräben einnimmt. Wenn die Deutschen eine sportliche Einstellung gehabt hätten, dann hätte man ihnen, sobald sie über den Pfad heraufkamen, sagen können: »Legt doch mal einen Schützengraben an, wir kommen dann und nehmen ihn ein ...«

Die Sonne stand hoch am Himmel; wir hörten Stimmen hinter uns, das kleine Plateau war schon besetzt, Leute, die von anderswoher kamen. Zum Glück gehörten sie zu uns: die ersten Rekruten unserer Einheit.

Am selben Tag und am nächsten kamen noch viele andere an: Zu guter Letzt sah ich von ferne einen daherkommen, hölzernen und ärgerlichen Schrittes, den Steinchen ab und zu Fußtritte versetzend. Blond und schlechter Laune: es war Lelio. Wir erwarteten ihn zwar, aber wir waren immer ein wenig gerührt, wenn, solange wir dort oben waren, tatsächlich ein Freund zu uns kam.

In zwei oder drei Tagen war unsere kleine Einheit vollzählig. Außer uns vier aus Vicenza, die sich als den Kern empfanden, waren fünfzehn oder zwanzig Einheimische aus dieser Gegend dabei, einige ziemlich jung, die meisten Heimkehrer aus Rußland oder aus dem Balkan; einer war ein ausgezeichneter Koch; daß er als Koch ausgerechnet zu uns heraufkommen mußte, war geradezu eine Sünde, denn für die anderen Aspekte der Situation zeigte er keinerlei Interesse. Wir aßen nur einmal täglich, aber gut und reichlich. Die Komitees unten in der Ebene mußten völlig in Schweiß gebadet sein.

Unter die Leute aus der Gegend von Belluno waren auch drei oder vier Jungen aus der Ebene gemischt, einer kam sogar aus Venedig, wir nannten ihn Ballotta, und er hatte Geschwüre. Ich weiß nicht mehr, wo er welche hatte, aber er hatte welche: und seine Versuche, mit diesen Geschwüren im Leib Partisan zu werden, waren rührend. Er konnte weder lange Märsche machen noch Lasten tragen oder schießen (nicht, daß dies im Augenblick oft nötig gewesen wäre) noch sich orientieren. Sein Kampf war gegen die Geschwüre gerichtet; aber er versteifte sich darauf, ihn hier oben führen zu wollen. Nach einigen Wochen brachten wir ihn wieder zurück zu seinen Verwandten in der Gegend von Agordo und ließen ihn dort. Ihm kamen die Tränen, und mir kommt in den Sinn: wenn die Medaillen etwas Ernstzunehmendes wären, müßte der erste Empfänger eigentlich er sein. In unserer engeren Gruppe gibt es zwei Goldmedailleninhaber, der eine ist Antonio, der andere der Moretto. Aber wenn die Ordensverleiher klare Vorstellungen über die Medaillen hätten, dann wäre es gerecht, auch Ballotta, den Venezianer mit den Geschwüren, als Kandidaten vorzuschlagen.

Kriegstechnisch gesehen waren die Jungen aus der Ebene, mehr oder weniger alle Studenten, insgesamt kein so wertvolles Kontingent. Denn in unserer Lage waren hauptsächlich zweierlei Dinge von Nutzen: entweder man hatte die *nurture* des Gebirglers oder man war von Natur aus ein harter Brocken; Leute von diesem Schlag blühten dort auf, die anderen nicht. Sie verstanden nichts vom Gebirge und noch weniger von der Bande, dem Embryo von Bande, der wir waren; sie verkrochen sich, suchten das Gebüsch auf, wo man sie bleich und verschämt entdeckte. Ich wollte eigens die Masturbationsfreiheit ausrufen lassen, um den armen Kleinen zu helfen, ihnen ein Statut zu geben; aber man riet mir davon ab.

Auch zwei Studenten aus Padua waren dabei, tüchtige Burschen, Brüder. Einer von ihnen hatte eine Gitarre, und er komponierte sofort ein Lied, Text und Musik, für unsere Einheit, das ich augenblicklich verabscheute. Es hieß darin unter anderem: *Kalt ist der Wind und dunkel die Nacht / der Partisan steht auf einsamer Wacht*, das geht noch, aber dann hieß es auch: *Und an die Mutter, die Braut er denkt / hat keiner andern Frau je sein Herz geschenkt*, und das geht überhaupt nicht. Leider erschien den Einheimischen das Lied sehr nobel: Der Verfasser sang es (es war unglaublich langsam), und sie stimmten ein, wobei sie sich anstrengten, den Text zu lernen, und in den Pausen sagten sie: »Das Lied da wird seinen Weg machen.« Wer weiß, dachte ich, vielleicht kommt es gar bis Polen, dann hören wir's hier nicht mehr.

Der andere Bruder erzählte mir von den Jesuiten und der großen Geschicklichkeit, mit der sie Ideen und Personen manipulierten. Aber auch die Jesuiten überzeugten mich nicht. Lassen wir sie stehen und reden wir vom Krieg. Aber wenn wir vom Krieg redeten, sagten die zwei aus Padua andauernd: »Mal abwarten ... mal sehen ...« Mir ist der Eindruck geblieben, daß die Leute aus Padua bei Bürgerkriegen zu Nachdenklichkeit und Opportunismus neigen. Ich spürte, daß diese zwei den gesunden Menschenverstand vertraten, aber befanden wir uns nicht in einer Krise? Was hatte hier der gesunde Menschenverstand zu suchen?

Theoretisch gab es auch einen politischen Kommissar, der hatte aber noch in der Ebene zu tun und machte uns nur Besuch. Der Kommandant war ich. Ich wollte eigentlich vom Kommandieren nichts wissen, aber man sagte mir, ich solle keine Geschichten machen. Wir fanden alle Unterkunft in der Hütte, die viel besser dicht hielt als der Schweinestall. Gegen Abend zündeten wir ein Feuer an, und bald gewöhnten wir uns an den hellen, stechenden, aromatischen Rauch. Unsere Waffenausrüstung war dürftig: zwei Gewehre, zwei oder drei Pistolen, mehrere Bajonette, ein Säckchen voll Kugeln, die aber nicht alle zu den Pistolen und den Gewehren paßten. »Wir können sie auch mit der Hand werfen«, meinte Bene.

Am Abend sangen die Jungen aus Belluno, nachdem die düstere Hymne unserer Einheit längst verklungen war, mitten im Rauch Volkslieder, die ich nur in gesäuberten Versionen kannte. Die Gestalten aus den Liedern wurden uns so lieb und vertraut, daß es mir heute beinahe vorkommt, als wäre ich mit dem Bìscaro[8] Partisan gewesen, als wäre er nach seinem grandiosen Begräbnis wieder zur Welt und mit uns hier heraufgekommen. Denkwürdig war sein Begräbnis allerdings gewesen: Dreihundert Freudenmädchen folgten mit schwarzem Schleier, bleich und ungeschminkt, seinem Sarg, die Worte seines eigenen Liedes langsam lallend; die ersten vier trugen den einzigartigen Kranz; als letzter, ganz hinten, isoliert, in korrektes Schwarz gekleidet, kam mit kleinen Hackeschrittchen als *chief mourner*, vom Schmerz erschüttert, der Arschficker daher.

Aufmerksam lauschten wir der langen Litanei der Krankheiten des großen Verblichenen; besonders die böse Syphilis hatte ihn Kopf und Kragen gekostet. Sie hatte die Farbe eines gestreiften Gockelkollers mit blauroten Flecken.

»Das Lied läßt sich hören!« sagte ich zu Bene.

»Sehr frisch«, sagte Bene; denn ich sagte damals immer, wenn ich etwas loben wollte, es sei frisch, und er lachte mich aus.

Von den Leuten aus Belluno waren einige ehrerbietig, die anderen vorsichtig freundlich, wieder andere schweigsam. Es war klar, daß wir uns ihr Vertrauen gewinnen mußten. Vorläufig strichen wir sozusagen umeinander herum; man sah, daß sehr Tüchtige unter ihnen waren. Merkwürdigerweise erschien mir die Beziehung zwischen ihnen und uns nicht in Ordnung, als ob wir hier oben nicht alle gleich wären. Im Geist sagte ich mir immer wieder: »Selbstregierung, Selbstregierung« und ernannte sofort einen überaus selbständigen Vizekommandanten; er war als Unteroffizier in Rußland gewesen, ein tüchtiger, ernster, ziemlich zurückhaltender Mann. Ungefähr achtundzwanzig Jahre alt.

»Wie war's denn so in Rußland?« fragte ich.

»Da war eine Russin, die hatte mich gern.«

Mit der militärischen Seite der Geschichte hatte er sich nicht besonders beschäftigt. »Ich war die meiste Zeit bei meiner Russin«, sagte er. »Sie hatte auch drei Kinder.«

»In was für einer Sprache habt ihr miteinander gesprochen?«

»Nema kukuruscha.«

Dieser Unteroffizier war introvertiert; wir hatten auch einen extrovertierten, und wenn ich ihm einen verkehrten Befehl gab, sagte er: »Entschuldige, Kommandant, ich mache, was du sagst, aber nach meiner Meinung ist dein Befehl verkehrt«; und ich änderte den Befehl.

Ich war entschlossen, die Selbstregierung einzuführen, aber da ich die jungen Rebellen aufgefordert hatte, den um die Hütte gelegenen Grund nicht als Latrine zu benutzen, und da ich nachher in dem Gebüsch in der Nähe der Hütte auf beachtliche Zeugnisse des Ungehorsams stieß, ließ ich alle antreten zum Exkrementenappell. Die Einheit hatte sich konzentrisch um die EXKREMENTE aufzustellen; ich stand in der Mitte, an IHRER Seite, hielt der Einheit eine kraftvolle Strafrede, mit dem Finger auf den Boden deutend. Ich sprach von Disziplin, Selbstdisziplin, von Italien und der Menschheit. Bene, der keinen Militärdienst gemacht hatte, gefiel das Ganze ausnehmend, aber ich glaube, in Wirklichkeit war es doch keine gute Idee. Im übrigen nicht einmal originell, keine Frucht unseres eigenen moralischen Eifers: den Exkrementenappell kannte ich vom Offizierslehrgang, mein Hauptmann, der mit dem Glasauge, hatte uns seinerzeit antreten lassen. Mit anderen Worten, er war etwas *Nachgemachtes*.

Gleich danach begannen denn auch meine Gewissensbisse. Einige der Versammelten hatten einen entschieden unzufriedenen Gesichtsausdruck. Es waren Leute, die im Krieg gewesen waren, während wir in Padua auf der »versunkenen Oboe«[9] spielten, dabei weiß man gar nicht, wie das klingt, wahrscheinlich gluck, gluck. Ich spürte, daß ich die Atmosphäre einer Kaserne nachgemacht hatte: Die Scham packte mich. Das ist doch kein Bandenkrieg, sagte ich zu mir; das ist wie ein neuer Barras, noch dazu schlecht gemacht.

Obwohl ich der Kommandant war, hatte ich Wachdienst wie alle anderen, im Gegenteil, ich suchte mir die schlimmsten Zeiten aus, von zwei Uhr nachts bis sechs Uhr früh, um mit gutem Beispiel voranzugehen. Diesen Wachdienst machten wir in hundert Meter Entfernung von der Hütte, zwischen den Büschen stehend, mitten in Schnee und Dunkelheit. In jenen Stunden absoluter, eisiger Einsamkeit fühlte man sich als Soldat, Klosterbruder, Faser des Universums und Arschloch. Die Kälte war widerlich.

Die Verpflegung kam mit einem Flaschenzug von unten. Am Fuß des Berges stand ein Bauernhaus, und von dort ging der Flaschenzug aus; eines Abends gingen wir zu zweit oder zu dritt hinunter auf Besuch, nur um nachzusehen, ob die Welt noch da war und ob der Krieg in unserer Abwesenheit nicht schon zu Ende gegangen war. Die Familie war im Stall versammelt, ebenso die Tiere; in den Stall gelangte man direkt von der Küche. Die Wärme war wunderbar, ein warmer Gestank aus Gärendem; das stach in den Augen wie ein Ameisengewimmel. Es gab drei Kühe und mehrere Ziegen. Unter den Frauen war eine kräftige, noch junge, die mir außerordentlich begehrenswert erschien. In diesem Stall blieb ich die Nacht über zum Schlafen; meine Augen stachen, und ich hatte den Eindruck, das Stroh anzuziehen wie ein Magnet.

Mittlerweile waren uns allen die Haare gewachsen; Bandiera sagte, er verstehe etwas vom Friseurhandwerk, und ich ließ mir, um ein Beispiel zu geben, von ihm die Haare schneiden, auf einem Schemel sitzend, mitten auf unserem Plateau. In einem Säckchen hatte er das Handwerkszeug; er band mir einen Lappen um den Hals und begann unverzüglich mit seinem Gemetzel, ohne Vorbereitungen, ohne Gefühl für graduelles Vorgehen. Aus meinen Augen quollen – wie Nüßchen – dicke Tränen hervor, die Einheit war ringsum versammelt, auf den Gesichtern zeigten sich krampfhafte Empfindungen; der Himmel war bewölkt. Bandiera metzelte eiligst. Sein eigentlicher Beruf war Metzger. Zuletzt zog er aus seinem Säckchen einen Metallspiegel hervor und reichte ihn mir. Ich konnte nichts erkennen. Die Spiegelfläche warf nur ein weißliches, kränklich aussehendes Feld zurück; dann sah ich, daß in dem Feld ein Ohr wuchs, und erkannte mit einem Schlag die Seitenansicht meines Kopfes. Die Haare waren bis zur Schläfe hin ausgerottet; darunter befanden sich weißlich schimmernde Flächen, die wie eine verseuchte Landschaft grünliche Reflexe zurückwarfen. Ich sah aus wie ein grätziger Klosterbruder, den man mit Kupfergrün behandelt hatte. Bandiera war getürmt. Als er am nächsten Tag zum Lager zurückkam, war meine Wut schon verraucht. Über seine Erfahrung als Herrenfriseur wollte ich aber doch Näheres wissen, und er gestand mir, nur geschlafen habe er einmal mit einem Herrenfriseur: in der Nacht auf den achten September in Portogruaro.

Ich habe die Jungen aus Belluno nicht mehr gut in Erinnerung; einige Gesichter, einige Namen, aber selten alle zusammen, oder ihre Stimmen und ihre Worte. Wenn Bandiera, der waghalsigste von ihnen, etwas Angenehmes loben wollte, sagte er, es sei wie eine Ladung Prügel, und von dem Allerangenehmsten in der Natur, nämlich der bewußten Natur der Frauen, sagte er, noch besser als Prügel aufladen sei das Aufladen jener Natur. Der Begriff des Aufladens faszinierte mich; ich träumte nachts davon. Ich weiß, viele dieser Jungen haben ein böses Ende gefunden, aber ich wollte nie Einzelheiten darüber erfahren: aus zufällig aufgefangenen Andeutungen weiß ich aber, daß Fleischerhaken, die von den Deutschen in jener Gegend benutzt wurden, eine Rolle spielten; ebenso Pferde, von denen sie, vielleicht schon tot, vielleicht noch lebendig, geschleift wurden. So bekamen sie am Ende statt der Ladung eine Tracht Prügel. Wie werden sie sich verhalten haben? Und wie hätten wir Herrensöhnchen, insbesondere ich selbst, uns verhalten? Aber wie man sich verhält, zählt nur am Rande.

Eines Tages sahen wir eine lange Reihe Soldaten über den Abhang kommen und auf unser Lager zumarschieren. Einen Moment waren wir bestürzt, wie wenn man nachts am Steuer eine Brücke oder einen Tunnel sieht, wo, wie man weiß, in Wirklichkeit keiner ist, und man denkt »so passieren wahrscheinlich die Unfälle«; aber dann bemerkten wir, daß auch sie keine Waffen hatten. Ein kleiner Junge, ein neun- oder zehnjähriger, ging voraus; wir erwarteten sie in lässiger Aufstellung, die Hände in den Hosentaschen. Als sie angekommen waren, sagte der Junge im Dialekt: »Wir wären die Engländer.« Da mußten wir lachen, und auch die Soldaten mußten lachen, als sie uns lachen sahen; dann machten wir miteinander Bekanntschaft. Sie waren von der achten Armee, ehemalige Kriegsgefangene, die beim Waffenstillstand ausgerissen waren und in den Bauernhäusern hier in der Gegend gewohnt hatten, wovon sie mit uneingeschränkter Bewunderung sprachen.

Nachdem feststand, daß sie eingezogen werden wollten, ließ ich sie im Kreis antreten und sagte:

»Do you want to be soldiers or cooks?«

Ich sprach diese Worte sehr deutlich und sehr ernst aus, um ihnen stolz zu zeigen, wie demokratisch es bei uns zuging und wie sehr wir den Willen jedes einzelnen respektierten. Wenn Vertreter der herrschenden Klassen dabei gewesen wären, hätten sie mir vielleicht mit einem der gezierten, elliptischen Bonmots erwidert, in denen sie Meister sind. Ich glaube, die werden ihnen schon in der Schule beigebracht. Da es aber Leute aus dem Volk waren, gingen sie auf den didaktischen Ansatz ein: aus ihren Erklärungen schloß ich, daß die achte Armee ein Verein für Kochsoldaten oder Soldatenköche war, und wir nahmen sie als Männer für alles auf.

Es waren Berufssoldaten, die ersten, die mir unterkamen; freilich hatte ich Vettern, die als Unteroffizier und Feldwebel verschiedener Waffengattungen die militärische Laufbahn eingeschlagen hatten, aber es handelte sich um Unteroffiziere, nicht um Soldaten, und außerdem war zu spüren, daß die ganze Einstellung anders war; bei meinen Vettern standen im Mittelpunkt des Ganzen die Uniform, die Bandnudeln, der Sold, der Dienstplan; bei diesen Engländern hier stand im Mittelpunkt die körperliche Widerstandsfähigkeit. Es waren Leute, die normal aussahen, aber *tough* (was man tàf ausspricht) waren, und das heißt: die kann man treten, soviel man will: Material für Feldzüge. Wenn es etwas zu schleppen gab, sie schleppten es, wenn es zu marschieren galt, sie marschierten; wenn sie sich manchmal am Ende die Schuhe auszogen, kamen unglaubliche wunde Stellen zum Vorschein, auf denen sie stundenlang aufgetreten waren, ohne ein Wort zu sagen, außer einem kleinen Stoßgebet, das ihnen eigen war. Unsere Bergbewohner waren häufig stärker als sie, schnellere Bergsteiger, aber nicht so *tough* im ruhigen Aushalten von Hunger, Durst, Wunden und allem anderen.

Bald fingen wir an, uns nicht übel zu verstehen; sie waren neugierig auf die Wörter, die in unserer Sprache am häufigsten vorkamen: *Sakrament* und *Arschloch*, wir auf ihren Hauptausdruck, den wir für ein Kompendium dessen hielten, was der Durchschnittsengländer über Natur und Gesellschaft denkt und empfindet: *fockinàu*. Ihnen gefiel das Lied von dem Mädchen namens Rosina, zu dem fünf Gebirgsjäger kommen, alle am selben Abend; und uns das von den sechs weißen Pferden und manches andere. Mühe machte es ihnen allerdings, den Begriff des Fluchens zu erfassen: Wir erklärten ihnen sorgfältig, es handle sich um eine wichtige katholische Einrichtung, und erläuterten deren Schema und Mechanismus. Sie taten, als würden sie verstehen, verstanden aber nichts. Der Fluch mit Subjekt und Prädikat ist für alle Ungläubigen wirklich unbegreiflich. Das Lied vom Schornsteinfeger aber verstanden sie und widmeten es im Geiste den größten amerikanischen Filmschauspielerinnen, die sie sich der Reihe nach mit völlig rußgeschwärzten Schamteilen vorstellten.

In unsere Diskussionen und Entscheidungen mischten sie sich nicht ein; sie hörten uns nämlich nicht zu, sondern sie sahen uns zu; sie hatten sich uns angeschlossen und waren bereit, uns zu folgen. Ob sie glaubten, sie müßten aus patriotischem Pflichtgefühl oder ihrem beruflichen Ehrenkodex zufolge oder wegen irgendeiner privaten Vorliebe dableiben, war nicht zu begreifen. Bei einigen war selbstverständlich durch die Jahre der Gefangenschaft der Gemützustand unterminiert, sie waren schweigsam und innerlich ausgehöhlt. Man sah es an ihrem abwesenden, leicht verrückten Blick. Mancher verschwand auf einmal, ohne etwas zu sagen, in der Nacht, und am Morgen fand man ihn nicht mehr, und seine Kameraden sagten: »Vielleicht versucht er in die Schweiz zu kommen.«

Die anderen wurden, mit einiger Zurückhaltung, unsere Freunde. Man spürte, sie mußten ein Innenleben, mußten Gefühle haben, die uns wegen der Sprache und ihrer Zurückhaltung verborgen blieben; Walter führte ein Tagebuch, und wir fragten uns, was für Gefühlsausbrüche und was für Bemerkungen er wohl hineinschrieb. Bene ließ sich eine Seite zeigen; unter dem Datum standen nur zwei Wörter:

Weather glorious.

Das Adjektiv gefiel uns ausnehmend. Wenigstens das Wetter war ruhmvoll.

Die Leute aus dem Flachland ließen wir, um sie auszubilden, oft acht Stunden mit einem Rucksack voll Bohnen marschieren (was den Nachschub an Bohnen betraf, waren die Komitees unübertrefflich), obwohl es mir manchmal so vorkam, als würden sie durch diese Übungen eher erschlafft. Alle machten wir taktische Geländeübungen. Ich versuchte mir vorzustellen, welcher Art die eventuellen Zusammenstöße oder auch nur die Begegnungen sein könnten: sich auf den Boden werfen, als erste schießen, sich hinter einen Felsblock rollen... Der extrovertierte Feldwebel und ich gingen mit gutem Beispiel voran, wir bewegten uns wie Hanswurste und forderten die anderen auf, es uns gleichzutun. Ein Teil meiner selbst sagte: »Das müssen wir machen, sie sind ja nicht einmal imstande, sich auf den Boden zu werfen.« Der andere sagte: »Du Hanswurst.«

Die wenigen Waffen, die wir hatten, waren beinahe ein Nachteil. Man mußte sie polieren, zählen, bewachen; wir hatten sogar einen Gewehrständer fabriziert, um sie schön der Reihe nach aufzustellen. Die Unerfahrensten ließen wir ein paar Probeschüsse auf den Bergrücken abgeben, insbesondere mit den Pistolen. Einige Schüsse gingen auch in die Hosentasche, ein- oder zweimal, um die Wahrheit zu sagen, schossen auch wir durch unsere Hosentaschen, während wir in Gedanken versunken mit dem Hahn herumspielten; nach dem dumpfen Knall wurden wir vor Scham und durch die Bezichtigung des Loches in der Hose feuerrot.

»Nützen diese Waffen etwas, wenn jemand kommt und uns abholt?« fragte schüchtern ein Student aus dem Flachland.

»Nein«, sagte der extrovertierte Feldwebel.

»Nein«, sagte ich.

»Warum vergraben wir sie dann nicht irgendwo?« fragte der Student aus dem Flachland. »Wäre das nicht weniger gefährlich?«

In diesem Punkt war ich allerdings nicht bereit nachzugeben, aber es ging ohne Reden ab; die ganze Einheit, die Leute aus Vicenza, Padua und Belluno, hatten etwas dagegen einzuwenden. Die Waffen waren unser *Statussymbol.* Ich haßte sie von ganzem Herzen, denn sie waren wenig an der Zahl, häßlich und veraltet; aber sie waren heilig.

Ich ließ die Einheit zusammentreten und hielt eine kleine Rede: »Wollen wir hier bleiben und Polenta essen und auf eine Razzia warten? Wir müssen die Initiative ergreifen, wir müssen Aktionen starten, kleinere, aber dafür ununterbrochen, eine nach der anderen. Wir machen Aktionen, und die Aktionen werden etwas aus uns machen. Indem wir weitermachen, lernen wir, notfalls aus unseren Fehlern.«

»Was für eine Art Aktionen?« fragte einer aus Padua.

»Sprengen wir etwas in die Luft«, sagte der extrovertierte Feldwebel. Ein wenig Sprengstoff hatten wir noch, einen Teil hatten wir schon zu Übungszwecken verwendet, bei denen zwei oder drei Bäume hinter der Hütte ihr Leben hatten lassen müssen. Hier im Gebirge knallt es mächtig, und die Leute im Tal sagten: »Hörst du, die haben sogar eine Kanone.«

Die Vorstellung, etwas in die Luft zu sprengen, gefiel allen, auch denen aus Padua. Es galt nun noch den Gegenstand der Sprengung auszuwählen. Die Brücke am Eingang des Canal del Mis hätte sich angeboten; aber sobald sie einmal, das Unterste zuoberst, in die Luft geflogen war, hatten wir selbst den größten Nachteil, wenn wir das Tal überqueren wollten. Die Eisenbahnlinie in der Ebene war praktisch ein militärisches Ziel: aber Bene, der ein stark ausgeprägtes ziviles Bewußtsein hatte, dachte an den ersten Zug und sagte: »Und der Lokführer und der Heizer?«

Schließlich wählten wir das Elektrizitätswerk. Auch hier bestanden zivile und menschliche Probleme, aber Probleme gibt es im Grunde überall. Die Pläne waren ausgearbeitet, die Aufgaben zugeteilt, der Rucksack war voll Sprengstoff: die Genehmigung von seiten des Komitees war eine reine Formalität. Es erschien mir ordnungsgemäß, sie einzuholen. Aber das Komitee, durch einen Kurier dringlich befragt, ließ uns dringlich wissen: »Seid ihr verrückt? Wehe euch, wenn ihr dem Elektrizitätswerk etwas antut.«

»Einen Deutschen«, sagte Lelio. »Wir gehen zu dritt hinunter, und der erste, der uns über den Weg läuft, geht in die Luft.«

»Ein Politiker wäre vielleicht besser.«

»Aber wenn es dann einen trifft, der ein doppeltes Spiel spielt?«

»Fragen wir das Komitee.«

»Seid ihr verrückt?« ließ uns das Komitee wissen. »Wehe euch, wenn ihr jemandem was antut.«

»Das Komitee ist dagegen.«

»Scheiß der Hund auf das Komitee.«

Wir gingen zu dritt ins Tal, wohl nicht, um unsere Drohung in die Tat umzusetzen, sondern um eine Erfahrung zu suchen.

Es war noch kalt, und wir trugen Militärmäntel über der Zivilkleidung. In der rechten Tasche meines Mantels (der riesengroß war) hatte ich einen kleinen Revolver, einen Damenrevolver, einen fürs Boudoir. Die Provinz wurde zur Hälfte von den Deutschen verwaltet; Gendarmen und Carabinieri konnten uns nicht im Ernstschaden, anders ausgedrückt, eine wirkliche Gefahr liefen wir nicht;

ein wenig wie Pinocchio: wenn er nachts unterwegs war, gab es zwar Gefahren, aber keine echten.

Die Gendarmen sagten »wer da?« in der Dunkelheit, wir waren ihnen buchstäblich auf den Leib gerückt. Ein Lichtbündel fiel unfreundlich über uns her, und aus dem Bündel tauchten sehr unfreundlich die Läufe von zwei Musketen auf. Ein Gendarm fing an, uns zu durchsuchen, Bene und Nello hatten nichts; bei mir fand er die Pistole.

Auf den Besitz von Waffen, selbst ungeladener – aber mein Pistölchen hatte etwas im Lauf, auch wenn es nur ein Geschoß für Maikäfer war –, stand theoretisch die Erschießung an Ort und Stelle. Ich hatte einen Schritt zur Seite getan, verlor unglücklicherweise das Gleichgewicht und fiel mit dem Kopf voraus in den Straßengraben.

Im Lichtbündel der Taschenlampe muß ich ein komisches Bild abgegeben haben. Bene und Nello fingen an zu lachen und die Gendarmen auch; und sie lachten dermaßen, diese Trottel, daß ich beinahe annahm, sie, sobald ich aus dem Graben war, mit geplatzter Halsschlagader anzutreffen.

»Herr Schandarm«, sagte ich zu dem Obersten von den dreien, »Sie sehen, wir sind keine ehrlosen Spitzbuben (denn sie benahmen sich ihrerseits, als würden sie das überhaupt nicht sehen), und wir sind nicht in der Nacht unterwegs, um jemandem etwas anzutun. Vielleicht haben Sie selbst Söhne zu Hause... und vielleicht würde es ihre Mama nicht freuen, wenn sie wegmüßten, zum Militär...« Die Geschichte mit den Söhnen verstörte ihn sichtlich; er beschloß, uns trotzdem in die Kaserne zu bringen, aber freundlich. Bene und Nello hatten zu lachen aufgehört, und wir spielten jetzt alle drei die Rolle der armen, entgleisten Jungen. Am Morgen darauf wurden wir freigelassen, weil die Gendarmen in gutem Einvernehmen mit den Komitees standen. Natürlich versprachen wir, brav zu sein; die Pistole mußte ein Freund des Komitees abholen, der auch ein Freund des obersten Gendarmen war. So schickten sie uns auch die Pistole zurück, die, wie gesagt, kein Wirbeltier in Gefahr gebracht hätte.

Wir wollten handeln, und da wir gesehen hatten, in welcher Not und Armut die Bevölkerung in den Gebirgstälern lebte, fuhren wir eines Nachts zu acht oder zu zehnt mit einem Lastwagen los, um in einer Großmolkerei Käse für das Volk zu stehlen. Bei solchen Expeditionen an Orte, die du nicht kennst, übernimmt ein anderer, ein Ortskundiger, die Führung, und du läßt dich führen und verlierst von einem bestimmten Augenblick an den Faden, weißt nicht mehr, wie weit die Orte, zu denen du fahren willst, voneinander entfernt sind, wo du wartest, wohin du zurückmußt. Alles wird zu einem Rätsel, einer Scharade mit auseinandergefallenen Stücken. So waren wohl die Situationen, in die sich Bakunin verwickelte: er mag sich ja dabei amüsiert haben.

Durch ein kleines Fenster gelangten wir zu viert hinein, wir ließen uns, von unten hochgeschoben, in einen dunklen, nach Milch riechenden Raum plumpsen. Ich war der Zweite, und als ich unten landete, stieß ich tastend auf die Füße und Waden des ersten; mit einer Diebesstablampe sah ich, daß er sich in einen Riesenkessel voll Sahne gestürzt hatte und schon beim Essen war. Von den anderen beiden, die noch kamen, ließ sich einer auf dieselbe Weise wie der erste in den Sahnekessel fallen; der andere, ein Pharmaziestudent, nicht. Der Raum war weitläufig, sauber und aufgeräumt. Wir bewegten unsere Kumpane dazu, sich wieder auf die Füße zu stellen, und erforschten das milchige Reich. Ein schöner Fußboden mit roten Fliesen, große Holztische, große Töpfe, Riesenkessel; ein Wunderland der Milch; wir hatten es im Schlaf überrascht. Eine Tür führte in die endlose Provinz der Käse. Die Gänge waren eng und dunkel, die Käse übereinander gestapelt wie in einem großen Schlafsaal, wie in den Katakomben. Wenn die ersten Christen, so geht es mir durch den Sinn, diese Gabe Gottes gehabt hätten, in ihren Katakomben, hätten sie vielleicht nie das Bedürfnis verspürt, ans Tageslicht zu kommen, und wir hier oben wären noch Heiden und würden sagen Scheißmars, Minerva, verdammte Hure, während sie dort unten bestimmt heiliger geblieben wären – und nach und nach das Augenlicht verloren hätten.

Wir gingen den anderen aufmachen, die hatten inzwischen den Lastwagen vor das Tor geschoben, und nun begann die Orgie. Es erschien mir richtig, sie laufen zu lassen, dann versuchte ich sie mit Fußtritten wieder zu bremsen, und zu guter Letzt verwandelte sie sich von selbst in einen Käsetransport: aber mit großem Gefallen an Exzeß und Verschwendung.

Der Überfluß brachte uns aus der Fassung; mit einem Mal gab es nicht nur Aktionsstoff, sondern es gab zuviel davon. Mir war zumute, als wäre ich beinahe in einem weiten Sargassomeer versunken; es kam mir vor, als ob die riesigen, mit Gewalt transportierten Käse, die über die Köpfe geschwungen und wie Bälle geworfen wurden, um mich herum wogten, bald höher, bald tiefer als meine Augen, wie die Relikte eines Schiffbruchs auf hoher bewegter See.

Unsere Aktion dauerte etwa eine halbe Stunde.

Schließlich hatten wir ungefähr dreißig Zentner schöne, runde, kernige, duftende Käselaibe aufgeladen; wir fuhren damit in die Nacht hinaus, unter der Führung unseres ortskundigen Kommissars. Ich saß hinten, zwischen den Käselaiben: in Gegenrichtung sah ich gerade Strecken, Kurven, Hecken, Kreuzungen, verlassene Dörfer vorbeigleiten; nichts erkannte ich wieder. Eine merkwürdige Scharade.

Wir stellten für diese Beschlagnahme peinlich genaue Quittungen aus und hinterließen in verschlossenen Umschlägen von uns erfundene und in allen Ehren unterschriebene Gutscheine. Als jedoch das Provinzkomitee von unserer Unternehmung erfuhr, gab es, statt lebhafter Freude, lebhafter Empörung Ausdruck und beschloß den von uns gekaperten Käse zu bezahlen. Zuerst waren wir entrüstet, sagten dann aber: Fate vobis.

Wir hatten, wie ich schon sagte, nicht vor, den Käse für uns zu behalten, sondern nur davon zu kosten und ihn dann zu verteilen. Auch diesen Teil unseres Plans setzten wir in die Tat um. Wir gingen über Land und schenkten dem Volk im Agordinotal Käse im Namen des italienischen Volkes. Wie das letztere unsere Handlungsweise beurteilte, vermöchte ich nicht zu sagen; aber auch das Volk des Agordinotales zog die Nase hoch, nicht wegen der Herkunft des Käses, sondern wegen der möglichen Folgen. Sie lehnten zwar unsere Spenden nicht ab, schienen aber nicht bereit zu sein, sie zu verzehren. Die Unterernährung gibt merkwürdige Ratschläge. Wir verlangten, sie sollten die Laibe sofort anbrechen, und ein paar Stückchen schnitten wir ihnen selbst ein wenig theatralisch mit unseren Bajonetten ab und reichten sie ihnen loyal hin. Mit den Bajonetten in der Hand, zerrauftem Haar und übernächtig sahen wir nicht aus, als könnte man uns auf die leichte Schulter nehmen; die Erwachsenen brachen sich also ein paar Bissen ab, während die Kinder die Gelegenheit wahrnahmen, um sich in aller Eile vollzustopfen, und bald waren sie verstopft und liefen blaurot an.

Mit anderen Worten, diese unsere Aktion ging nicht gut aus; als sich dann eines schönen Morgens die Truppen des Dritten Reichs in Razzia-Ausrüstung an den Talausgängen zeigten und anfingen, die Häuser ordentlich zu durchsuchen und sie dann zur Erinnerung in Brand zu stecken (sie suchten aber nicht nach Käse, sondern nach uns), warfen die Bergbewohner vorsichtshalber vorher den Käse aus dem Haus, mit einem kleinen Stoß und hoffentlich auch mit ein wenig Bedauern. In jenem Teil Italiens haben die Täler lange grasbewachsene, stark geneigte Abhänge. Man hat mir erzählt, daß man die Käselaibe mit einem Satz über die Stützmäuerchen springend in den Talgrund rollen sah, und auf einmal soll es ausgesehen haben, als ob aus jedem Haus Käse gerollt kämen; vielleicht glaubten die Deutschen an eine neue Form des Volkswiderstandes, und ihr Kriegerherz mag einen Augenblick wankend geworden sein.

Razzia: das war neu, die Sache, selbst das Wort. Als uns zum erstenmal eine bevorstehende Razzia angekündigt wurde, die nur uns galt, packten wir im Dunkel der Nacht und in einer sehr interessanten Verwirrung unsere Rucksäcke; es war wie in einem Ameisenhaufen, alle drehten sich umeinander; es ging ein starker Wind, und es war, als befänden wir uns auf einem sinkenden Schiff. Ich mußte den Engländern die Lage erklären und ließ eine Kerze anzünden; ein Partisan hielt die Hände um die Flamme, so daß ein Lichtkreis auf mein Gesicht fiel; ich stand auf einer Kiste. Die Engländer bildeten eine Insel um mich; aus dem wogenden Meer herausragende Köpfe, ab und zu schlug, vom Wind herangeweht, ein Spritzer Licht auf ein Gesicht. Sie waren aufmerksam und neugierig. Als ich aufgehört hatte zu reden, sagten sie nur: »All right.«

Den Tag verbrachten wir dann nördlich unseres Lagers über die Berge streifend auf mir unbekannten Hochflächen, ohne zu einem besonderen Ort zu gelangen, mitten im Wind. In mancher Hinsicht kam ich mir vor wie ein kleiner Moses; die Wüste war da, die starrsinnige und irgendwo verängstigte Herde auch. Wir bewegten uns nordwärts, ohne bestimmtes Ziel.

Auf der einen Seite, im Westen, lag die lange seltsame Furche des Canal del Mis; aber auf den anderen Seiten, was war da? Im Süden sahen wir einen Trupp Berge, hinter denen nach meiner Meinung das Flachland liegen mußte; im Norden lag eine kahle Felsstufe und die unförmigen Hochflächen; im Osten ein Wespennest, namenlose, leere Berge. Vom Canal del Mis aus verliefen nach oben schräge Spalten, die in die seitlichen Abhänge der Hochflächen eingeritzt waren. An eine solche Spalte klammerte sich ein Dorf. Es ist ein wirkliches Dorf, aber es ist auch ein Dorf meiner Phantasie, ich kann nichts dafür, es ist hineingefallen und hat dort Wurzeln geschlagen; schon allein sein Name beunruhigt mich, wie Dinge, die man im Traum sieht und die eigentlich nicht von dieser Welt sind.

Gena. Es gab Gena Alta und Gena Bassa, für mich ein einziges Wesen mit verschiedenen Attributen, ein ungeheuer schiefes Dorf, an einen steilen Abhang gebaut; ich hatte damals noch nicht Kafka gelesen; aber es war reiner Kafka. Die Leute sprachen einen Dialekt, der dem unseren im großen ganzen glich, nur war der Tonfall verschoben. Und verschoben war auch alles andere.

Wohin gingen die Mägdlein mit den Amphoren? Sie trugen enge Kleidchen in sattem Rosa oder einer ausgewaschenen Fleischfarbe, die ihren Körperformen folgten; es waren tatsächlich Mägdlein, unwirkliche erdichtete Gestalten. Kühn hielten sie das Gleichgewicht, als stünden sie in dem schiefen Dorf gerade aufgerichtet allein durch die Kraft ihrer Jugend. Wie sie sich von den Häusern zum Brunnen bewegten, das sah aus, als gingen sie in einer Prozession.

Es war die seltsamste Besetzung eines Dorfes, die man je gesehen hatte. Wir betraten den Ort und verteilten uns langsam zwischen den Häusern. Die Sonne schien. Zum Gruß nickten wir den Leuten zu. Alte Männer hackten Holz vor den Haustüren; Frauen standen an den Fenstern, mit Kindern auf dem Arm; und dann diese Mädchen mit den Amphoren. Alle waren feierlich und entrückt. Vielleicht blieben wir in Gena Bassa, denn mir ist, als hätte ich in jenen Tagen immer von unten nach oben geblickt. Es war, als stünden wir vor den Formen der Dinge, vor den Mauern, dem Brunnen, den Oberkörpern der Mädchen, dem Rand der Amphoren, und darüber die schief hängenden Häuser und der Himmel.

Nein, es war kein Dorf, sondern eine Landschaft im Kopf, ein Aspekt unseres Irregehens hatte Gestalt angenommen. Die Gestalten sagten: Ihr glaubt wohl, das Leben gehört der Betriebsamkeit, den kleinen kriegerischen Umtrieben? Welchen Sinn hat euer Tun? Nur die Bilder sind, alles andere kommt und geht, ist im Werden.

Wohl Hirngespinste, aber mir war, als hätte sich die Wirklichkeit den Schleier weggezogen und als blickten uns ihre unveränderlichen Formen an. Zwei oder drei Tage lang hielten wir das Dorf besetzt, Brust und Gesicht jenen Formen zugewandt. Dann gingen wir wieder, und Gena habe ich nie mehr betreten.

Und so kam der Moment, in dem wir aus unserer Hütte fortmußten; die Sache wurde vom Flachland aus für uns organisiert, auf einmal waren wir gegen Ende der Nacht alle auf einem Lastwagen und fuhren mitsamt unseren Waffen und unserem Gepäck, eigentlich überwiegend ohne, auf der Straße in der Talsohle den Canal del Mis entlang. Es war erniedrigend, ich saß hinten, um die im Anhänger zusammengepferchte Mannschaft zu befehligen. Diese unbesonnene Mannschaft schlief mit wackelnden Köpfen. Ich spürte, wie der Motor des Lastwagens galoppierte, nicht von Pferdestärken gezogen, sondern von munteren Eselsgespannen. Wellenförmig kehrte mir der Eindruck wieder, als hätte ich das alles schon einmal erlebt. Hinter uns im ersten Morgengrauen sah ich die hohen engen Kulissen des Tales vorbeiziehen; wenn uns jetzt ein paar Deutsche anhielten, könnten sie uns fangen, wie man die Fischlein im Bergbach fängt, mit den bloßen Händen. Das Licht im Canal del Mis war wie Wasser.

Am oberen Ende des Kanals wurden wir abgesetzt, an einem Ort mit dem anmutigen Namen California, und hier begannen wir ganz allmählich als Bande zu zerfallen. Dort ist ein Tal, das T-förmig in den Canal del Mis eingepfropft ist; wir waren auf der linken Abzweigung und besetzten den diesseitigen, den waldigen Abhang. Gegenüber liegen steile Hänge, über deren Rücken sich Straßen ziehen; wo die Wiesen aufhören, stehen in Reih und Glied die Croda Grande und die Pale di San Martino. Aus unseren Stellungen in den niedrigen Wäldern der Talsohle schickten wir einige Mann aus, welche die hohen Bergrücken hinter uns erforschen sollten; sie blieben mehrere Tage unterwegs und kamen gebrochen zurück. Dort oben lagen zwei Meter Schnee, beim Gehen versank man darin bis zur Brust: wir mußten warten, vielleicht einen Monat lang, inzwischen saßen wir hier wie in einer Falle. Auf dem gegenüberliegenden Hang fuhren deutsche Autos vorbei; einige hielten, die Offiziere stiegen am Straßenrand aus und musterten uns durchs Fernglas. Wir hätten am liebsten geschrien: »Dummköpfe, seht ihr denn nicht, daß wir nicht kampfbereit sind?«

Es war, als stünde eine Scheidewand zwischen ihnen und uns; die Vorstellung, ein paar Schüsse auf sie abzugeben (sie waren ungefähr einen Kilometer nach oben von uns entfernt), erschien vollkommen absurd; die Kugeln wären an einer Wand aus unzerbrechlichem Glas zerschellt.

Die Offiziere, die uns da beobachteten, waren neugierig, aber innerlich unbeteiligt, als würden sie Meerestiere in einem Aquarium anschauen, erschienen uns wie Marsmenschen, unverletzbar.

Ich fühlte mich als Lump unter Lumpen, von diesen Marsmenschen beobachtet. Meine Genossen verharrten reglos, auf einmal zog sich Bandiera die Hosen runter, ließ sich auf die Knie und drehte sein Hinterteil nach oben. Einer nach dem anderen taten es ihm alle gleich; niemand sagte ein Wort; ich blieb, wie zuvor, auf dem Boden sitzen wie ein Hirt, der eine Herde Ärsche hütet, und sah zu den Deutschen hinauf, die von oben auf uns herunterblickten und einander das Fernglas weiterreichten.

Wir waren noch nicht völlig aus der Wirklichkeit gefallen, an einem entfernten, großartigen Ort hingen wir noch, dort endete eine große Nabelschnur, und das war der Nabel unserer Welt, er hieß die Ewige Platte. Dort sollte ein Abwurf stattfinden, das heißt, es sollten die Säfte des Krieges, Waffen und Patronen, ausgespritzt werden, mit denen die Plazenta des Himmels schwanger ging.

Ich bin nie hinaufgegangen zur Ewigen Platte, für mich ist es ein Name geblieben, ich kann nicht einmal beschwören, daß es den Ort wirklich gibt. Vielleicht gehen dort im Sommer die Kühe spazieren, und man kann Gänseblümchen pflücken; damals im April war es ein unbegehbarer Berg. Schon sein Name ließ auf übernatürliche Kontakte schließen. Meine Genossen gingen mehrmals hin, solange wir in California waren, und soviel ich mich an ihre Erzählungen erinnere, gingen die Deutschen auch hin. Meine Genossen warfen sich ab und zu in Straßengräben, und ab und zu kamen sie wieder heraus. Bald ließen sie ihre Waffen in den Straßengräben liegen, bald holten sie sie wieder heraus. Es war wie im Theater. Im Grunde waren wir nun praktisch mit Deutschen durchsetzt, selbst in California. Wenn wir irgendwo ankamen, hatten wir immer das Gefühl, es würden Uniformen zwischen Bäumen verschwinden.

Zu einem Abwurf kam es nie; es kam aber die Nachricht, einer oder sogar mehrere hätten stattgefunden, ganz in unserer Nähe, auf dem Altopiano von Asiago oder, wie wir sagen, auf dem Altipiano. »Dorthin müssen wir also«, sagte Lelio. Eines Tages erschien in California eine Einheit Kommunisten. Sie waren wunderbar. Zerlumpt, schlampig, flink, beweglich, offenherzig: in diesen Leuten, dachte ich, sind die IDEEN, die wir mit Augenaufschlag betrachten, konkret Fleisch geworden. Wir waren damals vollgesogen mit derlei Begriffen; wir sagten, daß sich die Ideen in die Dinge *versenken*. Es werden ungefähr vierzig gewesen sein; zum großen Teil kamen sie in einer geschlossenen Reihe an, der Rest dann einzeln. Waffen hatten sie zwar nicht besonders viele, aber gute; einer schleppte ein schweres Maschinengewehr auf dem Buckel, und andere folgten ihm mit den Munitionskisten; sie hatten rote Halstücher, zerfetzte Schuhe, frohe, wilde Gesichter. Es waren Junge und Alte, Kräftige und Windschiefe dabei, aber insgesamt bildeten sie offensichtlich eine vitale EINRICHTUNG, eine BANDE, der man es auf den ersten Blick anmerkte, daß sich die IDEE der BANDE in sie versenkt hatte. Im Nu hatten sie ihr Lager fertig, einen Augenblick vor Einbruch der Dunkelheit; es war kein ordnungsgemäßes Lager; im Handumdrehen hatten sie ein paar Zelte aufgeschlagen, ein paar Ställe besetzt, ihr Maschinengewehr bei der Abzweigung der Straße vor dem Dorf aufgepflanzt, für ein wenig Verpflegung gesorgt und einen Wachdienst auf die Beine gestellt. Alles war ziemlich recht und schlecht, aber es funktionierte. Sie kamen aus einer ganz anderen Gegend, unterwegs hatten sie einen deutschen Lastwagen auf die Seite gebracht; am nächsten Tag wollten sie nach Osten weiter und rechneten damit, auf ihrem Weg noch etliche andere Deutsche zu erledigen; dann wollten sie wieder zurück oder vielleicht noch weiter vorwärts, oder vielleicht noch in die Ebene hinunter oder wieder hinauf in Richtung Hochgebirge. Sie waren immer in Bewegung, lebten von der Hand in den Mund, improvisierten alles; sie hatten keinerlei vorgefaßten Plan und führten ihren Krieg heute hier, morgen dort. Wir erstarrten vor Bewunderung; mit einem Schlag, beim bloßen Hinschauen spürte man: so ist der Partisanenkrieg zu führen. Diese kulturellen Schemata muß man lernen, wo man sie findet, dachte ich; diese Leute haben sie wohl von den Slawen gelernt; und wir müssen sie von ihnen lernen. Aber wie? Und mit wem? Natürlich war ihr Menschenmaterial geeigneter als das unsere. Einige Galgenvögel waren wohl in ihren Reihen: ich erkannte sie am Gesichtsschnitt, es war der gleiche wie bei den Gaunern in meinem Dorf; Leute, die auch im Frieden an Messer, nächtliche Fahrten, auch an Einbruch und Diebstahl gewöhnt waren. Im übrigen waren auch Gesichter von Leuten aus dem Volk mit normalem Zuschnitt darunter, normalerweise friedliche und gesetzte Leute: aber man sah, daß sie alle gleichsam auf einer unpersönlichen Welle von Energie mitschwammen.

Bei uns war auch Antonio, eigens gekommen, um sich an Ort und Stelle umzusehen. Ich wollte zu ihm sagen: »Toni, das sind die Partisanen des Volks...«, aber ich wagte es nicht. Wir gingen zu dritt oder zu viert mit Antonio mit, um den Kommandanten kennenzulernen. Zwei Bewaffnete überbrachten ihm die Nachricht. Nach einer Weile sah man auf dem Bergpfad zwischen Schergen mit Maschinengewehren einen ziemlich jungen, kräftigen, unbefangenen Mann heraufkommen. »Kommandant« war ihm ins Gesicht geschrieben. Er trug Offiziershosen, einen Ledergurt und das rote Halstuch, war gut frisiert, ausgeruht, sportlich, loyal.

Antonio war unauffällig gekleidet, sein Aussehen war bescheiden und zurückhaltend; er wirkte wie ein Ausflügler. Der Kommandant kam lächelnd näher, in zwei Meter Entfernung blieb er stehen, erhob die linke Faust und sagte fröhlich: »Tod dem Faschismus!« Er strotzte vor Gesundheit, Stolz und Energie. Toni sagte leicht verlegen: »Giuriolo, angenehm« und gab ihm auf seine merkwürdige Art, mit zusammengerollten Fingern, die Hand. Einer besser als der andere. Mich überströmten Wogen widersprüchlicher Bewunderung.

Wir – Bene, Lelio, Nello und ich – saßen auf einem hochgelegenen Buckel auf unserer Talseite und sprachen angesichts der rauchenden Trümmer weiter unten im Tal von der Ethik des Rebellenkrieges. Kommunisten waren vorbeigekommen, und Trümmerhaufen waren zurückgeblieben. Die Sache auf dem Rücken der armen Leute auszutragen, ist ein wenig zu simpel, sagte einer; jeder spielt sein eigenes Spiel, sagte ein anderer. Der eine spielt den Rebellen, der andere den Deutschen und brennt den Leuten die Häuser nieder. Allmählich kannten wir die Leute in der Gegend, wir wußten, wie sie wohnten, was sie aßen: Polenta und ein Topf bitterer Radicchio in der Mitte des Tisches, aus dem man sich gemeinsam nahm. Es war herzzerreißend, diese Häuser brennen zu sehen. Lelio sagte: »Gehen wir ins Hochgebirge, da wohnen keine Leute.« Hochgebirge, das ist unser Altipiano.

Die Leute aus dem Volk steckten die Köpfe zusammen; seit Tagen spürte man, daß sie etwas ausheckten, schließlich sagten sie es uns; sie wollten den Kupferdraht aus dem Lager des Elektrizitätswerks stehlen. Sie wollten das Werk selbst nicht *beschädigen*; nur den Kupferdraht stehlen. »Aber warum denn?« fragten wir. »Glaubst du, das Kilo Kupfer kostet wenig?« sagten sie. Ich glaubte nicht, daß es wenig kostete, im Gegenteil, seit ich zu Hause Kupfergegenstände gestohlen hatte, um sie dann dem Trödler Checco anzudrehen, hatte ich eine ziemlich hohe, wahrscheinlich übertriebene Vorstellung vom Preis des Kupfers. Ich war nicht empört über dieses Vorhaben, eher niedergeschlagen, aber Bene war unnachgiebig.

»Aber dann wird dies hier ja ein Kupferkrieg«, sagte er.

»Und der Käse?« sagte der introvertierte Feldwebel.

Gereizt erklärten wir den Unterschied zwischen einem patriotischen nahrhaften Diebstahl und einem echten Diebstahl. Ganz sicher war ich mir allerdings nicht. Mazzini sagte: »Gold, Waffen und Pferd sind eure Beute.« Dasselbe gilt für Kupfer. Im übrigen, war man nicht mit einer Kupfersammlung ausgerechnet an die Familien dieser jungen Männer herangetreten? War es wirklich so schlimm, wenn sie sich nun wieder ein wenig zurückholten?

»Wenn wir diese Art von Krieg führen wollen«, sagte Bene, »dann ohne mich!«

»Was ist denn so schlimm dabei?« fragte der extrovertierte Feldwebel.

»Wir müssen gegen den Nazismus Krieg führen und keinen Kupferkrieg«, sagte Bene.

Und das war die Spaltung; wir vervollkommneten sie durch eine traurige Diskussion am Ostersonntag 1944.

An dem Tag fluchte ich zum erstenmal in meinem Leben. Wir waren etwa zu zehnt in einer Hütte im Wald; hatten etwas Gutes gekocht, Fleisch vielleicht; saßen im Kreis ums Feuer und diskutierten traurig, während uns die Engländer mit unerbittlicher Aufmerksamkeit zuhörten. Am frühen Nachmittag hörte ich mich mitten in meinem Diskussionsbeitrag einen Fluch mit der Endung -àn[10] sagen.

Meine Reaktion war zunächst leichte Verwirrung, dann eine Woge der Zufriedenheit. In meinem Heimatdorf fluchen die katholischen Männer häufig, die anderen immer; auch die Jungen aus Belluno fluchten gewöhnlich, und nun fluchte ich auch. Der erste Fluch auf -àn war mir spontan auf die Lippen getreten. Während wir weiterdiskutierten, kamen mir noch viele andere, auf der letzten Silbe betonte oder auf der vorletzten, einfache und zusammengesetzte, jeder an seinem Platz, korrekt und natürlich.

So trennten wir uns, die Jungen aus Belluno und wir, wobei wir versuchten, ihre liebevollen Abschiedsflüche zu erwidern; in unserer Gegend waren Waffen angekommen, und wir gingen buchstäblich zu den Waffen; die Jungen aus Belluno überließen wir ihrem Schicksal, den Fleischerhaken, Stricken und Pferden.

Nach der Spaltung streiften wir in Erwartung unseres Abzugs einige Tage umher. Wir, vier aus Vicenza und zwei Engländer, bewegten uns vorsichtig von Hütte zu Hütte, Deutsche und Dörfer, wo es ging, vermeidend. Die Orte hießen Rivamonte, Gosaldo, Forcella, Aurine; wir gingen hinein und baten um Mehl oder altes Brot ganz offen als Rebellen, sehr schlecht bewaffnet, aber nicht unbewaffnet: auf den ersten Blick erschießbar. Die Leute waren uns freundlich gesinnt und verschreckt. In Rivamonte erreichte uns die Nachricht, daß unterhalb von Agordo zwei Partisanen umgebracht worden waren. Keine Fleischerhaken diesmal: eine Maschinengewehrsalve vom Dach des Lastwagens, und ein Hauptmann und zwei Mann verrichten die letzten Riten. Dann fährt der Lastwagen weiter.

Wir waren auf dem Dorfplatz in Rivamonte: die Leute gingen in ihre Häuser zurück und sahen uns dabei mit entsetzten Augen an.

Nello hatte zehn Lire, noch von zu Hause, sein Talisman. »Lassen wir eine Messe für sie lesen«, sagte er.

Es ist niemand da, um die Messe zu hören; aber es ist wie laut sprechen, wenn man allein ist; es hilft.

Wir gingen zum Pfarrer und ließen ihn eine Messe lesen, und wir hörten sie uns auch an; dann machten wir uns auf den Weg zum Altipiano, Nello und ich mit dem Zug und mit gefälschten Papieren, und die anderen zu Fuß. Wir berechneten die Marschtage und machten einen Tag aus, an dem wir uns auf dem Altipiano treffen wollten.

Nello und ich brachten unsere Kleider in Ordnung und frisierten uns, um auszusehen wie irgendwelche Jungmänner. Dann gingen wir hinunter nach Agordo (ich hatte eine merkwürdige Gänsehaut), zum Bahnhof, und mit dem Geld des Komitees lösten wir zwei Fahrkarten; als wir dann eingestiegen waren, fuhren wir ab wie zwei Zivilisten auf Reisen.

Nach Agordo fuhr der Zug bergab und machte auf einer hohen Böschung eine leichte Kurve. Dort war der Ort, wo die zwei Partisanen umgebracht worden waren. Sie lagen noch dort, auf dem Abhang gegenüber, dreißig Meter von uns entfernt, das Gesicht zur Erde gekehrt, die Füße talwärts, ohne Schuhe.

5

Es war unser zweiter Gang ins Gebirge, der erste auf die heimischen Berge. Die Annäherung war ein wenig verwickelt: Zug, Omnibusse, Handwagen; Treffpunkte an Stadträndern; Suchen und Finden der Drähte, durch die die Hochspannung der Provinzkomitees läuft; Marta im Elektikeranzug geht voraus. Die Annäherung war verwickelt und beinahe abgeschmackt: aber die eigentliche Tat stechend deutlich.

Das kommt von der eigentümlichen Bodengestalt unserer Provinz, von dem hohen, massiven Gottesgeschenk: dem Bollwerk des Altipiano; und wer, in einem zukünftigen Bürgerkrieg, zu Fuß hinaufgehen will wie wir, wird entdecken, daß den Worten »ins Gebirge gehen« Punkt für Punkt die Tatsachen entsprechen; in einem ganz bestimmten Augenblick befindet man sich, nach Annäherung mit zivilen Verkehrsmittein, wörtlich am Fuß eines Berges, die Begleiter sagen »Also dann ciao« und gehen weg; und so bleibt man vor dem Berg stehen, und nach einer Weile tut man einen Schritt hinaus aus der klandestinen Ebene, und es beginnt der Aufstieg.

Nello und ich blieben gegen zehn Uhr vormittag allein am Fuß des Altipiano zurück; er hatte ungefähr noch einen Monat zu leben; wir begannen den Abhang hinaufzusteigen und sangen dabei von mir komponierte defätistische Lieder, defätistisch wohlgemerkt uns selbst gegenüber, um einem etwaigen Anfall heroischer Rhetorik vorzubeugen. Auch die faschistischen Lieder sangen wir wieder, die fröhlichen Strophen über Italien und den Duce, die ein hohes Potential an Belustigung haben und die mir noch heute in ihrer Art perfekt erscheinen.

Bist für Italien von Gott geschickt
so wie das Licht
Duce! Duce! Duce!

Das Spiel der tiefen und der hohen Töne in der letzten Zeile ist hinreißend. Mit unverminderter Begeisterung kehrten wir zurück zu jenen schönen Hymnen, wo immer alle wachen.

... und für eine größre Größe
wird der Duce immer wachen:
und wachen wird der König ...

Ich setzte mit meinen Lieblingsliedern ein und Nello mit den seinen. Ab und zu wiederholten wir miteinander:

Mannesjugend
mit römischer Tugend:
Auf in den Kampf!
Comatterà!

Das war die Version, die man in meiner Familie sang, und Nello gefiel sie. *Comatterà* ist kein Verb mehr, sondern ein Schrei wie alalà[11]. Alles wurde beherrscht von dem körperlichen Gefühl des Aufsteigens; gebieterisch steht der Bergrücken da, und auf halber Höhe stand eine Holzfäller- oder Hirtenhütte, wir sahen einen Rauchkringel über dem Kamin und gingen hinein, weil wir um Wasser bitten wollten. Außer dem Hirten saßen leider auch zwei alte Milizsoldaten drin, ziemlich gut bewaffnet und von unerbittlichem Aussehen. Nello und ich bekamen einen schönen Schreck, aber die Milizsoldaten grüßten uns, anstatt uns mit ihren Bajonetten anzugreifen, und so grüßten wir sie auch. Ich dachte, hier ist wohl der Bürgerkrieg ein wenig aufgehoben; und beinahe hätte ich es ihnen noch übelgenommen: diese Milizsoldaten verhielten sich nämlich, als wären zwei Hirtenjungen hereingekommen oder, sagen wir, zwei verkleidete kleine italienische Mädchen; nach einer Weile sprachen sie uns auch noch an, und wir redeten miteinander im Dialekt über dies und jenes. Wir waren praktisch in Rebellenuniform, mit Rucksäcken und Bergstiefeln, und sie waren buchstäblich in Uniform: aber auf beiden Seiten waltete höchste Diskretion. »Siehst du?« sagte ich zu Nello, als wir wieder aufgebrochen waren. Nello sagte: »Was?« und ich: »Ich weiß nicht.« Wir sangen aufs neue unsere Lieder.

Als wir gegen Abend den Rand des Altipiano erreicht und dessen erste Wälder durchschritten hatten, stießen wir auf die Leute aus Asiago, die uns nachts durch die offene Talsenke, wo das Dorf liegt, führen und dann in die kahlen Berge nördlich davon einweisen sollten, die für uns das eigentliche Altipiano sind. Leutnant Mòsele empfing uns mit herzlicher Freundlichkeit.

»Tüchtig, tüchtig«, sagte er, »heute nacht lasse ich euch dann hineinbegleiten.« *Hinein* heißt in Asiago auf die Bergmassive im Norden; und dort oben heißt *hinaus* nach Asiago.

Leutnant Mòsele war von gewaltiger Statur, gutmütig und über unsere Ankunft sichtlich erfreut.

»Es freut mich, daß ihr jetzt da seid«, sagte er, »so können wir nämlich nachher miteinander zur Kaserne gehen und zwei von unseren Jungen herausholen, die verhaftet worden sind. Später geht ihr *hinein*.«

»Sehr gut«, sagte ich geistesgegenwärtig, aber nicht ganz ohne Panik. Ich war nicht darauf vorbereitet, so anzufangen, bevor ich überhaupt richtig da war. Aber auf Draht sind sie hier, dachte ich, haben Sinn fürs Praktische.

»Du übernimmst das Kommando einer Mannschaft«, sagte Leutnant Mòsele zu mir, »und die andere übernehme ich.«

»Ist gut«, sagte ich. Ich spürte ein ausgeprägtes Leeregefühl in der Magengegend; ich wußte nicht einmal, wo die Kaserne lag, noch wie sie aussah. Ich wartete, daß mir Mòsele seinen Plan darlegen würde, aber offenbar hatte er ihn schon dargelegt: ich sollte die eine Mannschaft befehligen und er die andere. Er rechnete wohl damit, daß die Milizsoldaten auf die Verkündigung dieses Beschlusses hin sich auf jeden Fall ergeben würden.

»Mòsele«, sagte ich zu ihm, »was meinst du, wenn wir eure Jungen befreien sollen, müssen wir dabei in die Kaserne *hinein*?« In diesem Fall sagte man *hinein* auch in Asiago selbst.

»Ja, ja«, sagte Mòsele. »Zuerst geht die eine Mannschaft hinein und dann die andere. Und wir holen sie heraus.«

»Aber wird denn die Tür nicht abgeschlossen sein?« fragte ich.

»Doch, doch«, sagte Mòsele. »Schauen wir mal: Du könntest klingeln, der Wachtposten macht dir auf, und du stellst den Fuß in die Tür.«

»Sehr gut«, sagte ich. »Aber wenn mir der Wachtposten nicht aufmacht?«

»Stimmt«, sagte Mòsele. »An so was muß man ja auch denken.«

Er war so begeistert, daß es mir leidtat, ihm Schwierigkeiten zu machen. Das Leeregefühl in meiner Magengegend flaute allmählich ab.

»Arbeiten wir mit Dynamit?« sagte Mòsele.

»Können wir probieren«, sagte ich.

»Da gäbe es«, sagte Mòsele, »nur die Schwierigkeit, daß wir kein Dynamit haben. Der ganze Sprengstoff ist nämlich im Altipiano. Wir können etwas holen lassen; morgen abend oder übermorgen haben wir ihn.«

»Sehr gut«, sagte ich. »Wir müssen aber inzwischen hinauf auf den Oligara, Nello und ich, weil wir dort erwartet werden. Ich hoffe, ihr werdet alles schaffen.«

»Schade«, sagte Mòsele. »Es hätte mir Spaß gemacht, wenn ihr mitgekommen wäret, in die Kaserne.«

»Uns auch«, sagte ich; Nello wischte sich mit dem Ärmel über den Mund und sagte: »Es hätte uns bestimmt viel Spaß gemacht.«

Eine oder zwei Stunden lang unterhielten wir uns mit Mòsele über unsere organisatorischen Fragen. Er trug Offiziershosen und graugrüne Kniestrümpfe, im übrigen Zivilkleidung. Er sprach mit Begeisterung, und die Beweggründe für sein Rebellentum und seine Ideen zur Entwicklung des Krieges kamen zum Vorschein. Seine Beweggründe waren einfach: Ehrgefühl, Patriotismus, militärische Würde. Seine Ideen waren eher Bilder, eigentlich ein zentrales Bild: die weißrotgrüne Flagge, gehißt an einer herausragenden Stelle des Altipiano, zwischen Zebio und Ortigara, weithin sichtbar; und wir um die Flagge geschart, zum Teil in den Schützengräben des Ersten Weltkriegs, zum Teil in neuen, jetzt ausgehobenen, eine Art Pulk in der Höhe zwischen den Felsen, den der »Feind« nach und nach reduziert, bis nichts mehr übrigbleibt als die Fahne, deren Stange in einem Steinhaufen steckt, und der Feind dann, zwischen den Toten wankend, das Gewehr präsentiert.

Ich mußte lächeln, als ich diese Phantastereien hörte; insgeheim aber fühlte ich mich von ihrem Inhalt teilweise angezogen; ist es denn möglich, so dachte ich, daß wir nie das einfache Privileg des *Kämpfens* bekommen? In zwei Reihen, eine wir, eine die anderen, sauber abgegrenzt.

Mòseles romantische Vorstellung fand ich ergreifend und auch nützlich. Alle diese Dinge sind zu einem Zweck verschworen, dachte ich; die italienische Bourgeoisie hat viele Seiten, es gehören auch solche Leute dazu, die die Flagge im Kopf haben. Man kann nicht verlangen, daß sich die Leute von heute auf morgen einen neuen Kopf anschaffen.

»Ich würde noch gern eure Meinung zu etwas anderem hören«, sagte Leutnant Mòsele. Man spürte, es trieb ihn die Vertrauensseligkeit, aber die Scham zügelte ihn: selbstverständlich eine Gewissensfrage. In solchen Fällen hat man die Pflicht, einen Rat zu geben, wenn man kann.

Ich sagte zu ihm, er solle nur frei heraus sprechen. Er teilte uns im Vertrauen mit, er habe sich noch keinen Decknamen ausgesucht.

»Was meint ihr, wie wäre es, wenn ich mich Roter Hirsch nennen würde?« sagte er. Er fragte zögernd, aber zuversichtlich.

Wir räusperten uns.

»Rot vielleicht schon«, sagte Nello schließlich.

»Vielleicht auch Hirsch«, sagte ich, »aber dann ohne Rot.«

»Mir würde aber Roter Hirsch gefallen«, sagte Mòsele.

Wir rieten ihm höflich davon ab; der Name war ihm ausgeredet, aber überzeugt war er nicht.

Der lange Weg über die kahlen Berge nördlich von Asiago. Der Tag bricht an und erhellt die Buckel und Hochflächen. Auf einer morgenhellen Hochfläche stießen wir auf die erste wirkliche Gebirgseinheit. Es waren Leute aus Asiago. Vorläufig gehörten wir zu ihnen, bis wir uns mit unseren Freunden, die wir aus Belluno erwarteten, und mit anderen Genossen, die aus der Ebene kommen sollten, selbständig machten. Wo aus einer Wiese eine Schar Felsen hervorragte, vielleicht zwei Wegstunden vom Ortigara entfernt, standen verstreut einige Zelte. Wie Engländer gekleidete Männer gingen umher, brachten abgeschnittene Zweige und Säcke; einige rasierten sich vor den Zelten sitzend; einige legten Waffen auseinander oder bauten sie wieder zusammen. Die Waffen begeisterten uns: es gab eine Unmenge kleine Stens, sie lagen überall herum. Hier lernten wir diesen Gegenstand kennen, der für viele von uns das Emblem des damaligen Krieges geblieben ist. Man sah sofort, das war kein Spielzeug, etwas anderes als die glatten und gut ausgearbeiteten Luxuswaffen mit ihren kantigen, eleganten Profilen, bei denen man sofort spürt, alles ist Feinarbeit und Präzision, in abgezirkelten, winzigen, unmenschlichen Stößen entladen sich ihre Schüsse.

Das alles war die kleine Sten nicht; sie war rohes, gepreßtes Metall, recht und schlecht ausgearbeitet. Die Schüsse verteilte sie ins Ungefähre, als würde man sie mit der Hand werfen, eine Handvoll nach der anderen schießen, aber natürlich viel stärker. Sie schoß Neunerkugeln. Unser Krieg ist ein Triumph der Zahl Neun; diese Kugeln paßten für die Sten, für die Pistolen, für alles. Wir hatten sie in den Hosentaschen, in den Rucksäcken, in den Täschchen unserer Hemden; wenn wir uns morgens die Schuhe anzogen (denn oft zogen wir sie uns nachts aus), spürten wir mit der Fußsohle, daß ein paar Neunerkugeln im Schuh herumpurzelten. Neun, neun, warum denn neun? Ihr Kaliber verdankten sie vielleicht einem Zufall, wer weiß, wieviel Zoll neun Millimeter sind?, aber sind Zahlen überhaupt je zufällig? Diese Kugeln, diese kleinen länglichen Schachteln enthalten den Kern der Maschine Sten und ebenso den Kern der anderen Maschine: der Gesellschaft im Krieg, sie sind wie die Testikeln eines Mannes, denn sie enthalten den *point* der ganzen Geschichte, und die vollkommene und geheimnisvolle Zahl Neun paßt genau dazu. Man nahm eine Handvoll und stopfte sie eine nach der anderen ins Magazin, in den länglichen, schwarzen Hodensack der Sten, der neununddreißig Kugeln faßt.

Nello und ich wurden von einem kleinen gedrungenen Mann empfangen, der einen dichten schwarzen Bart hatte und Castagna genannt wurde. Er war einer jener positiven kernigen, praktischen Männer, die wir damals unbedingt brauchten. Er sagte, beinahe widerstrebend wie einer, der einen Punkt zu klären gezwungen ist, den er sonst nie berühren würde:

»Der Dirigent von hier oben wäre ich.«

Er erklärte uns die Lage, vor allem die Waffen und das Material, das uns und zukünftigen Genossen zur Verfügung stehen sollte; inzwischen ließ er jedem von uns eine Sten bringen und sagte:

»Kennt ihr euch aus?«

Ich sagte: »Ein wenig schon«, und er zeigte uns, wie man sie handhabte.

»Es ist besser, man läßt sie nicht fallen, wenn sie nicht gesichert ist.«

»Klar«, sagte ich, um sofort zu zeigen, daß ich der Sache gewachsen war. »Die kann dir den Arsch zerschießen.«

»Nein«, sagte Castagna. »Nicht: sie kann, die zerschießt ihn dir hundertprozentig.«

»Wird doch wohl davon abhängen, wie sie fällt«, sagte ich halb beleidigt.

»Hängt nicht davon ab«, sagte er.

Er erklärte, die Sten sei unbeaufsichtigt viel gefährlicher als in den Händen jeglichen Feindes. Wenn sie nämlich mit dem Kolben auf den Boden aufschlug, ging ein Schuß los und sie machte einen Sprung in die Luft, und bei diesem Sprung lud sie sich wieder auf; und wenn sie wieder fiel, ging noch ein Schuß los usw. Das Schlimme daran war, daß bei diesem kleinen Gewehr das Gewicht so verteilt war, daß es immer mit dem Kolben aufschlug; außerdem schoß es nicht einfach in die Luft, sondern im Kreis herum, wobei der Schußwinkel stufenweise niedriger wurde und, bis das Magazin leer war, mehrmals einen ganzen Kreis beschrieb. Dadurch wurde der Arschbeschuß zu einer absoluten Sicherheit.

Castagna war einer von denen, die sehr langsam sprechen und alles auf die sanfte Art zu nehmen scheinen; aber er flößte Vertrauen ein, und wenn auch seine Sätze langsam und beinahe träge aus dem Mund kamen, so waren seine Schlüsse in Wirklichkeit endgültig. Beim Sprechen lächelte er ein wenig wie einer, der sich auskennt und sich gezwungen sieht, von allem, was man tut und sagt, etwas abzustreichen.

Wir befanden uns auf einer Art Naturterrasse, die auf ein weites Meer ausfransender Buckel, dichter Wälder, auf Buschwald und in Wiesen liegende Felsen schaute. Die übereinander gelagerten, reglos daliegenden Wellen erweckten den Eindruck, als wäre die ganze Landschaft abgeschliffen worden, wobei sich alles zusammengepreßt und gerundet hatte. Kilometerweit sah man hartgewordenes, zusammengepreßtes, wirr durcheinanderliegendes Zeug. Auf der anderen Seite der Terrasse war eine Balustrade aus lauter kleinen Felsstücken. Am Ende tat sich eine Felsgrotte auf. Dort zündeten die Partisanen am Spätnachmittag ein Feuer an. Es gab Suppe, und alle holten sich etwas und aßen es dann, an die Balustrade gelehnt.

Ich ging mit dem Finco auf und ab. Noch bevor ihn jemand beim Namen nannte, hatte ich ihn schon erkannt; daß er sich dort aufhielt, wußte ich schon. Er war eher mager und hatte ein wächsernes Gesicht. An der Spitze des Kinns quoll ihm als Bart eine Art kleiner Wedel in ausgewaschenem Gelb hervor. Er hatte eine feine Stimme und eine ruhige Art. Sowie ich ihn sah, dachte ich mir: Der ist's. Er war der gefürchtetste Mann auf dem ganzen Altipiano. Mit gemischten Gefühlen, ein wenig ehrfürchtig und ein wenig aufgeregt, sprach ich ihn an. Er behandelte mich mit Selbstverständlichkeit, und wir gingen dann auf der Terrasse auf und ab.

Er hatte ein emailliertes Schüsselchen in der Hand, und mit einem Zinnlöffel schlug er sich darin Ei und Zucker. Dieser Finco hatte sich der Einheit angeschlossen, aber auf die einzige seiner würdige Art, nämlich in völliger Unabhängigkeit; alles, was er hatte, war besonders, Bewaffnung, Verpflegung, Rechte und Pflichten. Ein großer UNABHÄNGIGER. Mit mir sprach er vertraulich, beinahe in freundschaftlicher Kümmernis. »Siehst du«, sagte er zu mir, »ich hab eben eine zarte Gesundheit.« *Seine Kraft ist die Schwester der Zartheit.* Dann aß er mit seinem Zinnlöffel sein Ei mit Zucker und ging dabei immer noch mit mir auf und ab. »Ich muß mich bei Kräften halten«, sagte er zwischen zwei Löffeln. *Er hat die Blässe der Helden, er erinnert an Diomedes.* Ich habe mir Diomedes immer so vorgestellt; blaß, schmächtig, nachdenklich. Schließlich reichte er das Schüsselchen einem Gemeinen und leckte sich die Finger.

Ich sah, daß er einen Ehering trug und fragte: »Bist du verheiratet?«

»Und ob.«

»Hast du Kinder?« Er hatte drei und eins war unterwegs. Gesund waren sie alle, und ob, und ebenso die Frau.

Manchmal ging der Finco nachts nach Hause, um sie alle schlafen zu sehen.

»Es wird dich freuen«, sagte ich, »wenn der Krieg aus ist und du wieder heimkommst.«

»Ich gehe aber nicht heim«, sagte der Finco traurig, »wenn der Krieg aus ist.«

»Wie?« sagte ich. »Wohin gehst du dann?«

»Ins Weiße Kreuz«, sagte der Finco. Das war das feinste Hotel in Asiago. Seit er ins Gebirge gegangen war, hatte er sich das vorgenommen, als Sieger hinunterzusteigen und das Weiße Kreuz zu besetzen. Das war sein Kriegsziel.

Wir gingen mitten auf der Terasse auf eine leere Büchse zu; der Finco zog seine Pistole und gab einen Schuß auf sie ab, die Blechdose tat einen kleinen Hopser in die Luft und fiel etwa einen Meter weiter herunter; der Finco schoß noch einmal, mit demselben Erfolg. Wir gingen weiter spazieren, uns voran die Büchse; der Finco schoß das ganze Magazin leer, während er mit mir weiterredete; er verfehlte keinen einzigen Schuß. Diese Art Zielsicherheit ist typisch für Männer aus dem Volk, die gut zielen können. Auch ich kann gut zielen, aber das ist etwas ganz anderes: meine Zielsicherheit ist gezielt, das heißt erworben.

Das Wesen der Zielsicherheit ist zweifach, man kann beinahe sagen, es gibt zwei Arten der Zielsicherheit: die erworbene und die eingegebene. Die eine besteht aus Geduld und Disziplin und die andere scheint direkt vom Heiligen Geist zu kommen; die erworbene Zielsicherheit ist vor allem am Schießstand von Nutzen; die eingegebene Zielsicherheit ist eine zweite Natur, Einfühlungsvermögen, blitzartige Zügel, mit denen man durch den Druck eines Fingers die Beute erschüttert. Wem die Zielsicherheit eingegeben ist, der braucht nicht zu zielen, denn auf jegliches seiner Ziele ist im Himmel schon im voraus gezielt worden. Es handelt sich hier natürlich um Begriffe, nicht um empirische Wirklichkeiten, denn jeder konkrete Schuß enthält praktisch einen gewissen Grad an eingegebener Zielsicherheit und einen gewissen Grad an erworbener; aber so, wie wir sagen »Dichter«, »Redner«, »Heiliger«, konstruieren wir uns auch ideale Modelle für die zweierlei Zielsicherheit. Von meinen Freunden ist es Dante, der eine ungeheuer große erworbene Zielsicherheit hat, vorausgesetzt, er konzentriert sich eine Viertelstunde, trifft er jedes vernünftige Ziel; die beiden entgegengesetzten Modelle sind der Tar und der Finco.

(Man muß jedoch eines festhalten: im letzten Akt, im konkreten Schuß, verschmelzen die beiden Wesensarten der Zielsicherheit gleichsam miteinander, als müsse der Heilige Geist auch bei einem einspringen, der lange zielt. Und das geschieht, wenn der Schütze mit seinem zusammengekniffenen Auge geduldig gewartet hat, bis die Landschaft aufhört zu beben, denn in der Natur bebt alles, wenn auch in unerhört kleinem Maßstab, und die Dinge bestehen aus lauter winzigen Wellen; und wenn man lange genug wartet, dann kommt der richtige Augenblick. Es ist die Herabkunft des Heiligen Geistes, den man stillschweigend anruft, in der Erwartung, daß die Sicht vorne am Korn haltmacht: und seine schöpferische Niederkunft begrüßen wir, indem wir den Hahn ziehen.)

Die Partisanen hatten sich vor der Hütte versammelt, Castagna teilte die Wachtschichten ein, ziemlich lässig, aber doch gebieterisch.

»Tadellos, tadellos«, dachte ich. »Das ist der Krieg des Volkes.« Rasch ging das Licht unter.

Ich überlegte, ein Land, sagen wir Venetien, wenn wir Italien einmal beiseite lassen wollen, hat doch ungeheure Energievorräte, die in keinem Buch katalogisiert sind. Die Strukturen unserer Gesellschaft sind bürgerlich, die Leute aus dem Volk sind nicht buchstäblich mit Gewalt aus ihnen ausgeschlossen, bleiben aber doch draußen. Drinnen befinden sie sich praktisch nur, wenn sie im Gefängnis sitzen, was für sie die normalste Aufnahme in die Strukturen ist. Oder wenn sie ins Priesterseminar gehen. Es handelt sich nicht um Beiträge des Volkes zu einer gemeinsamen Kultur, sondern um die Aufnahme in ein Dienstverhältnis. Das Gefängnis, das Dienstbotentum, das Bordell, die Kaserne, das Seminar; immer werden die Leute aus dem Volk in einen Dienst aufgenommen, selbst wenn sie einmal in einem Buch Platz finden. Nein, es ist vergeblich, dachte ich, eine uns allen gemeinsame Kultur gibt es nicht. Was diese Leute wert sind, sieht man jetzt, wo ihnen niemand dreinredet. Sie machen alles mit größerer Leichigkeit als wir und mit weniger Getue; sie machen auch ihre Fehler, aber keine schlimmen, nur praktische und wiedergutzumachende; sie machen Fehler, weil sie zu hoch greifen, nie zu tief. Die letzten zwanzig Jahre italienischer Geschichte aber zeigen einen Fall, wo grausam zu tief gegriffen wurde, im wesentlichen unser Werk, das Werk der Bourgeoisie, und vielleicht nicht mehr gutzumachen.

Mit dem Einbruch der Dunkelheit waren die Partisanen in die Felsgrotte gegangen und wir auch. In der Mitte brannte ein lustiges Holzfeuer, und die Partisanen sangen. Die von seinem Widerschein geröteten Gesichter erschienen freudig und begeistert. Sie sangen:

Die Jahre sind vergangen,
die Monate sind vergangen,
keine Tage werden mehr vergehen,
bis die Engländer kommen.

Ich sah ihre überzeugten Mienen und freute mich mit ihnen; wir fühlten uns stark und gut mit Verbündeten versorgt. Nun setzten sie mit dem Refrain ein:

Unsere Heimat ist die ganze Welt,
unser Glaube die Freiheit,
der einzige Gedanke – die Menschheit retten.

Ich freute mich an diesem ihrem Hauptgedanken, betrachtete die sympathischen, erregten Gestalten und dachte wieder an das Vorhaben des Finco. Mir schienen es zwei Seiten desselben Programms zu sein, bald in der Gestalt des Weißen Kreuzes, bald in der Gestalt der Menschheit gesehen. Ich mochte Vorurteile haben zugunsten dieser Leute; aber alles, was sie taten und sagten, erschien mir richtig.

Als ich später mit Nello allein war, sagte ich zu ihm: »Das muß die Kultur des Volkes sein. Sie sind besser als wir.«

»Sie haben sogar Licht in ihren Zelten«, sagte Nello. Castagna hatte nämlich in seinem Zelt eine Stromanlage mit Akkumulatoren und zwei winzigen Glühbirnen; zwei oder drei andere Zelte waren angeschlossen, und so hatten sie elektrisches Licht im Schlafzimmer. Oben beim höchsten Zelt spielte einer abends den Zapfenstreich mit einer Mundharmonika; und nach dem Zapfenstreich spielte er noch andere Weisen. Es war wohl eine Art Kommiß für sie, aber ohne Stellungsbefehl, ohne Feldwebel, ohne geregelte Dienstzeit; und wenige Stunden von zu Hause entfernt, wohin sie sich selbst ab und zu nacheinander in Urlaub schickten.

Man spürte, hier waren die Fakten vor den Ideen gekommen, und dies wirkte erholsam.

»Man müßte von ihnen lernen«, sagte ich zu Nello.

»Wir brauchen Akkumulatoren«, sagte er.

»Vielleicht wäre es einfacher, wenn wir uns hier gleich mit Castagna zusammentäten«, sagte ich. »Ich hätte schon Lust, hier zu leben und mit ihnen Rebell zu sein, und du?«

»In diesem Sinn ich auch«, sagte Nello. Er wollte gerade sein »Aber...« anfügen, da sagte ich zu ihm:

»Hier müßte man nicht mehr denken. Der Grundgedanke ist das Hiersein. Castagna ist hier oben zu Hause. Und für alles andere sorgt er, bis der Krieg aus ist. Angenommen natürlich, daß wir das Ende erleben.«

»Wie lange wird's wohl noch dauern? Was meinst du?«

»Meiner Meinung nach noch dieses Jahr«, sagte ich, schämte

mich aber sofort, weil Nello mir mehr zutraute, als ich wußte, und deshalb einen solchen Satz ernst nahm. Um es wieder ein wenig gutzumachen, sagte ich dann: »Was willst du, wissen kann man gar nichts, es könnten auch viele Jahre werden, oder vielleicht sind wir schon im letzten Monat.«

»Ein langer Monat wird's auf jeden Fall werden«, sagte Nello.

Es wurde ein sehr langer Monat, bestimmt der längste in meinem Leben, und ich glaube, auch in seinem.

Wir verbrachten noch einen oder zwei Tage in diesem Lager, bevor wir ins Ortigaragebiet aufstiegen, wir waren nämlich zu früh dran. Es gab Sprengstofftransporte und Waffenübungen, aber alles sehr frei. Die Wachteln, nun zum erstenmal in ihrer Geschichte von Gewehrsalven verfolgt, schienen die Richtung verloren zu haben. Die Haselhühner kamen senkrecht die Steilhänge herunter wie Meteorsteine, und man wußte nie, waren es lebendige Haselhühner im Sturzflug oder tote Haselhühner in freiem Fall; unten verschwanden sie zwischen den Tannenwipfeln. Kleine Expeditionen brachen auf, andere kamen an; alle waren unbefangen, überzeugt und überzeugend. Ich sprach mit Castagna über unsere Kriegspläne. Sein Gesicht war von einem Bart eingerahmt, der einem Bündel dorniger Ranken glich. Er hatte keine vorgefaßten Theorien: Die allgemeine Vorstellung bestand darin, die männliche Jugend des Altipiano aus den kleinen Ansiedlungen hier zwischen den menschenleeren Felsen zu versammeln; nach Bedarf würde man dann Krieg führen, aber ohne eigens Streit zu suchen. Die Felsen, die Wälder, die Buschwälder, die Höhlen und die Felsspalten kannten sie in- und auswendig: sie glaubten, jedesmal davonzukommen, wenn sich die Deutschen zeigen würden: da brauchten sie keinerlei Pläne. »Die Pläne bringen uns durcheinander. Wir halten uns an die Praxis.« Ich wollte auch ein wenig über ihr Ethos erfahren, aber natürlich ist es dabei von Nachteil, daß ein solcher Ausdruck im Dialekt nicht vorkommt. Man kann doch im Dialekt nicht etwa fragen:

»Wie seid denn ihr mit'm Ethos dran?« Das Wort fehlt nicht zufällig, nicht durch ein Versehen unserer Vorfahren, die den Dialekt fabriziert haben. Du kannst den Begriff drehen und wenden, wie du willst, du wirst nie ein Wort dafür finden, das nicht etwas ganz anderes bedeutet, wenn du im Dialekt davon sprechen willst;

es geht mir jetzt ganz im Gegenteil durch den Kopf, daß die Unzulänglichkeit nicht beim Dialekt liegt, sondern eben beim Ethos, einem sehr schönen Wort für tiefsinnige Reden, dessen genaue Bedeutung man aber nicht weiß und das womöglich gerade die Funktion hat, nichts zu bedeuten, aber eben auf tiefsinnige Art und Weise. Es gibt noch viele andere solche Wörter, an der Universität waren beispielsweise bei Professoren und Studenten die *Instanzen* im Schwange. Wenn ich es mir jetzt überlege, dann bedeutet *Instanzen* im Grunde dasselbe wie Ethos, das heißt: gar nichts.

Ich fragte also Castagna: »Warum seid ihr denn hier?«

Castagna sagte: »Wieso warum?«

»Wieso habt ihr euch entschlossen, hier herauf zu kommen?«

»Wo hätten wir denn sonst hingehen sollen?« fragte er.

Damit war dieser Teil meiner Untersuchung abgeschlossen.

Dann sagte ich:

»Und wenn der Krieg aus ist, was macht ihr dann?«

»Dann gehen wir wieder ins Tal hinunter, oder?«

»Und was macht ihr dann, wenn ihr wieder unten seid?«

»Dann wird eingesäckelt.«

Ich nickte betroffen, konnte ihm aber meine Bewunderung nicht versagen. Dann erkundigte ich mich, ob für dieses Einsäckeln schon genaue Pläne bestünden. Seinen Erklärungen entnahm ich, daß Castagna vor allem ans Feiern dachte, an ein großes Mahl im Freien, Seilziehen und Sackhüpfen unter ehemaligen Faschisten im Sinn hatte, die zum Hüpfen in Säcke gesteckt wurden, daher wohl das Einsäckeln.

»Und dann?« fragte ich. »Nach dem Einsäckeln?«

Der Castagna musterte mich und sagte: »Ihr seid Studenten, oder?«

Ich nickte, und er sagte: »Das merkt man gleich, ihr seid spitzfindig.«

»Castagna«, sagte ich, »glaubst du nicht, man müßte es probieren, in Italien einiges anders zu machen? Es war doch nicht gut so wie es vorher war. Man könnte sagen, deshalb sind wir hier.«

»Wenn du's genau wissen willst«, sagte Castagna, »an Italien liegt mir nicht besonders viel.«

»Aber wer in Canove kommandiert, daran wird dir doch was liegen, oder?« Canove war nämlich sein Heimatdorf.

Wer in Canove kommandieren werde, wisse er schon, meinte er. »Dann laß hören«, sagte ich.

»Meine Wenigkeit«, sagte Castagna.

»Nur ein paar Tage.«

»Sagen wir ein paar Wochen.«

»Und dann?« fragte ich.

»Dann wird's eine Regierung geben, oder?«

Ich fragte ihn, ob es ihn nicht interessiere, was für eine Regierung drankomme.

Castagna sagte, ich solle ihm meine Hände zeigen. Ich zeigte ihm meine Handinnenflächen (denn das bedeutete sein Satz im Dialekt), und er hielt die seinen daneben. Die meinen hatten da und dort ein wenig Hornhaut, neue, bleiche Gelegenheitsschwielen; er hatte eine uralte, dunkle, beinahe angeborene Kruste; das war keine Hornhaut, sondern ein ganz anderes Gewebe.

»Siehst du«, sagte Castagna. »Wenn eine Regierung kommt, dann muß unsereiner arbeiten.«

»Auch wenn es Faschisten wären?« fragte ich.

»Nein, nein, um Gotteswillen«, sagte er, »die Faschisten sind doch keine Regierung.«

»Stimmt«, sagte ich, »die Faschisten sind ...« Ich suchte nach einer Formulierung bei Salvemini.

»Arschlöcher«, sagte Castagna.

Das war sein Ethos. Er sagte mir auch, was er tun würde, wenn zu unserem Unglück gerade die wieder drankämen.

»Dann«, sagte er, »kommen wir auch wieder dran. Wir kommen nämlich wieder hier herauf.«

Etwas Besseres gibt es nicht, dachte ich.

Und so gingen wir hinauf ins Ortigaragebiet, Nello und ich, endlich bewaffnet, und drei Tage verbrachten wir dort in zweitausend Meter Höhe allein auf dem Steinbuckel und warteten auf unsere Freunde, die aus dem Agordinotal kommen sollten.

Sich aus hundert Kilometer Entfernung auf der kahlen Kappe des Ortigara im Angesicht des großen blauen Grabens des Suganatals zu verabreden, zeugt nicht von Geist, sondern von Genie, das ja etwas Wahnsinniges an sich hat: oder man vertraut sich eben dem Zufall an. »Wir treffen uns am 11. Mai auf dem Ortigaragipfel.«

Den Ortigara hatte ich nur als kleiner Junge gesehen, mit gewaltigem Herzklopfen, von einem anderen großen Berg aus, der ganz in der Nähe ist und Cima Dodici heißt: ich betrachtete den blendenden Luftstrudel über dem hohen Steinhaufen und sagte mir: »Ist das also die Luft, bei der man die Farbe wechselt?« [12]

Es war so gekommen, weil wir uns, als wir uns oberhalb von Agordo trennten, doch an einer kenntlichen Stelle des Altipiano verabreden mußten, aber ziemlich weit im Norden, wo es kein Dorf mehr gibt; und Lelio, der alles über die Orte des Großen Krieges wußte, sagte, genau auf dem Ortigaragipfel sei ein Grenzstein; und so sagten wir zueinander: oben auf dem Ortigara, beim Grenzstein; und nachdem wir ausgerechnet hatten, wie viele Tage wir für den Marsch brauchten, kam der elfte Mai heraus.

Verabredet war, daß wir uns am elften Mai bei diesem Grenzstein treffen, und wer zuerst kommt, wartet drei Tage. Nello und ich legten eine Strecke mit dem Zug zurück, dann gingen wir zu Fuß hinauf aufs Altipiano, dann zu Castagna, dann allein ins Ortigaragebiet; und am Abend des zehnten waren wir oben. Der Ortigara ist ein kahler Berg, man muß gesehen haben, wie kahl, sonst glaubt man's nicht. Der Grenzstein war da und sonst nichts als ein mächtiger Haufen zersplittertes Gestein. Die Natur mag den Boden bereitet haben, aber der dürfte dann Stein für Stein von den Kanonen bearbeitet worden sein. Einige verrostete Überbleibsel aus dem Ersten Krieg lagen herum und beachtliche Mengen menschlicher Knochen. Es gab Laufgräben und Stellungen, und der Berg schien mit all dem abzurutschen.

Wenn man vom Gipfel in Richtung Suganatal blickte, das unterhalb des Berges liegt, konnte man in fünf Minuten Entfernung eine kleine Hütte erkennen. Wir gingen nachsehen; sie mußte von Hirten gebaut worden sein, ein guter Platz zum Übernachten. Vom Suganatal aus war sie durchaus zu sehen, aber dort in zweitausend Meter Höhe störte uns das nicht.

Bevor es dunkel wurde, suchte ich mir ein langes weißes Schienbein aus und schrieb mit Bleistift darauf: *»Lelio, wir sind in der Hütte: nordwestwärts«*, falls sie ankommen sollten, während wir schliefen. Nun erschien mir unsere Verabredung ausgesprochen verrückt, ein so verwegenes Stückchen Purismus, daß es an Blödheit grenzte, und ich dachte für mich: »Die kommen bestimmt nicht.«

Am ersten Morgen gingen wir, noch ganz verschlafen, hinaus, und alles erschien ein Scherz, der Ortigara war verschwunden, wir befanden uns auf einer blendenden, großen, stark geneigten, nicht zu erkennenden Fläche. Aber in der Höhe, am oberen Rand der Fläche sah ich den Grenzstein. Darüber war ein tiefblauer, wunderschöner See. Die Maisonne stand schon hoch am Himmel.

Der Schnee machte uns lustig, es dürften an die sechs Zentimeter gewesen sein, und die Sonne ließ ihn geradezu unverschämt schmelzen. In der Hütte gab es Holz, eine Art Herd war auch da, und wir machten ein Feuer, um uns zu wärmen, denn in der Nacht hatten wir teils geschlafen, teils vor Kälte gezittert, aber mehr gezittert als sonst etwas. Mit der Wärme, die dieses Feuer machte, war es nicht weit her, während der Rauch überaus reichlich war: wir mußten die Tür offen lassen, und die ganze Wärme ging hinaus, nur der Rauch blieb drin. »Sowieso besser«, sagte ich, »dann sieht ihn keiner im Suganatal.« In Wirklichkeit lag mir gar nichts daran. Wir unterhielten uns mitten in den stechenden Rauchwirbeln der Hütte, in der wir kaum Platz hatten.

Ich stieg zum Grenzstein hinauf, um die Lage auszukundschaften; als ich zurückkam, stand Nello in der Tür. Sein Gesicht war kohlschwarz, die blonden Löckchen wirkten wie rußbesprühtes Gold, und die Farbe der Lippen war kräftiger, als wären sie angemalt. Seine blauen Augen sahen sehr hell und wehrlos aus. Er war von oben bis unten als Engländer angezogen, ich nur zur Hälfte, diese englischen Klamotten mußte uns wohl Castagna gegeben haben, ich weiß es nicht mehr.

An dem Tag redeten wir lange, in dem beißenden, duftenden Rauch vor dem Feuer sitzend. Nello erzählte mir, was er nach dem Krieg vorhatte; bescheidene ernste Pläne, mich rühren sie in ihrer Art. Er war im zweiten Studienjahr an der Universität.

Es läßt sich nicht einmal genau sagen, wie Nello umgekommen ist: von denen, die in dem Augenblick bei ihm waren, ist kein einziger mehr am Leben; es geschah einige Wochen später, am nördlichen Rand des Altipiano, nicht weit von der Stelle entfernt, wo wir jetzt waren, beinahe in derselben Lage unterhalb des Randes, über dem Suganatal; dort hat man ihn gefunden; und mir ist, als hätte man das erkennen können, wenn man ihn an dem Tag damals genau angesehen hätte.

Am zweiten Tag machten wir, unsere Stens umgehängt, einen kleinen Rundgang über die Bergkuppe; wir waren stehengeblieben, um die Aussicht auf die Cima Dodici zu genießen, da sagte ich zu Nello: »Hast du Hunger?«, und er sagte: »Na ja«, und ich fing an zu lachen und sagte: »Dann kochen wir uns ein wenig Tee.« Wir kochten ihn so, wie zu Hause der Zichorienkaffee gekocht wurde: wir gaben den Tee in eine Büchse voll Wasser, soviel hineinging, und dann ließen wir ihn auf dem Feuer schmauchen. Er wurde ziemlich stark, aber so gab es mehr Substanz.

Als ich die Worte »ein wenig Tee« ausgesprochen hatte, kamen die Tauben. Es waren zwei, vermutlich drehten sie auch eine Runde, genau wie wir, sie mußten von links gekommen sein und hatten sich mit leichtem Flügelschlagen vier, fünf Meter von uns entfernt niedergelassen. Sie sahen uns einen Augenblick an, dann breitete die eine ihre Flügel wieder aus und flog weg, und die andere hinterher; sie bewegten sich in zwei Meter Höhe wie zwei kleine Hubschrauber, und gleich darauf kamen sie wieder zurück, in etwa gleicher Entfernung von uns wie zuvor, nur ein wenig weiter rechts, und diesmal wandten sie uns ihre Kehrseite zu.

Die Tauben hüpften nach ihrer Art dahin und dorthin und genossen die Aussicht. Ich glaube, in ihrem hochnäsigen Stil, mit den Köpfen ruckweise hin und her wackelnd, sagten sie einander etwas. Nello und ich hatten blitzartig denselben Gedanken.

Ich fragte ihn durch einen Wink mit den Augen »Willst du schießen?«, und Nello antwortete ebenso »Schieß du«; und im Grunde meines Herzens gab ich ihm recht, denn ich kann gut zielen. Man mußte sie, wenn möglich, beide erwischen; aber mit der Sten – heilige Muttergottes – hätte man ja auch dreiunddreißig in einer Reihe erwischen können.

Wir standen reglos da und schluckten kräftig, aus Angst, sie könnten wegfliegen. Die beiden Tauben spielten ihre Szene weiter, ohne sich um uns zu kümmern; sie hatten sich auf einem Häufchen Steine niedergelassen. Sie waren recht stattlich, von leuchtendem Gefieder, schiefergrau mit bläulichen Flecken. Fast zu typisch Taube, dachte ich, sie könnten beinahe unecht sein.

Ich hob die Sten langsam hoch, immer wieder um einen halben Millimeter höher, bis sie in der richtigen Höhe war; dann konzentrierte ich mich aufs Zielen. Ich muß sagen, wenn ich mich damals auf etwas konzentrierte: halten, vor den Lauf kriegen, abdrücken (aber gründlich, bis ich von Sinnen war), erzielte ich außerordentliche Ergebnisse. Es handelte sich um eine psychologische Technik von mir, eine Art aktivistisches Yoga.

Die Sten hat ein rundes Visierkorn, etwa einen halben Zentimeter breit; die zwei Tauben hineinzubringen war ein leichtes.

Schwierig zu schaffen war es nur, daß die Köpfchen, die ständig dahin und dorthin ruckten und zuckten, mit dem idealen Mittelpunkt des kleinen Kreises übereinstimmten. Ich konzentrierte mich, und als ich glaubte, gründlich von Sinnen zu sein, drückte ich ab.

Jetzt ist mir klar, daß es vielleicht besser gewesen wäre, einzelne Schüsse abzugeben, aber ich schoß aus Freßgier gleich eine ganze Salve, wobei ich in der Luft die Bilder der beiden Köpfchen zusammenfügte. Als die Salve vorbei war, fing ich wieder an zu sehen; vor mir das Häufchen Steine und weiter drüben die Umrisse der Cima Undici und die der Cima Dodici, und noch weiter drüben war der Himmel mit einem Wolkenkämmchen. Um uns herum hatte es Messinghülsen gehagelt; darüber hing ein leichtes Wölkchen, in der Luft schwebend; die Tauben waren aber nicht mehr da.

»Wo sind sie?« fragte ich.

Er wußte es auch nicht. Die Luft um uns war im Umkreis von Kilometern vollkommen leer. Lange suchten wir zwischen den Steinen, aber es war nichts da, nur eine kleine stahlgraue Feder, die mir wie eine Taubenfeder vorkam und Nello nicht; und auf einer Steinschuppe ein kleiner scharlachroter Fleck, der Nello wie Taubenblut vorkam und mir nicht.

Nello sagte zu mir: »Ich bin ganz sicher, daß du sie erwischt hast.« Auch ich war sicher, aber es freut einen, wenn man es gesagt bekommt. Wir kochten uns noch ein wenig Tee.

Am dritten Morgen ging ich hinaus, um Schnee für den Tee zu holen, und da standen zwei Männer auf dem Grat. Unten der eiförmige Grat, hellgrau; in der Mitte die zwei stehend; hinter ihnen und bis hinauf in den Himmel blaue Luft.

Sie waren mir zu drei Vierteln zugewandt, den Rücken dorthin, wo die Sonne aufgeht; sie sahen mich wohl, gaben aber keine Zeichen. Ich jubelte innerlich; denn wenn auch der hintere von den beiden einer war, den ich noch nie gesehen hatte, so hatte doch der vordere die Silhouette und die hölzernen Bewegungen und den strohblonden Haarschopf, die zu Lelio gehörten.

Ich schrie seinen Namen und schwenkte dazu meine Hand in der Luft, und auch sie fingen an zu winken. Da packte mich eine solche Freude, daß ich nicht wußte wo aus, wo ein, und so schoß ich vor Begeisterung eine Salve in die Luft. Vollkommen verräuchert kam Nello aus der Hütte, die Sten in der Hand. Ich sagte zu ihm: »Sie sind da; dort oben stehen sie«, und wir gingen ihnen, noch weitere Salven schießend, entgegen. Das war kindisch und dumm, aber es sollte Lelio schnellstens zu verstehen geben: »Hier haben wir Waffen in Hülle und Fülle, Magazine zum Verschwenden.« In wenigen Minuten waren wir auf dem Gipfel. Die beiden waren ziemlich rührend anzusehen, sie waren zu Fuß von so weit hergekommen, und nun sagten sie praktisch kein Wort, ich redete beinahe allein. Das liegt in meinem Wesen, wenn ich gerührt bin, kann ich ohne weiteres reden. Lelio ist dagegen ganz anders, er redet nicht, wenn er gerührt ist, und übrigens auch nicht, wenn er nicht gerührt ist. Der andere war ein Russe, und er redete natürlich nicht; er hatte ein sympathisches Lächeln.

Freudig zeigte ich Lelio das Häufchen menschliche Knochen mitsamt dem Schienbein, auf das ich die Nachricht für ihn geschrieben hatte. Heute, wo ich weiß, wie hungrig er war, frage ich mich, ob es denkbar ist, daß er instinktiv daran hätte nagen mögen. Es wäre interessant gewesen, anzusehen, wie er die Gefallenen des Großen Krieges verzehrte, wo er doch immer eine so ausgeprägte *pietas* für alles gezeigt hatte, was den Großen Krieg betraf.

»Wir haben Waffen!« sagte ich, »Stens wie die hier und englische Maschinengewehre und Handgranaten, die birnenförmigen mit den Karos.«

»...«, sagte Lelio.

»Und Sprengstoff, zentnerweise, und Sprengkörper, Tuben aus Kupfer; da mußt du einmal reinbeißen, sie sind nämlich voll Säure, dann zerbricht drinnen eine Art Fläschchen, und die Säure beginnt die Schnur zu verzehren. Es gibt welche zu einer halben Stunde, welche zu einer, zwei oder drei Stunden; wenn die Schnur abreißt, springt eine Feder, und es schleudert die Tube in die Luft.«

Wir stiegen zur Hütte hinunter und boten ihnen ein wenig Tee an. »Habt ihr kein Brot?« fragte Lelio. Am ersten Tag hatten wir schon den letzten Zwieback gegessen, es waren nur noch Brösel da, die sich mit den Härchen des Säckchens vermengt hatten, und eine Käserinde. Wir erklärten aber, im Lager gebe es alles in Hülle und Fülle.

Wir gingen weg, um die anderen abzuholen; wir hatten sie zwei oder drei Wegstunden entfernt bei der Fossetta-Hütte gelassen. Es war eine schöne Gegend des Altipiano, die ich noch nicht kannte: Nadelwälder, kleine enge Täler, Kare, kleine Bollwerke aus Felsen.

»Das ist unser Herrschaftsgebiet«, sagte ich zu Lelio.

Wir stiegen zwischen den Tannen hinunter, plötzlich hörte man, daß Zweige gestreift wurden, und eine schroffe Stimme rief: »Wer da?« Wir legten uns alle völlig flach auf den Boden; Lelio und ich konnten's ein wenig vom Offizierslehrgang, Nello wird's nachgemacht haben (er war in der Artillerie gewesen), und der Russe konnte alles. Wir befanden uns in einer Art natürlichem Krater kleinen Ausmaßes, Nello und ich krochen mit unseren Stens bis an den Rand, um Ausschau zu halten. In dreißig Meter Entfernung lagen einige Männer mit gezückten Flinten am Boden und einer in Kniebeuge ein bißchen weiter vorne, auch er mit gezückter Flinte. Sehr gut.

Die Wahrscheinlichkeit, daß wir keine Partisanen vor uns hatten, war in der Gegend gering; aber ich war neu, und es fiel mir nicht leicht, die Lage zu beurteilen. »Partisanen«, sagte ich.

»Runter mit den Gewehren«, sagte der in Kniebeuge, »und kommt heraus, einer hinter dem anderen, Hände hoch!«

»Runter mit euren Gewehren«, sagte ich, »und kommt vor, Hände hoch!«

Eine Zeitlang forderten wir uns gegenseitig auf. Dann sagte er: »Ich gebe euch eine halbe Minute, sonst fangen wir an.«

Ich bin von Natur aus impulsiv, aber bei Bedarf nehme ich Vernunft an. »Übertreiben wir's nicht«, sagte ich. »Sollen wir uns untereinander erschießen?«

Ich zeigte mich mit der Sten in der Linken, weit vom Körper entfernt und den Lauf nach oben gekehrt.

»Machen wir keine Dummheiten«, sagte ich, während ich ihnen entgegenging; und sie machten zum Glück keine. So versammelten wir uns alle und machten Bekanntschaft miteinander. Sie gehörten zu einer Einheit, die schon seit einigen Wochen hier oben war. Der in Kniebeuge gewesen war, hieß Cocche; er war dreißig, hatte ein paar

Bartbüschel und in etwa das Temperament eines Maulesels. Er stellte mir ziemlich freundschaftlich mehrere Fragen, wer wir denn seien, und wie und was. »Ich verstehe«, sagte er dann auf einmal. »Ihr seid die Badoglianer.«[13]

»Die Badoglianer, das seid vielleicht ihr«, sagte ich.

»Wir nicht«, sagte der Cocche, »wir sind die Kommunisten.« Damit brachte er mich zunächst zum Schweigen.

»Jetzt kommt mit uns zum Lager«, sagte der Cocche, »das ist eine Formalität, diese Gegend gehört uns.«

Ich erklärte ihm alles nach Strich und Faden, aber er sagte, er müsse sich an Befehle halten, ich bewundere (insgeheim) Leute, die sich an Befehle halten, verstand aber nicht, warum ausgerechnet wir auf seine Befehle Rücksicht nehmen sollten. Mehr als einmal gelangten wir an einen toten Punkt.

»Wie weit ist es denn zum Lager?« fragte Lelio.

Der Cocche meinte, eine halbe Stunde.

»Zu guter Letzt«, sagte Lelio, »könnten wir ja auch zum Lager gehen.«

Wir gingen hin. Unterwegs sagte der Cocche: »Also, wenn wir zum Lager kommen, dann tragen wir eure Gewehre.«

»Sehr gut«, sagte ich, »und wir tragen die euren.«

Der Cocche wollte aber die unseren tragen und die seinen *dazu*. Das konnte ja alles verderben. Halb im Scherz schlug ich vor, sie könnten ja alle Gewehre tragen, aber ohne Kugeln im Lauf, und wir alle Magazine. Natürlich war der Cocche nicht dafür. Diese Streitereien waren akademisch, wir wußten, daß wir unter Freunden waren, es ging nur um die Würde. Zu guter Letzt sagte ich zum Cocche: »Paß auf, die Gewehre kannst du jetzt von uns haben, aber unter der Bedingung, daß du zur Kenntnis nimmst und dann berichtest, daß wir sie dir freiwillig gegeben haben, damit du sie ins Lager hineintragen kannst, weil du ein Dickschädel bist und wir inzwischen müde sind.«

»Geht in Ordnung«, sagte der Cocche.

Wir gaben ihm die Gewehre.

»Weißt du«, sagte der Cocche, als sie sie in der Hand hatten, »ich hab den Befehl, die Waffen zu beschlagnahmen.«

»Aber diesmal hast du kein Kinkerlitzchen beschlagnahmt«, sagte ich.

»Nein«, sagte er, »aber ich hab die Waffen beschlagnahmt.«

»Leck mich am Arsch«, sagte ich.

Als wir zum Lager kamen, setzte sich der Cocche ein wenig von der Gruppe ab, die plötzlich im Gleichschritt marschierte, und wir sahen ganz von selbst aus wie Gefangene. Hier stellt mir mein Gedächtnis ein Bein; ich weiß nicht mehr, wo der Anführer war, noch wann oder wie er zum Vorschein kam; auch an das Lager kann ich mich nicht mehr gut erinnern; es wird wohl auf halbem Weg zwischen dem Ortigara und der Fossetta-Hütte gewesen sein. An das Licht kann ich mich noch erinnern, es war khakifarben, warm, beinahe orange. In diesem Licht stehen wir vor dem Anführer, der Cocche macht seinen Rapport und stellt uns als »festgenommen und entwaffnet« vor.

»Dem Partisanen Cocche«, sagte ich, »fehlt nur der Sinn fürs Lächerliche.« Ich fing an, kurz Bericht zu erstatten; der Anführer kannte Antonio Giuriolo und sagte, es freue ihn zu hören, daß er auch auf dem Altipiano sei, und er begann sich zu entschuldigen. Da verlegte ich mich sofort darauf, Cocches Vorgehen zu verteidigen, und sagte, wie skrupulös, gründlich und sympathisch ich ihn gefunden hätte. Der Anführer fragte, ob wir ihn nicht beehren wollten, das Essen könne schon gefaßt werden, und ich begann aus Übermut abzulehnen, um zu sehen, ob Lelio langsam verduftete.

Und wieder stellt mir mein Gedächtnis ein Bein; wir, die vier Burschen, die wir waren, fallen hinaus aus meiner Erinnerung, bleiben aber in einem allgemein orange gehaltenen Licht; eine schlammige Erregtheit macht sich bemerkbar, wir sitzen da mit etwas Warmem und Flüssigem in einem Behälter, den wir zwischen unsere Knie geklemmt haben, und versinken wieder außerhalb meiner Erinnerung.

Es fängt wieder an, als wir Antonio und die zwei Engländer, Walter und Douglas, treffen, bei der Fossetta-Hütte. Wir haben ihnen etwas zu essen gebracht. Auch sie dürften einen schlimmen Hunger gehabt haben, man muß aber dazu sagen, daß Antonio immer ein wenig jenseits unserer rauhen Hungerdialektik stand, vielleicht weil er älter war als wir; die zwei Engländer waren knallharte Burschen, wenn auch in ihrem Herzen liebenswürdig, in ihrem Innersten weiblich sanft, wie ich schon oft bei Engländern feststellen konnte.

Die Hütte war kahl und leer: in der ganzen Gegend des Altipiano waren die Hütten in jenem Sommer unbewirtschaftet, natürlich hatten die Leute Angst, und außerdem erließen die Behörden ihre Verbote, denn sie gedachten uns auszuhungern. Dies war ein Irrtum, denn wir hatten schon soviel Hunger, dar wir keinesfalls hungriger werden konnten; das war praktisch unmöglich, die Behörden versuchten es, und ein Versuch schadet ja nicht. Uns lag an den Behörden gar nichts, und es erschien uns natürlich, daß die Hütten unbewirtschaftet waren.

Diese Hütte war aber besonders kahl und leer; es war ringsum so sauber, so ärmlich, so reinlich, daß es mir unheimlich wurde. Ich verspürte einen Rest verstörter Freude, eine Lust, einige Worte auf Englisch zu sagen, und ein Gefühl der Scham. Antonio und die zwei Engländer gingen mit ruhigen und umsichtigen Mienen herum, bald hierhin, bald dorthin gewandt, wobei sie ein wenig an dem Essen knabberten, das wir ihnen mitgebracht hatten, und ein wenig mit uns plauderten; ich bemerkte, daß alle nur halblaut sprachen.

Nello und ich hörten ihnen schweigend zu. So muß es für die ersten Christen gewesen sein, wenn ein Apostel im Haus war. Antonio war nicht nur ein maßgeblicher Mann, zehn Jahre älter als wir: er war ein Ring der apostolischen Kette, beinahe ein Heiliger.

Ohne ihn hätten wir überhaupt keinen Sinn gehabt, nichts als eine Studentengruppe in der Macchia, skrupulös und unbefriedigt, mit ihm wurden wir zu etwas ganz anderem. Über diesen Mann erreichte uns die einzige Tradition, die man italienisch nennen konnte, ohne erröten zu müssen; Antonio war *Italiener* in einem Sinn wie kein anderer von allen, die wir kannten; wenn wir an seiner Seite waren, hatten wir das Gefühl, wir könnten auch in diese Tradition eingehen. Wir kannten gerade noch einige Namen wie Salvemini, Gobetti, Rosselli, Gramsci, aber die Tugend des Ganzen riß uns mit. Wir waren Katechumenen, Lehrlinge im Italienersein. Im Grunde waren wir genau deshalb hier im Gebirge unterwegs; Banditen für Rosselli, Salvemini, Gobetti, Gramsci; für Toni Giuriolo. Nun erschien alles einfach und klar. Wir seufzten auf vor Genugtuung, weil Toni endlich da war, und es war, als sähe man Zeichen davon an den Felsen und im Wald.

6

Unser Gegenüber im Westen: zwei Gipfel, Weißfeldhorn und Grünfeldhorn; die Brustwehr gen Süden: Pòrtule, Zingarella, Zebio, Colombara, Fiara; nach innen die verzauberten Lande: Bosco Secco, Kèserle, Mitterwald, Cima delle Saette, Bosco dei Làresi, Scoglio del Cane; seitlich, gen Osten: die Narbe des Brenta-Kanals; gen Norden der hohe Mauerring, die steinerne Galaxie: Cima Undici, Ortigara, Caldiera, Cima Isidoro, Castelloni di San Marco, letzte Grenzen der Welt.

Das Lager des Castagna war unterhalb des Weißfeldhorns; von da aus führt eine flache Furche, das Galmarara-Tal, unser westlicher Wall, gerade nach Süden. Spärlich waren die Verbindungen mit Asiago und den anderen Dörfern in der Mulde, die immer noch zum Altipiano gehört, das heißt dessen bewohnter, anmutiger Teil in tausend Meter Höhe ist, während wir *drinnen* im Gebirge waren, zumeist auf fünfzehnhundert bis zweitausend Meter. Ab und zu kam aus den Dörfern in der Mulde ein Kurier, eine Botschaft, ein kleines Fuhrwerk zu uns herauf. Eines Tages sprang von einem solchen Fuhrwerk ein junger Mann aus Vicenza, einer von der Gewerbeschule, den ich nur vom Sehen kannte, Dante hieß er; und nachdem ich mich fünf Minuten mit ihm unterhalten hatte, sagte ich mir mit einem Seufzer der Erleichterung: »Der wird jetzt Vizekommandant, so wahr mir Gott helfe.« Der Kommandant war Antonio, versteht sich, aber ich hatte nicht mehr die Absicht zu vizekommandieren. Aber darin täuschte ich mich, denn wenn es wahr ist, daß von dem Augenblick an Dante unser technisch-militärischer Anführer war, insbesondere als Antonio nicht mehr da war, und daß wir ihm das Minimum an militärischer Energie und Leistung verdanken, das wir zeitweise an den Tag legten, so ist es auch wahr, daß weder ich noch die anderen je ganz aufhörten, uns gegenseitig zu vizekommandieren. Die Vorstellung vom reinen Soldaten, vom einfachen Partisanen, die einen romantischen Zauber für mich hatte, war nicht auf unsere Temperamente zugeschnitten; wir waren alle geborene Vizekommandanten, unsere Disziplin war das Reden, jeder war die graue Eminenz des anderen.

Nach und nach kamen unsere Freunde aus Vicenza an. Enrico und Bene kamen zusammen; eines Tages fand ich sie bei meiner Rückkehr ins Lager in unserer kleinen Höhle: Enrico stehend, wie er sich an einer Sten zu schaffen machte, Bene am Boden sitzend, wie er versuchte, seine Stiefel, wundervolle Stiefel mit zahllosen Haken und Schnüren, aufzukriegen; er kam nur mit Mühe hinunter, denn er war ziemlich gut im Fleisch damals, und er blies und schnaubte. Es erscheint auf den ersten Blick unverständlich, warum Bene so ankam, mit ein paar Tagen Verspätung, aber das gehörte zu seinem Stil; antirhetorisch hieß bei ihm nachlässig und verächtlich, war das Ideal des bewaffneten *gentleman*, der es nie eilig hat. Enrico strotzte vor Lebensfreude. Er war der einzige von uns, der es buchstäblich genoß, Partisan zu sein, aber vielleicht, weil er alles genoß, was er machte: er lebte mit Genuß und mit ungeduldiger Heftigkeit. Er war schlank und hitzig, unsere Furcht vor unechter Rhetorik berührte ihn nicht: solche Dinge – Rhetorik und Antirhetorik – gab es für ihn nicht; dummes Zeug, man lebt nur auf eine Weise, meinte er. Eine Spur von Hast war in allem, was er tat: und je besser ihm etwas gefiel, desto eiliger hatte er es. Sein Haar war ein zerraufter Schopf, und manchmal strich er ihn mit der Hand zurück, und wenn er nervös war, strich er ihn dauernd zurück, und er war immer ein wenig nervös, ungeduldig, in Zeitnot, und nun erscheint es auch richtig, daß er es war, nachdem er so jung gestorben ist.

An Marios Ankunft erinnere ich mich nicht mehr; auf einmal ist auch er da, stattlich wie Robert Mitchum und ein großer Schweiger. Er erinnert sich noch daran, daß ihn niemand begrüßte, als er ankam, im Gegenteil. Er hatte nämlich das Brot bei sich. Man hatte ihm einen Sack voll mitgegeben; so wurde die Gelegenheit genutzt, daß in Asiago ein Sack voll Brot bereitstand und er zu uns heraufkam. Er wurde sogleich überwältigt und ausgeraubt, eine Viertelstunde lang beschäftigte sich niemand mit ihm; danach wurde er begrüßt.

Mit einem dunkelblauen Pullover und einer schwarzen Baskenmütze kam auch Renzo, der junge Bruder eines meiner besten Freunde. Er war schüchtern und schmächtig, selbstverständlich dickköpfig. »Er ist noch ein kleiner Junge«, dachte ich, »ich muß auf ihn aufpassen.« Er kam mir nämlich vor wie ein Hühnchen mit einem zarten Hals. Some chicken: some neck! Er ist der spätere Tempesta.

Allmählich versammelte sich die Schule von Toni Giuriolo auf dem Altipiano, unsere schöne Schule. Auch was die Studien betraf, war beinahe alles vertreten: ein Philologe, zwei Mediziner, ein Jurist, zwei Gewerbeschüler, ein Mathematiker und ein Philosoph. Wir waren zu neunt, wenn man auch Rodino dazuzählt, der aus Vicenza kam, aber wie es mit seinen Studien aussah, wußte ich nicht genau; denen wurde jedoch ohnehin, einige Wochen später, eines Morgens, nur ein paar Schritte weit von mir, ein Ende gemacht. Ich habe gesagt, die Zahl Neun hatte mit uns zu tun; mit den drei Ausländern (der Russe hieß Wassilij) waren wir zwölf. Dann schlossen sich nach und nach Mannschaften mit anderen Leuten aus Asiago und Vicenza an uns an.

Der eine oder der andere von unseren Freunden aus Vicenza fehlte; aus verschiedenen Gründen waren Bruno, Marietto, Gigi und noch einige andere nicht da, aber dafür hatten wir zwei oder drei neue Rekruten. Der beste von allen, Franco, war nicht da, weil er ein böses Bein hatte und selbst in der Stadt kaum gehen konnte; er war so gut, daß es sich gelohnt hätte, ihn auf seiner Tragbahre zu uns heraufzubefördern und ihn auf unsere eventuellen Aktionen mitzuschleppen, so daß er uns deren Sinn hätte erklären und sie vielleicht auch malen können, denn er malte; Stadtlandschaften mit rötlichen Rohren und Porträts in Grün. Auf jeden Fall war die Sache praktisch nicht durchführbar, weil auch noch die folgende Schwierigkeit bestand: daß nämlich Franco, so unnachgiebig und streng er im theoretischen Ansatz war, ebenso mild wurde, wenn es darum ging, Menschen aus Fleisch und Blut etwas anzutun; und daher ist es so gut wie sicher, daß er, sobald wir zum konkreten Schießen hätten übergehen müssen, von seiner Tragbahre aus versucht hätte, uns vom Schießen oder zumindest vom Zielen abzuhalten; und wer weiß, ob er nicht sogar auf einmal kleine Püffe ausgeteilt hätte, damit wir danebengeschossen hätten.

Die damaligen Tage verschwimmen in einem großen Wust, seit damals sprechen wir davon, wir, die wir noch da sind, sprechen zwar davon, aber eine offizielle Version gibt es nicht, unser Kanon ist verlorengegangen, die zeitliche Abfolge ist wie ein Kaleidoskop. Jeder hat seine eigenen Anker, aber die Kabel liegen schief und sind ineinander verwickelt.

In den ersten Tagen war es nicht klar, ob wir nur Gäste bei Castagna waren oder vorübergehend zu seiner Truppe gehörten; die Frage wurde auch nicht gestellt; es herrschte dieselbe Verwirrung wie in einem kleinen Ameisenhaufen nach dem Regen. Häufig waren wir auf Patrouille unterwegs, in Gruppen, zu zweit oder einzeln; etwas wurde angekündigt, aber im nächsten Moment hatte es sich schon wieder geändert. Am Tag bevor wir von der Fossetta-Hütte kamen, hatten an den Eingängen ins Galmararatal die Faschisten ihre Aufwartung gemacht; man hatte sie umzingelt und dann nach Hause geschickt. In Wirklichkeit hatten sich zwei Parteien gebildet, die Partei der Tat und die des Aufschiebens, die letztere gewann die Oberhand, wie es wohl bei einem Krieg zwischen Bekannten und Landsleuten richtig war, nicht zuletzt auch, weil einer oder zwei der Umzingelung entkommen waren, und die wären sicherlich sofort ins Dorf hinuntergelaufen und hätten Namen genannt – mit unabsehbaren Folgen, auch weil in Asiago die meisten Leute denselben Namen haben.

Damals aber gefiel mir diese Geschichte überhaupt nicht. »Das haben sie falsch gemacht«, dachte ich, »hier sind zu viele lokale Einflüsse im Spiel; man müßte radikaler werden.«

So entstand, glaube ich, in Dantes und Antonios Abwesenheit die Anti-Vaca-Expedition. Ich war den ganzen Vormittag mit Lelio und Renzo unterwegs gewesen; als wir zum Lager zurückkamen, stießen wir auf dem Vorplatz auf ein Grüppchen Partisanen, die in bitterernstem Ton von Gino sprachen und sagten, er sei in der Höhle, wir gingen in die Höhle, und dort lag Gino tatsächlich, in einem Haufen Stroh. Er war in der Nacht zuvor auf Urlaub gegangen und, als er am Rand der Senke von Asiago angelangt war, hatte ihn ein Scheinwerfer gestört, der es anscheinend auf ihn abgesehen hatte, also hatte er an die Tür des ersten Hauses eines Ortsteils von Camporovere geklopft. Unglücklicherweise hatte er das Haus von Vaca erwischt, was aber Gino, der aus Cesuna kam, nicht wissen konnte. Vaca war einer von der Miliz und hatte nicht die Haustür geöffnet, sondern ein Fenster im ersten Stock, und von dort aus hatte er ein volles Maschinengewehr auf Gino abgefeuert; da es dunkel war, ging die unaufhörliche Salve zum großen Teil ins Leere, abgesehen von fünf Kugeln. Gino sagte mir, in jenem Augenblick habe er nur gedacht: Jetzt findet mich bestimmt auch der Scheinwerfer.

Für den Rückweg ins Lager brauchte man normalerweise etwa vier Stunden; Gino brauchte etwas länger. Er hatte fünf Löcher, alle auf derselben Seite, ein Zeichen dafür, daß er die Kugeln im Fleisch hatte; und zu allem Unglück hatte er eins von den Löchern im Bauch. Die anderen waren im Bein und in einer Schulter und sahen nicht so schlimm aus; aber ich habe von jeher sagen hören, mit einem Loch im Bauch kommt man nicht durch.

»Radikaler werden«, sagte ich mir, während ich die mittägliche Polenta aß, und ich schlug als Vergeltungsmaßnahme die sofortige Entführung Vacas vor. Wenn Gino stirbt, dachte ich, dann müßte man diesen Vaca über dem Scheiterhaufen abstechen; über dem Scheiterhaufen?, das wäre schon eine Idee, aber eine waagerechte Felsspalte tut's auch; wenn Gino doch durchkommt, behalten wir uns den Vaca zur Erinnerung.

Der Finco war sofort dafür, wir gingen etwa zu fünfzehnt in einer Reihe hintereinander durch das Galmararatal hinunter. Wie schön: Studenten und Leute aus dem Volk marschieren bewaffnet über die herrlichen Steilhänge; wir bringen ihnen ein Körnchen Radikalismus bei, sie haben ihre Schätze pragmatischen Wissens. Das Ganze nennt sich eine Aktion, wir sind dabei zu handeln. Wacker ausschreitend freute ich mich an diesen Begriffen. Vorneweg hatten wir sogar einen kleinen Spähtrupp, es war wie ein schöner Traum; in mir rief etwas fröhlich auf Deutsch »Nach dem Vaca!«, warum es ausgerechnet in dieser Form rufen mußte, wüßte ich nicht zu sagen, aber es rief so.

Neben mir ging Renzo, und ich erzählte ihm als dem jüngeren ein wenig Philosophie. Ich hatte mich wohl von der Euphorie des Augenblicks hinreißen lassen und etwas nicht allzu Bitteres entweder über das Leben oder über die Philosophie gesagt: auf jeden Fall bekam ich plötzlich zu hören, daß Renzo mich für blind und weltfremd, für vom Alter und von den Studien verdorben hielt; eben für einen Schönredner.

Für Renzo hatten die Scheinwerfer der Autos eine große Bedeutung; er hatte sogar eine Art Erzählung darüber geschrieben, daß die Scheinwerfer die Straße in eiligem Tempo vorüberfliegen sehen wie ein sinnloses, endloses Band; oder vielleicht handelte seine Erzählung auch umgekehrt von der Straße, die diese stets gleichen Scheinwerfer vorüberziehen sieht und nicht weiß, was sie bedeuten, und ein großes Unbehagen spürt. Nach Renzos Überzeugung zählten nur einige Fragmente der Wirklichkeit wie die Scheinwerfer, die Straßen, ein Wasserstrahl: und wer sich um die anderen Aspekte der Welt kümmerte, war ein oberflächlicher Aktivist, hatte die Mentalität eines Pfadfinders.

Einen Teil meiner Energien im Partisanenkrieg verwandte ich darauf, Leute wie Renzo, Lelio und Mario in Schach zu halten, deren spezielle Rhetorik der Antirhetorik mauleselhaft und selbstverständlich war; meine erschien im Vergleich dazu akademisch, zerebral und leichtfertig. Sie, das spürte man, waren antirhetorisch im hormonalen Sinn, und bei den sensibelsten kamen noch diese Komplikationen mit den Scheinwerfern hinzu.

Ich sagte mir: »Wenn der Krieg zu Ende ist, will ich gründlich über das Wesen der Rhetorik nachdenken: jetzt marschieren wir nach dem Vaca.« Als wir das Tal zur Hälfte hinter uns hatten, sagte ich zum Finco: »Wie wollen wir's machen?«, wobei ich in Gedanken »mein Meister« hinzufügte, und er erklärte es mir ein wenig. Zwei von uns sollten vorausgehen und um Wasser bitten, mit den Revolvern in den Taschen.

»Gut«, sagte ich, »und wer geht voraus?«

»Ich«, sagte der Finco, »und noch einer.«

»Der bin ich«, sagte ich auf der Stelle. Es gab keine andere Wahl. Ich fühlte mich wie einer, der mit Diomedes auf Patrouille gehen muß.

Wir verzogen uns über den Monte Interrotto hinauf, der die Talsenke von Asiago beherrscht. An seinem Rand blieben wir stehen, genau da, wo der niedrige Wald aufhörte: vor uns lag das liebliche Hochland mit seinen wohl abgezirkelten Dörfchen. Der Finco zeigte mir den Ortsteil, der direkt unter uns lag und einen halben Kilometer entfernt sein mochte, und das Haus, es war das erste: Wenn man mit der Fußspitze ein Steinchen hinuntergerollt hätte, wäre es in wenigen Minuten an Vacas Fenster abgeprallt; aber er sollte natürlich nicht verständigt werden. Wir mußten ein halbes Stündchen warten; wir hatten uns nämlich darauf geeinigt, gerade noch beim letzten Tageslicht unten anzukommen. Wir setzten uns nieder.

Auf einmal legte mir der Finco seine Hand fest auf den Arm, und ich zuckte zusammen. Ich hatte begriffen, daß es etwas Wichtiges zu sehen gab, wußte aber nicht wo. Dann sah ich, daß zwei Schritte von uns entfernt ein Hase saß. Wohl aus einem Gebüsch hervorgekommen, hatte er sich bis in die Mitte der Lichtung vorgewagt, und dort saß er nun und beguckte die Aussicht. Der Finco war elektrisiert: seine Zielsicherheit, eine Pistole in der Hand und ein Hase zwei Schritte vor ihm; er drehte die Augen nach oben, und man sah die Flüche, die er dachte, über sein Gesicht ziehen.

Es war ein wunderschöner Augenblick, klar und kühl lag schon ein Teil der Luft im Schatten, die Blättchen, eins hüben, eins drüben an den Zweigen, erschienen im Gegenlicht wie schimmernde zarte Häutchen. Die Luft rings um unsere Köpfe wimmelte von solch hellen Flecken, vor uns lag die grüne Fläche mit den Pinselstrichen der flach einfallenden Sonne, und darauf saß der Hase.

Hinter uns knackte ein Ästchen, der Hase drehte sich zur Hälfte um, und in drei Sprüngen, aber ohne wirkliche Eile, verschwand er im Unterholz. Der Finco haderte halblaut mit Gott.

Es ist soweit, wir brechen auf. In einem Halbkreis taktisch formiert, folgen uns fünf oder sechs von den unseren; auf halber Höhe scharen sich als Stütztrupps, tadellos und in einiger Entfernung, noch zwei kleine Kommandos. Der Finco und ich steigen locker zu Tal: was unsere Hosentasche wölbt, ist nicht das Halstuch, auch nicht der Klumpen des zweiten Sockenpaars, sondern die kohlschwarze Pistole gestopft voll Neunerkugeln. Der kleine Pfad endet in Vacas Hof.

Wir sind noch zwanzig Meter vom Hof entfernt, ich habe das Gefühl, einen kleinen Übergriff zu begehen, aber was sein muß, muß sein; der Finco sagt: »Es ist die Tür links.« Die Tür aus rohem Holz ist geschlossen. Wir sind noch zehn Meter entfernt, noch immer schreiten wir zügig aus, ich sage laut, um in meine Rolle hineinzukommen: »Warte doch, ich frag mal in dem Haus, ob ich ein bißchen Wasser kriege, hab einen Saudurst.« In fünf Meter Entfernung geht die Tür weit auf, heraus kommt ein Mann, der mit besorgter Miene zu Boden blickt, und hinter ihm noch drei, auch sie besorgt, ich mache den Mund auf, um ihnen Gutenabend zu sagen, und wie in einem Theater reißen die vier ihre Maschinenpistolen hoch und schießen.

Noch nie hat jemand aus solcher Nähe auf mich geschossen. Rechts noch Nachwehen der Sonne, glasklare Luft; links Girlanden aus aschfarbenen und dunkelblauen Schatten. Die Gegenstände zart in die Luft eingeritzt, und die hellrosa Steinplatten, die senkrecht aufgestellt den Pfad wie ein Mäuerchen säumen (sie sind immer schön anzusehen, bei jeglicher Beleuchtung), wirklich zauberhaft, ganz durchtränkt vom leichten Abendlicht.

In meinem Kopf folgender Gedanke: »Der erste muß Vaca sein«, aber zum Glück haben unsere Gedanken mehrfache Zentren, und während mir dieser Gedanke kam, war meinen Muskeln schon ein anderer gekommen, blitzschnell, und ich stand nicht mehr auf dem Pfad vor den Maschinenpistolen, sondern lag auf dem Boden hinter den hellrosa Steinplatten; den Muskeln des Finco mußte ihrerseits derselbe Gedanke gekommen sein, und ebenso blitzschnell und genau, denn in meiner Nähe lag auch er auf dem Boden ausgestreckt.

Wenn der rosa Stein zersplittert, gibt es lauter winzige Schuppen und kleine Spritzer wie Puder.

Der Finco sagte: »Schnell, hau ab!« Und wir hauten ab, die rosa Steinplatten entlang, zum Teil gebückt, zum Teil mühselig auf allen vieren. Die Maschinenpistolen schossen weiter.

An der Stelle, wo der Pfad um die Ecke bog, erfaßte mich eine Woge der Freude; die anderen, die Stütztrupps, hatten sich hier versammelt, und mit ihnen brachen wir auf, in loser Ordnung über den Bergrücken hinauflaufend. Die Luft war dunkler geworden; die Schußfeuer flogen hoch oben vorbei. Meine Freude war eine reine Freude, obwohl es nicht soviel zum Freuen gab; die »Aktion« war miserabel gewesen. Ich fühlte mich wie nach einer starken Massage. So sieht also die Praxis aus, dachte ich. Das Heldentum ist schöner, aber es fehlt ihm etwas, denn es ist in Wahrheit gar keine Form des Lebens. Die Praxis besteht aus einer Reihe von Fehlern, und je mehr Fehler du machst, desto mehr spürst du, daß du wächst und daß du lebst.

Auf halber Höhe blieben wir stehen. Lelio sagte zu mir:

»Ich war links von euch, die richtige Karte, die hatte ich in der Hand, aber ich hab sie nicht ausgespielt.«

Er hatte sie noch in der Hand, es war eine kanadische. Eine Technik gab es nicht, man mußte erfinderisch sein. Er sah auch froh aus, trotz des Versehens mit der Karte.

Jetzt schienen die Sterne, der Finco ging voraus, nach wenigen Marschstunden waren wir wieder im Lager zurück. Gino ist nicht gestorben, die fünf Kugeln kamen zum Teil von selbst heraus, und die anderen wird er, glaube ich, noch immer im Leib haben.

(Als der Krieg aus war, erkundigte ich mich nach Vaca. Wenn er noch am Leben ist, so dachte ich, wer weiß, wieviel Angst er jetzt erst hat; in einem Anflug von Großmut wollte ich ihm einen Besuch abstatten, um ihm ein wenig Mut zu machen, von dem Abend damals zu sprechen und mir erklären zu lassen, wie ihm die Sache von seinem Standpunkt aus erschienen war. Aber das war nicht nötig; Vaca war ein einfallsreicher Mensch, das hatte man auch schon anläßlich unseres Besuches gesehen; und einige Zeit später, als ich schon nicht mehr in der Gegend war, hatte er, um das Problem der Partisanen, die ihn abholen wollten, ein für allemal zu lösen, die Idee gehabt, selbst zu ihnen überzuwechseln und sich als Rekrut bei ihnen zu melden; von da an konnte er sozusagen höchstpersönlich an den Anti-Vaca-Expeditionen teilnehmen.

Als ich das erfuhr, war ich entrüstet und fühlte mich durch seinen späten Übertritt hintergangen, denn ich hatte mir aus dem Vaca einen persönlichen Feind zusammengeschustert; aber wenn ich es mir noch einmal überlegte, waren wir dann nicht in derselben Lage? Zuerst waren wir Faschisten gewesen, dann Partisanen; und er ebenfalls. Damals war mir unsere Aktion als das nutzloseste Unterfangen des ganzen Bürgerkrieges erschienen; aber wenn man Vacas späteres Verhalten in Betracht zieht, war sie vielleicht doch nicht so nutzlos. Daraus ergibt sich folgendes *Merke*:

Wenn du den Vaca umlegen willst, so schieße vor dem Vaca. Aber trachte nicht danach, ihn umzulegen, wenn es nicht erforderlich ist.)

Die Abwürfe fanden über dem Campo-gallina statt; das war die Quelle für den Krieg auf dem Altipiano. Unsere wichtigste Expedition galt den märchenhaften *Brens*, die in Schachteln verpackt vom Himmel fielen wie alles andere auch; sie waren zerlegt, eingefettet, eingewickelt; man brauchte sie nur zu montieren. Eine Kleinigkeit, so denkt man, aber wenn man's probiert, sieht es anders aus; zum Glück hatten wir Dante, der sich in Waffen wirklich auskennt, und er montierte das erste Exemplar so, daß kaum ein Stück übrigblieb, und schon montierte und zerlegte er sie mit geschlossenen Augen und brachte es uns auch bei. Ihm gefielen Waffen einfach, den Lehrgang hatte er nicht mitgemacht.

Die Bren ist eine großartige Waffe, leicht, sicher, präzis und von fürchterlicher Wirkung. Als Dante sie zum erstenmal ausprobierte, war er, wie er sagt, richtig glücklich. Er suchte sich eine kleine Höhle in dreihundert Meter Entfernung aus und schoß zwei oder drei Salven mit Schwung hinein. Der Finco wollte ebenfalls, aus einer ähnlichen Entfernung, ein paar Probeschüsse machen, er schoß auf ein Zicklein, das geschlachtet werden sollte; er sagte, er würde auf das Auge zielen, und schoß ein einziges Mal; als wir nachsahen, erschien der Kopf unversehrt, und das Auge war eine Alpenrose von intensivem Rot.

Je offenkundiger die Vorzüge der Bren wurden, desto mehr beschimpften wir den Duce. Die Leute aus Asiago waren zum großen Teil in Rußland oder in Griechenland an der Front gewesen, und fast alle hatten sie auf unser nationales Maschinengewehr pinkeln müssen, um es wieder zum Schießen zu bewegen, oder sie hatten sich das riesige Breda auf die Schultern laden müssen, das zwar mit pedantischer Genauigkeit schoß, aber dafür so schwer war wie eine junge Kuh.

Der Sprengstoff war von altem Schrot und Korn, nationales Zeug, in Unmengen vorhanden. Die Vorräte waren in Höhlen gelagert, wo man sie schon vor unserer Ankunft angehäuft hatte; man durfte nicht vergessen, sie zu bewachen, zu lüften und abzustauben; hin und wieder transportierten wir ein paar Zentner von einer Höhle in eine andere, um ihn besser zu verteilen. Es war ein enormes Waffenpotential. Die Anzahl und die Ausmaße der Zündschnurrollen entsprachen den Sprengstoffvorräten. Theoretisch hätte man, wenn man irgendwo in Norditalien eine Mine gelegt hätte, in Sizilien etwas sprengen können oder umgekehrt. Vielleicht hatte es sich der Duce so vorgestellt: Zuerst läßt man sie landen, und dann steckt man in tausend Meilen Entfernung lachend eine Zündschnur an. Offensichtlich hat er es dann vergessen. So war er nun einmal.

Ein Teil unserer Handgranaten war ebenfalls italienischer Herkunft, und wie alle wissen, waren dies keine wirklichen Waffen, sondern sie gehörten eher zur Bekleidung unserer Truppen wie die Gamaschen und die Patronentaschen. Wenn man es sich überlegt, ist es doch kein Wunder, daß ein Volk, das eine Vorliebe für Feuerwerke und Lärm im allgemeinen hat, solche Handgranaten herstellte. Ich glaube, daß es in der Geschichte der Zivilisation nur selten gelungen ist, mit solch delikaten Mitteln so großen Lärm hervorzurufen; die alten Gebirgsjäger behaupteten, man könne sie mit ein wenig Übung explodieren lassen, indem man mit den Füßen darauftrat und so die Explosion wie eine Maus zerquetschte; ich selbst habe beim Lehrgang gesehen, wie eine, versehentlich mit dem Absatz getreten, so wie man beim Fußball mit dem Absatz weitergibt, in der Luft explodierte. Die Splitter im Hintern des zerstreuten Anwärters waren mehrere hundert, aber so winzig, daß man nicht von vielfachen Verwundungen sprechen könnte, sondern nur von einer mechanischen Massage, gleichsam von einer Aluminiumspritze zur Straffung der Arschbacken.

Das militärische Erbe des alten Systems war, mit anderen Worten, schwerfällig und schlaff, und auch die Freiheit verhalf ihm kaum zu neuer Lebenskraft. Etwas ganz anderes waren die kanadischen Handgranaten, die karierten: man zog einen Ring herunter, und ein kleiner metallener Stiel sprang hervor; vier Sekunden später rasierten die Karos die Landschaft glatt. Wieder vom Boden aufgestanden, zogen wir die Reichsgranätchen aus den Taschen und spuckten darauf.

Von Zeit zu Zeit bedrängte mich die Vorstellung, die Unerfahrensten müßten taktische Geländeübungen machen. Dabei spielte auch ein romantischer Faktor mit. Was man uns auf dem Lehrgang als taktische Geländeübungen beigebracht hatte, waren Überbleibsel aus dem Ersten Weltkrieg. Nun gab es ja auf dem Altipiano noch die wirklichen Schützengräben von damals mit ihren Laufgräben und allem, was dazugehört; die romantische Versuchung, die alten Geländeübungen wie beim Lehrgang noch einmal zu machen, aber am Originalschauplatz und mit echten Schützengräben, war stark.

Unechte Schützengräben hatte ich mehrmals gestürmt; freilich hatten die Verteidiger jener unechten Schützengräben den Befehl, in die Luft über uns hinweg zu schießen und sie uns erobern zu lassen; aber wenn man ihre mangelhafte Zielsicherheit bedenkt, war bei derlei taktischen Übungen die Gefahr für uns um so größer, je mehr sie uns zu verfehlen trachteten. Aber lassen wir die Gefahr beiseite: es gibt einen Augenblick bei den taktischen Übungen, wo man, auf dem Boden kriechend, nur noch wenige Meter von dem unechten Schützengraben entfernt ist; da sagt der Mannschaftsführer dann leise *baio – net*!, und alle versuchen, das Bajonett auf den Gewehrlauf zu stecken, das sich häufig dagegen sträubt, was bei einem wirklichen Sturm ein arger Schlamassel sein muß. Auf jeden Fall ist vom rein sportlichen Gesichtspunkt aus dieser Augenblick am aufregendsten; der Mannschaftsführer richtet sich auf, die anderen tun es ihm gleich, und mit dem Ruf »Savoia« werfen sich alle auf den unechten Schützengraben.

Nun ist freilich zu sagen, dieser Ruf war klanglich geradezu perfekt; und er verfehlte nie die Wirkung einer gewissen Trunkenheit bei mir; und als ich davon träumte, die taktischen Übungen auf dem Altipiano wieder aufzufrischen, empfand ich demzufolge das Bedürfnis nach einem klanglich ähnlichen Ruf, etwa *La troia*! (auf Deutsch: die Sau!), was der richtige Ausdruck gewesen wäre.

Aber jedesmal, wenn ich von solch leichtfertigen Impulsen gepackt wurde, hielt mich Lelios ernster Blick davon ab, sie in die Tat umzusetzen; im Gegenteil, wenn ich in den kleinen Schützengräben stand, wo jetzt das Gestrüpp wucherte, und ein paar Schritte weiter die schiefe Linie der kleinen, vor mir liegenden Schützengräben ansah, verging mir nach und nach jegliche Lust an den taktischen Geländeübungen, ich empfand vielmehr ein leises Schamgefühl, obwohl ich selbst nicht daran schuld war, wenn mich in den besagten Augenblicken vor den unechten Schützengräben ein Gefühl natürlicher Trunkenheit überkam. Ich bin im Gegenteil zu jeder Wette bereit, daß die armen Teufel, die sich den echten Schützengräben näherten, diese Trunkenheit zwar viel weniger empfunden haben, sie aber doch ein wenig kannten, mitten in Grauen und Angst.

Wir hatten auch einige Pistolen, aber keine P8. Es mag albern klingen, aber für mich gibt es keine andere Pistole. Der lange, unbedeckte Lauf, der elegante, aggressive Winkel des Kolbens, das doppelte Metallgelenk mit seiner scharfen, eleganten und schrecklichen Unterteilung, eine wahrhaft moderne Pistole. Aber das empfand nicht ich allein so, sondern viele, und es war nicht leicht, eine aufzutreiben. Als ich später die Partisanin Natascha kennenlernte, die ihr langes, glattes Haar wie einen Vorhang schräg über das Gesicht gezogen und zarte Lippen und eine P8 hatte, und als wir uns schon ein wenig kannten und sie ziemlich verliebt zu sein schien, bat ich sie um ihre P8; aber ich bekam sie nicht, obschon Natascha ziemlich verliebt war. Dafür bot sie mir eine Tanne an, einen ganzen Tannenbaum, diese Bäume sehen schon im Stehen groß aus, aber wenn sie gefällt am Boden liegen, sieht man erst, daß sie einfach *riesig* sind. Natascha erzählte, sie habe ein eigenes Stück Wald und wollte eigens für mich eine Tanne fällen lassen, um sie mir zu schenken. Ich lehnte die Tanne ab, und das war schlecht getan; erstens, weil eine Tanne ein poetisches Geschenk ist und mit Nataschas waldhafter Persönlichkeit in Einklang stand; und auch, weil eines Tages, als es mir einfiel, die Kubikmeter Holz auszurechnen, und ich mich erkundigte, wieviel ein Kubikmeter kostete, wie man's auch drehte und wendete, soviel Geld herauskam, daß es mich fast ein wenig reute, Nataschas Tanne abgelehnt zu haben. Und wenn ich seitdem durch Tannenwälder streife und in die Höhe blicke, sehe ich, wieviel Geld da herumsteht, und muß lachen.

Auf jeden Fall: die beste Pistole ist die P8.

Als ich eines Tages mit Dante und Enrico am Rand des Bosco Secco umherstreifte, kam uns ein Mann entgegen, der merkwürdigerweise wie ein Angestellter aussah. Er näherte sich uns wie einer, der über die Straße geht, um sich nach etwas zu erkundigen, aber als er bei uns war, wünschte er uns einen glücklichen Tag: die Sonne schien schön warm, im Bosco Secco bebte alles vor Lebenslust, und mir war verhältnismäßig wohl zumute. Das Altipiano schien praktisch uns zu gehören, und wir dachten ganz selbstverständlich: Dieser Teil Italiens ist frei. Der Mann trug einen englischen Militärpullover, der ihm ein wenig knapp war; er mochte dreißig Jahre alt sein, hatte ein ernstes Gesicht und erinnerte tatsächlich an einen Angestellten, sogar an einen Angestellten, der irgendwohin zu gehen hat. Er trug seine Maschinenpistole auf vollkommen unmartialische Manier, wie man etwa eine Aktenmappe tragen würde.

»Wohin gehen Sie?« fragte ich ihn, denn ich neigte dazu, alle Leute zu siezen.

»Wer?« fragte er.

»Der da«, sagte ich und zeigte mit dem Finger auf ihn. »Du.«

Der Mann wies mit der Hand vage in eine Richtung. Wir fingen an, uns ein wenig zu unterhalten, er gehörte zu der kommunistischen Einheit, die sich in dem Gebiet östlich von unserem aufhielt, zweifelsohne die Einheit, die mich dank Cocches Gründlichkeit schon einmal gefangengenommen hatte. Er hieß Simeone mit

Decknamen; auch er mußte ein großer Unabhängiger sein, womöglich mit der Funktion eines Vizekommissars. Er wußte schon von uns, deshalb war unsere Begegnung so ruhig verlaufen; denn gewöhnlich versteiften sich die Mitglieder einander unbekannter Einheiten auf ihre Positionen, daß es eine Lust war.

Wir sprachen von den verschiedenen Einheiten, die in der Gegend unterwegs waren. Simeone erschien eifrig bemüht und konziliant.

»Es ist sogar Platz für die Badoglianer«, sagte er zu guter Letzt.

»Platz gäbe es schon«, sagte ich; »aber wo sind die Badoglianer?«

»Ich meine«, sagte er, »die Badoglianer, die seid ihr.«

»Viele Grüße«, sagte Enrico: »unterzeichnet Badoglio«; und er machte Anstalten, mit Dante ins Lager zurückzukehren. Der Mann sagte, auch er müsse sich wieder auf den Weg machen, aber ich sagte zu ihm: »Warte mal einen Moment« und fing an, mit einem gewissen Eifer zu polemisieren. »Hör mir mal gut zu«, sagte ich. »Wir sind keine Badoglianer, sondern die persönlichen Feinde von Badoglio, Badoglio ist ein Aas.«

Ich legte ihm meine Ansichten über den Marschall und seine Kollegen ausführlich dar, außerdem auch über den König und Kaiser und über den Fürsten von Piemont; einen Anhang über die Prinzen ließ ich folgen. »Also«, schloß ich, »wenn ihr herumerzählt, daß wir Badoglianer sind, dann sagen wir, ihr seid Trotzkisten. Weißt du, wer Trotzki war?«

»Er war ein Aas«, sagte Simeone.

»Falsch«, sagte ich. »Er war der Schöpfer der Roten Armee, der beste von Lenins Genossen; ungefähr so gut wie Lenin, aber noch genialer.«

»Ihr seid aber doch keine Trotzkisten?« fragte Simeone.

»Doch, doch«, sagte ich, »der trotzkistische Flügel der Badoglianer.«

»Jetzt sag mir aber, was ihr seid«, sagte er; ich war versucht zu sagen: linke Abweichler der Croce-Anhänger, aber dann sagte ich kurz, daß wir Studenten seien, mit wem hier und warum.

»Trotzki war aber doch ein Aas«, sagte er, als ich ausgeredet hatte.

»Jetzt ist er sicher eins geworden; denn ich glaube nicht, daß man ihn, wie Lenin, einbalsamiert hat.«

Das Wort Aas wirkte wie ein Magnet. Ich fragte ihn im Hinblick auf Aase, ob er schon einmal ein totes und verwestes Pferd gesehen habe, mit in die Luft stehenden Beinen.

»Nein«, sagte Simeone.

»Das muß man gesehen haben«, sagte ich, »so heißt es wenigstens.«

»Ich hab einen Maulesel gesehen, in Albanien«, sagte Simeone.

»Es scheint darauf anzukommen, daß auch eine schöne Frau dabei ist. Es hat mal einen gegeben, der ein Gedicht darüber geschrieben hat, daß er eines Tages mit einem Mädchen spazierenging: es war sein Schatz, aber er siezte sie trotzdem: so eine Große mit schönen Kleidern, die, wenn sie daherkommt, aussieht wie ein Schiff mit geblähten Segeln: Hast du schon einmal ein Schiff mit geblähten Segeln gesehen?«

»Nein«, sagte Simeone.

»Na ja, so war aber dieses Mädchen.«

Dann erzählte ich ihm »Une charogne« Punkt für Punkt wie eine wahre Geschichte; ich brauchte eine Zeitlang, und schließlich kam ich zum Ende.

»Herrgott noch mal«, sagte Simeone, »jetzt komme ich zu spät.«

»Geschieht dir recht«, sagte ich; »das kommt davon, daß du uns Badoglianer genannt hast.«

Am nächsten Tag traf ich ihn wieder an derselben Stelle, am Rand des Bosco Secco, und ich fing wieder von dem Maulesel an zu reden.

»Wer weiß, ob es ein griechischer Maulesel war oder ein italienischer.«

»Komisch, daß du mich das fragst«, sagte Simeone; »ich hab es nämlich erfahren. Er war Italiener wie wir.«

Es war der Maulesel eines Gebirgsjägers von der Artillerie; er stammte aus Poléo.

»Er hieß Romano«, sagte Simeone.

»Dann kenne ich ihn«, sagte ich. »Es ist der Neffe des Pfarrers von Poléo.«

»Nein, der Maulesel«, sagte Simeone. »Der Gebirgsjäger war ein gewisser Vanzo. Über seinen Maulesel sagte er nie ein böses Wort, und man sah es, er trauerte wie bei einem Verwandten. Er war Antimilitarist.«

»Dieser Vanzo.«

»Nein, der Maulesel«, sagte Simeone. »Wenn er einen höheren Offizier sah, drehte er sich um und machte ihm seine Aufwartung mit dem Arsch. Und wenn er den Königsmarsch hörte, bekam er Durchfall.«

Wie die Unglücksfälle so sind! Eines Tages hatte sich der Oberst, die ordensgeblähte Brust im Wind, auf einem kleinen Vorsprung postiert, und die Truppe kam den Weg heraufgestiegen. Als Romano anlangte und den Obersten sah, begann er sich umzudrehen, um ihm seine Rückenansicht zu zeigen und die übliche Aufwartung zu machen. Ein Felsbrocken hatte sich losgelöst, der Weg war abgerutscht und Romano mit ihm.

»Er hatte die fünfundsiebziger Haubitze auf dem Buckel, und durch das Gewicht drehte er sich. Er drehte sich ganz langsam, einmal herum und dann halt, einmal herum und dann halt: eine Viertelstunde lang mag er so abwärts gerollt sein. Vanzo hat mir's erzählt: es war zum Verzweifeln, wie er ihn so runterrollen sah, bei jeder Drehung immer noch lebendig, und er ihm nicht helfen konnte. Er fluchte wie ein Gottverlassener.«

»Vanzo.«

»Er war fuchsteufelswild«, sagte Simeone. »Und auch die anderen von seiner Kompanie.«

»Ein schlimmer Tod«, sagte ich.

»Ja«, sagte er, »einen schlimmen Tod konnte man dort leicht haben. Dann kamen die Raben und zerhackten dich. Hast du schon einmal einen Toten gesehen, den die Raben zerhackt haben?«

»Nein«, sagte ich.

»Muß man gesehen haben«, sagte er.

»Aber ich wüßte noch ein Gedicht«, sagte ich, »über dieses Thema, von einem Toten unten in Griechenland, den auch die Raben zerhackt haben. Auch da kommt eine Frau vor, sogar die Außergewöhnlichste von allen, Venus, genannt die kytherische.«

»Die Rothaarige?« fragte Simeone. »Die von Tirana?«

»Nein«, sagte ich. »Die stammte von den Inseln, etwas Antikes.«

»Auch die von Tirana war nicht mehr die Jüngste«, sagte Simeone.

Dann fragte er mich, welche Art von Krieg wir im Sinn hätten, und ich sagte es ihm, dann fragte ich ihn, welche Art von Krieg sie im Sinn hätten, und er antwortete mir: »Denselben.« Dann verabschiedeten wir uns, und er zog zwischen den Latschen ab und sah wieder aus wie ein Angestellter. Wir trafen uns noch zwei- oder dreimal; er war immer allein, als wäre er auf einem Inspektionsgang über das Altipiano, und so betrachtete ich ihn schließlich als eine Art mysteriösen Inspektor unseres Gewissens.

Als Antonio den Augenblick für gekommen hielt, trennten wir uns von Castagna. Jetzt sah man sehr gut, daß sie zu sehr an ihren lokalen Vorstellungen hingen, als daß wir miteinander hätten weitermachen können: und Antonio hatte nicht die Absicht, sie gegen ihren Willen davon abzubringen. Im Gegensatz zu uns hatte Antonio überhaupt keine Zweifel über die allgemeine Orientierung unserer Tätigkeit: er wußte genau, wie das Ganze anzupacken war, und bei Krisen zögerte er nie. Es war die Zeit der Verbannten und Versprengten; von überallher kamen Leute; aber Antonio dachte nicht einmal daran, diese Leute an sich zu reißen und sie auf irgendeine Weise zusammenzuschließen. Er wollte keine Bande aus Versprengten, sondern eine aus schon überzeugten Partisanen. Ein- oder zweimal, in den kritischsten Momenten, hielt er sogar eine Rede und bemühte sich, italienisch zu sprechen statt im Dialekt, um dem, was er sagte, mehr Gewicht zu geben. Das gehört zu unseren schönsten Erinnerungen an ihn; er wandte sich mit äußerster Einfachheit an den Willen der Leute und gab zu verstehen, daß man auf nichts anderes in der Welt bauen kann. »Wer das Gefühl hat, er will Partisan sein, das heißt mit den Waffen Widerstand leisten, weil es so richtig ist, der wird auch nicht zurückschrecken vor dem, was ihn hier erwartet, vor den Unannehmlichkeiten, dem Risiko und den Anstrengungen; wer es nicht so empfindet, der tut gut daran, wieder zu gehen; es ist keine Schande, wenn einer anders empfindet, aber er darf sich nicht vormachen, daß er Partisan werden will, er ist hier fehl am Platz.« In seinem Verständnis der Lage war etwas Ernstes und Einfaches. Nachdem er gesprochen hatte, wußte man, wußten wir, daß die, die trotzdem bei uns blieben, Partisanen waren. Nun begriffen wir, daß bei Castagna unter den neuen Rekruten Partisanen und Versprengte gemischt waren: und solange sie dort blieben, konnte sie niemand wirklich unterscheiden. Das war die Bedeutung der »Politik« im Bürgerkrieg; die Parteien hatten nichts damit zu tun, es ging darum, ob man sich für den politischen (das heißt den antifaschistischen und somit Erneuerung anstrebenden) Aspekt des Krieges interessierte.

Antonio hatte als Antimilitarist kein besonderes Verständnis für den Krieg als technisches Problem; welche Art von Flinten und Schußwaffen wir benutzten, war ihm völlig gleichgültig, ebenso jegliches starre Programm, nicht, weil er alles dem Zufall überlassen wollte, sondern weil er glaubte, das einzig Wichtige sei die Einstellung der Leute, und alles andere komme danach. Mir ging ab und zu das eine oder andere Dilemma durch den Sinn: kleine Schläge oder große demonstrative Aktionen? Sich verschanzen oder wandern? Sich spezialisieren oder sich ausbreiten? Für Antonio gab es kein Dilemma, sondern Möglichkeiten, im Moment abstrakte und nicht besonders wichtige. Wo etwas Wichtiges auftauchte, das eine Partisaneneinheit von einem Haufen Versprengter unterschied, trat er mit Autorität auf. Er trug einen Arm in der Schlinge, weil ihm beim Auseinandernehmen eines Revolvers ein Schuß losgegangen war und er sich so durch die Hand geschossen hatte; aber diese wenig heroische Verwundung brachte ihn keineswegs in Verlegenheit, und er versuchte nicht, sie durch sarkastische Sprüche noch zu verschärfen, was wir sicherlich getan hätten. »Wirklich lästig«, sagte er zu mir. Da hatte er die durchlöcherte Hand schon beinahe einen Monat lang.

»Stell dir vor«, sagte er, »seit einem Monat wasche ich mir das Gesicht nicht mehr.« Ich mußte lachen, und er ärgerte sich, so daß ich zu ihm sagen mußte: »Aber das ist doch nur ein bedingter Reflex! Wie wenn man ein schmutziges Wort hört. So sind wir nun mal erzogen worden.«

Toni sagte: »Ja, ja, du hast schon recht.«

»Übrigens«, sagte ich, »glaubst du, ich hab mir das Gesicht oft gewaschen in diesem Monat? Gar nicht zu reden von Bene; der höchstens ein- oder zweimal.« Toni lachte. Wer weiß, was eigentlich das Lachen ist? Vielleicht hatte es mit seiner durchlöcherten Hand zu tun. Ich sagte zu ihm: »Weißt du, als Bergson gestorben ist, habe ich einen saublöden Artikel geschrieben, dafür schäme ich mich, glaube ich, noch lange.«

Er sagte zu mir: »Es ist schon richtig, mit sich selbst abzurechnen, aber man muß auch zur rechten Zeit ein Ende finden.«

Ich sagte zu ihm: »Das ist eigentlich nichts anderes als eine Seite meines Abrechnens mit der Welt: ich schaffe es nicht. Mir kommt es vor, als wäre ich böse auf die Welt.«

»Dir gefällt das verschrobene Zeug zu gut«, sagte Antonio. »Das wird dir noch auf die Nerven gehen.«

»Wenn es eine vernünftige anarchistische Partei gäbe«, sagte ich, »wäre vielleicht dort mein Platz.«

»Unsinn!« sagte Antonio.

»Manchmal kann ich die Gesellschaft nicht mehr ertragen«, sagte ich, »diese Heuchelei.«

»Man muß sich daran gewöhnen«, sagte er. »Und nur nicht sentimental werden. Die Welt gibt's nun mal, und sie ist, wie sie ist.«

»Mir wäre es lieber, es gäbe sie nicht«, sagte ich, »ich möchte immer hier bleiben.«

»Unsinn«, sagte Antonio.

»Ich weiß schon«, sagte ich, »aber trotzdem wäre es mir lieber.«

Antonio sagte: »Sieh mal, jetzt ist meine Uhr stehengeblieben«; er hatte eine Uhr im Vordertäschchen seiner Hose, und hin und wieder zog er sie mit einer nervösen Gebärde heraus. Von derlei Dingen sprachen wir selten mit ihm. Er war ein wenig über unseren Kram erhaben, mit seinem Arm in der Schlinge, seinen hellblauen Augen, seinem von der Sonne geröteten Gesicht. Er ließ uns unseren Kram machen, und sein Blick wachte von ferne über uns. Er war stämmig und kräftig; alle nannten ihn den Hauptmann. Waffen trug er nicht, außer einer Pistole, eben die, mit der er sich durch die Hand geschossen hatte.

Er neigte dazu, sich abzusondern, allein zu gehen, als wollte er die Orte wiedererkennen; manchmal gingen wir mit, dann wurden es Generalstabsspaziergänge; wir redeten über Politik, Literatur, Philosophie, eigentlich über die Geschichte all dieser Dinge, denn Antonio sah spontan alles historisch. Er war ein ruhiger Italiener; er entdramatisierte die Dinge, die wir zu dramatisieren neigten. Selbst wenn wir ihm etwas verhältnismäßig Dramatisches vorschlugen, dann war es, sobald er zustimmte, schon nicht mehr dramatisch, sondern sinnvoll und vernünftig.

Nicht ein Fehler von ihm war schuld, daß wir, kaum zu einer richtigen Einheit geworden, bei einer Razzia vernichtet wurden. Es gab zu viele tausend Deutsche und Ukrainer an dem Tag; aber weder das Gelände noch unsere Anzahl ließ in dieser Ecke Venetiens, in den Bergen, eine andere Kriegsform zu, als sich in Banden zu formieren und dann vernichtend geschlagen zu werden. So erging es uns auf dem Altipiano und dann wieder in Granezza, auf dem Pasubio, auf dem Grappa. Wir begriffen es damals nicht, daß ein Schema dahinter steckte, und wenn überhaupt etwas, so erschien es uns selbstverständlich und unvermeidlich, sich dieser Art Selbstmord auszusetzen. Vielleicht war es so, diese Erfahrung mußte durchgestanden werden. Wer übrigblieb, der lernte etwas.

Dies ist das Herz des Abenteuers, seine Mitte. Eine kurze Zeit, nur einige Wochen: so sagen die Kalender. Uns erschien sie sehr lang, vielleicht, weil alles zählte, jede Stunde, jeder Blick. Im Gesicht eines Freundes, der unter einer Tanne erwacht, in der Augenbewegung eines Engländers, der an einem Felsen lehnt, lesen wir eine ganze Geschichte aus Gedanken und Gefühlen, und wir lesen sie noch so viele Jahre später, ebenso offenkundig und vielschichtig und zeitlos. Die Zeit gab es nicht, die Felsen hatten sie geschluckt, und alles, was am Tag und bei Nacht geschah, war dimensionslos.

Wir streiften zwischen den Felsblöcken herum, sangen defätistische Lieder, wir verliefen uns im Nebel. Denn ab und zu kam ein dünner, heller Nebel auf.

Valmorbia, es redeten in deinem Wiesengrund
blühende Wolken, Bäume im leisen Wind.
Dem blinden Zufall anheimgestellt, entstand in uns... [14]

Aber in uns schien nichts zu entstehen. Von der Gegend von Valmorbia, die in Luftlinie etliche Kilometer von unserem Standort entfernt war, erzählte mir Lelio, der alles über alle Alpentäler wußte. Ein kontemplativer Augenblick konnte nicht entstehen, dazu fehlte die Zeit; um uns bewegten sich vorübergehende Bilder, die in aller Eile sortiert sein wollten, der Strudel der Praxis. Beunruhigt spürten wir den widerlichen Vorrang des Tuns: Vorräte sammeln, Märsche machen, die Truppe bilden, den Krieg führen. Es gab zu tun, immer zu tun – welch obszönes Verb. Ich sehnte mich nach den Strahlen von Valmorbia:

Ein Strahl erblühte auf dem Stiel, schwach
hingen seine Tränen in der Luft.

Bevor ich auf der nackten Erde einschlief, schloß ich die Augen, um sie zu sehen, diese Strahlen, dann schlief ich ein und träumte von den Mondfüchsen.

Die Nächte waren helle Morgenfrühe
und führten Füchse über meiner Höhle Rand.
Valmorbia, ein Name – und nun in der blassen Mühe
der Erinnerung nachtloses Land.

Nichts, gar nichts davon; hier bei uns gab es Latschen, und aus denen macht die Nacht Mißgestalten. Und in diesem Land wurde es Nacht, und wie: es wurde gewaltsam Nacht. Das Gesicht des Abends blähte sich auf wie bei einem, der wütend wird; und dann gute Nacht, dann war es stockfinster. Wir hatten weder Lämpchen in den Zelten noch überhaupt Zelte. Wir hatten Zeltplanen, aber nicht viele, oft nur zwei zu viert, dann breiteten wir eine auf dem Boden aus und legten uns auf die Seite, damit wir Platz hatten, und die zweite Plane wurde über uns ausgebreitet. Morgens erwachten wir mehrmals mitten im Schnee; seltsamerweise weckte uns nicht die Kälte, sondern die Sonne. Es ist ziemlich merkwürdig, wenn man beim Aufwachen das Gesicht im Schnee stecken hat; zunächst bringt man die Augenlider nicht auf, und es entsteht eine kurze Panik; aber es war schneller, hinfälliger Maischnee.

Wir waren etwa dreißig Leute, mal mehr, mal weniger, und zuletzt, als wir gegen Ende Mai in der Fossetta-Hütte waren, sogar sechsunddreißig. In unserer Nähe waren andere Einheiten, Castagna im Süden und im Westen, die Kommunisten im Osten; morgens hörten wir manchmal Schüsse; Partisanen waren auf der einen wie auf der anderen Seite; aber verstehen wir uns nicht falsch, es gab viel mehr Altipiano als Partisanen. Das Plateau war ein menschenleerer Ort, eine Einöde. In manchen Augenblicken bekam man es stark zu spüren. »Es kommt mir vor, als wäre ich in der Thebais«, sagte ich zu Lelio.

So etwas durfte man vor Antonio nicht sagen, das war privat und irrational. Er war der Vertreter des Gleichgewichts, und wir wollten unsere Unausgewogenheiten vor ihm nicht zeigen: Nachtseiten, auf die nicht einmal er Licht hätte bringen können.

Die Sache mit der Thebais gehört für mich als unveränderlicher Bestandteil auch zu jeder anderen Phase des Krieges; aber hier im Hochgebirge empfand man die Einöde noch stärker. Es war der beste Ort, um sich abzusondern von Italien, von der Welt. Von Anfang an hatten wir beabsichtigt, als Aktivisten mit Krieg und Aktion zu reagieren, aber auch, uns von der Gemeinschaft zurückzuziehen, abseits zu gehen. Unser selbstverständlicher Begriff der Bande enthielt also zwei einander widersprechende Seiten: die eine, daß wir gegen die Welt kämpfen, auf irgendeine Weise gegen sie Krieg führen wollten; die andere, daß wir aus ihr fliehen und uns zurückziehen wollten, wie um zu beten.

Heute läßt sich gut erkennen, daß wir uns vor allem bestrafen wollten. Die asketische, wilde Seite unserer Erfahrung hatte diese Bedeutung. Verschwommen empfanden wir, daß für das, was sich in Italien abgespielt hatte, wenigstens jemand leiden mußte; in manchen Augenblicken sah es aus wie persönliche Abtötung, in anderen wie eine staatsbürgerliche Aufgabe. Es war, als müßten wir das Gewicht Italiens und seiner Mißgeschicke tragen, und ich habe auch im wortwörtlichen Sinn in meinem ganzen Leben nie soviel getragen und geschleppt: Mehl, Sprengstoff, Töpfe, Brandbomben, Munition. Ein grotesker Stapel. Obenauf lagen die überzähligen Töpfe, das Seil, die zusammengelegten Fallschirme; darunter die große Schicht der Säcke mit der Verpflegung; noch weiter unten der pralle Rucksack, voll Socken und Kugeln; und unter dem Rucksack hatte ich jeglichen Versuch aufgegeben, meine Gliedmaßen auf rationale Art im Gleichgewicht zu halten, das heißt, indem ich den Bau unseres Knochengerüsts ausgenützt hätte, der doch, nützt man ihn gebührlich aus, das Tragen mehrerer Zentner ohne besondere Anstrengung vorsieht. Ich hielt jedoch alles mit der einen Muskelkraft aus und spürte, wie mir mein Schwerpunkt bald dahin, bald dorthin entwischte wie ein verängstigtes Vögelchen. Vielleicht hätte ich's geschafft, denn das Gewicht kommt ja von selbst in Ordnung, und es entsteht schließlich doch ein Gleichgewicht; aber Bene, der hinter mir ging, fragte mich zum Spott: »Glaubst du, daß es mit der hermetischen Prosa weitergeht, nach dem Krieg?«, und ich fing gegen diese Art von Prosa an zu wettern, und Wassilij, der neben uns ging, mußte lachen, da nur Säckchen und Töpfe zu sehen waren und unter dem Haufen diese leidenschaftliche Stimme; und so fingen auch Bene und ich an zu lachen, und meine Muskeln gaben nach, und ich landete mit meiner Last in einer Bodenspalte.

Außerdem hatten wir das Gefühl, in eine wirklich radikale, nicht nur politische, sondern beinahe metaphysische Krise verwickelt zu sein. Was uns erschreckte, war weniger der Zusammenbruch der öffentlichen Einrichtungen und der beschränkten Ideen, auf die unsere Welt von vorher aufgebaut war, als vielmehr der instinktive Zweifel am wahren Wesen dessen, was hinter den öffentlichen Einrichtungen steht, nämlich der Struktur des menschlichen Geistes, der Idee eines rationalen Lebens, einer zivilen menschlichen Gemeinschaft. Wir empfanden den Krieg als die letzte Krise, den Beweis, der ein unbarmherziges Licht nicht nur auf das Phänomen des Faschismus, sondern auch auf den menschlichen Geist und somit auf alles übrige warf: auf Erziehung, Natur und Gesellschaft.

Man muß bedenken, daß uns der Zusammenbruch des Faschismus (der sich von 1940 bis 1942 ereignete: danach war er schon zusammengebrochen) auch als der Zusammenbruch unserer Leistungen als brave Schüler und Studenten, der Zusammenbruch unseres Geistes erschienen war. Jetzt konnte man klar erkennen, wie trügerisch es ist, sich auf seine eigenen Kräfte zu verlassen und sich in Sicherheit zu wiegen. Ich bin aufrichtig überzeugt, daß jeder Italiener mit ein wenig Feingefühl etwas Ähnliches gespürt haben muß. Wir konnten die Schuld an unseren persönlichen Fehlschlägen nicht einfach dem Faschismus in die Schuhe schieben: das war zu bequem; und somit war die Vorstellung, alles würde schon recht werden, sobald nur der Faschismus beseitigt wäre, reichlich naiv. Was ist Italien? Was ist das Gewissen? Was ist die Gesellschaft? Vom Krieg erwarteten wir uns Antworten darauf und auf viele andere Fragen, Antworten, die der Krieg in seiner Armseligkeit niemals geben kann. Es war, als wäre alles und jedes ein schier unlösbarer Knoten, und solche Knoten kamen nun überall zum Vorschein. Was ist Mut? Ernst? Und auch der Tod? Aber das war noch nicht alles: Was ist die Liebe? Was ist die Frau?

Unsinn: man kann doch den Krieg nicht fragen, was die Frau ist; zumindest die zwei- oder dreimal, die ich ihn gefragt habe, hat er mir nicht geantwortet. Jedenfalls aber sahen wir, wie die Knoten zum Vorschein kamen, und uns war, als steckten selbst hinter der Politik, der Königin aller Dinge, dunkle Kräfte, über die sie nicht gebietet. Auch der Faschismus hängt wohl mit diesen dunklen Kräften zusammen. Die Welt ist voller Geheimnisse, und das merkt man viel genauer, wenn man eine Zeitlang in den Wäldern lebt.

Wir hatten freilich inmitten der Zerrüttung hier den besten Teil unserer Kultur, nämlich was wir uns nicht in der Schule, sondern anderswo angeeignet hatten: Felsengriffe mitten in einer reißenden Strömung. Wir hatten Antonios Antifaschismus, die Dichter, Baudelaire und Rimbaud und noch einige andere: viele einzelne Gedichte und einen großen Haufen Verse oder Hemistichia; wir hatten die von uns so genannte Croce-Methode, die Unterscheidungen zwischen dieser und jener Form des Bewußtseins ermöglichte. In optimistischen Augenblicken dachten wir, dies ließe sich alles nach dem Krieg zusammenschweißen; die starke Strömung würde zurückweichen, und die Nahtstellen zwischen den Felsengriffen würden an die Oberfläche kommen und mit ihnen der feuchte, felsige Sockel einer neuen Welt. Aber diese Augenblicke waren selten. Nach dem Krieg würde sich vielleicht das Chaos ein wenig einebnen: aber inzwischen steckten wir mitten drin. Man spürte, wie sich auf allen Seiten eine Welt bemerkbar machte, die unendlich verwickelter war als die Schemata, die uns Dichter und Philosophen überlieferten. Man spürte sofort, diese Welt war *wirklich*: aber wie war sie? wie groß war sie?

Wenn der Kuckuck rief – auf dem Altipiano ruft er nämlich im Mai – waren wir nicht Zuhörer oder Touristen, die ihn zu ihrem Vergnügen hörten. Wir wohnten jetzt in demselben Wald wie er, alles war wahr und kein Schauspiel, jetzt, da auch wir zur selben Gemeinde gehörten.

Der Unterschied zwischen Menschlichem und Nicht-Menschlichem (auf den die Gesellschaft gegründet ist) schien sich mehr und mehr zu verwischen. Ja, ja, früher redeten wir von unserer *Seele*, jetzt von unserem *Geist*, aber es ist immer derselbe alte Hut: der hohle Knochen auf unseren Schultern und das hoch qualifizierte Mark darin mit all seinen komplizierten und feinen Leitungen, die aber (als Schema) genauso sind wie die, mit deren Hilfe diese unsichtbaren, im Wald verstreuten Vögel kuckuck kuckuck rufen.

Einmal war ich allein im Wald, hatte die Füße auf einen kleinen Felsen gestützt und sinnierte, wie es fatalerweise geschieht, wenn man allein ist; es kommen einem formlose Gedanken, die sich langsam und ununterbrochen bewegen und nie zu einem Schluß gelangen, und doch sieht es aus, als hätten sie das Gift der Wahrheit in sich. Vielleicht preisen wir deshalb die Einsamkeit.

In manchen Augenblicken sieht man die Dinge besser, wenn man sie aus den Augenwinkeln, gewissermaßen verstohlen, eigentlich aus den Winkeln von tausend kleinen Äuglein sieht; die Wahrnehmung ist ein merkwürdiges Ding, Tausende und Abertausende kleiner Spiegel nebeneinander montiert, es mag auch spiegellose Räume geben, mikromillimetrische, aber am meisten – dessen bin ich sicher – überdecken sie einander an den Rändern... in diesem Augenblick läßt sich das Ganze auch Wald nennen, historisch gesehen paßt das Wort gut, es ist eine gute Zusammenfassung, Geschichte der indoeuropäischen Völker – oder im allgemeinen dieses Zweiges des *homo*, der der unsere ist und der ja schließlich aus dem Wald kommt, mit einem Gehirn eben, das aus vielen, vielen übereinander liegenden Augen besteht... im Grunde würden das menschliche Auge und der Wald auf dasselbe hinauslaufen, und in der Gesellschaft haben wir den Wald und das Gehirn reproduziert, und alles, was es in ihnen gibt, muß es auch in der Gesellschaft geben... Diese Gedanken regen sich und bewegen sich und gelangen zu keinem Schluß.

Es steckte aber doch etwas Ernsthaftes dahinter, daß ich nämlich in jenem Augenblick ziemlich stark zu spüren glaubte, was der Wald eigentlich ist, und das dürfte auch daran schuld sein, daß ich mich noch erinnere, und abgesehen davon auch noch, weil ich gleich darauf schoß, und mir jeder Schuß, der in jenem Monat auf dem Altipiano fiel, in Erinnerung geblieben ist.

Ein Felsblock direkt vor mir in der Höhe meiner Knie bewegte sich. Ein halber Quadratmeter grünliches, hellblaues knödeliges Zeug, zwei Finger dick, bewegte sich langsam, sehr, sehr langsam. Es verging eine Weile, bis ich begriff, daß es Vipern waren. Sie waren locker ineinander verknotet und verknäuelt; ihre Bewegung war dieselbe wie bei jenen spiralförmigen Leuchtreklamen, die so aussehen, als würden sie sich von der Stelle bewegen, sich aber in Wirklichkeit nur um sich selbst drehen. Die scheinbare Bewegung dieses Geschlängels war ein Gleiten, bei dem das Geschlängel immer am selben Fleck blieb, zum Teil auf der ebenen Fläche des Felsblocks, zum Teil an dessen Rand, wo es überhing. Hin und wieder machte eine Vipernschlinge einen Ausflug, indem sie langsam hervorglitt, wurde aber dann langsam wieder zurückgesogen. Da und dort in dem Geschlängel konnte ich die schlafwandlerischen Köpfchen einzelner Vipern erkennen, und das vermehrte meinen Ekel noch.

Ich wollte einen schweren Stein darauf werfen, mit der hinreißenden Sicherheit, sie zu einem guten Teil zu zermalmen; überlegte aber dann, es sei wohl nicht angebracht, solch unberechenbare Kräfte wie die Vipern durch einen Steinwurf zu entfesseln, man weiß ja nie, was passieren könnte. Ich stellte also meine Sten auf Schnellfeuer und besprühte das Geschlängel in drei üppigen kreisförmigen Spritzern mit Kugeln, in die Kreise zeichnete ich noch zwei-, dreimal ein schiefstehendes Kreuz wie ein Malzeichen. Das Gleiten und Rutschen im Inneren wurde ein wenig heftiger, aber sonst sah man nichts; als ich wegging, hatte ich Gänsehaut.

Ortswechsel, Hin und Her: schwankende Tage. Die Luft war wie elektrisch geladen von der drohenden Gewalt; am 25. Mai war die letzte, allerletzte Frist zu Ende, dann wollten sie, so hieß es, die Berge säubern; wenn man südwärts schaute, war es, als sähe man die Drohung in den Wolken hängen. Ein deutsches Flugzeug kam und nahm zur Generalprobe den Wald ein wenig unter Beschuß; Dante, der auch über Flugzeuge alles wußte, sagte mir, es sei eine Messerschmidt 210. Wir waren an einem Ort namens Zingarella, hatten den Monte Zebio im Rücken. In der Nacht schneite es.

Einige Tage lang kamen ständig Rekruten an. Wir wurden verfolgt, gewissermaßen von den Botschaftern des wirklichen Landes, Scharen von Leuten, von denen wir viele, zu viele, für unwürdig hielten. Nicht nur, daß sie kein Ethos hatten, es fehlte ihnen völlig die Lust zum Kriegführen. Es kamen Berufs-, besser gesagt Berufungsoffiziere; sie schlossen sich uns an, probierten mit der spartanischen Kost auch die Diät der Transporte und das moosige Bett; sie sagten: »Das müßte für die Laufbahn eigentlich zählen«, und wir sahen sie mit offenem Mund an; dann setzten sie sich mit einem Schlag ab, mitten in einem der zahllosen Transporte ließen sie alles unter den Tannen liegen und nahmen aufs neue Urlaub. Einige, die bereit waren, die Mühen auf sich zu nehmen, merkten auf einmal, daß es auch die Gefahr gab. »Aber hier ist es gefährlich«, sagten sie, und wir verjagten sie und nahmen ihnen selbstverständlich die Waffen ab; so hatten wir auch die noch zu schleppen.

Die normalen Leute, das sind wohl sie, dachte ich; wetten, daß sie es sind. Ich war nicht niedergeschlagen, es erschien mir nur sonderbar. Welch ein Tohuwabohu, das wirkliche Land!

Nach einer Weile kamen keine Rekruten mehr; wir bewegten uns jetzt wieder aufwärts – nach Norden, jeder Marsch war ein Abenteuer, es ging durch neue, stille, zauberhafte Gegenden. Ab und zu unternahmen wir gesondert, zu zweit oder zu dritt, kleine Erkundungsgänge und blieben bisweilen sogar mehrere Tage unterwegs.

Es regnete im Wald, Lelio und ich hatten eine kleine Hütte aus Baumstämmen mit einem Laubdach gefunden; drinnen war ein länglicher Raum wie ein Unterschlupf unter einer Treppe. Zu beiden Seiten waren Bretter, aus denen zwei Lagerstätten zusammengesetzt waren, und am Boden eine primitive Feuerstelle. Als wir ankamen, war niemand da, nur zwei Bündel, ein Kochkessel und andere Gegenstände lagen herum. Gegen Abend kamen zwei Männer, ein älterer und einer unbestimmten Alters, aber jünger als der andere. Es waren Zivilisten, und wir waren erstaunt, ihnen dort zu begegnen.

»Seid ihr Rebellen?« fragte der Mann unbestimmten Alters.

Ich sagte: »Sind wir Rebellen, Lelio?« und Lelio sagte: »Immer noch zu wenig.«

»Und was seid ihr?« fragte ich.

»Latschner«, sagte der Mann.

Latschner: Sollten sie etwa zwischen den Latschen ihre Tiere weiden? Was für Überraschungen hatte denn Italien noch auf Lager? Die wilden Latschen.

»Was heißt denn das: Latschner?« fragte ich.

»Latschenmänner eben.«

Sie machten ein Feuer, und darüber hängten sie eine Kanne, in der, wie sie sagten, Kaffee war, dann setzten sie in einem Kessel Wasser auf (das Wasser war in einer kleinen Tonne, denn in der Gegend regnete es zwar häufig, aber Trinkwasser gab es nicht), dann zogen sie unter dem Bett einen Brotbeutel mit gelbem Mehl hervor und machten Polenta.

Dann nahmen sie zwei emaillierte Eisenschüsseln und schütteten den Kaffee aus der Kanne hinein; eine davon reichten sie uns, und sie aßen aus der anderen. In diesen sogenannten Kaffee (Malz und Zichorie) tunkten sie einen Brocken Polenta und aßen ihn in großen Bissen, Lelio und ich machten es dann auch so.

Das war das Abendessen. »So, jetzt gehts besser«, sagte der ältere Mann. Der jüngere sagte: »Normalerweise essen wir abends auch Käse.«

»Den haben wir gestern abend aufgegessen«, sagte der andere, »auch das Mehl ist bald aus.«

»Und dann?« sagte ich.

»Dann gehen wir hinunter und holen wieder welches.«

»Und wo ist das – unten?«

»In Lusiana, bei uns zu Hause.«

»Geht ihr zu Fuß hinunter?«

Der Mann lachte und sagte: »Mit der Kutsche fahren wir nicht.«

»Wie lange braucht ihr?«

»Hinunter sieben Stunden, herauf neun oder zehn, weil wir zu schleppen haben.«

So lebten sie in den Sommermonaten; sie arbeiteten an den Latschen, ungefähr zwölf Stunden am Tag, in einer Woche sieben Tage und in der anderen sechs, am Samstagabend gingen sie hinunter nach Lusiana, und am Sonntag kamen sie schwer beladen wieder herauf. Das war ihr Ruhetag, einer alle vierzehn Tage.

»Mir sind die Sonntage lieber, die wir hier oben arbeiten«, sagte der jüngere Mann. »Wenn wir hinunter müssen, das ist mehr Plakkerei.«

Sie hatten beide Familie in Lusiana; der eine hatte vier Kinder, der andere drei.

Ich fragte noch einmal nach den Latschen. Bevor ich auf das Altipiano kam, hatte ich nicht einmal gewußt, daß es Latschen gab; sie hatten mich sofort bezaubert. Es sind keine richtigen Büsche, aber auch keine Bäume. Ein Geschlecht der felsigen Wiesen, über die sich, etwa mannshoch, ihre Wälder hinziehen; sie sehen aus, als würden sie sofort nachgeben, sind jedoch hartnäckig; versucht man aber in sie einzudringen, so fühlt man sich von einer baumartigen Kraft eingefangen, die ihrerseits beinahe wieder flüssig erscheint. Die Latsche ist ein großer, ränkevoller, lebendiger Busch.

»Was machen eigentlich die Latschner genau an den Latschen?« fragte ich.

»Schneiden, oder?« sagte der Mann.

»Als Brennholz?« fragte ich.

Der Mann lachte und sagte: »Habt ihr denn noch nie was von Reisigkohle gehört?«

Wir ließen uns alles erklären. Das Schwierige an der Arbeit ist, daß sich die Latschen nicht ohne weiteres beschneiden lassen; sie sind nicht hart, leisten aber Widerstand; ungefähr, als müßte man einen Autoreifen mit der Axt durchschneiden. Und wieviel verdienten sie? An die Zahlen kann ich mich nicht mehr genau erinnern, es kam eine Fünf vor, das waren, glaube ich, die Doppelzentner, die ein Latschner an einem Tag schneiden kann, und eine Zehn oder eine Zwölf, die Lire pro Doppelzentner oder pro Tag; ich weiß noch, es kam ein ziemlich guter Verdienst zusammen, und vor allem waren die Latschner selbst ziemlich stolz darauf, theoretisch war es ein bißchen mehr (oder ein bißchen weniger), als was eine Volksschullehrerin verdient, das galt für die Monate, in denen sie arbeiteten; aber erschreckend war diese brutale, unverhohlene Form der Akkordarbeit. Es ging buchstäblich darum, daß die gesamte Kraft eines Mannes, alle seine Stunden an einem Tag und alle seine Tage in einer Saison insgesamt ausgebeutet wurden, um zentnerweise Latschenzweige anzuhäufen, und daß der Mann in der ganzen Zeit nur zu diesem Zweck lebte.

Dieser Aspekt machte den Latschnern selbst überhaupt keinen Eindruck; uns erschien er als die Talsohle zisalpiner Armut; sie beanstandeten die Unannehmlichkeit, daß sie die Arbeit unterbrechen mußten, um sich im Tal wieder Mehl zu holen, und außerdem die Gefahr mit den Äxten. Diese Äxte zerbrachen nämlich hin und wieder, weil man, um die Latschen zu schneiden, kräftig dreinhauen muß, und wenn man auch nur ein wenig im falschen Winkel schlägt, zerbricht die Axt, nicht der Stiel, sondern das Eisen; und selbst den erfahrensten Latschnern geht – sie schneiden ja den ganzen Tag – mitunter ein Schlag daneben, mit anderen Worten, der eiserne Teil der Axt zerbrach, und wenn er zerbrochen war, mußte man sich eine neue Axt kaufen und sie im Mehlsack auf den Berg schleppen. Den Tag, an dem einem die Axt zerbricht, arbeitet man praktisch nur für eine neue Axt. Sie machten diese Arbeit nur in den

Sommermonaten, aber solange die Saison dauerte, verdienten sie gut und schätzten sich glücklich. In dem Jahr gab es außerdem die Gefahr der Rebellen und der Deutschen und die Gefahr, erschossen zu werden, so daß einem die ganze Saison flöten ging: aber vorderhand machten sie weiter.

»Und was macht ihr in der übrigen Zeit? Ich meine, was für eine Arbeit?«

Die Antworten waren nicht ganz klar, sollten aber, glaube ich, soviel heißen wie: Da sind wir arbeitslos.

Am Morgen (wir hatten im Laub unter den Holzverschlägen geschlafen) kochten die Latschner Kaffee und gaben uns auch davon und noch ein wenig Polenta dazu, dann gingen sie weg.

Draußen regnete es nicht mehr; die Morgensonne schien, und es war ein kühler, lichter Tag. Ich stand unter der Tür und schaute auf den Wald; Lelio, der zu seinen Vorbereitungen immer sehr lange brauchte, machte sich an den Gurten seines Rucksacks zu schaffen.

»Lelio«, sagte ich, »dies hier scheint ein Grenzfall zu sein, eine Art Kuriosum, aber vielleicht doch nicht. Es muß nicht wenige Italiener geben, denen es so ähnlich geht.«

»Das weiß ich«, sagte Lelio.

»Ein Volk von Heiligen«, sagte ich, »von Auswanderern, von Dichtern.«

»Ein Volk von Latschnern.«

»Wer nach dem Krieg«, sagte ich, »diese Dinge wieder vergißt, den müßte man einen großen Feigling nennen.«

»Das würde nichts helfen«, sagte Lelio.

Er war beinahe fertig mit seinen ewig langen Vorbereitungen und fuhr sich mit den Händen durchs Haar. Der Wald war wie frisch gewaschen und funkelte; wir gingen weg, und nach einer Weile mußten wir in den Latschenwald hinein, eine Zeitlang hatten wir Mühe, uns einen Weg zu bahnen. Die Latschen sind biegsam, und du meinst, sie würden dich einfangen.

In jenen Wochen muß sich die Landschaft des Altipiano so tief in unser Gemüt eingeprägt haben. Am Anfang bemerkten wir nur das Unförmige, Leblose und Reglose an ihr: aber während wir in dieser Landschaft lebten und mit der Zeit unser Vertrauen und unsere Kräfte wuchsen, änderte sich auch die Natur, die uns umgab. Ganz allmählich gewannen die lebendigen, energiegeladenen, harmonischen Aspekte der Landschaft die Oberhand, und bald triumphierten sie überall, und wir waren gleichsam von ihnen durchtränkt.

Die wahren Formen der Natur sind Formen des Bewußtseins. Von derlei Dingen steht viel in den Literaturgeschichten, aber wenn man sie persönlich erlebt, erscheinen sie einem neu, und erst wenn man später darüber nachdenkt, sieht man, daß es dieselben sind. Dort oben fühlten wir uns zum erstenmal in unserem Leben wirklich frei, und diese Landschaft bleibt für immer mit unserer Vorstellung von Freiheit verbunden.

In vieler Hinsicht ist diese Landschaft für eine solche Gedankenverbindung geeignet: eine Hochfläche, ein hoher Sockel, und alle Erhebungen gehen von diesem Sockel aus, sind vom Flachland abgesetzt, hoch darüber erhaben, abgesondert. Das bekamen wir stark zu spüren: unser Standort war oben, über Italien, wir waren in einer Festung verschanzt.

Außerdem ist diese Hochfläche sehr reich an eigenwilligen Formen; es handelt sich keineswegs um einen unförmigen Sockel, sondern um eine organische Welt mit ihren eigenen Bergen, ihren kleinen Ebenen und ihren waldigen Rücken; eine Welt, die sich zwischen tausend und zweitausend Metern erhebt; der Welt, in der wir normalerweise leben, zwar ähnlich, aber menschenleer, klar umrissen, funkelnd. Die typische Bodengestalt, besonders in der Mitte der Hochfläche, also dort, wo wir waren, sind kleine Kare, vom Gestein gebildete Naturtheater; es mag manch guten geologischen Grund dafür geben, auf jeden Fall ist es so. Es gibt viele solche Theater, einige davon sind winzig, andere von stattlichen Ausmaßen, aber immer mit menschlichen Dimensionen wie die antiken Theater in Sizilien und Griechenland. Die Weiden sind mager, gleich darunter ist Felsgestein, das sich in großen Platten ausbreitet und an vielen Stellen die Oberfläche durchbricht; kleine Steilwände gruppieren sich im Halbkreis um kleine Zuschauerräume; übereinander gelagerte Felsplatten klaffen auf zu regelmäßigen Blöcken, täuschen Stufen, Treppen, Sockel, Stücke umgestürzter Säulen vor; und man befindet sich in einem Theater aus perlgrauem und graurosa Gestein.

In solchermaßen geformten Räumen nehmen auch Gebärden und Schritte eine Form an, das heißt, sie treten in eine geordnete und harmonische Beziehung zu diesen Räumen; es ist, als würde einen die Welt nicht nur enthalten, sondern auch ansehen. Wenn ich zufällig in ein solches Theater geriet, setzte ich mich manchmal auf die leeren, von Moos und Gras wie von einem Schleier überzogenen Stufen, und während ich da saß, maß ich mit Blicken die kleine Szene bis zum letzten Vorsprung des Felsens, hinter dem dann wieder ein ähnliches leeres Theater lag; und dahinter wieder andere in einer unvorstellbar langen Reihe. Es war, als wäre man zwischen den Ruinen einer verlassenen Stadt, die Entfernungen waren begehbar, man fühlte sich wohl und zugleich leicht erregt; es war wirklich eine Stadt: riesengroß, menschenleer und unbekannt, aber ganz menschlich.

Dort oben fühlten wir uns frei, und es ist kein Wunder, daß diese Kare, diese Wälder, diese geformten Felsen in uns eingegangen sind als Bewußtseinszustände und uns heute noch als die hinreißendste Landschaft erscheinen, die wir kennen.

Die Jungen aus Roana bildeten eine Art Zunft, beinahe einen Clan, denn sie waren alle Brüder, Vettern, Schwäger, Schul- und Militärkameraden, Patenkinder und Tauf- und Firmpaten derselben Personen, mit anderen Worten eben Leute aus demselben winzigen Dorf: ein Platz, zwei oder drei Straßen. Sie stützten einander auf jenen instinktiven Ebenen, die sich mit dem Zirkel nicht messen lassen, die das geistige Auge aber wahrnimmt; und so aufeinander gestützt, bildeten sie ein Ganzes, ein kleines, ruhiges, kompaktes Heer, das in zwei einander ergänzende Mannschaften gegliedert war. Ihr Heimatdorf war nur wenige Marschstunden entfernt, aber trotzdem weit weg, wie mir schien; denn von jenen Hochflächen schien alles weit weg zu sein.

In die Lieder setzten sie den Namen ihres Dorfes ein (der Refrain lautete dann: *Roana, wie bist du schön!*), und das beeindruckte uns. Es war, als wären sie aus Liebe zu diesem Juwel im Gebirge und träumten nur davon, es nach dem Krieg wiederzusehen.

Das Gewehr auf der Schulter – mit Kugeln geladen
Immer gut bewaffnet – Angst hab ich nicht
Wenn ich gesiegt hab – komm ich zurück.

Sie sangen auch ein Lied, das ein Zwiegespräch war zwischen der *Gevatterin* und dem *Vögelein*, das beim Gespräch ständig die »Augen auf und zu machte«; und dieses Detail gefiel Enrico sehr; Bene sagte, es sei wirklich ein frisches Lied.

Die Jungen aus Roana behandelten uns ohne Argwohn, aber auch ohne besondere Bewunderung; wir waren Verbündete. Sie trauten uns, und wir trauten ihnen. Andere, die auch zu uns gehörten, kamen aus verschiedenen Ortschaften und Gegenden des Altipiano, einzelne oder kleine Gruppen, mit denen wir besser bekannt waren, die wir alle von Person zu Person kannten. Mein Freund wurde vor allen anderen der Moretto, der so alt war wie ich und aus der Gegend nördlich von Asiago kam, vom allerletzten Rand der grünen Talsenke. Er hatte nur die Volksschule, und das war nicht einmal sicher, aber es war unleugbar, daß er, wenn er studiert hätte, so gut gewesen wäre wie die Besten von uns. In solchen Fällen macht die Intelligenz immer mehr Eindruck, weil sie angeboren und auf nichts festgelegt ist; sie hat etwas Anziehendes und Ergreifendes. Ich mochte den Moretto mit der Zeit sehr gern und er mich auch, glaube ich. Ich redete gern mit ihm, und es kam vor, daß ich ihm beispielsweise erklärte, wie die Berge entstanden sind, nur ungefähr, versteht sich, und er erklärte mir, wie sich manche Pflanzen oder manche Tiere nach dem Regen verhalten; und immer war Freude dabei, weil wir gern zusammen waren.

Vor den anderen Jungen sprach ich über nichts mit dem Anspruch eines Studenten – ich hätte mich geschämt –, aber vor Moretto empfand ich nicht die geringste Verlegenheit. Seltsamerweise erinnere ich mich nicht daran, wie er in allen Einzelheiten aussah, nur daran, daß er dunkelhäutig, gut gewachsen und lebhaft war. Als man ihn fand, lag er weiter unten auf einer Felsnase, seine Waffe nicht weit von ihm; im letzten Augenblick war er, um nicht gefangen zu werden, von den Felsen hinuntergesprungen, und die Ukrainer – in der Gegend waren nämlich Ukrainer – wollten oder konnten nicht hinuntersteigen, wohin er gefallen war, um ihm wenigstens die Schuhe auszuziehen und seine Waffe mitzunehmen. Der Tod dieses Freundes verursacht keinen Schmerz, nur Traurigkeit: ein Diagramm, wo das Entsetzen, das mit so etwas verquickt sein muß, wenn es geschieht, nicht mehr zu spüren ist, ein Zeichen zwischen zwei cartesischen Achsen, lesbar und schmerzlos.

Der Russe hieß Wassilij; ich weiß nicht genau, wie er sich an die anderen angeschlossen hat, als sie aus Belluno gekommen waren, vermutlich hat ihn Lelio oder Antonio irgendwo gefunden, er war aus Kiew; er erweckte auf der Stelle Vertrauen. Antonio sprach Russisch mit ihm, und das überraschte uns nicht: Wie sollte man sich darüber wundern, wenn er, der den Wahrheiten der europäischen Geschichte so unbefleckt die Treue gehalten hatte, auch Russisch sprach? Vorher hatte ich nicht gewußt, daß er es sprach; aber als er mit diesem Russen in dessen Sprache zu plaudern anfing und der Russe ihm antwortete, erschien mir die Sache vollkommen natürlich.

Ich muß sagen, daß Antonio zu den Menschen gehört, die alle Sprachen mit demselben Akzent sprechen, das Gegenteil von mir, zum Beispiel, denn ich würde dazu neigen, mich auf eine eher leichtfertige Weise mit den Sprachen zu befassen. Wenn dagegen Antonio mit jemandem sprach, konnte man aus einer bestimmten Entfernung nicht mehr erkennen, ob es Russisch, Englisch oder der Dialekt von Vicenza war, im Gegenteil, es klang immer wie der Dialekt von Vicenza; aber wenn man dann näherkam, konnte man unterscheiden, und seine Gesprächspartner antworteten ihm ungehemmt.

Anfangs sprach ich mit Wassilij Deutsch; er konnte es besser als ich, dafür waren die Laute, die ich hervorbrachte, unvergleichlich kostbarer: mein Ka und das kratzige, knarrige Er, die beinahe onanistische Geschlossenheit meines O und meines E. Wassilij lernte auch ziemlich gut Italienisch, er sprach es auf seine eigene Art, aber unbefangen, verstehen konnte er alles, praktisch wie einer von uns.

Sieh mal an, dachte ich; da kommt also dieser Blonde aus Rußland; ein *Russe.* Er war der ruhigste Mann von der Welt, aber auf eine geweckte, lebhafte Art, wie ich sie später oftmals bei ruhigen Slawen angetroffen habe. Der praktische Teil unseres Lebens dort oben hatte keine Geheimnisse für ihn, Lager aufschlagen, Holz suchen, Wasser suchen, alles schien ihm leichtzufallen. Er hatte einen unfehlbaren Orientierungssinn, und wenn er einen Weg, mit allen Schnörkeln im Wald und sämtlichen Zwischenfällen, einmal zurückgelegt hatte, erinnerte er sich für immer daran, selbst an einen ganzen Marschtag aufs Geratewohl; und wenn wir wieder zurückmußten, ging er ohne Zaudern voraus und führte uns, als wären wir in der Umgebung von Kiew. Daran, und nicht nur daran, war eine Kultur zu erkennen, die anders war als die unsere, in größerer Harmonie mit den Wäldern verbunden.

Wir fragten ihn nie: »Wie lebt sich's denn in Rußland?« Das wäre eine dumme Frage gewesen.

Wenn man Angst haben mußte, dann sah es aus, als hätte Wassilij überhaupt keine, und eines Tages, als er sich mit einer rostigen Klinge rasierte, fragte ich ihn:

»Hast du denn noch nie Angst gehabt?«

»Doch, als ich klein war«, sagte Wassilij. »Da habe ich Holzpuppen gesehen, und eine Puppe mit einem langen Bart wollte mit dem Messer das Kind aufschneiden und aufessen. Da habe ich Angst gehabt.«

»Waren das Marionetten?« sagte ich: »Solche mit Fäden?«

»Ja, und das Kind hieß Wassilij.«

»Prost Mahlzeit«, sagte ich.

»Damals war ich noch klein«, sagte er. »Später bin ich gewachsen.«

»Meinst du jetzt nicht mehr, du hättest manchmal noch Fäden dran?«

»Das ist nur eine Vorstellung«, sagte er. »Keine Tatsache.«

Er hat recht, sagte ich mir, wenn er nämlich an die Fäden gedacht hätte, dann säße er heute noch in dem deutschen Lager, in dem er nämlich war und dem er entkommen ist.

Wir stiegen höher hinauf, immer weiter weg vom Süden und ohne Nachrichten und mit dem unbegründeten, aber sehr starken Gefühl, eine Gegend voller Hinterhalte zu betreten. Wir blieben zumeist im Wald; wo Schneisen waren, blieben wir spähend am Rand stehen, beinahe als horchten wir an einer Tür; in der Stille hörte man das ferne Dröhnen der Bombenangriffe in der Ebene. »Das wird Treviso sein«, sagten wir, »und das Triest.« Beim Auskundschaften eines Waldstücks kamen wir – Dante, Lelio, Enrico und ich – zu einer kleinen Lichtung, in deren Mitte eine Hütte stand.

Vorsichtig traten wir zwischen den Bäumen hervor. Die Tür der Hütte stand offen. Der leere Vorplatz sah aus, als würde er auf etwas warten, was uns zutiefst erregte. Schließlich sagte Dante: »Sehen wir mal nach.« In der ganzen Hütte verstreut Spuren eines eiligen Aufbruchs, einzelne sohlenlose Schuhe, leere Büchsen, Scherben, Stroh, Verbände. Auf dem Herd etwas Unglaubliches: ein irdener Topf mit einer feinen Schicht dick gewordener Soße und darin zwei Stückchen Fleisch.

Offensichtlich waren die Kommunisten (zwischen dem Suganatal und uns war ja niemand anderes als sie) rasch aufgebrochen.

»Die Kommunisten essen Fleisch«, sagte Enrico. Lelio nahm den Topf; Dante sagte: »Geht ihr zwei erst mal weg«, und Lelio und ich liefen weg. Es geschah nichts, und die anderen beiden holten uns kurz darauf ein; wir setzten uns auf eine bemooste Felsstufe und ließen die Beine hinunterhängen.

Das Fleisch der Kommunisten war kein Fleisch, sondern unzerstörbare Sehnen. Wir kauten es einer nach dem anderen und ließen es zweimal die Runde machen, bis nichts mehr zu sehen war als ein Bündel weißlicher Ochsensehnen. Dann kundschafteten wir den Wald weiter aus. Es war niemand da, wir waren noch allein.

Der Hunger war ein Zustand, aber kein trauriger; es war ein froher Hunger. Ich weiß, was wirklicher Hunger ist, weil ich Leute kenne, die ihn kennengelernt haben, insbesondere in Auschwitz, aber auch in Belsen, wo er noch schlimmer war, aber dort spürten sie ihn schon kaum mehr; über diesen Hunger wird fast nichts gesagt, und im allgemeinen über die ganze Angelegenheit, aber man versteht trotzdem; diese Mitteilungen geschehen auf eine ziemlich merkwürdige Weise, es wird beinahe gar nichts gesagt, und auf einmal weiß man alles. Unser Hunger war aber eigentlich gar kein Hunger, sondern nur eine große Eßlust und ein großer Mangel an Eßbarem. Es gab das gelbe Maismehl und Margarine; rationiert, versteht sich; rationiert sowohl was die Zeit betrifft (einmal täglich) wie in der Menge.

In einer schwarzen Fallschirmtonne wurde das Mehl mit Wasser gekocht. Die Polenta schmeckte nach Lack, und dieser Geschmack, bei dem einem anfänglich ein wenig übel wurde, wurde uns in der Folgezeit so vertraut, daß die Polenta ohne ihn fad geschmeckt hätte. Wenn sie fertig gekocht war, wurde der gelbe, schwarz gestreifte Brei in Näpfe und Blechbüchsen ausgeschenkt. Wir versuchten, diesen Vorgang in aller Ordnung auszuführen; aber wir drängten uns nach und nach immer enger um die Tonne, und zuletzt stürmten wir sie, um die Krümel abzukratzen, die an den Wänden und am Boden klebengeblieben waren.

Meine vollkommen unmittelbare Lust auf Polenta verursachte mir Gänsehaut; ich entkrustete mit linkischen Schlägen die Tonnenwände und stopfte mir den Mund voll mit einem Gemisch, das nach dem Rauch des verbrannten Holzes schmeckte, dessen letzte Überreste ich mit den Füßen zertrat. Mit vollem Mund tauchte ich zwischen den dicht gedrängten Beinen wieder auf, und die Vorstellung, den anderen eine schöne Portion dieser zusätzlichen Polenta weggeschnappt zu haben, befriedigte mich, anstatt mir leidzutun.

Auf die normale Ration legten wir ein Stück Margarine, das in dem heißen Brei zerschmolz; das ist ein außerordentlich gutes Gericht. Es gibt auch noch eine andere, raffiniertere Art, Polenta mit Margarine zu essen: man nimmt einen Blechdeckel, legt einige Stückchen lauwarme Polenta und ein Stück Margarine darauf, und den Deckel legt man dann auf die Glut, bis die Polenta geröstet ist und eine ölige Flüssigkeit ausschwitzt.

Wir träumten vom Ende des Krieges, um wieder Mädchen mit schönen Kleidern zu sehen, um ein sehr begehrtes Buch aufzuschlagen, ein Bad zu nehmen, Fußball zu spielen; aber diese Dinge verblaßten angesichts der Vorstellung, daß wir unsere Familien dazu bewegen könnten, uns einen Zentner oder auch zwei gelbes Mehl zu kaufen und kiloweise Margarine oder auch Butter; und von morgens bis abends Polenta zu rösten und sie in aller Freiheit und vor allem *langsam* zu essen und dann einzuschlafen, und wenn man am Morgen aufwachte, wieder anzufangen zu rösten und zu essen. (Die Butter: das war der ungelöste Punkt bei der Geschichte. In unserer Erinnerung erschien sie bleich und süß; der Geschmack der Margarine kam uns unübertrefflich vor, aber theoretisch wußten wir, daß die Butter noch besser sein *mußte*. Das sagte unseren Sinnen zwar gar nichts, aber unser schlauer Verstand wußte, daß es wahr war, und in manchen Augenblicken stellten wir uns vor, wir würden, kaum daß der Krieg aus war, Polenta mit Butter rösten; es war wie jene Hyperbeln, wo die Freuden des Paradieses mit den akutesten irdischen Freuden verglichen werden.)

Anfangs aßen wir manchmal auch Brot; wir holten es uns an den Stellen ab, zu denen es bei Nacht aus den Dörfern gebracht wurde; dann marschierten wir den Rest der Nacht mit vollen Rucksäcken zurück. Als ich bei einem dieser Transporte dabei war, suchte ich mir sofort die zwei Laib Brot aus, die mir zustanden, und biß den ersten an, um ihn wiederzuerkennen, und dann auch den zweiten; hierauf gab ich sie einem anderen, der sie vorsichtshalber in seinen Rucksack stecken sollte; als wir aber im Lager angelangt waren, bekam ich einen Hungeranfall, ließ mir die zwei Laibe dringlichst aushändigen und verschlang sie, noch ehe ich meinen Rucksack abgenommen hatte, und so hatte ich nichts mehr, während die anderen aßen, außer einem Schluckauf. Später aber hörte diese Brotversorgung aus den Dörfern auf. Und wir erfuhren nichts mehr von den Dörfern.

Aus der Luft dagegen kamen weiterhin bei Nacht Proben sehr exotischer Eßwaren, eine Art modernes Manna, eher schön als gut, wie seinerzeit – den Verdacht werde ich nicht los – auch das antike gewesen sein muß. So kamen einige Rollen eines merkwürdigen Produktes namens *bacòn*, das hauptsächlich aus Salz bestand; und einige Schachteln mit einem bleichen, glitschigen Teig, der nach nichts schmeckte, und das war kanadischer Käse; und es gab Trokkenei. Das war keineswegs appetitlich, aber als es zum erstenmal kam und wir alle herumstanden und ratlos auf das Päckchen blickten, überwanden sich Lelio und ein Junge aus Roana und aßen mit den Händen ein wenig davon. Lelio aß nur eine Handvoll, dann hörte er auf: der Junge aus Roana aß den Rest und trank eine Feldflasche voll Wasser darauf, weil ihm der Mund zusammenklebte. Dann wurde ihm übel, und die anderen gaben ihm noch einmal Wasser zu trinken, um ihm wieder auf die Beine zu helfen. Als er bewußtlos wurde, las ich, was auf dem Päckchen stand, denn es hatte eine Aufschrift in englischer Sprache. Die sagte: »Hoch konzentriertes Pulver: 100 kanadische Hühnereier: Mit Wasser vermischt quellen sie zu ihrem natürlichen Umfang auf.«

Der Junge aus Roana war mehr tot als lebendig. Ich sagte mir, alles hängt jetzt von der Geschwindigkeit der Quellung ab. Und so kam es dann auch zu einem Wettlauf: bald sah es aus, als siegten wir, bald als siegte die Quellung. Am Ende siegten wir, und der Junge aus Roana erholte sich wieder. Darauf brauchte man nur »kikeriki« in seiner Gegenwart zu sagen, und schon wurde er ohnmächtig.

Ende Mai erreichten wir die Fossetta-Hütte, fanden zum Teil in der Hütte selbst Unterkunft und zum Teil auf dem baumbestandenen Felsenvorsprung darüber. Auf einmal bemerkte ich, unsere Einheit hatte Gestalt angenommen, war kampfbereit. Mit denen aus Roana und den verschiedenen Leuten aus Asiago waren wir genau drei Dutzend; die Zahl erschien mir vollkommen, und die Bewaffnung war ausgezeichnet; wir hatten zwei Brens, die eine war einer Mannschaft aus Roana anvertraut, die andere den Engländern. Die kannten sie gut und schätzten sie ungeheuer; als sie sie sahen, lächelten sie wohlgefällig und nahmen sie beinahe liebevoll in Verwahrung. Walter sagte mir, wie »Sicherung« auf Englisch heißt. An die Razzia dachten wir nicht mehr.

Jetzt ist es soweit, sagte ich mir; jetzt fangen wir an. Ich legte Antonio dar, was ich mir vorstellte: hinuntergehen, sich irgendwie zurechtfinden, improvisieren. Nicht organisieren, vorbereiten (worauf?), trainieren: alles Unsinn. Zuerst handeln, dann lernen, sagte ich, und Antonio sagte in seiner gelassenen Art, er sei einverstanden.

Und so beschlossen wir, vielleicht ein wenig impulsiv, mit unserer Einheit ins Suganatal hinunterzugehen und den nötigen Sprengstoff mitzunehmen, um den Eisenbahntunnel in der Talsohle in die Luft zu sprengen.

Der erste Teil des Unternehmens war wunderbar. Wir marschierten in einer Reihe hintereinander in der Sonne des Spätnachmittags, vor Tüchtigkeit und Energie strotzend, Antonio war bei uns, wir waren eine herrliche Einheit; ich glaube, ich hatte mich sogar gekämmt. Bei der Fiara-Hütte, im Angesicht der Talsenke von Marcésina, machten wir Rast. Wir lagerten um die Hütte verstreut, alle lächelten und hatten sich mit ihren Rucksäcken an die kleinen, aus dem Boden hervorstehenden Felsen gelehnt; ich plauderte mit Antonio. In der ganzen Zeit des Bürgerkriegs habe ich mich, glaube ich, nie mehr so froh gefühlt.

Kurz bevor man den Rand des Altipiano erreicht, ändert sich die Landschaft auf nahezu dramatische Weise. Der Wald verschwindet völlig vom Boden, südlich von Marcésina geht man fast nur über Wiesen und zwischen Hügeln mit glatten, vollkommen kahlen, unglaublich harmonischen Abhängen. Die Formen, zwischen die man eingeschlossen ist, sind einfach und klar; eine Art riesiges Märchen, in dem alles vereinfacht, groß und freundlich ist. Man geht mitten durch dieses Märchen, als wären es hoch oben aufgespannte, bemalte Planen; die Proportionen zwischen den Massen sind so durchscheinend klar, daß einem der Maßstab der Berge ins Riesenhafte vergrößert erscheint; und auf einmal steht man, aus dieser Kulisse heraustretend, vor dem Rand des Altipiano.

Hier spürt man wirklich, welche Gestalt es hat; die große, glatte, reine Schulter grenzt die Hochfläche ab wie eine Welt für sich, und von dieser Stelle aus läßt sich mit einem Blick ermessen, wie hoch und wie entrückt das Altipiano ist. Kein Wunder, daß ich seitdem jahrelang zwischen Schlaf und Wachen immer wieder auf diese Schulter in eins der dort verstreut liegenden Steinhäuser zurückkehre, wenn ich mir die vollkommenste Lage vorstelle, um nachts mit zwei oder drei Freunden das Herannahen der Wagenkolonne einer Razzia abzuwarten und das Altipiano zu verteidigen. Militärisch gesehen wäre das eine große Dummheit, aber dieser Traum von Vollkommenheit ist nicht militärisch. Damals sahen wir alles nur undeutlich bei Einbruch der Dunkelheit; später habe ich es am hellen Tag wiedergesehen, und ich glaube, es gibt keinen Ort auf der Welt, der mich stärker beeindruckt als dieser.

Eben, aber unser schöner Angriffsmarsch erschien inzwischen immer maßloser. Es war schon Nacht geworden, und wir waren noch nicht am Rand angelangt. Hin und wieder verliefen wir uns ein wenig: im Licht eines Streichholzes versuchten wir auf der Karte nachzusehen, während sich die Einheit zu kleinen Häufchen gruppierte, dann brachen wir stampfend wieder auf. Wir waren nur drei Dutzend, bildeten aber eine lange Reihe.

Lauf, lange Reihe, lauf, lauf, lauf... Als wir am Rand angelangt waren, wurde uns klar, daß wir noch einen großen Teil der Nacht brauchen würden, bis wir unten wären: und bei Tagesanbruch mit der ganzen Einheit dort unten wie in einer Falle zwischen den hohen Bergwänden zu stecken, wäre der reine Wahnsinn gewesen. Man hätte eine ganz andere Technik anwenden müssen, mit Teiltransporten und Zwischenstationen.

Dieser Marsch war somit hier zu Ende, in diesem abschüssigen Wald, wo wir vor Kälte schlotternd die Nacht verbrachten; gegen Morgen sagte Enrico:

»Gehen wir doch nach Enego und machen dort etwas, da wir schon einmal hier sind.«

»Was wollen wir machen?« sagte Bene.

»Banditenstreiche«, sagte Enrico.

»Gehen wir drei«, sagte ich.

»Ich komme auch mit«, sagte Dante.

In Enego war ein Arzt unschädlich zu machen, der erste einer langen Reihe von Ärzten und Apothekern, mit denen wir von da an auf die eine oder die andere Weise zu tun bekommen sollten. Unschädlich machen ist natürlich nur eine Redensart. Wir hatten vor, ihn zu entführen.

Enego ist ein Dorf auf halber Höhe mit einer guten Verbindung zum Tal, es hatte ein starkes Milizenpräsidium. Unser Name war, wenn auch verzerrt, dort unten angekommen; ein Waldaufseher hatte auf dem Ortigara das Schienbein gefunden, auf dem ich Lelio meine Botschaft hinterlassen hatte, und hatte den Namen falsch gelesen und so die Nachricht von einem »Zelin« ins Tal gebracht, der dann, wie sich herausstellte, ein Hauptmann war, dort oben eine Bande hatte und auf Menschenknochen Nachrichten vermittelt bekam.

Also verabschiedeten wir uns von den anderen und entfernten uns, über den dunklen, grasigen Bergrücken zu Tal rutschend.

Ein kurzes Wiesenstück hinuntergeglitten, dann durch ein schönes Waldstück; wo wir aus dem Wald kommen, steht eine kleine Kirche und ringsum einige Häuser. Ein Ortsteil von Enego, namens Frizzón. Wir wurden von allen freundlich aufgenommen; als Eroberer und Freunde ließen wir uns hier nieder. Fünf Häuser für fünfzehn Familien. Partisanen waren noch nie in die Gegend gekommen; wir wurden wie Söhne behandelt. Bene hatte einen Schulkameraden in Enego, den ließen wir holen. Er kam ganz besorgt an, man brachte ihn zu uns in das Wäldchen, wo unser Quartier war, nur wenige Schritte von den Häusern entfernt. Er hieß Sergio und war noch keine zwanzig. »Dann seid ihr also wirklich da?« sagte er. »Wirklich hier?« Wir sagten ja, und er breitete seine Arme aus und versuchte uns dadurch seine geistige Gefolgschaft auf angemessene Weise auszudrücken, ohne daß jedoch sein Verlangen Worte gefunden hätte. Schließlich fand es doch noch ein Wort, und er sagte: »Verletzt mich!« Ein ganz klein wenig hätte ich ihn gern verletzt.

Sergio gab uns alle nötigen Auskünfte über die Milizen von Enego und über den Arzt, die lokale Stütze der faschistischen Partei; er war von auswärts und hatte den Verweigerern und der Bevölkerung im allgemeinen übel mitgespielt. »Meinen Vetter hat er auch umgebracht; meine Tante hat er auf dem Gewissen«, sagten die Leute von Frizzón, aber, wie sich herausstellte, handelte es sich nur um alte Fehldiagnosen, nicht um politische *Gesinnung.* »Das ist etwas anderes«, sagten wir, »das gehört nicht zum Bürgerkrieg.« Auf jeden Fall kamen aber auch seine Verdienste im Bürgerkrieg überdeutlich zum Vorschein.

Dann ging Sergio wieder, am Nachmittag wollte er uns persönliche Geschenke machen und brachte uns aus Enego Brot, Wein und andere Speisen und seine kleine Schwester Miranda. Um uns herum entwickelte sich ein wohltuendes heimliches Treiben; diese beiden und andere Helfer kamen mit Nachrichten und Geschenken. Wir spielten ein wenig die Helden. Miranda war eine kurzhaarige Brünette, schweigsam und sehr hübsch; und eifrig bemüht, man sah, daß wir ihr in allzu günstigem Licht erschienen. Sie war in dem Alter, wo die Mädchen bald wie Kinder, bald wie Frauen aussehen. Sie brachte mir einen kleinen Topf voll Suppe, und während sich ihr Bruder lebhaft mit Bene unterhielt, setzte sie sich vor mich auf den Boden und wartete auf den Topf; ich sah ihre sehr schön gewachsenen Beine ohne Strümpfe und ihre eng anliegende Unterhose aus schwarzem Stoff, eher kindlich als weiblich, aber voll Zauberkraft.

Ich verschluckte mich dauernd mit der Suppe. Stellte der vor mir hockenden Miranda kümmerliche Fragen, und sie antwortete mit »Ja« und »Nein«. Dann stand sie auf und nahm den leeren Topf in Empfang. Nun war ich vollkommen berückt; das kleine Mädchen war plötzlich aufgeblüht, und alles, was sie tat, schien mir zu beben.

Dann verging wieder eine Weile, es gab Dinge zu transportieren und ich weiß nicht, was sonst noch. Ich saß auf einem Mäuerchen und schnürte mir einen Stiefel zu; Miranda kam Schlüsselblumen pflückend auf dem Weg näher. Als sie bei mir anlangte, blieb sie stehen und hielt mir die Schlüsselblumen hin.

»Das ist nett von dir, Miranda«, sagte ich zu ihr. Ich stand auf, wir waren einander ganz nahe, sie zog sich nicht zurück, schon glaubte ich zu spüren, wie sie ihre Brustspitzen an meine Brust drückte und sich in einem kleinen Wahnsinnsanfall fest an mich schmiegte; aber da rief sie ihr Bruder, der gemeine Kerl, und sie gab sich einen Ruck und lief weg.

An diesem Abend knöpfte ich mir vor dem Einschlafen meine Hose vorne auf (wir schliefen nämlich angezogen) und steckte die Schlüsselblumen hinein, die sich dann überall verstreuten, und tagelang verlor ich immer wieder welche.

Am nächsten Tag gingen wir hinunter nach Enego, um den Arzt zu entführen. Wir hatten beschlossen, ihn am hellen Tag zu entführen, wenn er mit dem Auto unterwegs war; leider fuhr er nie höher hinauf, sondern nur hinunter in Richtung Primolano. Ich sagte: »Dann müssen wir also wieder durch das Dorf zurück«; und Enrico sagte: »Um so besser.« Das war zwar gewagt, aber stilistisch sehr schön. Der Hang unterhalb von Enego ist vollkommen baum- und strauchlos, und bei der ersten Kehre nach dem Dorf war unser Standplatz, wo wir, in den Falten der abschüssigen Wiesen liegend, auf das Auto, einen Balilla, warteten. Als der Wagen auf der Straße von Primolano auftauchte, ließen wir ihn erst richtig nach oben kommen, dann stellten wir uns, zwei rechts, zwei links, auf die Straße und hielten ihn an. Hoch am Himmel waren große helle Wolken, es war ein schöner klarer Tag. Bene stieg hinten ein, um den Arzt in Schach zu halten. Dante vorne neben dem Chauffeur, Enrico und ich standen auf den Trittbrettern mit Pistolen in der Hand, denn man kann nicht mit einer Sten herumfuchteln, während man sich am Dach eines Autos festhält. Wir hatten uns vorgestellt, in rasantem Tempo durch das Dorf zu fahren und dann die Straße nach Marcésina einzuschlagen: aber mit dem rasanten Tempo des überlasteten Balilla war es nicht weit her. Ich blickte ins Innere und sah, daß der Doktor auf das Polster zurückgesunken war und Bene ihm mit der flachen Hand Luft zufächelte.

Bis ins Dorf ist es ungefähr einen Kilometer: da sind schon die ersten Häuser, die Leute sehen uns an und reißen die Augen auf, sie sehen genau, wer wir sind, aber sie wissen nicht, ob wir echt sind oder nur eine Maiphantasie; sie reißen also die Augen auf. Bene grüßte sie vom Wagenfenster aus, freundlich seine Pistole schwenkend, wie ein bewaffneter Bischof, dann wandte er sich wieder zum Doktor und fächelte ihm Luft zu. Nun sind wir schon zwischen den Häusern, das Dorf erschien unaufhörlich lang, wie ein Hungerjahr. Da ist schon die große Kreuzung, eine steile Kurve, eigentlich ein kleiner asphaltierter Steilhang; die Leute lehnen sich an die Hauswände, treten rückwärts in die Haustüren zurück. Wir sind über dem Steilhang oben, fahren auf den Dorfplatz, der ziemlich groß ist; auf halbem Weg, in einem frohen, festlichen Licht hustete der Balilla gewaltig und fiel in Ohnmacht.

Wir verhielten uns wie Meister ihres Fachs. Blicke, Einsilbler, du hier, du dort. Dante und Enrico nahmen den Platz unter ihre Fittiche. Ich öffnete die Wagentür und sagte zu Bene:

»Wenn die Milizen herauskommen, bringst du den Doktor um.« Dann sagte ich zum Chauffeur: »Laß den Motor wieder an.«

Wie sonnig lag der Platz da und wie fröhlich war der Krieg, in einem intensiven, perlfarbenen Licht.

Vor uns der Turm mit Scaligerwappen; links hochragend die Kirche; in der Mitte des Platzes das Denkmal mit dem Herrn des »großen europäischen Krieges«. Er war uns zugewandt; vornehm, schlank, reizbar; er trug Helm, Gamaschen und den enganliegenden Militärrock von damals. In der einen Hand die Fahne, in der anderen Nüsse oder Roßkastanien oder kleine Handgranaten, und er sah aus, als wäre er durchaus imstande, sie zu werfen. »Greif nur an!« schien er zu sagen.

Der Chauffeur zog den Starter, aber die Batterie war leer, es kamen noch Stöße elektrischen Hustens und der chronische Katarrh der Zylinder; der Chauffeur zog kräftig, und dann riß das Seil.

»Lassen wir ihn im Rückwärtsgang an«, sagte ich zu ihm, »und wenn er's nicht schafft, schieß ich dir ins Ohr.« Ich berührte sein Ohr mit der Pistole. Wir hatten vereinbart, ihn zu seinem Schutz schlecht zu behandeln, denn er war auf unserer Seite; aber in dem Moment hatte ich vergessen, nur so zu tun. Ich ließ Bene aussteigen, und wir schoben bergab; ab und zu stockte der Balilla und schlug im Rückwärtsgang dumpf auf die Steine. Bene sagte zu dem Doktor: »Regen Sie sich nicht auf, wir studieren auch Medizin, also beinahe Kollegen.«

Als es dem Jesuskind zu dumm wurde, sprang der Balilla an, und der Chauffeur jagte ihn hoch; bis hinauf zum Dorfplatz begleiteten wir ihn zu Fuß, dann sprangen Enrico und ich auf die Trittbretter, während Dante sich in ein Gäßchen verzog, damit wir nicht zu schwer wurden.

Es erschien unbegreiflich, daß wir nicht verfolgt wurden; ich klammerte mich ans Dach und zog zur Ermutigung mit meiner

Pistole Kreise um den Kopf des Chauffeurs. Ab und zu warf ich einen Blick hinein, mehr um Bene im Auge zu behalten als den Doktor. Bene ist gefährlich mit den Gefangenen, er verlangt Verständnis, er hat den Anspruch, sie im guten davon zu überzeugen, daß sie historisch gesehen im Unrecht sind. Ich sah, daß der Doktor einen Rosenkranz in der Hand hatte und inbrünstig die Lippen bewegte. Fieser Hurentreiber, sogar den Rosenkranz griffbereit in der Tasche!

Wir gewannen an Höhe wie mit einem kleinen Flugzeug; der Balilla im ersten Gang lieferte die Zugkraft in Mikrozyklen. Hin und wieder erschien zwischen den Tannen wieder Enego, aber immer kleiner und immer weiter weg. Zu guter Letzt erschien das Dorf nicht mehr, aber bei jeder Kurve erschien hartnäckig wie das Himmelsblau der kleine Friedhof oberhalb des Dorfes. Es ging mir durch den Kopf, daß dies womöglich auf den Doktor einen unguten Eindruck machte, und ich rief zu Bene hinein: »Verständige den Gefangenen, daß wir voraussichtlich nicht gezwungen sind, ihn unterwegs umzubringen.«

Meiner Ansicht nach waren wir nun schon außer Gefahr. Die Berge auf der anderen Seite des Tals mitsamt ihren Dörfern und allem anderen sanken immer tiefer hinunter; bald hatten wir im Osten kein anderes Gegenüber mehr als die Luft und in der Ferne das Gespenst des Monte Grappa. Wir hatten die hoch gelegenen Gegenden, unser Herrschaftsgebiet, erreicht. Enrico, auf der anderen Seite des Dachs, machte ein wildes Gesicht, und wir grinsten hin und her. Ein Pferd, das im Schritt einen kleinen Wagen zog, kam uns entgegen; ich rief dem Chauffeur zu, er solle nicht langsamer fahren, und schoß einmal in die Luft, als wollte ich den Weg für uns freimachen, in Wirklichkeit aus Vergnügen. Enrico machte es mir sofort nach. Der Fuhrmann war schon gewaltig ausgewichen: Die Schüsse dienten nur noch dazu, das Pferd zu erschrecken. Mein Schamgefühl gab mir einen kleinen Stich. Wir fuhren vorbei, ohne langsamer zu werden, und bald waren wir oben am Rand der Hochfläche von Marcésina.

Am Rand der Hochfläche hielten wir, und ich sagte zu Bene: »Laß den Gefangenen aussteigen.« Der Doktor stieg zitternd aus. Mit einem Schlag erschien er mir als ein armseliger, bigotter älterer Herr, der seinen Rosenkranz um die Finger gewickelt hatte und vor Angst geiferte.

Der Chauffeur hatte auf der ganzen Fahrt kein Wort gesagt außer: »Da haben wir's«, als der Motor abstarb; wie gesagt, wir waren handelseinig mit ihm; trotzdem starrte er uns, insbesondere mich, mit weit aufgerissenen Augen an, als wäre ihm der Verdacht gekommen, wir könnten verrückt sein. Man sah ihm an, daß er ein tüchtiger Junge war. Einige Wochen später war er auch im Gebirge, um Partisan zu werden, kurz darauf wurde er bei einer Razzia umgebracht.

Ich sagte ihm, er solle nach Enego zurückfahren und geradewegs zum Milizhauptmann gehen, um ihm schöne Grüße von Hauptmann Zelin und eine Botschaft zu überbringen. Auf ein Blatt meines *Cahier jaune*, das mich überallhin begleitete, schrieb ich mit Bleistift: »Lieber Herr Feldwebel, heute habe ich Ihren Doktor verhaftet; sollte in Enego auch nur die geringste Vergeltungsmaßnahme vorkommen, so werde ich die sofortige Hinrichtung des Gefangenen anordnen.«

Ich schrieb das Datum dazu und unterschrieb »Hauptmann Zelin«. Unten fügte ich noch hinzu: »P.S.: Der Chauffeur wurde mit Waffengewalt zu fahren gezwungen. Sollte ihm ein Haar gekrümmt werden, so werde ich persönlich kommen, um von Ihnen Rechenschaft zu verlangen. Mit besten Grüßen, auch an Ihre Frau.« Und darunter machte ich ein Z mit einem Schnörkel.

Der Hauptmann Zelin war eine Eingebung des Augenblicks. Der Chauffeur fuhr weg: Man hat mir erzählt, daß mit genau demselben Balilla ein paar Wochen später die toten Partisanen, unter denen auch er selbst war, abgeholt wurden.

Unseren Gefangenen in der Mitte, marschierten wir bis zur Fossetta-Hütte, wo wir gegen Abend ankamen. Antonio kam uns entgegen, er sah eher einem Bergsteiger im Zeltlager ähnlich als einem militärischen Anführer. Ich sagte: »Halt« zu meinen Genossen, stellte mich halb in Habachtstellung vor Antonio hin und sagte mit einer möglichst barrasmäßigen Stimme:

»Hier ist der Gefangene, befehlsgemäß verhaftet.«

Antonio sagte: »Gut gemacht«; dann sagte er zu dem Gefangenen, er habe nichts zu befürchten: nach dem Krieg werde ihm Gelegenheit gegeben, den Anklagen des Volkes von Enego Rede und Antwort zu stehen. Dann fragte er ihn, ob er friere.

Ich hatte meine Probleme mit diesem Gefangenen. Wir hatten

ihn der Hütte gegenüber in einem kleinen Schuppen untergebracht. Ich ging zu ihm und erklärte ihm alles nach Strich und Faden. Ich sagte, er habe Glück gehabt, anständigen Leuten in die Hände gefallen zu sein, er könne es sich aus dem Kopf schlagen, daß wir ihm etwas antun oder ihn auch nur in Wort oder Tat schlecht behandeln wollten. Blitzschnell kniete der Doktor zu meinen Füßen, nahm meine Hände, um sie zu küssen, und ergoß Tränen und Geifer darüber. Mit der Kraft des Grauens machte ich mich los.

Ich wußte nicht, ob ich ihm das andere auch sagen sollte: daß wir es uns nämlich im Fall von Vergeltungsmaßnahmen in Enego vorbehielten, anders zu handeln, ebenso im Fall einer Razzia; theoretisch erschien es mir angebracht, ihn aufzuklären, praktisch gesehen war es mir aber klar, daß er ruhiger leben würde, wenn wir ihm nichts sagten und dann je nach Notwendigkeit ohne Vorankündigung menschlich vorgingen.

Es erschien mir jedoch falsch, einen Feind zu betrügen; einen Freund kann man, ja muß man betrügen, wenn es nötig ist; aber ich hatte einen ausgeprägten, selbstverständlich neurotischen, Sinn dafür, daß die Gefangenen absolut heilig sind, weniger wegen des Geschwafels vom Menschen, dem Träger einer persönlichen Würde usw., das man immer wieder hören kann (aber nie befolgt sieht); sondern genau im Gegenteil wegen des Unpersönlichen, das ihnen anhaftet.

Ich versuchte anzudeuten, daß unter gewissen, genau definierten Umständen sich die Notwendigkeit ergeben könnte, ihm gewissermaßen das leibliche Leben zu nehmen, auch dies unter Berücksichtigung seiner menschlichen Würde, aber ohne viel Federlesen; aber kaum hatte ich angefangen und sah ihn an, da erblickte ich ein so entsetztes, beinahe verfallenes Gesicht, das vor allem dem Gesicht des FEINDES in meinem Denken völlig unähnlich war, daß ich, so gut es ging, abschwenkte und es mit einer Art Ermahnung zu einer disziplinierten Zusammenarbeit bewenden ließ, falls eine Razzia kommen sollte. Ich sagte: »Sie sind der letzte, für den eine Razzia günstig wäre, und daß sie schlecht für uns ausgeht, wenn tatsächlich eine kommt. Ich empfehle Ihnen, das in Ihr Gebet einzuschließen, wenn Sie beten.«

Ein widerlicher Vorteil, bei einem Gespräch mit einem Gefangenen nicht der Gefangene zu sein: das war mir bewußt. Allerdings dürften die Gebete in jenen Monaten ziemlich konfus gewesen sein, pro und kontra; aber die Vorstellung, daß bei einer Razzia ein Freund der Razziamacher gegen diese betete, tröstete mich in der Folgezeit doch ein wenig.

Am Morgen nach der Gefangennahme des Doktors kam Simeone in unser Lager, allein, mit umgehängter Flinte. Er war gekommen, um uns zu gratulieren.

»Ihr habt ihn doch nicht erschlagen?« fragte er teilnahmsvoll.

»Nein«, sagte ich.

»Pfeift er?«

»Vorläufig betet er nur«, sagte ich. »Er hat sogar einen Rosenkranz.«

»Den könnte man ihn essen lassen«, sagte Simeone; dann fragte er: »Und wie wollt ihr ihn umlegen?«

Ich mußte es ihm sagen:

»Überhaupt nicht. Wenn der Krieg aus ist, wird ihm ordnungsgemäß der Prozeß gemacht.«

»Diese Prozedur mit den Geiseln ist gefährlich«, sagte Simeone. »Ich sage nicht, daß sie verkehrt ist: aber gefährlich schon.«

»Wir haben uns dafür entschieden«, sagte ich, und Simeone sagte noch einmal: »Ich sag ja nicht, daß es verkehrt ist.« Dann bat er mich, ihm den Gefangenen auszuleihen; er sagte, es würde ihn freuen, ihn ein bis zwei Tage bei seiner Einheit zu haben, er garantiere uns, ihn uns völlig unversehrt wieder zurückzuerstatten, außer vielleicht den Ohren würde ihm sicher nichts fehlen. »Wir haben einen, der sich darauf versteift hat, ihm die Ohren abzunagen«, sagte er lächelnd. Ich erfand eine Ausrede, damit wir ihn nicht ausleihen mußten. Meine Art, das Problem des Gefangenen anzugehen, kam von allen Seiten her in Gefahr. Als ich eines Nachmittags zum Lager zurückkam, stieß ich auf eine Gruppe der unseren und der Engländer, die mit dem GEFANGENEN Karten spielten. Ich war entsetzt, und nachdem ich den GEFANGENEN hatte wegbringen lassen (der überdies gerade am Gewinnen war), rief ich die Einheit zusammen und hielt ihr eine Strafpredigt. Ich legte eine Politik absoluter *no fraternization* dar. »Der GEFANGENE«, sagte ich, »ist hier bei uns der bescheidene Vertreter einer Sache, zu der wir keinerlei menschliche Beziehungen unterhalten dürfen; wir dürfen ihn weder schlecht behandeln noch mit ihm Karten spielen.«

Ein Engländer bemerkte, in England sei es normal, daß die Gefängnisaufseher selbst mit den zum Tod Verurteilten Karten spielten, auch wenn es die schlimmsten Diebe und Mörder wären: ich mußte den anderen seine Bemerkung übersetzen, dann antwortete ich auf Italienisch, daß wir in Italien die Todesstrafe schon abgeschafft hätten, als mein Großvater noch klein war, und wir deshalb den Gebräuchen der pönologisch rückständigen Völker nicht Rechnung tragen könnten. Um mich in Verlegenheit zu bringen, verlangte Bene eine offizielle Erklärung des Wortes pönologisch, und ich sagte: »Auf dem Gebiet der strafrechtlichen Reformen.« Diesen Teil der Debatte übersetzte ich auch ins Englische.

Selbstverständlich entstand daraus eine starke Abneigung gegen mich; ich fühlte mich isoliert und tugendhaft. Ich schlug daher vor, wir sollten Hauptmann Toni zu Rate ziehen, der in dem Augenblick von einem Generalstabsspaziergang zurückkam und einen Zweig mit roten Beeren in der Hand hielt; und nachdem der Hauptmann sich den Fall angehört hatte, gab er mir seufzend recht. Mit dem Gefangenen jedoch hatte auch er insgeheim menschlich zu tun; ich weiß, daß er ihn eines Abends privat besuchte und ihm sein eigenes Flanelltrikot überließ.

7

Bim, bum, bam hämmert die Glocke: der wachhabende Engländer kommt in die Hütte und weckt uns.

»Viele, viele Autos«, sagt er.

Es war in der Nacht auf den fünften Juni, gegen Morgen. Ich träumte, daß die Zündschnur im Suganatal zündbereit war. Es waren Tage der Vorbereitung, und nachts hatte man oft solche Träume. Jetzt schlagen wir los, dachten wir; lebwohl Suganatal. Der Plan war unendlich sicherer als damals in Enego: der Ort war schon ausgesucht, unsere kleine Sprengstoffmannschaft legt den Sprengstoff, zwei Trupps MG-Schützen postieren sich auf den senkrecht abfallenden Vorsprüngen und warten, bis die Behörden und die Truppen kommen, eine aus Bassano, eine aus Trento. Wir waren unserer Sache sicher und ein klein wenig stolz. Die Aktion war auf den fünften Juni festgesetzt; vor diesem Datum regnete es zwei oder drei Tage lang, beinahe ohne Unterlaß. In der Hütte hatten wir nicht alle Platz, und daher waren viele von uns draußen im Regen, die Tragzelte über den Schultern. Immer noch eine ziemlich schöne Einheit, dachte ich nervös. In der Nacht auf den fünften hörte es auf zu regnen, und ein paar Stunden später kam der Alarm.

Im Nu waren wir auf dem Felsvorsprung und erblickten in dem Teil des Dunkels, wo unsichtbar die Hochfläche von Marcésina liegt, die lange, lange Reihe der kleinen Lichter, die ganz allmählich und paarweise heranrückten. Instinktiv fingen wir an, sie zu zählen. Als ich dreißig Paar gezählt hatte, hörte ich auf zu zählen.

Ich dachte an eine Prozession von Käfern, die, zwei und zwei in einer Reihe, jeder mit seinem Licht auf dem Rücken, näherkamen.

Es bestand überhaupt kein Zweifel darüber, daß sie eigens unseretwegen kamen. Hinter uns, gegen Norden, lag noch ein schönes Stück Wald bis an den oberen Rand des Altipiano, wo die Castelloni di San Marco und die Caldiera hochragen. Ordentlich versteckten wir unser ganzes Material, denn es hat keinen Zweck, sich mit Rucksäcken von einer Razzia überraschen zu lassen, und dann teilten wir uns in Gruppen. Ich war zusammen mit Dante, Enrico, Renzo, Mario, Bene und Rodino.

Antonio ging mit zwei Mannschaften direkt nordwärts. Vielleicht sagten wir einander »ciao«, Antonio und ich, aber ich weiß es nicht mehr. Die Nacht ging zu Ende. Dies ist die Stelle, an der er verschwindet: er geht, den Arm in der Schlinge, seine eigenen Wege, hinaus aus meinem Leben.

Wir sieben streiften den ganzen Vormittag im Wald umher, wobei wir uns die Stellen aussuchten, die eine Sicht auf die Militärstraße zum Lozze und zum Ortigara bieten. Alle Orte sahen aus wie neu, in den Lichtungen lag der Tau. Wir hatten nichts zu essen, aber als wir uns westwärts bewegten, erschien zu guter Letzt mitten in den Tannenzweigen ein großes weißes Büschel: der Fallschirm, der beim letzten Abwurf verlorengegangen war. Wir hatten ihn stundenlang gesucht, und diesmal fanden wir ihn, ohne zu suchen: so geht es auf dem Altipiano zu. Wir schnitten die Seile ab und schlitzten den Zylinder auf, wobei wir alle denselben Gedanken hatten: Liebes Jesuskind, mach, daß es keine Waffen sind. Es war tatsächlich etwas zu essen, und wir lobten das Jesuskind von ganzem Herzen. Sofort aßen wir Schokolade und Sardinen auf sein Wohl, auf daß es immer verschont bliebe und immer Eselsmilch zu trinken, Datteln zu essen habe, wenn Herodes, der feige, impotente Sack noch einmal eine Razzia nach ihm ausschicken sollte.

Vom Waldrand aus sah man, wie die Kolonnen zusammenrückten, sich die Kordons bildeten und sich die Leute im Gänsemarsch aufstellten; es waren Tausende von Soldaten; ein paar hundert Meter vor uns fuhren die Stafetten mit ihren *sidecars* hin und her. Mitten am Vormittag bekam ich Angst; es war das einzige Mal, daß ich während des Krieges wirklich Angst hatte. Wir waren in einer Falle, das war offenkundig: ich hatte mir immer eine Razzia mit hundert, meinetwegen auch zweihundert Mann vorgestellt. Aber hier war alles voll, auf allen Seiten. Anfangs hatten wir das Gefühl, wir hätten die Deutschen vor uns, hinter uns aber noch Spielraum, doch dann ging dieser Eindruck flöten, es wurde auch hinter uns geschossen, wo unsere Freunde unterwegs waren, und es war klar, daß sie von jeder Seite kommen konnten. Wir hatten jeder zwei oder drei Magazine und ein paar Handgranaten: fünf Minuten. Dante hatte uns in einer kleinen Mulde zwischen den Tannen versammelt. »Jetzt bleiben wir hier«, sagte er. Genau an der Stelle bekam ich Angst. Es war wirklich Angst, eine aufregende Erfahrung.

Das Widerliche sind die zwei Minuten, die vergehen, nachdem du die kleine heranrückende Prozession gesehen hast und bevor du dir sagst: Na gut, es ist also wahr. Es erschien mir viel leichter, sofort aufzustehen und ihnen entgegenzugehen; zum Glück war Dante da, der entweder keine Angst hatte oder dem man sie überhaupt nicht ansah.

»Was machen wir, wenn wir sie sehen?« fragte ich mit beinahe zusammengebissenen Zähnen, damit sie nicht etwa zu klappern anfingen.

»Nicht denken«, sagte Dante. Er hatte tatsächlich recht, man darf nicht denken.

Das nächste, an das ich mich erinnere, ist, daß wir zur Fossetta-Hütte zurückgegangen sind. Es ist Abend, die Razzia ist zu Ende, die Lastwagen fahren aus Marcésina weg. Die Hütte war nicht mehr da: mit den Schritten maßen wir die schwarzen Überreste, und es war unglaublich, wie klein sie wirkte. Die versteckten Säcke hatten sie nur zum Teil gefunden.

Die zwei Engländer waren gefangengenommen worden, die übrigen umgebracht, einige waren vermißt. Nur zwei fanden wir wieder, Wassilij und noch einen. Sie gehörten zu dem Trupp, der den Gefangenen bei sich hatte. Ich weiß nur noch, daß wir im Kreis auf dem Boden sitzen und ich sage: »Habt ihr den Gefangenen umgebracht?« und sie sagen: »Nein.« Ich riß mir die weißrotgrüne Kokarde von meinem Khakihemd herunter und warf sie auf die Erde, als könnte sie zerbrechen, aber da es ein Band war, zerbrach gar nichts.

Lelios Geschichte ist merkwürdig: Douglas, einer der zwei gefangengenommenen Engländer, war er. Der echte Douglas war vermißt und tauchte später wieder auf dem Altipiano auf. Das Schlimmste bei einer solchen Razzia war, daß wir wußten, wir konnten keine Gefangenen werden. Wenn es schlecht ausging, dann nur auf eine Art und Weise. Wir versuchten verworren, uns auf jenen Augenblick vorzubereiten, das einzige, wogegen man sich wirklich sträubte, war, ihnen lebendig in die Hände zu fallen. Manchmal fragte ich mich, müde geworden, ob sich nicht einer von uns mit Walter und Douglas als Engländer ausgeben könnte. Ich konnte die Sprache ein wenig, aber mein schwarzes Haar hätte mich verhängnisvoll als Italiener ausgegeben, bevor ich noch die

Sprache hätte anwenden können; Lelios Haar war unverwechselbar nordisch-blond, aber er konnte kein Wort Englisch, und so hatte ich ihn auch ausgeschieden.

Er war in der Nähe von Walter, als er den ersten Schlag auf den Kopf bekam, und so mußte Walter sprechen. Als sie dann im Flachland vor dem Dolmetscher standen, war der Plan schon ausgeheckt. Der Dolmetscher stellte Fragen, und Lelio schwieg. Walter erklärte, sein Freund Douglas sei Gäle und verstehe nur Gälisch: auf Englisch wußte er nur *fockinàu*; so wurde Lelio mitsamt seiner gälischen Identität in ein Gefangenenlager für Engländer gebracht und dann nach Deutschland, wo er den ganzen Krieg über blieb und hin und wieder *fockinàu* sagte; und nach dem Krieg wurde er nach England heimgeschickt, und schließlich kam er dann zu uns nach Hause, mit einigen Päckchen süßlicher Zigaretten und Grüßen von Walter, und zu mir sagte er, die englischen Zeitungen seien nicht besonders interessant, bis auf die Leserbriefe, die seien ein wenig besser als das übrige, aber auch nicht viel. In Vicenza sagte man zu ihm, er sollte ein Buch über seine Abenteuer schreiben; aber er sagte: »Das würde allerdings heißen, daß es mir gar nichts genützt hat.«

Was sonst noch auf diesem Wall vor dem Suganatal geschehen ist, wo Nello und der Moretto umkamen und noch viele andere von unseren Freunden, haben wir nie rekonstruieren wollen. Einiges wissen wir, und es ist höchst ehrenvoll, sogar legendär geworden. Aber davon werde ich nicht sprechen. Antonio starb nicht hier, sondern weit weg, außerhalb unseres Lebens, nicht bei einer Razzia, sondern im offenen Kampf, was ihm mehr entsprach.

Und so ging dieser Tag, der fünfte Juni, zu Ende.

Nun kommen die Regentage, die Tage des feuchten Nebels, der in der Luft schwimmt, der tropfenden Tannen; die schrägen Tage. Wir hatten aus dem Fallschirm ein Zelt gebastelt, das auf wunderliche Art an den Zweigen der Tannen befestigt war; der Boden war abschüssig; im Liegen kam es uns vor, als wären wir ein wenig schief gelagert, und da uns merkwürdige Lachstöße schüttelten, neigten wir auch im Stehen dazu, uns ein wenig schief und krumm zu halten.

Einige sagten, beim Regen würde es keine Razzia mehr geben;

andere meinten, sie sei bestimmt noch nicht zu Ende. Wenn wir herauskamen, blickten wir wie im Traum auf das absurde weiße Zelt. Wir gingen wieder hinein und legten uns schief auf unsere Lager aus nassen Zweigen und streckten die Beine nach oben.

Maismehl hatten wir, Wasser gab es im Überfluß; zum Feueranzünden hatten wir die Brandbomben, eine pro Mahlzeit. Die beherrschende Farbe um uns herum war ein so bleiches Grau, daß es wie Weiß aussah, aber unten, wo unsere Füße standen, war es braun und intensiv grün grundiert. Die Füße wirkten, als gehörten sie nicht zu uns. Die wahrhaft unvergeßliche Flamme der Brandbomben begann zitronengelb, aber als wäre sie eine Oktave zu hoch, und wechselte dann über auf immer noch sehr kalte und blasse dunkelblaue Töne; und es war, als würde sie pfeifen, ein farbiges Gefauche.

Etwas Außergewöhnliches lag in der Luft, das spürten wir alle deutlich. Es war, als wäre niemand mehr auf dem Altipiano, als hätten sie alle weggeputzt: Badoglianer, Pseudobadoglianer, Kommunisten, und als wären nur noch wir übriggeblieben: acht Italiener aus Vicenza und ein Russe aus Kiew. Ab und zu packte uns ein mattes, zuckendes Gelächter. Bene sagte: »Das ist ein merkwürdiger Augenblick, wir müßten einen Schriftsteller unter uns haben.« Aber wir hatten keinen, und so hat sich alles verflüchtigt, und nichts ist geblieben.

Eines Morgens war der Nebel verschwunden, und die Luft war klar. Ich ging mit Renzo weg, um nachzusehen, ob eine Razzia im Gang war oder nicht. Wir gingen ein gutes Stück, und schließlich kamen wir an einen Platz, wo man etwas sah, und wir schauten. Weideland, wellige Rücken, Mulden in der Sonne. Die Landschaft war sanft geneigt. Es war leer.

Wir blieben dort eine Weile auf der Erde sitzen. Es war, als wollten wir uns beide etwas sagen, aber wir wüßten nicht, wo wir anfangen sollten, ja, wir wußten nicht einmal was. Es schien ein kostbarer, aber unsagbarer Impuls zu sein. Auf einmal hörte ich die Vögel singen. Sie hatten auch zuvor gesungen, aber jetzt hörte ich sie. Anfangs klang es wie ein Gewirr ineinander verschlungener Töne, aber nach und nach hörte man die einzelnen Stimmen und Klangschemen heraus. Es waren Vögel, die einander lockten, jeder auf seine Art und Weise. Renzo begann mir zu sagen, von welchen

Vögeln die Stimmen waren, und er kannte sie, als wären es Leute aus seinem Heimatdorf. Dann fing auch er an zu locken, und sie antworteten ihm, und ich saß da wie ein Dummkopf und hörte mir dieses Hin- und Herrufen an, aber nach einer Weile schon machte es mir Spaß, und bald konnte ich ihm ziemlich gut folgen; wie man im Ausland in manchen Augenblicken vollkommen vergißt, daß man ein Fremder, ein anderes Tier ist und von diesen Tieren hier kaum etwas weiß, außer daß auch sie gut gebaut sind und sich ohne Zweifel für den Mittelpunkt der Welt halten; und dann fühlt man sich mitten in einem Leben, das man normalerweise nicht als sein eigenes betrachtet, und auch ohne die Sprache wirklich zu können, versteht man sie; denn um die Sprachen zu verstehen, ist es nicht das Wichtigste, das man sie kann.

So verbrachten wir den Vormittag unter Finken und Wachteln. Dann hörte Renzo auf, und wir gingen weg, während wir die Vögel dort ließen, die mit aller Kraft lockten und lockten; wenn man es dann genau bedenkt und sich auf den Standpunkt des Vogels stellt, ist es doch etwas Seltsames, den ganzen Vormittag an einem Platz zu bleiben und im Laubwerk derlei Erklärungen abzugeben.

Es hat sich ausgeregnet, der Fels schluckt das Wasser, das Altipiano wird trocken; wir sind den ganzen Tag mit den Rucksäcken südwärts marschiert und befinden uns zwischen Zingarella und Monte Zebio; ein Partisan aus Asiago, den wir unterwegs getroffen haben, begleitet uns. Auf einmal sagt er:

»Ach, ich hab euch noch nicht gesagt, daß die Engländer in Frankreich gelandet sind.«

Wir sagen: »Die sollen uns am Arsch lecken.«

In jener Nacht, der Nacht auf den zehnten Juni, schliefen Bene, Enrico und ich in einer Laubhütte auf halber Höhe zum Monte Zebio; dort in der Nähe waren in einer Höhle die Reste einer anderen Einheit. Wir hatten vor, von hier aus wieder neu anzufangen. Es war, als wären wir Waisen geworden; wir konnten nun praktisch alles machen. Wir schämten uns ein wenig für unsere gegenseitigen Gefühle, so wie es zum Beispiel manchmal unter Brüdern vorkommt; aber jetzt, wo wir so allein waren, rückten wir instinktiv zusammen wie eine Gruppe Frierender. Übrigens froren wir auch, und wenn wir zur Seite gedreht schliefen, hielten wir uns eng umschlungen, um uns zu wärmen. Bene und Enrico redeten vor dem Einschlafen vom Puff in unserer Stadt, und sie nannten es das Bischöfliche, wohl weil in unserer Stadt alles bischöflich ist. Wir waren gerade eingeschlafen, aber gleich darauf kam schon einer aus Asiago, weckte uns und sagte, es sei wieder eine Razzia im Anzug. In den Dörfern wußte man's schon am Abend, weil das Brot bestellt wurde. Der Mann aus Asiago war heraufgestiegen, um die anderen in der Höhle des Monte Zebio zu verständigen, und im Vorbeigehen hat er uns auch verständigt, sofern es überhaupt etwas nützte.

Wir stiegen in der Finsternis hinunter, um die zu wecken, die noch in der Zingarella-Hütte geblieben waren. Wir versteckten unsere Rucksäcke, dann entfernten wir uns aufwärts, wobei wir versuchten, noch vor Tagesanbruch ziemlich weit ins Gebirge zu kommen; nach einer Weile teilten wir uns in zwei Gruppen, Bene und Enrico gingen mit dem Russen und noch einem nach links; ich und die anderen vier nach rechts auf die Nordseite des Berges. Dieser Berg heißt Colombara.

Wir wählten einen Platz auf halber Höhe, eine kleine Terrasse zwischen Latschen, die genau nach Norden schaute. Hier sollte der Schauplatz sein, und irgendwie spürten wir es auch. Rodino war an Dantes Seite, und er sagte zu ihm: »Heute muß ich sterben.« Das Gelände war ziemlich uneben; in der ganzen Umgebung waren noch die bizarren Schnörkel der Schützengräben aus dem anderen Krieg, hier die italienischen Furchen, dort die österreichischen; sie mußten einander buchstäblich auf den Leib gerückt sein. Die Schützengräben sahen winzig aus. Es wurde hell.

Man sah die Morgendämmerung, sehr weit, kalt, halb rosa, halb grün. Man hörte das Dröhnen vieler Motoren; sie kamen über die Rundung des Horizonts herauf und ließen sie harmonisch erbeben.

Der erste Sonnenstrahl kommt heraus und füllt eine Pause, die nicht aus Zeit zu bestehen scheint.

Dann geschieht alles ruckweise, wie abgerissene Szenen aus einem Film; plötzlich sind Stimmen auf dem Berg, ganz in der Nähe; Dante steckt seine Kennkarte unter einen Felsbrocken, mechanisch tun es ihm die anderen gleich; wir stehen mit dem Rücken nordwärts, und unsere Gesichter sind dem Berg zugewandt; wir stehen auf der kleinen Naturterrasse, einzeln, reglos. Rechts erscheint ein wenig oberhalb von uns eine Reihe umsichtig ausschreitender Jungmänner; sie kommen hinter dem Berg hervor, haben schon ein Viertel der Landschaft zu unserer Rechten besetzt; sie tragen grüne Stahlhelme. Man hört Worte in italienischer Sprache und im Dialekt; die Jungmänner haben ein unkriegerisches, einheimisches Aussehen. Es ist nicht zu glauben, daß sie uns töten wollen, es kostet eine widerliche Mühe, sich das einzureden.

Ich knie unter einer Latsche, ich gebe Renzo, der hinter mir ist, ein Zeichen, sein Gewehr zu entsichern. Dante ist rechts von mir, ein wenig weiter vorne; die Reihe der Jungmänner geht in ein paar Dutzend Meter Entfernung vorbei, aber wir hören, daß es noch viele andere gibt, der ganze Berg wird zertrampelt. Nun der letzte schier unwirkliche Augenblick der Reglosigkeit; die Nadeln unserer Latschen knistern, nun stehen wir, nun fällt der erste Schuß, gedämpft von der Uniform, sozusagen von Hand gelegt. Dante und ich sagen: »Weg von hier, weg!«

Ich hatte Stadtschuhe an, weil einige Tage vorher jemand meine Stiefel zu nah ans Feuer zum Trocknen gestellt hatte, so daß, als sie dann trocken waren, die Sohle verschwunden und nur noch das Oberleder übrig war; so hatte ich eben meine Halbschuhe angezogen, da ich sie im Rucksack dabei hatte. Bei einer Razzia sind sie ziemlich ungeeignet. Im Nu hatte ich einen verloren, dann fiel mir ein, auch den zweiten wegzuwerfen; die Sten hatte ich wieder gesichert, weil man sehr oft hinfiel, während man sich von Fels zu Fels abstieß. Anders kann man von dieser Stelle des Colombara nicht schnell absteigen. Der Abhang besteht aus lauter Felskanten und kleinen Naturterrassen und ist ganz zerschnitten von Laufgängen und Schützengräben aus dem anderen Krieg.

Der erste Sprung trug mich direkt vor den Kopf eines Jungmannes mit grünem Stahlhelm, der über eine Terrasse kriechend herangerückt war; er hatte ein verschrecktes Rekrutengesicht; wohl ein wenig älter als ich. Ärgerlich pflanzte ich ihm den Lauf der Sten ins Gesicht, und anstatt zu schießen, fuchtelte ich herum, als wollte ich ein Huhn verscheuchen. Das geschah nicht aus Mitleid, sondern aus einem anderen banalen, nicht unterdrückbaren Impuls. Vielleicht habe ich es falsch gemacht. Auf jeden Fall zog er seinen Kopf zurück und kroch zurück, und ich sprang wieder weiter.

Wenn man so erzählt, kommt alles langsam heraus; der wirkliche

Rhythmus war wie bei einem Karussell, eine große Woge rhythmischer, durcheinanderlaufender Energie. Von allen Seiten hörte man es schreien, rascheln und schwirren, selbst die Schüsse kamen einem wie Schreie vor, im übrigen explodierte nun schon fast alles, die Landschaft explodierte, und unsere eigenen Bewegungen explodierten; wir fielen, wir landeten, stehend oder knieend, an Felswänden, zwischen Latschenzweigen; spürbar kreuzten und verflochten sich unsere Fallinien, entfernten sich voneinander, kamen wieder zusammen. Eine kleine Strecke legte ich zwischen Mario und Renzo zurück, während ich auf einen Wall zuflog und sagte: »Wir haben geringe Chancen.« Solche Bemerkungen sind *immer* fehl am Platz; die beiden sagten nichts, sahen ziemlich ruhig aus, obwohl sie sich regten und bewegten. Dann verlor ich sie aus den Augen.

Nun war ich am Fuß des Bergrückens, auf einem leicht geneigten Tafelland, mutterseelenallein. Die Schüsse fielen mir nicht auf, wohl aber kleine dumpfe Rucke in der Luft, und ich sah, wie sich bei allen Latschen um mich die Zweige mit einem merkwürdigen Hüpfen von den Bäumchen lösten. Sie machten ein winziges, von allen anderen losgelöstes Geräusch. Dann bemerkte ich allmählich auch die Kätzchen, die mir mit unglaublicher Wildheit nachliefen und, wenn sie mich überholten, in der Luft zu zerreißen schienen. Ich wußte nur zu gut, was das war, war aber nicht vorbereitet auf das widerwärtige Gefühl, das die Wahrnehmung ihrer Geschwindigkeit verursacht. Deutlich spürbar war die Schnur, an der sie festgemacht waren, und der bestialische Riß, sobald sie an mir vorbeikamen. Ich befand mich mitten in einem Bündel solcher Schnüre.

Nun bewegte ich mich nordwärts, lief aber nicht mehr; ich hörte auch vor mir schießen, aber in der Ferne. Zu guter Letzt waren jenseits einer kleinen Anhöhe auch die Kätzchen verschwunden und ebenso die in die Luft hüpfenden Zweige. Ich war in Deckung, auf dreißig Meter vielleicht, und ging über das Tafelland, das voller waagerechter Felsspalten war, die »scafe« genannt werden. Als ich sah, wie stark ich blutete, begann ich mich zu sorgen. Na, und wenn ich dann nicht mehr laufen kann? dachte ich. Aber ich fühlte mich sehr wohl, nur ein wenig aufgeregt. Da sah ich vor mir im Boden eine schmale Spalte, und ohne zu überlegen ließ ich mich hineinsinken. Ich kam gerade durch, aber darunter war eine gute Nische, ein wenig höher als ich und länglich.

In einem Augenblick war ich weg von der Sonne in einer unterirdischen, finsteren, feuchten Felsenkapsel. Ich hörte, wie Leute angelaufen kamen, ganze Kommandos: das Gestein über mir dröhnte; aber auch mein Herz hörte ich dröhnen. Nun vernahm ich auch Stimmen, ganz in der Nähe, sie sprachen italienisch von einem, und der war ich; sie suchten mit Hingabe nach mir. Ich bemerkte sehr wohl, daß sie Schuhe anhatten, und die Nähe, die diese beschuhten Füße zu meinem Gesicht hatten, war abscheulich. Ich hatte eine entsicherte Granate in der Hand; hielt den kleinen Stiel mit dem Daumen nach unten gedrückt. Reglos heftete ich meine Augen auf die Ritze über meinem Kopf.

Es war wie beim Versteckspielen als Kinder, unmittelbar bevor sie einen finden. Da gibt es einen Moment, in dem man meint, alles sei schon geschehen, es bleibe nur noch der formale, mechanische Ablauf. Ich wartete in meinem Versteck, blickte auf die Ritze und dachte: Gott, jetzt bin ich mutterseelenallein.

So verging der Vormittag wie jeder andere. Dann bemerkte ich, daß die Stimmen fort waren, und auch die Kommandos mit ihrem leichten Trab; nun kamen noch einzelne vorbei, auch sie im leichten Trab. Wenn ich die Hand hinausgestreckt hätte, wären sie gestolpert. Auf einmal kam mir ein unglaublicher Gedanke: »Wirst sehen, die finden dich nicht mehr!« Ich empfand eine geradezu tierische Erleichterung und zugleich eine leichte Entrüstung: »Solche Hampelmänner«, dachte ich, »schlimmer als wir.« Nun belästigte mich noch die Vorstellung, sie könnten mich aus Versehen finden, und ich wollte die Ritze mit einem Stein abdecken; auf dem Boden lag ein großer Stein. Ich sicherte die Handgranate und nahm sie an ihrem kleinen Stiel in den Mund; dann hob ich den Stein über meinen Kopf und legte ihn auf die Innenseite der Ritze; da kam ich mir komisch vor und legte den Stein wieder zurück auf den Boden. In meiner Jackentasche hatte ich ein Buch, und ich sah, daß zum Lesen genügend Licht vorhanden war. *A Sentimental Journey through France and Italy*, englisch auf der einen Seite, italienisch auf der anderen: eine nervöse Prosa rechts wie links, und eine leichte Erzählung. Eine Zeitlang waren noch Schüsse zu hören; anfänglich dachte ich automatisch »das wird Dante sein«, »und das Renzo«, als ich sie dann alle untergebracht hatte, dachte ich nicht mehr an sie und las bis zum Abend weiter.

Rodino wurde gleich am Anfang getötet. Als sie ihn fanden, war sein Pullover durchlöchert und sein Gesicht von Fußtritten entstellt.

Ein paarmal hatte ich versucht hinauszuspähen, wozu ich mit den Füßen auf den Stein stieg. Ganz langsam erhob ich mein Gesicht, bis es auf gleicher Höhe mit dem Rand der Ritze war und ich eine Art Schlag bekam; das Licht des Nachmittags glich einem aufgewühlten, besinnungslosen Becken, aus dem es elektrisierte Tropfen sprühte. Ich tauchte wieder unter und dachte: ein Schuft, dieses Tageslicht. Ich nahm mir vor, zum Herauskommen die Nacht abzuwarten. Ich kann doch nicht ewig hier bleiben, sagte ich mir. Man wird auch unter der Erde älter.

Als die Ritze dunkel wurde, sagte ich mir auf einmal »Jetzt« und stieg, ohne lange zu überlegen, hinaus ins Freie.

Im Freien war es schon dunkel. Es regnete. Ich konnte nichts mehr erkennen, aber ich hatte ein Gefühl für die Richtung, den ganzen Tag hatte ich mit dem Gesicht nach Norden verbracht, nun war ich magnetisiert wie eine Kompaßnadel. Alles war mißgestaltig; die Bäume waren riesengroß und schienen ineinander zu stecken. Das ganze felsige Tafelland schien an vielen Stellen eingebrochen zu sein, und zwischen den Klippen ragte überall das schwarze Meer des Bosco Secco hervor. Die Latschen bildeten unbetretbare Inseln; ging man um sie herum, so fehlte einem plötzlich der Fels unter den Füßen, und man stürzte in wirre Strudel und klammerte sich an die Latschenzweige. Es war, als hätte das Gelände seine Gestalt verloren; ein Labyrinth von Ritzen, felsigen Rippen, Laubwerk, Zweigen, aus dem sich die Beine kaum entwirren ließen, allein sich auf den Beinen zu halten, erforderte eine ungeheure Anstrengung; es entstand das Gefühl, hier würde kein Weg zurückgelegt, sondern ständig und bizarr im Kreis herumgelaufen.

Die Razzia hatte ich vergessen, auch achtete ich wenig auf dieses Meer aus Laub und Klippen. Ich kam mir vor wie bei einem Ringkampf. Ich war mittendrin, vollkommen versunken in die langen Verhandlungen mit den Bergrutschen; auf einmal merkte ich, daß ich draußen war, auf einem ebeneren Gelände, ich konnte rasch ausschreiten. Der Norden stand still; der Süden wankte und schlingerte, sobald ich versuchte, mich umzuwenden. Weg, nichts wie weg von hier. Während ich im Regen dahinging, begann ich auf die

Geräusche zu achten, die durch die Dunkelheit segelten. Einige waren verdächtig; sie fingen mit einem arglosen Beben an, verschärften sich, hielten jedesmal inne auf der Schwelle zu dem, was man Schritte und Stimmen nennt. Zu guter Letzt erkannte ich sie, es waren die Schweine von der Razzia, sie machten Überstunden, die Regen- und Nachtpatrouillen, die wilden Jäger. »Gemeine Hurentreiber«, dachte ich. Ich blieb stehen und legte die Hände auf meine Sten, wobei mir vor Wut die Zähne aufeinanderschlugen. Die Hände nahmen ihren Platz ein, die linke in der Mitte des Magazins, ein wenig näher am Lauf, die rechte zwischen dem Metallkolben und der Sicherung. Die Hände waren da, auf ihren Plätzen: die Sten aber war nicht da. Zuerst bemerkte ich seltsamerweise, daß die Sicherung fehlte; dann daß der Hahn fehlte; weder das Magazin noch der Kolben noch der Lauf waren da. Es war gar nichts da.

»So ist's recht«, dachte ich. »Ich hab meine Sten verloren.« (Häufig verloren wir die Gewehre am faschistischen Samstag; zuerst die kleinen Holzflinten, dann, als wir an Alter und Weisheit zunahmen, die Flinten aus lackiertem Metall und schließlich die mehr oder weniger echten Gewehre, die sogenannten »Musketen«, die, glaube ich, nicht viele Feinde getötet haben, aber ein paar kleine Kameraden schon; denn die Kugeln waren zwar aus Holz, aus weichem, rot bemaltem Holz, zerbröckelten aber schon, kaum daß sie aus dem Lauf gekommen waren; ging jedoch ein Schuß los, während das Gewehr direkt die Brust eines Kameraden berührte, dann neigte der Kamerad zum Sterben. Diese kleinen Flinten und Musketen also verloren wir beinahe regelmäßig beim faschistischen Samstag; wir wurden übermäßig gescholten, verloren sie aber trotzdem. Zumeist ließ sich vor dem Abgeben noch Abhilfe schaffen, da nämlich viele ihre Muskete verloren, fand man häufig, wenn man sich aufmerksam umsah, eine, die ein anderer verloren hatte, und hob sie auf. Die Abgabe erfolgte im Haus der Gil[15] durch ein einziges schmales Türchen, ein Türchen wohlgemerkt für die gesamte Jugend von Vicenza; und die Abgabe beanspruchte einen guten Teil des faschistischen Samstags. Die Tür war schmal, und die Schlange der Wartenden endlos lang und ständig von neuen Kohorten genährt. Es vergingen Stunden um Stunden, bis man seine Muskete abgegeben hatte: und wer sie verloren hatte, konnte sich in aller Ruhe eine andere suchen.)

Ich blieb in der Finsternis stehen in der Haltung eines Mannes, der sich anschickt, mit seiner Sten einen Geschoßhagel abzufeuern, aber keine Sten hat. »Sie muß in dem schmutzigen Loch geblieben sein«, dachte ich. Hinter meiner unmittelbaren Sorge spürte ich auch eine winzige Erleichterung, weil Dante nicht da war, der meine Zerstreutheit für ziemlich schlimm gehalten hätte. »Dante wird es nie erfahren«, dachte ich. Ich nahm stillschweigend an, daß sie alle tot waren; es fiel mir ein, daß vielleicht noch die eine oder andere Sten auf dem Colombara liegengeblieben war. Ich versuchte mich ganz langsam südwärts zu drehen, dorthin, wo die Razzia stattgefunden hatte, nicht in der Absicht zurückzukehren, versteht sich, denn nun war ich schon mehrere Wegstunden entfernt; sondern nur so, um einmal zu schauen. Man sah nichts, weder in der Nähe noch in der Ferne. Die Südseite der Nacht schwankte noch immer, aber schon viel weniger. Ich wandte mich nordwärts; der Norden war unbewegt, offen, dunkel. Da ließ ich die Sten aus schwarzer Luft fallen und tastete mich ab: ich hatte drei Handgranaten, eine schwere kanadische mit Karos in einer Tasche und zwei leichte in der anderen. Besser drei Handgranaten als eine Tracht Prügel.

Die Geräusche der nächtlichen Razziamacher kamen nicht näher; im Gegenteil, es schien mir, als würden sie sich erheben, einen Hang hinaufsteigen, aber mit erhöhter Aufstiegsgeschwindigkeit, beinahe wie ein Hubschrauber. Sie erhoben sich in die schwarze Luft, und ich folgte ihnen mit erhobenem Gesicht; wenn sie so hoch waren wie ein Kirchturm, zerstreuten sie sich jedesmal mit einem Schlag in einem Kranz schwacher Strahlen und fielen allmählich herunter. Wenn sie auf der Erde anlangten, waren sie Regen.

»Nachts macht man keine Razzia, Hexenmeister«, dachte ich; von da an ging ich zügig weiter.

Das waren die einzigen Gespenster, die mir in der Nacht von Montag auf Dienstag begegneten; erst vierundzwanzig Stunden später begegneten mir wieder welche, aber friedliche und neutrale. Eine Razzia hatte diesen Nachteil: daß nachts Gespenster kamen, wenn man allein zurückblieb. Dante fing viel früher an, welche zu sehen, in derselben Nacht wie ich; denn Dante war am Leben, wenn auch ganz schmutzig und blutend, und auch er ging, aber südwärts. Er war viel weiter südlich als ich vom Colombara heruntergestiegen, und ihm war der Schock des Südens nicht geblieben; er hatte freilich auch einen Schock bekommen, wenngleich er viel kriegskundiger war als ich, aber zumindest ging er in jener Nacht südwärts. Wenn man südwärts ging, kam man in einigen Stunden aus dem Colombaramassiv heraus und zu den ersten Häusern von Gallio, und Dante hatte beschlossen, dort anzukommen und an ein Fenster zu klopfen. »Man muß ja essen«, dachte er. »Sich ausziehen, sich abtrocknen. Schlafen.« Gegen Mitternacht begannen ihm Gespenster zu begegnen; zuerst hörte er sie, dann sah er sie; lauter kleine Patrouillen, die italienisch sprachen. Dante blieb stehen, und auch sie blieben stehen; sie blickten einander an, er und sie, aus etwa zehn Meter Entfernung, kaum zu erkennen in der Dunkelheit. Dante sah verschwommen ihre weißlichen Gesichter und die Umrisse der gezückten Waffen. Er stand unbewegt, schußbereit; bald schienen es Razziamacher zu sein, bald Bäume: Dante heftete seine Augen auf die Bleichgesichter, den Finger auf dem Abzug, und atmete so leise wie möglich. Nach und nach verflüchtigten sich Gesichter und Umrisse, dann sah Dante sie nicht mehr. Darauf strengte er seine Augen an und dachte: »Ich habe doch gute Augen: wenn ich sie nicht sehe, sehen sie mich auch nicht«, und so fing er an, vorsichtig wieder zu gehen, bis er hinter anderen Bäumen wieder andere Gespenster sah. Das Tal wimmelte von Gespenstern, und Dante brauchte viele Stunden, bis er nach allen diesen Unterbrechungen und Blickgefechten unten in Gallio war; aber schließlich war er dort, klopfte an ein Fenster, und es wurde ihm geöffnet; so trocknete er sich ab, trank Milch und schlief. Er sagt, daß er sich am Morgen stärker denn je fühlte, und er kehrte auch so bald wie möglich, nach ein paar Tagen, ins Zebiogebiet zurück und sah Rauch, der aus einer Höhle kam, dort machte er halt und wartete, bis ein Mensch aus der Höhle trat, ein Razziamacher oder ein Razziaopfer. Nach einer Weile kam einer heraus, es war Enrico. Auch die anderen waren da, nur zwei oder drei fehlten.

Dante wurde aufs freudigste empfangen, denn er war nach dem ersten Schuß, als Dante und ich »Weg, nichts als weg von hier!« riefen, mit einer kleinen Lawine beinahe senkrecht abgesprungen und dann weggerollt wie einer, der, schon getroffen, abstürzt. So hatten ihn die anderen für tot gehalten, ja sogar gedacht, er sei bei der Razzia buchstäblich *gefallen*; sie hatten es schon seiner Familie und seinem Schatz mitteilen lassen. Deshalb begrüßten sie den lebendigen Dante um so freudiger, und an seine Familie und seinen Schatz schickten sie sofort einen Widerruf.

Mario und Renzo hatten beinahe gar keinen Schock weg, weil sie zusammenblieben und sich zusammen in einer Schlucht versteckten. Wenn man zu zweit ist, bekommt man gewöhnlich keinen Schock; sie verbrachten den Tag der Razzia, indem sie in Gesellschaft schwiegen. Sie hörten die Razziamacher und schwiegen. In den ruhigeren Stunden, wenn die Razziamacher unter den Tannen ihre Brote aßen und die Razzia einschlummerte, mögen die beiden wohl einige elliptische Sätze darüber gewechselt haben, wie das Leben im allgemeinen anzupacken sei, denn dieses Problem betraf sie doch beide. Einen Schock bekamen sie aber nicht, und gegen Abend verließen sie ihre Schlucht und gingen so lange im letzten Tageslicht, bis sie zwei oder drei von der anderen Gruppe gefunden hatten, die der direkten Razzia entwischt waren, und deshalb ruhig und froh, abgesehen davon, daß Bene den ganzen Tag große Angst vor den Vipern gehabt und sich in seinem Versteck nicht wohl gefühlt hatte; daher stiegen sie zu viert oder zu fünft ab zur Zingarella-Hütte, in deren Nähe wir unsere Rucksäcke versteckt hatten. Leider waren die Rucksäcke der Razzia zum Opfer gefallen; und auch diese Hütte gab es nicht mehr, am Boden das übliche pathetische Häufchen, schwarz, verkohlt, noch rauchend. Sie legten sich dort in der Nähe auf die Felsplatten zwischen den Latschen schlafen und schliefen glücklich die ganze Nacht. Meine Schuhe fanden sie am Tag darauf, einen hier, den anderen dort, aber sie schickten meiner Familie noch keinen Beileidsbrief; sie dachten nur, daß ich, lebend oder tot, auf jeden Fall barfuß sein mußte; und das stimmte auch. Eine Zeitlang wußten sie sonst nichts von mir, aber ich glaube nicht, daß es ihnen sehr leid tat. Ich weiß, daß sie mich ziemlich gern mochten, aber diese Dinge taten einem im ersten Moment nicht leid, freuten einen natürlich auch nicht, sie machten gar nichts. Meine Schuhe paßten keinem, denn ich hatte kleinere Füße als diese vier oder fünf Übriggebliebenen; überdies waren sie auch mir schon zu klein. Es waren gelbliche Halbschuhe für die Stadt. An den wenigen Tagen, die ich sie getragen hatte, erschienen sie mir höchst ungeeignet für einen Krieger, ein Stilbruch; Bene aber hatte insgeheim eine Schwäche für solche Dinge, die ihm als männliche Koketterie erschienen, etwas Angelsächsisches. Wenn wir nach dem Krieg – das weiß ich noch genau – die englischen Offiziere anschauten, die mit ihren gelben Schuhen vor den Kirchen Vicenzas standen, sagte er: »Siehst du, was die für Schuhe anhaben? Soldaten und Männer von Welt.« Ich glaube aber, daß diese Schuhe mit den Füßen drin eine bestimmte Wirkung haben und ohne Füße auf dem Altipiano eine ganz andere. Mit anderen Worten, Bene gefielen sie, aber die meinen waren ihm zu klein.

Auch Rodino hatte keine Schuhe an den Füßen gehabt. Sie deckten ihn mit Steinen zu und ließen den Haufen dort liegen, am Ende des Krieges holten ihn einige von uns ab, sie warfen die Steine weg und lasen auf, was noch darunter lag. Mir wurde berichtet, daß der Boden unter ihm ganz mit Kugeln übersät war; wenn der Körper in Verwesung übergeht, fallen die Kugeln heraus wie reife Samen; und wenn man die paar durchlöcherten Lappen mitsamt den paar Knochen drin hochhebt, wimmelt es am Boden von Kugeln. Eine merkwürdige Angelegenheit, so eine Razzia. Sie schlug ein wie der Blitz, obschon viel dümmer als ein Blitz, auf uninteressante Weise bizarr, sogar schwerfällig und phantasielos. Den größten Schock von allen, die noch am Leben waren, hatte vermutlich ich. Ich ging barfuß nordwärts, und nach der ersten kurzen Begegnung mit den Gespenstern machte ich mich rasch aus dem Staub. Ich hatte einen lebhaften Schock im Leib: zweifellos so etwas wie Energie. Es war mir zumute, als hätte ich ein maßloses Unternehmen vor mir, aber als hätte ich ebenso maßlose Kraftreserven. Im wesentlichen war mir die geographische Beschaffenheit des Altipiano klar; ich wußte, wo (im Norden und im Osten) die Hochebene von Marcésina in 1500 Meter Höhe zwischen den Wäldern lag; und ich wußte, wie man von dort aus die tiefer liegende Ostseite des Walles, über dem Schlund des Brenta-Kanals, erreichte und in Frizzón auf Häuser und Menschen stieß. Die ganze Nacht ging ich über Felsen und Kare, zum Teil über mit Buschwerk bewachsenes, zum Teil über kahles Gelände. Es fiel ein dichter, sanfter Regen wie im Herbst; eine Zeitlang regnete es in eine vollkommene Finsternis hinein, dann bemerkte ich, daß nach und nach etwas sichtbar wurde. Nicht der Himmel änderte sich, wie es bei schönem Wetter geschieht, sondern gerade das Gegenteil, von unten her begannen aus dem Dunkel Umrisse und schwarze Massen aufzutauchen, dann silbergrau zu werden, und dann waren es bald Felsen, Naturterrassen, Sättel und stille Kare. Erst später bemerkte ich, wie bleich die Luft geworden war, und sah den hellichten Tag. Zu guter Letzt betrachtete ich mich selbst: ich war sehenswert. Ich trug eine Ziviljacke, vollkommen zerrissen und voller Knötchen; ein Militärhemd, das kragenlose englische Modell; Knickerbocker, in Streifen gerissen; zwei Paar Socken ohne Füßlinge – die hatten sich gleich am Anfang aufgelöst –, geblieben war ein doppelter Ring um die Knöchel, meine Füße waren weiß. Es regnete noch viele Stunden, immer dicht und sanft; ich fuhr fort, nordwärts aufzusteigen, und bewegte mich durch das silbergraue Gespenst der schönsten Landschaft, die ich kenne. Als es zu regnen aufhörte, kam ein schleierhafter, sehr heller Nebel auf, der alle Räume, die ich betrat, von allen Seiten her ausfüllte, nur zwischen Felsen und Bäumen ausfranste.

In der Ferne hörte man Motorengeräusch und vereinzelte Schüsse: diesmal waren es keine Halluzinationen, sondern – wenn auch weit entfernte – Wirklichkeit. Die Sonne konnte nicht vor mir sein, aber es schien, als wäre sie genau dort hinter den hellen Nebelgirlanden.

Ich ging durch die Landschaft, die sich Stück für Stück herausschälte und aussah, als wäre sie in Bewegung. Ich spürte, daß jeden Moment irgendwo eine Einheit in loser Ordnung hervorkommen konnte; und da alle Felsen in Bewegung waren, fiel es schwer zu unterscheiden, ob es wirklich Felsen waren oder Männer in lockerer Aufstellung. Ich nahm eine kleine Dame in die Hand und löste die erste Sicherung; dann ging ich unwillkürlich langsam und vorsichtig wie jemand, der sich auf einen Zusammenstoß mit Leuten vorbereitet, die ihn nicht leiden können: praktisch machte ich mutterseelenallein zwischen den Nebelgirlanden taktische Geländeübungen. Ich sah und hörte keine Gespenster, war hellwach wie eine Glocke, aber instinktiv spürte ich, daß ich ihnen von einem Moment auf den anderen begegnen würde.

Vor mir lag ein kleiner Sattel, an dem so eine Nebelgirlande hing: Dort waren sie, das war mir klar. Ich nahm die kleine Dame in die linke Hand, in die rechte nahm ich die Kanadierin und löste auch ihr den Gürtel, wobei ich mit dem Zeigefinger den Stiel erst nach unten drückte. Die helle Girlande rückte mir näher, hing weich und lokker in der kaum bewegten Luft; schon war ich mitten drin und spürte, wie es schwadenweise um mich schwärmte. »Wenn mich die Girlande überholt hat«, dachte ich, »stehe ich mitten unter den Bastarden, ohne Deckung.« Schon lichtete sich, vorbeiziehend, der Nebel; ich unterschied da und dort auf der Almwiese die dunklen, beinahe reglosen Umrisse; mir war, als liefe ich ihnen in die Arme, obwohl ich inzwischen stehengeblieben war. Die linke Hand hatte ich erhoben. »Zuerst die kleine Dame«, sagte ich mir, »dann die Kanadierin, und gut gezielt!« Auf einmal klärte sich die Landschaft; der Nebel zog seine letzten Schwaden zurück wie die Schleppe eines Rocks, und ich stand draußen auf einer menschenleeren grünen Wiese, mit da und dort schönen kleinen Felsen und einigen jungen Fichten.

Ich kam mir absurd vor mit meiner erhobenen Hand. »So kann ich nicht weitermachen«, sagte ich mir; »so komme ich nie an mein Ziel.« Es waren die Handgranaten, die mich zu den Geländemanövern verpflichteten; solange man Waffen am Leib hat, kann man nicht unbefangen dahingehen, ohne Deckung freie Plätze überqueren wie einer, der seiner Wege geht. Auf einmal geht der Krieg zu Ende, die Jahre vergehen, alle kehren zu ihrer Arbeit zurück, und du läufst immer noch durch Wald und Feld und machst weiter allein deine Geländeübungen. Ich sicherte die Granaten, die ich in den Händen hatte, wieder und legte sie alle drei einer Fichte zu Füßen, die kohlschwarz im Gegenlicht stand: die zwei Italienerinnen nebeneinander und quer darüber die Kanadierin. Ich entfernte mich einige Schritte und drehte mich dann um und sah sie mir an. Zuerst dachte ich: »Das ist *Verlassen des Schildes*«; dann: »Alles Quatsch«, und ging wieder weg. Wenn die Deutschen sie fanden, nützten sie ihnen – eine mehr, eine weniger – so gut wie nichts; wenn die Partisanen sie fanden (in der Hoffnung, wir würden eines Tages Erben auf dem Altipiano bekommen), konnten sie wenigstens etwas damit anfangen. Gleich darauf ging ich wieder zurück, nahm mir die Kanadierin und steckte sie in die Tasche; vielleicht hatte ich die Vorstellung, daß ich eine einzige, wenn nötig, immer verschwinden lassen konnte und daß sie mir andererseits Gesellschaft leistete. Vielleicht war es auch nur ein klassischer militärischer Gewissensbiß.

So machte ich mich, die Kanadierin in der Tasche, auf nach Osten und ging durch die gelichteten Nebelschwaden über die Berge.

Über breite waldige Rücken, eine Gegend, die ich noch nie gesehen hatte und die mir allmählich sehr ausgedehnt und wunderlich vorkam. Nach einer Weile hörte ich Hunde bellen, eher in der Ferne, aber doch nicht allzu weit weg. Die Kommandos auf Deutsch waren deutlich vernehmbar wie bei einem Manöver und ebenso das freche Gebell der Tiere. Ich wußte nicht, ob ich stehenbleiben sollte oder weitergehen; ich beschloß weiterzugehen. Ich hielt mich in der Höhe und schritt ungeduldig und zugleich ängstlich aus, bis der Bergrücken gegen Osten, wo ich ja hin wollte, abzufallen begann und die Hunde nicht mehr zu hören waren. Das war mitten am Nachmittag; ich glaubte zu ahnen, wo die Talsenke von Marcésina lag, und bei Sonnenuntergang sah ich sie verschwommen, aber grün, sanft und ergreifend zwischen den Bäumen liegen. Ich hielt mich am Waldrand auf, denn ich wollte eine Stelle ausfindig machen, wo ich, das Gasthaus vor Augen, bei Einbruch der Dunkelheit das letzte Stück ohne Deckung zurücklegen konnte; Lastwagen waren nicht unterwegs, und doch herrschte keine Ruhe, und ich sah ein Motorrad mit Beiwagen und zwei Soldaten abfahren. Ich wartete, bis es Nacht wurde, dann stieg ich hinunter, überquerte ungedeckt die ganze Mulde und entfernte mich zwischen den kahlen Bergrücken, die gegenüber lagen. Auf den Graten zeigte sich der Schein des aufgehenden Mondes. Ich ging mehrere Stunden lang, und als ich die Lippe des Suganatals erreichte, stand der Mond schon hoch am Himmel; alles war kahl, klar, verlassen. Allmählich glitt ich den Abhang nur noch hinunter, aber nach einer Weile hielt ich inne und blickte zurück. Hoch aufgerichtet stand die Wiese hinter mir, abstrakt und großartig. In meinem ganzen Leben habe ich nie etwas gesehen, das einem Traum mehr geglichen hätte. Ich sah es mir eine Weile an und dachte: »Das ist doch nur die Schulter des Altipiano«, aber es sah nicht aus wie eine Landschaft von dieser Welt. Dann ließ ich mich wieder abwärts gleiten, und als ich zum Wald kam, schlug ich einen steinigen Weg an dessen Rand entlang ein.

Da kam mir in den Sinn, daß ich schon eine Zeitlang nicht mehr aß und schlief, und ich versuchte mir die Stunden auszurechnen, aber es war zu kompliziert; ich hatte Durst und erinnerte mich nicht, etwas getrunken zu haben, weder in dieser Nacht noch in der Nacht davor noch am Tag davor und nicht einmal in der Nacht vor jenem Tag, in der Nacht auf den zehnten. Eine Weile ging ich weiter, dann blieb ich bei einer Biegung des Pfades stehen. Rechts von mir lag ein beinahe senkrecht abfallendes kleines Tal, praktisch unüberschreitbar, Büsche und Bäume warfen einen Schatten, der wie ein Vordach war, und darunter sah ich zwei feiste Quallen. Die ersten Tiere, die ich seit geraumer Zeit zu Gesicht bekam. Sie lagen auf dem Abhang, nur ein paar Meter weit von mir, aber doch unerreichbar, weil das enge Tal voller Brennesseln und Dornranken war.

Sie waren einen halben Meter voneinander entfernt, als hätten sie sich im Geäst des Unterholzes verfangen; sie bebten leicht in einem opalisierenden, fast durchsichtigen Licht. Meine Überraschung war lebhaft, das Ganze erschien mir fast unglaublich. Wie mochten diese Quallen hier herauf gekommen sein? Andererseits waren sie da, echt und wirklich, also mußte es eine Erklärung geben. Derartige Situationen haben für mich seit eh und je eine große Faszination: wenn etwas da ist, das an dieser Stelle absurd erscheint, und man trotzdem sieht, daß es da ist und somit auch erklärbar sein muß. Es macht mir dann Spaß, die Skala der möglichen Wahrheiten aufzustellen und nachher, wenn das Problem gelöst ist, zu überprüfen, ob die wahre Erklärung darunter fällt. Aber diesmal kam mir nichts in den Sinn; es gelang mir einfach nicht, mir eine plausible Erklärung auszudenken. Ich hob ein paar Steinchen auf und fing an, nach den Quallen zu werfen, damit sie sich bewegten; merkwürdigerweise gingen die Steine durch sie hindurch, ohne sie zu stören, und das vermehrte meine Gereiztheit und meine Enttäuschung. »Zum Teufel mit euch!« sagte ich schließlich und ging weiter. Gleich hinter der Wegbiegung sah ich, vom Mond beschienen, einen Brunnen, und es gab mir einen freudigen Ruck, denn ich hatte große Lust zu trinken. Ich konnte mich gar nicht an diesen Brunnen erinnern, im Gegenteil, ich dachte, es sei doch höchst sonderbar, daß man ausgerechnet hier in dieser gottverlassenen Gebirgsgegend einen Brunnen gebaut habe, wo es weder Häuser gab noch sonst etwas. Er war erst vor kurzem gebaut, im Stil ganz modern; er hatte eine kleine Säule aus glatt geschliffenen Steinen mit unregelmäßiger Oberfläche; aus dem rund geschwungenen Rohr quoll ein schöner Wasserstrahl hervor. Ich lehnte mich an die kleine Säule und beugte mich mit offenem Mund hinunter, aber die Säule hielt mich nicht aus, ich fiel mit meinem ganzen Körper durch sie hindurch und dann auf die eine Hüfte, fiel aber ziemlich weit, weil das Gelände immer noch abschüssig war. Ich tat mir nicht sonderlich weh, aber an der Hüfte blieb mir ein schwarzer Fleck zurück, den ich einige Tage später entdeckte: er war ein wenig größer als ein Apfel und ein wenig kleiner als eine Khakifrucht.

Ich richtete mich auf und versuchte wieder zu gehen; den Brunnen hatte ich, glaube ich, vergessen, auf jeden Fall dachte ich nicht daran, zum Trinken zurückzukehren; der Pfad ging bergab, er war breit und mit Steinsplittern bedeckt. Es fiel mir unglaublich schwer aufzutreten, nicht wegen des Schmerzes als solchem, denn er war nicht groß und akut, sondern weil ein sonderbares Zucken meine Füße erfaßte, sobald ich einen Schritt machen wollte. Ich stürzte immer wieder wie ein Betrunkener; nun taten mir auch die Hände weh, aber vor allem behelligte mich das Bewußtsein, daß ich vollkommen nüchtern und im vollen Besitz meiner Kräfte war, abgesehen von dieser winzigen Unbotmäßigkeit in der Gegend meiner Fußsohlen und Knöchel und von deren lächerlichem Zucken. Das ist ein kleines technisches Problem, sagte ich mir, während ich auf den spitzen Steinen des Weges saß, die mich bei der Gelegenheit auch noch in den Hintern stachen; das muß gelöst werden.

Ich versuchte kniend auf allen vieren abwärts zu gehen, aber es war schlimmer, als wenn man nachts allein unterwegs ist; übrigens *war* es ja Nacht, ungefähr zwei Uhr. Ich versuchte auch, mich auf die Seite zu legen und mich hinunterrollen zu lassen, aber ich rollte schief und blieb sofort am Wegrand stecken. Daran ist der Schwerpunkt schuld, sagte ich mir; unglaublich, wie viele Dinge vom Schwerpunkt abhängen. Die Splitter nahmen die Gelegenheit wahr, mich pausenlos am ganzen Körper zu stechen; sie stachen mich überall, wo ich den Boden berührte. Ein Stück der Strecke legte ich in sitzender Haltung zurück, ungeachtet der äußerst aktiven Splitter. »Leckt mich am Arsch«, dachte ich. Und so was Ähnliches taten sie ja auch.

Dann macht der Mond einen langen Hechtsprung in den Himmel, sein mandarinenfarbenes Licht flaut ab; ich stehe aufrecht, bleibe auf den Beinen und gehe auf der Straße zwischen den Häusern von Frizzón, ich klopfe an die erste Tür, am Haus des Gebirgsjägers, der in Rußland ist, und ich weiß, daß seine Mutter da ist, ich rufe. Aber die Frau hatte Angst und wollte nicht aufmachen. »Ich kenne niemand«, rief sie aus dem Schlafzimmer oben. In den letzten Tagen hatte es in Frizzón dauernd Razzien gegeben, und daher war diese Zurückhaltung natürlich, aber das wußte ich noch nicht und ärgerte mich. »Hoffentlich macht deinem Sohn in Rußland jemand auf«, rief ich zurück, und dann tat es mir leid. Ich ging zum Haus gegenüber, wo Rosina mit ihrem Vater wohnte.

»In diesem Haus ist niemand. Sind alle tot.«

»Mach du mir wenigstens auf!«

»Ich bin auch tot.«

»Was machst du dann dort am Fenster?«

»Ich warte auf meinen Sarg, der soll mich abholen.«

Aber Rosina und ihr Vater öffneten mir sofort. Sie waren schon auf, und ich fragte: »Aber wie spät ist es denn, daß ihr schon auf seid?« Es war drei vorbei, das heißt Zeit zum Aufstehen. Ich war patschnaß, auf ihr Geheiß zog ich mich am Feuer aus, und sie gaben mir trockenes Zeug zum Anziehen. Ich erzählte in groben Zügen, wie es uns ergangen war, und sie erzählten von den Razzien in der gesamten Gegend. Sie gaben mir eine Schüssel Milch zu trinken, die mir sehr gut schmeckte; dann aber erbrach ich mich und ging schlafen. Er begleitete mich hinaus (die Nacht begann schon zu erblassen) und hieß mich auf den Heuboden steigen, wo kein Heu war; ich legte mich auf die Bretter und deckte mich mit einer Militärdecke zu; er nahm die Leiter weg und wird mir auch angenehme Ruhe gewünscht haben, aber ich hörte nichts mehr. Einen Augenblick später war er wieder heraufgekommen und wollte mich wekken, und das war nicht leicht. Als ich ein wenig wach geworden war, sagte er, die vierte Razzia sei im Anzug, und es wäre besser, wenn ich wegginge. Ich sagte: »Aber wie spät ist es denn?« und er: »Neun Uhr«, nicht neun Uhr abends, das war nicht möglich, denn es war taghell. Ich mußte die Leiter hinuntersteigen, und er übergab mich einem Jungen, der schon wartete.

Wir gingen schnell über die Straße und ließen uns an der steil abfallenden Felswand talwärts gleiten bis zu einer vorspringenden Felsstufe. Wir erreichten eine Höhle, die direkt in dem überhängenden Gestein lag, vom Tal aus aber nicht zu sehen war, weil sie durch einige Buckel, die ein paar hundert Meter weiter unten liegen, Dekkung bekommt. Der Junge verabschiedete sich von mir, und ich schlief wieder ein unter der Militärdecke, während am Ortseingang die ersten Schüsse laut wurden.

In jenen Tagen kamen, glaube ich, noch mehrere Razzien; ich schlief aber zumeist, und ab und zu kam Rosina mit Milch und Polenta. Ich aß sehr gerne und erbrach mich dann sanft und mühelos. Wir unterhielten uns auch, bevor ich wieder einschlief; nach und nach erbrach ich mich immer weniger, bis es dann ganz aufhörte und wir mehr Zeit für die Unterhaltung hatten. Dies dürfte eine Woche gedauert haben.

Ich hatte den Eindruck, unter den Fittichen eines Dorfes zu sein, aber in Wirklichkeit war Frizzón nur ein winziger Ortsteil, ein Weiler zwischen dem Wald und der Steilwand zum Suganatal hinunter. Wie ich schon gesagt habe, waren es fünf Häuser, und in diesen fünf Häusern lebten fünfzehn Familien: es herrschte bitterste Armut von altersher. Dennoch waren es Leute wie wir, sie sprachen dieselbe Sprache, die Jungen mußten zum Militär, die Religion war dieselbe, nur war sie hier unbequemer. Es war zwar eine kleine Kirche da, eine Art herrschaftliche Kapelle oberhalb der fünf Häuser; aber sie war verschlossen, und zur Messe, zu den Taufen, Hochzeiten und Begräbnissen gingen sie, glaube ich, nach Enego hinunter, und man braucht ganz lange hinunter und noch viel länger wieder hinauf.

Rosina war zwanzig Jahre alt; das älteste von sechs Geschwistern. Die Mutter war schon acht Jahre tot.

»Fünf Kinder hat sie mir hinterlassen, und das kleinste war fünf Tage alt«, sagte sie zu mir. Sie, die, Ersatzmutter, war zwölf, als sie zu diesem Amt befördert wurde.

»Mein Gott«, sagte ich. »Wie habt ihr denn das geschafft?«

»Plagen muß man sich schon«, sagte Rosina.

»Was macht denn dein Vater?«

»Der ist Invalide, er kümmert sich ums Vieh.«

»Aber was eßt ihr denn?«

»Was hier in der Umgebung wächst«, sagte Rosina, »und Milch«: sie hatten nämlich zwei Kühe.

Es war mir peinlich, daß ich so armen Leuten die Milch wegtrank, und um so mehr, als ich sie dann wieder erbrach; aber nein zu sagen, wäre noch schwieriger gewesen. Ich verfiel wieder in meine gewohnten Phantastereien und dachte, daß die Leute aus dem Volk besser sind als wir, unendlich besser. Auf jeden Fall waren dies aber keine privaten Phantastereien, ich weiß, daß sie von meinen Freunden geteilt wurden. Wir sprachen selten darüber, aber ich sah, daß sie den Tatbestand genauso registrierten wie ich. Dieser Tatbestand sprach eine einfache, deutliche Sprache; es gab Augenblicke, in denen sie eine blitzähnliche Kraft und Intensität erreichte. Diese Blitze waren individuelle Ereignisse, der eine erlebte sie hier, der andere dort. Lelio erlebte sie auf seinem langen Marsch vom Agordinotal auf den Ortigara; ich sage auf *seinem* Marsch, weil er mit Sicherheit mehr unter seiner Leitung verlief als unter der Antonios. Die Verpflegung war zwar peinlich genau berechnet, aber leider falsch. Am Ende des ersten Tages war beinahe alles Eßbare aufgezehrt, und von da an hatten sie immer Hunger. Ein ausgehungertes kleines Rudel: die zwei Engländer, der Russe, Toni und Lelio, alle mit einem Wolfshunger. Bald baten sie um etwas, bald stahlen sie sich ein wenig, und bald gingen sie mit leerem Magen ihrer Wege. Lelio, der aufpassen mußte, daß sie nicht vom Weg abkamen, aber ohne je den wirklichen Weg zu benutzen (weil dort die Autos der Deutschen fuhren), hatte gewiß nicht die Zeit, von den Tugenden der Bergbewohner zu schwärmen. Aber eines Abends geschah folgendes: Eine alte Frau sah ihnen zu, als sie von unten heraufkamen, auf ihre Behausung zu, nicht mehr als eine ständig bewohnte Almhütte; sie stand auf einem kleinen Erdwall, schwarz gekleidet, ein dunkles Tuch um das Haar geschlungen, und blickte wortlos auf sie. Antonio fragte sie nach dem Weg, und sie antwortete zunächst nichts (und Lelio dachte, sie verstehe nichts, denn das Gebiet der *Zimbern* liegt nicht weit von dort entfernt, und diese Frau hätte auch *zimbrisch* sein können), aber dann sagte sie im Dialekt: »Wollt ihr einen Teller Suppe?«

Das war der Augenblick: denn Lelio hatte wohl verstanden, wie wenig sie zu essen haben mochte, aber es war ihm ebenso klar, daß dieses Opfer für sie etwas Natürliches war, und das beeindruckte ihn sehr, und er schämte sich, so zerlumpt und ausgehungert dazustehen und diese arme Frau mit unserem Bürgerkrieg zu belästigen. Freilich war Lelio müde, außerdem wurde es Abend und im Hintergrund erschien ein eigenartiges Licht; aber das Schema der Geschichte bleibt deutlich erkennbar, und das Gefühl, das Lelio mir brockenweise, wie es seine Art ist, zu beschreiben versucht hat, ist mir wohlbekannt.

So gingen sie hinter ihr her in die Hütte. Drinnen brannte ein kleines Feuer aus grünem Holz, und ein kleines Kind saß da, das auf seinen Brei, irgendeine Art von Brei, wartete, ein größeres Kind saß am Tisch und wartete ebenfalls. Die Frau war vielleicht die Mutter, vielleicht auch die Großmutter. Es gab eine Kräutersuppe, und die teilten sie sich, und altes Brot, das ihnen die Frau ganz gab.

Es war zu spüren, daß diese Leute auf den Bergen und auch im Flachland ständig mit den elementaren Härten des Lebens zu kämpfen hatten, und wir erschienen im Vergleich zu ihnen als verzogene Jungen, die sich selbst in die Nesseln setzten und sich dann von ihnen Hilfe erwarteten – und bekamen.

Fast alle meine Freunde haben etwas Ähnliches erlebt, Gigi zum Beispiel, erst viel später, als wir schon in der Ebene waren und eines Nachts auszogen, um einen umzubringen, und Gigi nur die Schaufel trug, um ihn zu beerdigen, er war nämlich leicht antimilitaristisch und suchte sich immer die gewaltlosen Arbeiten aus; wir wurden in einem Haus mitten in der Ebene von einer Frau namens Cinca aufgenommen. Ich erinnere mich gar nicht mehr an Cinca, aber Gigi bekam seinen Blitzschlag damals, denn er war ein Neuling, nicht mit uns im Gebirge gewesen; er bekam ihn also erst damals und erinnert sich noch genau an diese Cinca, die nach dem, was er erzählt, eine vorbildliche Frau gewesen sein muß, und ich glaube es ihm gern, nur daß ich mich eben nicht mehr erinnere.

Allmählich kam ich wieder zu Kräften, und Rosina brachte mir etwas Schnaps; ich glaube, daß sie ihn wie einen Schatz hüteten, um sich an Neujahr und an den anderen großen Festen ein wenig in den Kaffee zu gießen. Sie brachte ihn mir in einem Arzneifläschchen: ich trank einen Schluck davon, und als Rosina gegangen war, trank ich noch einmal, denn er tat mir gut, und ich spürte, daß ich wieder Lust bekam, in den Krieg zu gehen. Den Schnaps kaufe ich ihr wieder, sobald es geht, dachte ich; aber ich habe ihn ihr nie wieder gekauft.

Zum erstenmal versuchte ich mir vernünftig vorzustellen, wie es wohl den anderen ergangen sein mochte, und ich begann zu hoffen, daß vielleicht doch noch einige am Leben waren. Ich hörte Leute auf dem Pfad näherkommen, ein paar Warnpfiffe und leises Rufen.

Dann kam der kleine Lichtkreis einer Taschenlampe. Es war Cris und noch einer. Cris war mir schon öfters im Gebirge begegnet, aber hier war sein eigentliches Gebiet, er stand in Verbindung mit dem Tal und mit dem Grappamassiv, das genau gegenüber lag. Er war groß, zahnlos und lustig: ein Biest. Der andere war der Junge, der mich an dem Morgen, als ich angekommen war, in diese Höhle begleitet hatte.

»Meinst du, du schaffst es bis ins Tal hinunter?« fragte Cris. »Wenn es um die Wurst geht«, sagte ich. Das war sein persönlicher Ausdruck für das, was er gewöhnlich unten holte: die fleshpots aus dem Tal.

»Sie haben zwei erwischt, die mit Maometto zusammen waren«, sagte er. »Hast du Maometto einmal kennengelernt?« Maometto. Ich schüttelte den Kopf. Er sagte: »Wir gehen hinunter und befreien sie: aber wir brauchen einen, der Deutsch kann. Du kannst es doch, oder?«

Ich sagte: »Wem gehört die alte Großmutter?«

»Was?« sagte Cris.

»Ich kann sagen: bitte, danke«, sagte ich; »Vernunft und Verstand; und: Wem gehört die alte Großmutter, die auf dem hohen Baum hockt. Soviel wie gar nichts.«

»Könntest du dich für einen Deutschen ausgeben?«

»Auf keinen Fall.«

Was mir wirklich Schrecken einjagte, war nicht das Kugelfeuer, mit dem die Betrüger hingerichtet werden, sondern die Grammatikfehler, ein e-n zuviel oder zuwenig.

»Kannst du sagen: Ich bin verwundet, macht mir auf?«

»Sicher.«

»Dann gehen wir«, sagte Cris. »Wir haben auch Zwetschgenwasser mitgebracht.« Er hatte nämlich auch ein Arzneifläschchen, genauso groß wie das andere, aber dunkler, etwa so wie Malzzukker; es war voll, und ich stellte es (nachdem ich von dem Zwetschgenwasser gekostet hatte) in die Felsspalte, die mir als Schrank diente, und dachte: »Heute ist offenbar der Abend der Arzneifläschchen«, und ich nahm mir vor, es Rosina zu schenken. Das andere, das halbvolle Fläschchen steckte ich in meine Tasche.

»Ich habe keine Schuhe«, sagte ich. Cris schickte den Jungen um ein Paar Schuhe in den Ort; der Junge hatte einen alten Onkel, ungefähr von meiner Statur: und dieser Onkel hatte ein Paar Schuhe, die er brauchte, wenn er irgendwohin gehen mußte.

»Und wenn wir bis morgen nicht zurück sind?« sagte der Junge. »Wenn mein Onkel irgendwohin gehen müßte?«

»Sag ihm, er soll warten«, sagte Cris, und der Junge zog brummend ab.

Cris erklärte mir den ganzen Plan: »Du siehst, wir werden sicher unseren Spaß haben«, sagte er.

»Meine Sten habe ich auch nicht«, sagte ich zu ihm. »Ich hab sie in einem Loch stehenlassen.«

»Die können wir ja holen, ist es weit?« sagte Cris. Es gab mir einen kleinen freudigen Ruck, weil er keinen Anstoß genommen hatte.

»Zwei Tage hin und zwei zurück«, sagte ich.

Cris lachte und sagte: »Schau mal, ich geb dir meine P8«, und er zog die Pistole heraus und gab sie mir. Ich überprüfte das Magazin, den Schuß im Lauf und die Sicherung. Ich glaubte zu träumen.

Dann kam der Junge mit den Schuhen. Sie waren mir viel zu groß und schienen lebendige Wesen: in regelmäßigen Reihen standen Nägel wie Zähnchen da. Wenn man den Fuß hineinstellte, bissen sie zu, obwohl mich die Schuhe nicht drückten. »Die haben viele kleine Nägel« sagte ich. »Warum schlägt sie dein Onkel nicht ein?«

»Mein Onkel ist ein Dickschädel«, sagte der Junge.

»Gehen wir«, sagte Cris, und wir begannen abzusteigen. Seit vielen Tagen ging ich zum erstenmal wieder, aber absteigen heißt an dieser Stelle des Suganatals nicht gehen. Die Dunkelheit, der Schnaps, das Zwetschgenwasser und das ungeheure Gefälle des Steilhangs taten das ihrige, es war mir, als würde ich mich bei jedem Schritt vom Erdboden abheben. Wir taten nichts anderes, als uns kopfüber in kleine schwarze Lufttrichter zu stürzen, die an den formlosen, zerklüfteten Felsen hingen. Ich glaube, daß wir ganz einfach hinunterrutschten. Cris ging voraus oder, besser gesagt, er sprang immer als erster in die schwarzen Trichter, ich kam nach und sprang hinter ihm her. Als letzter kam der Junge. Cris blieb zwei- oder dreimal irgendwo hängen und fluchte, gleichsam um zu erklären, daß er falsch gesprungen war; jedesmal stieß ich mit ihm zusammen, und er fragte mich jedesmal, wenn er ausgeflucht hatte: »Wie heißt das auf Deutsch?«

Je weiter wir hinunterkamen, um so riesenhafter erschienen die Ausmaße der Seitenwand des Altipiano; auf dieser Stelle erreicht der Berg seine tausendsiebenhundert, tausendsechshundert Meter, und gegenüber werden es tausenddreihundert, tausendvierhundert sein; ich kam heil unten an, war aber wie betäubt; meine Knie hatten merkwürdige Anfälle von Fallsucht.

Bei einem Bildstock in der Nähe eines verlassenen Hauses machten wir halt. Die Brenta floß in der Nähe vorbei. Mit der Taschenlampe von Cris sah ich mir einen Augenblick den Bildstock an, er war klein und schlicht. Eine gemalte Frau, ein ausgelöschtes Licht, ein verdorrter Blumenstrauß; darunter die Inschrift: *Der heiligen Barbara von den Bergleuten.* Alle haben ihren Heiligen.

In der Nähe warteten zwei Partisanen; mit ihnen gingen wir ein Stück das Tal entlang und über einen Abhang bis zu einer Art Haus, das wir dann betraten. Ich warf mich zwischen zwei, die schon schliefen, auf den Boden und zog nicht einmal die Schuhe mit den Nägeln aus. Vor dem Einschlafen dachte ich kurze Sätze auf Deutsch, meist Teile aus Gedichten; und als ich am Morgen geweckt wurde, sagte ich, ohne die Augen aufzumachen: *»Im Traum sah ich ein Männchen, klein und putzig«*, und der neben mir sagte: »Was hat dir geträumt?« und sagte es auf Deutsch. Da gab es mir einen gewaltigen Ruck, so daß ich zitterte wie Espenlaub. Verdammt nochmal, dachte ich, ich bin am falschen Ort.

Ich befand mich tatsächlich zwischen zwei Deutschen, aber ich sah, daß ihnen die Hände gefesselt waren. *Sie* waren nämlich am falschen Ort. Man hatte sie zwei Tage vorher auf der anderen Seite des Monte Grappa gefangengenommen und hierher gebracht; man behielt sie als Geiseln.

Draußen vor dem Haus waren noch andere Partisanen. Wir befanden uns nahe am Fuß des Bergrückens, waren aber zum Tal hin gedeckt. Wenn man hinter uns beinahe senkrecht hochblickte, sah man verschwommen die letzten Stufen des Altipiano; ich ließ meine Augen zu den Bergkämmen schweifen und stellte mir die Castelloni die San Marco, die Richtung der Mulde von Marcésina, die Fossetta-Hütte und alles andere dort oben im Sonnenlicht vor. Alles erschien mir weit, weit weg.

Wir waren im Schatten, aber ein kleiner Sonnenkeil, der sich um einen Pfeiler des Altipiano herum bewegte, kam auf uns zu. In diesem Sonnenkeil erschien auf einmal Cris; ich lächelte ihm zu, und er erwiderte mein Lächeln flüchtig mit seinem zahnlosen Mund und sagte: »Sie sind aufgehängt worden, vor einer Stunde, hinterm Dorf.«

Wir gingen zusammen ins Haus, und Cris sagte zu mir: »Frag sie, ob sie echte Deutsche sind.« Sie waren echte Deutsche; der eine kam aus einem Dorf in der Nähe von Bamberg und der andere aus dem Norden.

Wir blieben den ganzen Tag dort. Die Partisanen waren damit beschäftigt, Vorbereitungen zu treffen, es war, als wüßten sie schon alle, was tun. Als es Abend war, gingen wir zu viert oder zu fünft weg, alle in einer Reihe, die zwei Deutschen in der Mitte. Zuletzt kam der Junge aus Frizzón. Was er damit zu tun hatte, war unersichtlich, ich glaube, er folgte uns, um die Schuhe seines Onkels zu bewachen.

Wir gingen ganz ins Tal hinunter, und als wir zur Brenta kamen, überquerten wir sie auf einer kleinen Brücke mit einem Eisengeländer; dann gingen wir auf einem Feldweg (das Tal ist etwa einen Kilometer breit und Ackerland) bis zur Böschung der Eisenbahnschienen, wo die ersten Häuser des Dorfes stehen.

»Erklär ihnen, daß wir sie knebeln müssen«, sagte Cris. Während die anderen sie mit Halstüchern knebelten, winkte mir Cris, ich solle mit ihm kommen, und er führte mich über die Eisenbahn hinüber bis zur Straße. Dort war ein ziemlich großer Bildstock, vor einem feisten Christus brannte ein Licht. Das Tal war voller Bildstöcke.

Auf der anderen Straßenseite baumelten an einem Fensterstock die zwei Erhängten. Sie sahen haargenau gleich aus; ihre Rücken berührten einander, beide hatten einen Zettel auf der Brust. Niemand war auf der Straße.

»Waren sie verwandt?« flüsterte ich Cris zu. Er deutete auf den, der Rino war, von dem anderen sagte er nichts.

Wir gingen zurück zu den anderen. In der Nähe war eine Art umzäunte Wiese, vielleicht ein Friedhof, der nicht mehr benutzt wurde, aber man sah weder Grabsteine noch Spuren von Gräbern. Das eiserne Gittertor war nur angelehnt. Wir gingen hinein, und Cris sagte zu mir: »Sag ihnen, daß wir ihnen auch die Füße fesseln müssen: Sag ihnen, daß wir sie eine Zeitlang hier lassen müssen.«

Sie fesselten ihnen die Füße und legten sie auf die Erde. Ich sah, daß Cris ein Schustermesser in der Hand hatte, und ich sah, daß er sich hinter den aus Bamberg kniete und ihm seine Hand auf die Stirn legte, als wollte er nachsehen, ob er Fieber hat.

Ich drehte mich zum Berg hin, den der orangefarbene Mond mit einem Schleier einhüllte, und ich konnte das Rauschen der Brenta von den Feldern her erkennen und das Echo einer zugeschlagenen Tür vom Dorf her. Ich hörte, wie die zusammengebundenen Beine des Deutschen sich gegen den Boden zu stemmen versuchten. Es kamen noch einige andere erstickte Geräusche, in kleinen widerwärtigen Sequenzen.

Wir zogen den Deutschen die Schuhe aus und übergaben sie dem Jungen aus Frizzón. Dann schleiften wir sie bis zur Straße. Alles übrige war schnell getan; die zwei Zettel mit der Aufschrift *Bandit* wurden umgedreht, und ich schrieb mit Kopierstift *Deutscher* auf die Rückseite. Ich hatte hohes Fieber: ich spürte es, wenn ich meine Stirn anfaßte. Ich sah, daß Cris einen Eisenhaken in der Faust hatte, und wandte aufs neue meinen Blick ab.

Rino und seinen Verwandten, falls es überhaupt sein Verwandter war, nahmen wir mit. Cris hatte sich Rino auf die Schulter geladen, den anderen trugen sie abwechselnd. Wir gingen an einem mittelgroßen Bildstock vorbei. Ich blickte auf die Malerei unter dem Bogen und erkannte den heiligen Ludwig, meinen Namenspatron. »Sakrament«, sagte ich zu mir, »wetten, daß heute Sankt Ludwig ist.« Gleich hinter dem Bildstock lag ein kleiner Misthaufen. Dann kamen wir zu einem kleinen umzäunten Friedhof, der dem anderen aufs Haar glich, nur daß hier Gräber und Grabsteine waren. Da ich eine Ohnmacht kommen spürte, trank ich den letzten Schnaps und sah das Arzneifläschchen im Gegenlicht an. Ich warf es gegen die Mauer und hörte, wie es zerschellte.

»Leise, leise«, sagte Cris. Die zwei Toten lagen nebeneinander auf dem Boden. Ich blickte auf den, der nicht Rino war, und sagte zu Cris: »Hast du ihn gekannt?«, und ich glaube, er sagte ja. Alles übrige ist verworren. Ein bißchen beteiligte ich mich an dem, was die anderen machten, ein bißchen fiel ich in Ohnmacht. Es mußte begraben werden, und ab und zu wechselte ich mich mit einem ab. Nun hatten die Partisanen angefangen zu murmeln, und sie murmelten und murmelten; da fing ich auch an zu murmeln, wer weiß von was. Ich glaube, sie sagten, sie wollten auf den Monte Grappa gehen, und ich sagte, ich wollte nach Frizzón zurück in meine Höhle, um ein wenig bequemer in Ohnmacht fallen zu können. Ich lehnte an einem Grabstein vor dem Gittertor; ich hatte eine P8 in der Hand und dachte: »Die muß ich jetzt Cris zurückgeben.«

Ich sah Schatten über dem Gitter und die schwarzen Umrisse der Helme zwei Meter vor mir. Ich schoß, und in einem Augenblick schossen wir alle, beinahe durcheinander hindurch, als würden wir sozusagen Körper an Körper im Nahkampf schießen. Ein schwarzer klobiger Körper rückte mir buchstäblich auf den Leib, er wollte wohl zurückweichen und war wahrscheinlich schon irgendwo getroffen: ich packte ihn mit einem Arm, nahm ihm instinktiv das Maß und suchte die Stelle, wo das Herz ist, und dorthin richtete ich meinen Schuß. Eine Tomate kam mir in den Sinn, mir war, als hielte ich sie in der Hand.

Der Menschenknäuel hatte sich aufgelöst, einzelne Personen gingen zwischen den Gräbern herum. Auf einmal lehnte ich an einem Grabstein.

Die Glückliche...
von kurzer Krankheit
zu ewigem Leben...

Die kurze Krankheit! *Fitfull fever.* [16] Auf dem Grab nebenan lag einer, Gesicht nach oben: er war noch lebendig, aber nicht sehr. Aufs neue berechnete ich, wo sein Herz sein mußte, und schoß. Die P8 machte tschik; das Magazin war leer.

Dies ist das Letzte, an das ich mich deutlich erinnere; dann ist in meiner Vorstellung noch Autolärm von der Straße her, Schießereien, Explosionen, ein Marsch durch die Nacht, jemand, der mich begleitet, vielleicht der Junge aus Frizzón, ein steiler, endloser Bergrücken und der orangefarbene Mond, bei dessen Anblick ich jedesmal ohnmächtig wurde.

Das geschah im Schlund des Suganatals, einer Wunde meines Geistes, in einer Nacht im Juni 1944, ich glaube, es war die Nacht von Sankt Ludwig. Cris wurde nach einer Razzia im September vermißt und nicht mehr gefunden; der Junge aus Frizzón ist als Mann in Belgien umgekommen, in einem Bergwerk; von den anderen weiß ich nichts, nicht einmal die Namen.

»Gestern abend hast du deine Milch nicht getrunken«, sagte Rosina. Sie hatte sie mir bringen lassen, weil sie in Enego gewesen war. »Sie steht noch dort, wo man sie hingestellt hat.«

»Ich hatte Fieber«, sagte ich.

»Unten im Suganatal geht es schlimm zu«, sagte sie. »Den ganzen Vormittag fuhren schon Lastwagen durch. Es gibt sicher auch hier oben eine Razzia.«

»Nein, das glaube ich nicht«, sagte ich. »Das wird wohl eine Razzia bei den Zimbern sein.«

»Schön wär's«, sagte sie. »Ausgerechnet gestern war mein Vetter unten im Suganatal.«

»Ich auch«, sagte ich: aus Versehen, denn ich wollte eigentlich nichts von meinen Erlebnissen preisgeben.

Rosina lachte und sagte: »Barfuß?«

Ich schaute auf meine Füße; sie waren tatsächlich nackt. »Das ist gut«, sagte ich. »Wo sind denn die Schuhe hingekommen?«

»Du warst doch schon immer ohne Schuhe«, sagte Rosina, »von Anfang an.«

»Ja«, sagte ich, »aber gestern hab ich welche gehabt.«

»Fieber hast du gehabt«, sagte sie.

Allerdings hatte ich Fieber, aber die Schuhe *auch*. Offenbar hatte sie der Junge aus Frizzón wieder mitgenommen. Ich erzählte Rosina, zwei seien zu mir gekommen und wir seien dann miteinander ins Tal hinuntergegangen, um etwas zu erledigen; und sie hätten mir Schuhe geliehen. »Offenbar haben sie mir die Schuhe dann ausgezogen«, sagte ich, »ich war so müde. Schau mal: sie haben mir auch ein Fläschchen Zwetschgenwasser dagelassen, das möchte ich dir jetzt geben, für dich und deinen Vater«, und ich zeigte ihr, wo ich das Fläschchen hingestellt hatte.

»Das ist das Fläschchen, das ich dir gebracht habe«, sagte sie.

»Nein«, sagte ich. »Es ist ein anderes. Siehst du nicht, daß es aus dunklem Glas ist?«

Ich sagte, sie solle einen Schluck Zwetschgenwasser auf mein Wohl trinken, und sie trank.

»Das ist doch kein Zwetschgenwasser«, sagte sie. »Das ist Schnaps.«

»Gestern war's Zwetschgenwasser«, sagte ich.

»Du hast Fieber gehabt«, sagte sie.

Dann ging sie weg, und am Nachmittag kam sie wieder, ganz außer sich. »Unten im Tal sind Deutsche umgebracht worden«, sagte sie. »Man soll sie an Fleischerhaken aufgehängt haben.« Ich befühlte meine Stirn und sagte, ich hätte kein Fieber mehr. Aber im Grunde ist der ganze Krieg ein Fieber, ein sonderbares Wechselfieber.

8

Als ich ins Flachland zurückkehren sollte, wurde ich neu eingekleidet: halb als Bauer, halb als Skifahrer (dunkelblaue Skihose aus dikkem Tuch, wer weiß woher), und Rosina brachte mir ein Paar zu große Schuhe. Ich erkannte sie sofort wieder; als meine Füße drin waren, spürte ich sofort die kleinen Nägel, nahm mir aber vor, sie unterwegs hineinzuklopfen. Ich verabschiedete mich von Rosina, und sie gab mir die Hälfte eines Fladens, den sie für mich gebacken hatte; sie wollte mir den ganzen Fladen geben, aber ich sagte nein. So ging ich weg, über den Rücken des Lisser hinaufhinkend: ich hinkte teils aus allgemeinen Gründen, das heißt, als ich zu gehen anfing, merkte ich, daß ich hinkte, da war nichts zu machen, teils wegen dieser zu großen Schuhe mit den Nägeln. Ich versuchte mehrmals, sie hineinzuklopfen, mit einem Stein als Leisten und einem anderen als Hammer, aber mit kümmerlichem Erfolg. Beim Gehen stützte ich mich auf einen Stock; es war mir nicht ganz geheuer bei meiner Rückkehr in die Welt der Menschen und der Häuser; ich hatte das Gefühl, als Rebell ausgestattet zu sein, gleichsam angemalt in den Farben eines Rebellen. Natürlich hatte ich weder Papiere noch Geld, nicht einmal ein Taschentuch: um mir die Nase zu putzen, zog ich mein Hemd ein Stück aus der Hose, denn die andere Art des Naseputzens (ich meine die mit den Fingern) ist zwar ästhetisch befriedigend, aber unpraktisch. Zuvor auf dem Altipiano hatte ich mir nie die Nase geputzt, soviel ich mich erinnern kann, weder so noch anders; aber jetzt, auf meinem Weg ins Tal, fühlte ich, daß ich wieder zivilisiert wurde, und ich mußte mir unbedingt die Nase putzen.

Ich hielt mich nahe am Ostrand und orientierte mich am Lauf des Brenta-Kanals; die Hänge waren sehr weit, ganz glatt und unsagbar schön. Als kleine Figur hinkte ich lustig durch die smaragdgrüne Landschaft.

Um die ersten Dörfer machte ich einen Bogen, während ich Gehöfte und Weiler rücksichtslos durchschritt. Es ist eine wahre Lust, um ein Dorf wie Foza, das sich in seiner ganzen Länge auf einem Bergkamm hinstreckt, einen Bogen zu machen, genau in dem

Augenblick, wo die Sonne aufgeht. Die Häuser werden golden und funkeln in der Höhe; man fühlt sich frei, man kann tun, was man will, die Marschroute wird ein Spiel, man kann sagen: Jetzt lasse ich Foza über mir liegen, wende mich südwärts bis zur ersten großen Schlucht, das ist sehr wahrscheinlich das Frenzelatal; wenn ich dann südwärts weitergehe, muß ich nach Conco kommen, und nicht weit von dort ist der Südrand des Altipiano, und von da an sieht man die Marschroute von oben.

In einem Haus, wo ich um Wasser bat, wurde ich zum Großvater geführt, der schon seit einiger Zeit in seinem Zimmer im Bett liegenblieb und seine Tage damit verbrachte, daß er auf eine Wandbekleidung aus gelbem Papier spuckte, die eigens zu diesem Zweck an der Wand angebracht war. Man sagte mir jedoch, der Großvater verfolge das Weltgeschehen mit größtem Interesse. »Siegen die Schwarzkappen?« fragte er ab und zu. »Nein, nein, Großvater«, sagte man zu ihm; und er sagte: »Sehr gut, sehr gut« und rieb sich die Hände. Dieser alte Sympathisant machte mich ein wenig fröhlicher. Als ich zu ihm gebracht wurde, damit er mich sehen konnte, sah er mich mit Wohlgefallen an. Seine Angehörigen standen mit frohen Gesichtern um uns herum.

Ich fragte: »Aber wie geht's ihnen eigentlich im Flachland? Siegen sie?«

»Unten nicht«, sagten die Angehörigen: »Und oben?«

Ich sagte prompt: »Oben auch nicht«, und dann fügte ich hinzu: »Sie stehlen uns ständig die Zeit, und man muß immer wieder von vorne anfangen.«

»Legt sie doch alle um«, sagten sie, und ich hätte beinahe gesagt: »Ich will's versuchen«, sagte aber dann: »Vielen Dank für alles« und ging wieder weg.

Ich ging und ging, schließlich hatte ich es satt, immer über Wiesen zu gehen, und stieg hinunter auf die Straße.

Schon erkannte ich das hellere Licht über dem letzten Rand des Altipiano, wie wenn man sich dem Meer nähert. Es war ungefähr fünf Uhr nachmittags; ich hörte den Lastwagen hinter mir erst, als es zu spät war, um im Wald zu verschwinden; im Weitergehen wandte ich meinen Kopf leicht nach rückwärts, als wollte ich ein Büschel Alpenrosen am Hang sehen, und sah gerade noch die Deutschen. Zwei saßen in der Fahrerkabine, andere hinten.

Die lächerliche Seite der Situation fiel mir sofort ins Auge; ein Gras-Skifahrer, sagt man so auf Deutsch? Ich wich auf den linken Rand der Straße aus; neben mir erschien ein Kotflügel und blieb stehen; ich sah ihn wie von einem Bürgersteig aus und ging weiter, bis sie mich riefen. Zu denen im Fahrerhäuschen sagte ich: »Ach guten Tag, wollten Sie etwas?« Bei den ersten zwei oder drei Sätzen gebe ich in allen Fremdsprachen, die ich kann, eine gute Figur ab.

»Möchten Sie mitfahren?« fragte einer von den beiden im Fahrerhäuschen. »Wir fahren mach Conco und wissen den Weg nicht. Können Sie uns helfen?«

Ich wußte den Weg auch nicht, aber ich sagte: »Mit dem größten Vergnügen.« Ich kam mir vor wie im Theater. Ich warf meinen Stock weg und stieg vorne ein. Mit dem, der nicht am Steuer saß, redete ich über alles mögliche. Er war Feldwebel, aus Stuttgart, um die Fünfunddreißig; er erzählte mir von seiner Familie, den Bombenangriffen und von seiner Heimatstadt.

Meine Hand lag auf den Rundungen der Kanadierin, die meine Hose aufblähte, und ich überlegte mir Geschichten jeglicher Art, wer ich sei, woher und wohin des Weges, warum kein Soldat und warum so gekleidet, hinkend und ohne Papiere; aber der Deutsche aus Stuttgart redete von Stuttgart. Es war ein Zufall, daß der Name dieser Stadt schon immer meine Neugierde erweckt hatte, ich paßte mich also dem Geist der Situation an, und am Schluß tat es mir beinahe leid, die Nachrichten über Stuttgart nicht weiterhören zu können.

An der Kreuzung vor dem Rand des Altipiano sagte ich: »Ich steige hier aus, ihr fahrt nach rechts weiter; noch zwei Kilometer, dann seid ihr da.« Das war nicht wahr, aber ich mußte sie rechtzeitig loswerden, diese zahmen Deutschen, denn nach Conco wollte ich allein gehen.

Jetzt biegen die Deutschen nach Granezza ab, und man kann sagen, daß die lange Juni-Razzia für mich hier an dieser Stelle mit dieser Komödie zu Ende geht. Nur noch wenige Schritte weg von dieser Stelle, und ich bin draußen; die vielfach geschichtete Landschaft ebnet sich, Steinplatten und Wiesen führen zum Rand, und unvermittelt sieht man die Ebene bis zu den Colli Berici, den Colli Euganei und bis zum Meer. Man sieht die Flüsse, die Straßen und die Dörfer, eines um das andere erkennbar wie in einem großen See;

alles wie lackiert und vergoldet; ich konnte mein Dorf erkennen, ganz hinten rechts, unter den Hügeln, die von hier aus ganz flach wirkten, und eine Weile war ich ein wenig gerührt, ganz unverhofft, wie einer, der durch China reist und plötzlich in ein weit entferntes Tal blickt und dem dort unten plötzlich Thiene erscheint und der Rauch von Schio und die Anhöhen, an deren Fuß sein Dorf liegt und sein Elternhaus.

Ich stehe auf dem Rand der großen grünen Hänge, die in schönen, klaren, unermeßlichen Flächen abwärts gleiten; die Sonne steht rechts, schon ziemlich tief; die Schatten sind viel länger als die Wirklichkeit; das Licht ist klar und scharf. Dort oben habe ich mich aufgepflanzt, die Rührung ist vorbei, ich fühle mich wohl; ein langer Schatten kommt unter meinen Füßen hervor; ich begrüße die Dörfer der Ebene.

Während ich die sich senkenden Wiesen, die langen Schatten und die ferne Ebene betrachtete, hörte ich hinter mir Schüsse, nicht in der Nähe, aber sehr deutlich. Sie erschienen mir ziemlich fehl am Platz in dieser idyllischen Umgebung: denn hier waren die Hütten bewohnt, ringsum waren Tiere und sanfte Glockenklänge, und unter den Türen standen Hirten mit einer Schüssel Milch in den Händen. Ich ging auf einen Schwatz zu einem der Hirten, und er gab mir ein wenig Milch; anfangs blieb er zugeknöpft, dann faßte er aber Vertrauen zu mir, vielleicht wegen der offenkundigen Aufrichtigkeit meines dörflichen und nicht städtischen Dialektes, und nach einer Weile wurde er geradezu vertrauensselig.

»Es sind drei oder vier oben bei der Melette-Hütte«, sagte er. »Sie sind heute nacht angekommen; vielleicht haben die geschossen.«

Ich beschloß nachzusehen; es erschien mir nicht wahrscheinlich, daß es meine Freunde waren, wir waren zu weit entfernt von unserem wilden Wirkungskreis im Colombaragebiet; aber man kann ja nie wissen.

Eine halbe Stunde später sah ich, im letzten Tageslicht eine Mulde hinaufsteigend, drei oder vier Personen oben stehen, und als ich näherkam, erkannte ich in einer von ihnen den Suster. Eine Frau war auch dabei, sicherlich eine Botin. Sie begrüßten mich aufs herzlichste, und ich sagte: »Seid ihr's gewesen, die geschossen haben?«

»Ja«, sagte der Suster. »Ein deutscher Lastwagen war gekommen.«

»Zwei im Fahrerhäuschen, drei oder vier hinten«, sagte ich.

»Ja«, sagte der Suster. »Hast du sie auch gesehen?«

»Ich bin mit ihnen hergekommen«, sagte ich. »Dort hinten bin ich ausgestiegen.«

»Na Prost«, sagte der Suster.

Die Frau war eine Botin, die eben vom Tal heraufgekommen war. Ein schönes junges Weibsstück in Bluse und Hose. Sie erinnerte ein wenig an eine Kugelstoßerin und ein wenig an ein großes Kalb. Sie hieß Gina.

»Ich dachte, meine Freunde wären hier«, sagte ich.

»Wo, sagst du, hat euch die Razzia erwischt?« fragte der Suster.

Ich hatte gar nichts gesagt, aber offenbar brauchte man mich nur anzusehen. »Auf dem Colombara«, sagte ich. Der Suster meinte, daß meine Freunde dann überall sein könnten. »Ich muß hinunter ins Flachland«, sagte ich: »Sie werden mir ein Lebenszeichen geben, wenn sie noch leben.«

Wir schliefen im Freien, ohne Wachtposten. Insgesamt waren wir fünf, sie vier und ich. Einer hatte eine Infektion an einem Fuß, und sie wollten so lange hier warten, bis sie vorbei war.

Freundlicherweise ließ der Suster Gina zwischen sich und mir schlafen. Eine Gebirglerin, zwei Zentner schwer. Jedesmal wenn mein Blick auf die Anhöhen ihrer Hüften und die Massen ihrer Schenkel fiel, entstand ein Luftloch in meinem Blut. Mir kam die Versuchung, sie anzufassen, wenn auch nur mit einer Fingerspitze; aber ich wagte es nicht einmal. Nach einer Weile drehte sie sich auf die Seite und wandte mir den Rücken zu. Nur wenige Sterne waren am Himmel; und zwischen mir und den Sternen Ginas Hinterteil, ein großartiger schwarzer Berg, der den Ausblick zu einem großen Teil des Himmels verwehrte.[17]

»Wenn ich den Frieden noch erlebe«, dachte ich, »dann verschaffe ich mir ein solches Hinterteil oder noch ein größeres und bring es hier herauf. Nein, nicht größer: haargenau wie dieses hier, auch nicht einen Zoll mehr.«

Dann wurde ich schläfrig, ich fing an zu fliegen, und mitten durch die Luftlöcher fliegend schlief ich ein.

Gina ging am nächsten Morgen wieder; zuvor hatte sie sich in den Wald zurückgezogen, um Toilette zu machen, zu meiner tiefsten Erregung; und als sie wieder zurückkam, plauderte sie ein wenig mit mir.

»Du bist doch Student, oder?« sagte sie zu mir. Ich sagte ja, und sie wollte wissen, ob ich ins Technikum ging.

Ich sagte, ich sei an der Universität.

»Jesus Maria«, sagte Gina.

»Lernen tut man nichts«, sagte ich.

»Dann bist du wahrscheinlich nicht fleißig.«

»Fleißig bin ich schon«, sagte ich: »Aber ich lerne trotzdem nichts.«

»Dann bist du wahrscheinlich ein Holzkopf«, sagte Gina. Dann wollte sie wissen, ob ich Rechtsanwalt studierte.

Ich schüttelte den Kopf, und sie sagte: »Was studierst du denn?«

»Philosophie«, sagte ich. Sie fragte mich, was man macht, wenn man Philosophie studiert hat, und ich sagte, dann macht man den Doktor. Sie wollte wissen, als was man dann arbeitet, und ich sagte, man könnte, wenn man wollte, den anderen das Philosophieren beibringen, aber normalerweise ist es so, daß, wer das Philosophieren kann, nicht Lehrer wird, und wer Lehrer wird, nicht philosophieren kann.

»Und was macht dann einer, der das Philosophieren kann?«

»Der behält es in seinem Kopf.«

»Und dann?«

»Und dann denkt er, und alles, was er denkt, ist philosophiert.«

»Und dann?«

»Und dann stirbt er.«

Dann nahm sie Abschied von uns und ging ostwärts über die Schluchten, die ins Suganatal abfallen, ins Tal zurück. Wir blieben, mehrere Stunden taten wir gar nichts, und zu guter Letzt bemerkte ich, daß ein Gewitter am Himmel stand.

Oben auf dem Berg schwarzes Gewölk, übergestülpt wie ein Hut; unten die Nebelschwaden, die da und dort einfielen und das Tal zuschlossen wie ein Korken. Alles geschah sehr schnell; es herrschte eine wunderbare Spannung.

»Jetzt kommt eine Razzia«, sagte der Suster zu mir.

»Um diese Zeit?« sagte ich. Ein kaum hörbares Krachen, mehr nicht.

»Offenbar geht ihre Uhr nach«, sagte der Suster.

Wir sahen sie genau auf halber Höhe, einen halben Kilometer vor uns heraufkommen, von derselben Seite wie ich am Tag vorher. Es waren Italiener. Das Gewitter war beinahe bereit loszubrechen. Die Luft war violett geworden, die letzten dramatischen Vorbereitungen waren im Gang, die Wolken begaben sich auf ihre Plätze, und die Bergrücken luden sich elektrisch auf. Wir spürten, wie sich diese Elektrizität auch in uns ansammelte. Ich hatte die Sten des Jungen mit der Infektion genommen. Wir schlugen buchstäblich Funken, die Sten knisterte in meinen Händen. Die Leute mit der nachgehenden Uhr begannen unterhalb von uns von drei oder vier Stellen aus zu schießen und nahmen Aufstellung, um ganz hochzukommen.

Wir konnten nicht mehr weg; zwischen uns und dem Wald lag eine ungedeckte Strecke, die in einen steilen kahlen Abhang auslief. »Bleiben wir hier«, sagte der Suster.

Die ersten dicken Regentropfen knallten auf unsere Gesichter wie Ohrfeigen. In einem Augenblick waren auch wir im sprühenden Staub des elektrisch geladenen Nebels, in einer übersteigerten, beinahe hysterischen, unwahrscheinlichen Spannung. »Das kann nicht sein«, dachte ich mir. »Das ist nicht zu glauben.« Wir gaben ein paar vereinzelte Schüsse ab, aufs Geratewohl. Dann brach eine Art Weltuntergang los: Regenböen, Hagel, Krachen. Um das Karussell der Berge hinter uns schlang sich ein Geländer aus dunkelblauen kurzen Blitzen, die dicht aufeinander folgten; die Blitze, die vor unseren Augen tanzten, waren weiß: man sah, wie der Nebel aufriß und die blendenden Gabeln in der Luft tanzten. Unten konnte man jetzt nichts mehr unterscheiden außer einem gewaltigen Tohuwabohu.

Ich hatte es satt, immer wieder in eine Razzia zu geraten; ich hatte es gründlich satt. Das ungeheure Krachen und das Gefühl, mich in der Gewalt unüberwindlicher Kräfte zu befinden, versetzten mich in eine unbestimmte Erregung. Es ging mir durch den Sinn, daß es ein leichtes wäre, Schluß zu machen, ihnen entgegenzugehen; mitten im Toben der Elemente befiel mich eine Mattigkeit, eine unverantwortliche Lust, Spaß zu machen. »Wollen wir's dem gemeinen Pöbel gleichtun?« sagte ich zum Suster.

»Was?« schrie der Suster.

Man verstand kein Wort.

Wir gingen zu dritt den Hang hinunter, in einem Regenguß wie im Kino, dazwischen Intermezzi mit Hagel wie im Gebirge, ab und zu schossen wir ein wenig. Zu guter Letzt schleuderte ich die Kanadierin mitten in die Regenstrudel. Wir stiegen den halben Kilometer völlig unbehelligt abwärts; ich fühlte mich nicht naß, sondern als wäre ich ein Bach, fließendes Wasser überall; als wir unten waren, war niemand mehr da. Offenbar hatte sie das Gewitter zerstreut; bei gutem Wetter hätten sie leicht weitere neun Punkte in RAZZIA (praktischer Teil) für ihre Leutnantsprüfung bekommen können.

Es hatte aufgehört zu donnern, es regnete gerade und dicht. Aus den Läufen der Stens quoll das Wasser hervor. Wir ließen sie austropfen, und das halbe Magazin, das jeder von uns noch hatte, entluden wir auf den Wald. Der andere Junge hieß Tecche-Tecche.

Dem Suster, glaube ich, gefiel dieser merkwürdige Ausflug, und er hielt ihn wohl für eine Mutprobe meinerseits.

»Willst du bei uns bleiben?« sagte er, während wir uns abtrockneten; und ich wäre schon versucht gewesen, widerstand aber der Versuchung.

Der Suster sagte, ich könne Vizekommandant werden, wenn ich bei ihnen bliebe.

»Nein«, sagte ich, »ich möchte erfahren, wie es meinen Freunden ergangen ist, einige werden wohl noch leben. Dann bleibe ich besser bei ihnen, denn da brauche ich weder zu kommandieren noch zu gehorchen. Natürlich werde ich bei meinen Freunden hin und wieder gescheit daherreden, das ist so meine Art, aber alles in allem reden auch die anderen gescheit daher, und wir sind immer quitt.«

»So eine lange Rede«, sagte der Suster, »nur um zu sagen, daß es dir bei uns nicht gefällt.«

»Es gefällt mir zu gut«, sagte ich. »Aber man kann sich ja nicht immer amüsieren.«

Wir sagten uns auf Wiedersehn, der Suster und ich, aber wiedergesehen haben wir uns nie mehr; denn er wurde im September in Bassano aufgehängt, und wenn ich bei ihnen geblieben wäre, wer weiß, ob es mir nicht genauso ergangen wäre. Jedesmal, wenn ich in Bassano durch die Allee der Erhängten gehe, habe ich das Gefühl, ich *wüßte*, welcher Baum der meine gewesen wäre.

Wir verabschiedeten uns also, und ich ging weg, ohne Waffen, und zwei Stunden später stand ich wieder am südlichen Rand des Altipiano wie das letzte Mal, an derselben Stelle, um dieselbe Zeit, und unter meinen Füßen kam ein langer Schatten hervor, als hätte ich das Intermezzo nur geträumt, und ich sah auf die dampfende Ebene hinunter und prägte mir die Etappen meines Weges ein, wie wenn ich ein geographisches Modell der Gegend vor mir hätte.

Meine Freunde waren in dem Augenblick nicht weiter als eine Wegstunde nach rechts im Bosco Nero; ich hätte es nur zu wissen brauchen. Und wenn man bedenkt, daß bei Mazzini schon alles steht; er gehört tatsächlich zum Schlag derer, bei denen schon alles steht, wie Augustinus.

»Der Hauptmann wird nie einen Angriff (auch nie eine Flucht) anordnen, ohne vorher, für den Fall einer unvermeidlichen Zerstreuung, einen Sammelplatz festgesetzt zu haben, wo sich die Soldaten nach dem Handgemenge einfinden werden.«

Mit einem Sammelplatz hätten wir uns, nach dem Handgemenge, eine Menge Mühen erspart, ich mehrere Tagesmärsche. Diejenigen von meinen Freunden, die noch am Leben waren, befanden sich im Bosco Nero, gleich nebenan, und ich dachte nicht im Traum daran und mußte, um sie zu suchen, hinunter in die Ebene. Man hätte es nur zu wissen brauchen, aber wir wußten es eben nicht und mußten es auf eigene Faust entdecken. Es war eine langsame und aufwendige Art des Entdeckens, verbunden mit der Gefahr, daß es am Ende der Entdeckungen auch mit den Entdeckern zu Ende sein konnte. Auf jeden Fall ging ich, nachdem ich meinen langen dummen Schatten auf den smaragdfarbenen Wiesen betrachtet hatte, hinunter in die Ebene.

Am Tag unserer zweiten Razzia, am zehnten Juni, waren Gualtiero und Giampa, unsere Kommilitonen, mit ihren Vorbereitungen fertig und wollten zu uns ins Gebirge kommen. Sie kamen auch, und sie müssen sich meiner Meinung nach unterwegs mit den heimkehrenden Razziamachern gekreuzt haben. Sie waren beide groß und schön anzusehen, der eine blond, extravagant, sportlich, der andere ein dunkler Typ, anspruchsvoll, eckig. Sie kamen genau an dem Tag an, an dem ich in *Trance* nordostwärts ging, während Dante in Gallio schlief, um die Gespenster zu vergessen; und in der Gegend des Monte Zebio stießen sie auf die Überreste der auseinandergerissenen Bande.

»Hier ist was losgewesen«, sagte Bene zur Erklärung der Lage.

»Toni ist nicht mehr da, und Nello auch nicht, und Dante auch nicht, und Lelio auch nicht.« Von mir sagten sie, sie hätten meine Schuhe gefunden.

»Wohin mögen sie gegangen sein?« sagte Giampa.

Bene zuckte die Achseln: »Wie willst du wissen, wohin man geht?«

»Grob gesagt, zum Teufel«, sagte Enrico.

»Na denn Prost«, sagte Giampa.

»Sind Waffen da?« fragte Gualtiero. Es waren welche da, und sie bekamen welche. »Herrlich«, sagte Gualtiero.

Das war der Lauf der Dinge; sobald sich eine Verkörperung der Bande aufgelöst hatte, begann sich sofort eine neue zu bilden. Unser Name zog, auch wenn wir grob gesagt schon zum Teufel gegangen waren, neue Partisanen an. Wir machten bereits Schule.

Wo drei oder vier von uns waren, da war auch, so kann man sagen, schon eine Bande; oft ist es schwierig festzustellen, wer wann persönlich dabei war oder nicht; man muß ihn selbst danach fragen, wenn er noch lebt, und wenn nicht mehr, dann muß man sich abfinden: man kann es nicht mehr erfahren. Das war das Beste an der ganzen Geschichte, daß wir wirklich kollektiv empfanden, und wenn zwei oder drei von uns beisammen waren, entstand nicht eine halbe Bande, sondern einfach *die Bande.*

Mario, Enrico, Renzo, der wiedererstandene Dante: das waren nach den Razzien Anfang Juni einige Wochen lang die Pfeiler der Institution. Auch Bene war dabei, aber bald verrenkte er sich einen Knöchel, auf einem nächtlichen Umzugsmarsch; der Knöchel schwoll dermaßen an, daß man Bene tragen mußte, und es ist ein Wunder, daß es überhaupt gelang, ihn hochzuheben, bei seinem Übergewicht. Schließlich brachten sie ihn in eine Höhle, wo sie ihm Deutsche und andere zu bewachen gaben; aber Bene war kein guter Kerkermeister, er neigte dazu, sich mit allen zu verbrüdern. In seiner Gefängnishöhle gab es weder Wecken noch Zeiteinteilung noch Disziplin: es herrschte eine friedliche Symbiose von auf dem Boden Sitzenden. Einer der Gefangenen hatte sogar einen kleinen Revolver, Kaliber sechs, der bei der Durchsuchung auf unbekannte Weise durchgeschlüpft war, und er zeigte ihn Bene; Bene erinnerte ihn daran, wie gefährlich es sei, mit kleinen Waffen herumzuspielen.

Als Dante bei einer Inspektion von dem kleinen Revolver hörte, war er außer sich. »Verantwortungslos«, sagte er zu Bene und: »Gewissenlos.« Benes Verantwortungslosigkeit war immer humanistisch, vornehm und äußerst zivil. Der kleine Revolver wurde beschlagnahmt.

Das war in der Gegend des Bellatals und des Bosco Nero in der Nähe von Granezza. Am waldreichen Südrand des Altipiano, einem Gebiet für Sommerfrischen. Dort gibt es mehrere ziemlich gute Straßen, die Transporte waren mühelos zu bewerkstelligen, die Dörfer verhältnismäßig nahe; dort waren ziemlich viele Leute aus Asiago und andere Einheimische, unter ihnen unsere alten Bekannten, die Veteranen vom Weißfeldhorn, Castagna, der Finco und einige neue wie Giuliano und der Bigatto.

Es wurde unser kurzlebiges Juni-Meisterstück. Auf einmal hatten meine Freunde das Gefühl, eine Technik zu beherrschen, und sie machten Ernst mit dem Bürgerkrieg. Sie hatten sogar eine Kaserne im Wald, in aller Eile, aber solide von den Leuten aus Asiago gebaut, und einige Wochen lang hatten sie zum Schlafen ein Dach über dem Kopf; aus Asiago kam auch die Post. Jeden zweiten Tag wurde eine Aktion gestartet; alle Aktionen gingen von unseren Freunden aus und waren schnell, einfach und wirksam. Ich erinnere mich nicht mehr an die genaue Reihenfolge: der Apotheker von Lusiana, der Arzt von Rotzo, der Apotheker von Gallio... Und Cesuna? und Roana, Tresché-Conca, Camporovere? und Canóve? und Conco?

In jenem Jahr herrschte in unserem Gebiet eine Art politische Epidemie, von der hauptsächlich die Angehörigen des Gesundheitswesen befallen wurden; als der Sommer kam, starben sie in manchen Gebirgsgegenden wie die Fliegen.

Es gab Fälle, wo eine Festnahme nötig war, und Fälle, die an Ort und Stelle erledigt werden konnten. Es kamen auch kleine Mißverständnisse vor wie damals, als Enrico und der Ferrabino zu Dr. Stercherle gingen und seinen Fall gleich in der Praxis erledigen wollten. Enrico blieb im Wartezimmer sitzen; der Ferrabino, der den Arzt persönlich kannte, ging direkt ins Sprechzimmer. Enrico saß da und wartete auf den kurzen Schuß hinter der Tür, denn es sollte nur einer sein; aber der Schuß erfolgte nicht; und Enrico begann nervös zu werden, da die Kaserne der G.N.R. [18] gleich um die

Ecke war; endlich öffnete sich die Tür, und heraus kam der Doktor, ein kleiner, lebhafter Mann, und hinter ihm der Ferrabino, ein sehr großer Mann. Enrico sah den Ferrabino an, als wollte er sagen: »Na und?« Der Ferrabino antwortete mit einer Art Grimasse, die bedeuten sollte: »Den kenne ich nicht.«

»Ich habe Ihren Freund untersucht«, sagte der Doktor zu Enrico, »meiner Ansicht nach fehlt ihm nichts.« Ein Versehen: vorsichtshalber nahmen sie den Arzt doch einmal mit, aber der Ferrabino, ein skrupulöser Mensch, der die Sache genau nahm, hatte, da er ihn nicht kannte, nicht auf ihn geschossen und sich dann auch untersuchen lassen. Er dachte jedoch, daß trotz allem nach dem Gesetz der Wahrscheinlichkeit auch dieser Dr. Stercherle, der nicht der ihm bekannte Dr. Stercherle war, vom selben Schlag sein mußte wie der andere. Das war er aber nicht; und daher schickten sie ihn nach einem kurzen Marsch im weißen Kittel und einem kleinen Verhör wieder in die Praxis und zu seinen Kranken zurück. Ausgerechnet zu diesem unbekannten Dr. Stercherle wurde eines Nachts der Ferrabino mit einer Kugel in einer Arschbacke gebracht, und er holte sie ihm höflichst heraus, beinahe von Freund zu Freund.

Eine normale Aktion bestand in der nächtlichen Besetzung eines Dorfes, wozu gewöhnlich zwei Teile gehörten: ein demonstrativer (Kaserne) und ein praktischer (Arzt oder Apotheker). An den geeigneten Punkten wurden Straßensperren errichtet, vor der Kaserne eine Bren aufgepflanzt, dann ging eine spezialisierte Patrouille in Begleitung eines ortsansässigen Führers zum Haus des Festzunehmenden. Es wurde geklingelt; einer beförderte sich zum Leutnant Girardi von der politischen Polizei und bat aufgrund dringlichster Informationen um Einlaß. Manchmal dachte der Festzunehmende nicht im Traum daran zu öffnen, trotz der Entrüstung des Leutnants Girardi: bestenfalls ließ er sich dazu bewegen, am Fenster zu erscheinen. Aber auch das war keine gute Idee. Das Feuer der Sten ist zwischen Häusern wahrhaft brillant; und die Bren vor der Kaserne knatterte aus Sympathie mit; die Damen schwirrten durch die Luft. Der Krach war überwältigend.

Später vereinfachte sich die Technik; der Zutritt zum Haus erfolgte durch Einschlagen der Tür der Apotheke oder Praxis; geklingelt wurde nicht mehr. Wenn es Zeit zum Aufbrechen war, folgten sie ordnungsgemäß einer bestimmten Route. Der Führer sagte, indem er auf ein Haus zeigte: »Das gehört Faschisten«; Enrico entlud den Rest des Magazins. »Enrico, mach schnell«, sagte Dante: »Beeil dich.« Der Führer sagte: »Das dort auch«, und Enrico warf die letzten Handgranaten: selbstverständlich wirft man auf Häuser keine simplen inländischen Handgranaten, sondern nur Damen mit Röckchen.

Es wurde versucht, den Patrouillen der Milizen die Zeit zu geben, auf dem Heimweg in unsere Straßensperren zu laufen, damit sie eine Prise davon nehmen könnten; leider passierten auch Zwischenfälle. In einem der Dörfer war die wichtigste Sperre – auf der Straße nach Asiago – in den Händen des Bigatto, der gehörte zu den Gestalten der großen Unabhängigen vom Format eines Finco und stand im Geruch beträchtlicher Kühnheit und Grausamkeit. Die auf dem Dorfplatz waren, hatten zwar Schüsse gehört, sich aber keine Sorgen gemacht, denn bei der Sperre stand eine Bren und ein halbes Dutzend Mann und außerdem der Bigatto, der soviel zählte wie noch einmal ein halbes Dutzend. Die Sperre befand sich zwischen einer Baumgruppe, und dort kam nach beendeter Aktion die Einheit, der Apotheker in ihrer Mitte, vorbei: Stille herrschte unter den Bäumen, eine seltsame Stille; denn die Bren stand an ihrem Platz, der Lauf war noch heiß; die Munitionskisten standen ringsherum; zwanzig Meter weiter lagen zwei Tote in Milizuniform auf der Straße. Der Bigatto und seine Mannen wurden später im Wald aufgestöbert; erschreckt von ihren eigenen Schüssen, von der hinreißenden Romanze der Bren waren sie ausgerissen und hatten alles, die Waffen, die Sperre und die toten Feinde im Stich gelassen. Dieser Angstanfall, diese nächtliche Panik der Volksgarde, welche die mit Banditenaktionen befaßte Intelligentsia aus Vicenza hätte beschützen sollen, beunruhigte diese Intelligentsia ziemlich.

»Gewissenlos«, sagte Dante, »unverantwortlich.«

Das übliche Problem: entweder man bestraft solche Dinge, oder man bestraft sie nicht. Enrico verlangte einen Prozeß, aber Dante sagte: »Laß sein.« Es lief noch der Prozeß gegen den Arzt von Rotzo oder Roana oder irgendwo; und dann der Prozeß gegen den Apotheker. Die Verwaltung der Justiz ist immer überlastet in Italien, hinkt immer hinterher. Es waren penibel ehrliche Prozesse mit Zeugen, die schon an Ort und Stelle waren oder eigens zu dem Zweck festgenommen wurden. Enrico wollte immer den Ankläger machen; die Verteidigung, meist in Benes Händen, war ernsthaft und unnachgiebig, auf der Analyse der Tatsachen begründet, aber Rückgriffe auf starrsinnige Prozeduren und in manchen Fällen auf zorniges Geschrei lagen ihr durchaus nicht fern.

»Wenn du das behauptest, muß dir auch der Prozeß gemacht werden«, schrie Enrico bei einer Debatte dem Verteidiger ins Gesicht.

»Hier wird Recht gesprochen, nicht Einschüchterung betrieben«, schrie Bene und bewegte dazu seine Hand wie einer, der »Lebwohl, lebwohl« sagt, so wie es Bene eben macht, wenn er in Wut kommt.

Einer dieser Gefangenen brachte es nicht einmal zu einem Prozeß. Es war ein Arzt. Als sie ihn verhafteten, war er im Schlafanzug; aber als sie aus dem Haus gingen, hatten sie ihm eine Decke übergeworfen, denn die Nächte waren noch kühl, und in diese Decke blieb er eingewickelt.

»Wer leitet das Verfahren ein?« fragte Bene.

»Ich würde sagen, wir leiten überhaupt kein Verfahren ein«, sagte Giuliano.

»Bist du verrückt?« sagte Bene. »Willst du ihn vielleicht totschlagen wie einen Hund?«

»Ich würde sagen, wir schicken ihn wieder heim«, sagte Giuliano.

»W-was?« sagte Enrico.

Die Leute aus Asiago beunruhigte es allmählich, daß wir mit solcher Schärfe gegen das Gesundheitswesen vorgingen.

»Wir holen zu viele Ärzte weg«, sagte Giuliano.

»W-was?« sagte Enrico.

Sie sagten, es liege wohl ein Mißverständnis vor; dieser Arzt hier sei zwar Faschist, aber beileibe keiner von den Schlimmsten.

»Aber ihr habt ihn uns doch angezeigt?« sagte Enrico. Das stimmte, denn die ausgedehnten Vorarbeiten für die Auswahl des Kandidaten, der sich am besten für die Festnahme eignete, beruhten auf den Informationen der Einheimischen. »Verantwortungslos«, sagte Dante.

»Das darf nicht auf dem Rücken des Angeklagten ausgetragen werden«, sagte Bene. »Wenn das Untersuchungsverfahren eingestellt wird, muß man sich bei ihm entschuldigen.«

»Natürlich ist und bleibt er ein Faschist«, sagte Giuliano.

»Wir könnten seine Ohren essen«, sagte der Bigatto, denn er gehörte zu denen, die immer solche Gelüste hatten. »Wenigstens eines.«

»Wenn du ihn anrührst, trete ich zurück«, sagte Bene.

»Zurück wovon?« sagte Enrico.

»Wenn du ihn anrührst, kriegst du einen Prozeß angehängt«, sagte Dante, und der Bigatto trollte sich murrend. Seit er die Bren im Stich gelassen hatte, war sein Prestige ziemlich gesunken. Der Gefangene wurde mit den gebotenen Ermahnungen und in seine Decke gewickelt freigelassen.

Während ich den langen, langen, leichten, grasigen Abhang hinunterging, der schließlich zwischen den Weinbergen und den angebauten Feldern über den ersten Dörfern der Ebene versinkt, dachte ich wieder an den Suster und an seine Aufforderung, bei ihm zu bleiben, und jeder Schritt, jeder lange, leichte Schritt, der mich weiter abwärts führte, erschien mir eine Dummheit. Da gehen wir herum und suchen nach Italienern, dachte ich, und wenn wir einen finden, lassen wir ihn stehen.

Als ich einen halben Kilometer weiter unten war, war es zu spät, sich eines Besseren zu besinnen; nun ist es entschieden, sagte ich nur: so kam ich vom Gebirge herunter.

Bei Einbruch der Dunkelheit war ich unten in Fara. Ich wußte, daß hier ein Bauer und Gebirgsjäger wohnte, den ich kannte, und ich ließ mir sein Haus zeigen; ich wurde sehr herzlich aufgenommen, niemand sagte das Wort »Partisan«, aber ich wurde bewundert und mit Essen vollgestopft. Ich ließ mich vollstopfen (mit Brot und Suppe), denn von meinem Ziel war ich noch eine halbe Provinz entfernt, und dies war das letzte Haus, das ich zu betreten gedachte. »Sie betrachten uns als ihre Streitkräfte«, dachte ich. »Es muß das erste Mal sein, daß so etwas in der italienischen Geschichte geschieht. Schade, daß wir uns manchmal ziemlich entwaffnet vorkommen.« Ich bekam auch einen Brotvorrat mit, den ich mir wortwörtlich ans Herz legte, und mein Freund, der Bauer und Gebirgsjäger, begleitete mich bis zum Damm des Astico, dort verabschiedeten wir uns, und ich ging dann weiter den Fluß entlang.

Von oben hatte ich am lebenden Modell die Landkarte des Vicentiner Oberlandes noch einmal studiert und versucht, mir den Lauf der Gebirgsflüsse und dessen Verhältnis zur Straße und zu den fernen Hügeln, die die Landschaft im Westen abgrenzen, genau einzuprägen. Ich wußte, wenn ich an der ausgewählten Stelle über die Hügel gehen wollte, dann mußte ich wenigstens bis Sandrigo dem Lauf des Astico folgen. Nachts verirrt man sich zwar, aber ich stellte folgende Überlegung an: Wenn ich zu einer Brücke komme, dann bin ich in Sandrigo, und von da an muß ich mich schräg nach rechts halten, bis die Nacht zu Ende ist, habe ich sicher alle großen Straßen – die ja am gefährlichsten sind – überquert; dann kann ich mich frei auf die Hügel zubewegen und auch bei Tag hügelaufwärts gehen.

Als ich aber um Mitternacht unter der Brücke von Sandrigo war, überfiel mich plötzlich die Müdigkeit, und ich sagte mir: »Jetzt ruhe ich mich zehn Minuten aus.« Das Gesicht himmelwärts, legte ich mich auf den Damm. Der Astico floß vorbei, die Sterne standen dicht gedrängt, die Luft war kühl und angenehm; ich schloß die Augen, nur für zehn Minuten, um Mitternacht, und wurde von der Sonne geweckt, die schon hoch am Himmel stand. »Mit ein wenig Glück kann ich auch tagsüber weitergehen«, sagte ich mir, und die Verzögerung mißfiel mir durchaus nicht, denn ich hatte schon mit den Unannehmlichkeiten des nächtlichen Wanderns in der Ebene Bekanntschaft gemacht, vor allem mit der Unverschämtheit der Hunde.

Ich ging den ganzen Tag über die Felder; um Dörfer und Gehöfte und alles, was zu menschlich erschien, machte ich einen Bogen, denn ich ging für mein Empfinden durch besetztes Gebiet. Auf den Feldern stand das reife Getreide: es kam mir vor, als hätte ich eine ganze Jahreszeit übersprungen oder wäre in ein anderes Land mit anderen Jahreszeiten versetzt; hier war schon Hochsommer, und da ich unversehens hineingeraten war, spürte ich die Kraft der Erde und der Sonne.

Um den letzten Rest des geschenkten Brotes zu essen, setzte ich mich an den Rand eines Weizenfeldes, genau dahin, wo der Weizen und eine Hecke aufeinanderstießen. Ich betrachtete die Nähte des scharlachroten Mohns, und, da und dort im jungen Gold schwebend, die blauen Wölkchen der Kornblumen. Diese beiden Farben gefallen mir sehr gut. Ich saß auf der Böschung eines Grabens, und meine Augen waren genau in der Höhe der Ähren: aus der Nähe sah ich, daß die meisten doch noch nicht ganz reif waren, eine Spur Grün hatte die Sonne noch wegzutrocknen; aber viele waren schon vollkommen, trockenes Gold. Staunend betrachtete ich die kleinen Schutzhüllen, die auf die goldenen Halme montiert waren; ich war überwältigt von der Vorstellung, daß die Ebene dieses Getreide für uns wachsen läßt, schon seit Jahrtausenden, und daß wir es essen.

Wie alt es ist, sagte ich mir, und wie elegant. Und da saß ich, abgezehrt, unelegant, heutig, mein Stück Brot in der Hand, und dachte: Der Mensch ist doch ein seltsames Tier.

Umsichtig überquerte ich die großen Straßen; die geographische Zeichnung, die jeder von uns in seinem Kopf herumträgt und die nichts anderes ist als die Landkarte unserer Kindheit, wurde nun Wirklichkeit, der Boden unter meinen Füßen. Sowie ich, im Nu, auf unserer Straße, der von Thiene nach Schio, hinter der Kapelle von Motta vorbei war, wußte ich, dahinter *muß* jetzt der Bach sein, denn man sieht ihn ja in Castelnuovo, wo ihn die Straße verläßt, ungefähr in diese Richtung fließen und findet ihn dann wieder bei der Brücke nach der Kapelle: er hat hier einen anderen Namen, aber man weiß, er ist es.

Einige Dutzend Meter jenseits der Straße war er dann auch. Ganz ausgetrocknet und schmal lag er tief zwischen seine Ufer gebettet; er sah aus wie ein Spielzeug. Als Inbegriff des Abenteuers hatte ich in meiner Kindheit immer davon geträumt, sowohl bachaufwärts wie bachabwärts kilometerweit durch unbekannte Lande zu gehen, jenseits der Welt der Straßen. Den Bach stellte ich mir schmal, geheimnisvoll und tief zwischen seine Ufer gebettet vor; und gerade so sah ich ihn nun vor mir liegen. Ich war sogar versucht, alles andere sein zu lassen und jetzt bachaufwärts zu gehen; ich war ja trotz allem frei und gleichsam in Ferien; der Bach war so echt.

Aber ich ging über den Bach und auf die Hügel zu, die vor mir lagen, denn ich wußte wohl, daß ich bei der zweiten kleinen Hügelkette das Dorf und das Haus finden würde, die ich suchte. Es freute mich, daß ich tagsüber gegangen war, statt nachts von den Hunden umzingelt, die viele Leute während des Krieges zu allem Übel auch noch frei herumlaufen ließen und die eine andauernde Belästigung darstellten.

Die Hügelrücken waren voller Felder und Kastanienwäldchen;

strichweise wuchs eine ziemlich dichte Macchia. Oben auf dem Hügel angekommen, schlug ich einen Weg ein, der zu einem Haus führte; hier geriet ich in eine der größten Gefahren meines Krieges. Vom Ende des Weges kam mir zwischen dichten Hecken ein Geschöpf entgegen, das mich zwar gesehen hatte, mich aber nicht ansah. Es war ungefähr so groß wie ich, und da es sich unbestreitbar um einen Hund handelte, jagte schon allein seine Statur Entsetzen ein. Einen solchen Hund hatte ich noch nie gesehen, auch später nicht mehr. Er war ein Ungeheuer, schwarz und von wildem Aussehen. Ich habe keine Angst vor Hunden, wenn ich etwas in der Hand habe, um sie umzubringen, wie damals in Meran, als Lelio und ich in einen Garten gegangen waren zum Äpfelstehlen, kleine, häßliche, grüne Äpfel, die wir überdies fast alle vom Boden auflasen; aus dem Haus kam eine Deutsche heraus, nicht minder häßlich, mit zwei Wolfshunden, die sie mit deutschen Rufen aufhetzte. Wir waren schon im Weggehen, aber auf einmal fuhr es mir durch den Sinn, daß ich mich ja auch umdrehen könnte, und da drehte ich mich um und entblößte mit einer theatralischen Gebärde mein Bajonett. Die Hunde bellten in ihrer Dummheit noch genau wie zuvor, aber die Deutsche zog sofort ein anderes Register und wollte sie zurückholen. Da begann ich die Zähne zu fletschen und machte ein Gesicht, als wollte ich sie alle drei umbringen. Die Frau fing an, auf Italienisch »no, no« zu kreischen, und ich stopfte mir, anstatt sie umzubringen, die Jacke mit grünen Äpfeln voll, vor ihrer Nase und der der Hunde. Damit will ich sagen, daß ich mich eigentlich nicht vor Hunden fürchte, aber nur, wenn ich den geeigneten Prügel in der Hand habe; sonst schon ein wenig, und dort auf dem Hügel hatte ich ein so dünnes Stöckchen, daß der schwarze Hund, der so groß war wie eine junge Kuh, mir zum Zeichen seiner Verachtung ins Gesicht gegeifert hätte, wenn ich mein Stöckchen gegen ihn erhoben hätte.

Der apokalyptische Hund also kam näher, ohne mich anzusehen, und ich ging ihm entgegen, ein wenig langsamer ausschreitend, aber doch im selben Rhythmus wie zuvor; denn wenn man den Rhythmus wechselt, beschleunigt man die Krise. Ich hielt meinen Kopf geradeaus gerichtet und verdrehte die Augen, um ihn zu überwachen, und verzweifelt wiederholte ich in Gedanken alles, was bei Jack London über den Kampf mit Hunden steht. Als wir aneinandervorbeigingen, streiften wir uns beinahe, und ich hörte, daß er etwas in seinen Bart brummte; er schaute weg, und ich schaute ganz zu ihm hin, hielt aber meinen Kopf geradeaus nach vorne gerichtet, und als er vorüber war, drehte ich meine Augen wieder geradeaus nach vorne und wandte mich nicht mehr um; von diesem riesigen Hund habe ich nichts mehr gehört und habe auch nie mehr einen so großen gesehen.

9

Unser kleiner Krieg rückt nun in Heimatnähe, wird zivilisierter. Wir sind jetzt auf unseren heimischen Hügeln gleich hinter Isola Vicentina; eine Krippenlandschaft, vertraute Höhen mit Kastanienwipfeln und einer Macchia mit Akazienbüschen, Haselnußsträuchern und Brombeergestrüpp. Hier sind wir Partisanen, die, wie es sich gehört, »in der Macchia« leben. Die Ebene liegt nur ein paar Schritte weiter: wenn wir, wie auf einem Schemel, auf dem Stützmäuerchen sitzen, ist es, als würden unsere Füße oberhalb der Gemüsegärten von Isola hängen; auf die Straße, wo die häßlichen Schnauzen der deutschen Fahrzeuge und die kriminellen Kolonnen der Kompanie Tagliamento vorbeiziehen, könnten wir einen Stein hinunterwerfen oder auch hinunterspucken. Deutsche Truppen sind in allen wichtigen Dörfern der Ebene zusammengezogen; die für die Razzia zuständigen Ukrainer stehen in ihren Stallungen in Marano; die Kompanie Tagliamento in San Vito. Wir sind in Tuchfühlung, beinahe ist für uns kein Platz in dieser Gegend, wo fast überall Dörfer, Ortschaften, Weiler und Gehöfte liegen.

Auf dem Dorfplatz von Isola ist ein Plakat, auf dem in deutscher Sprache steht: *Bandengebiet*; das gilt uns. In allen Dörfern hängen zweisprachige Hinweise, die genau erklären, wieviel Kilo Salz jeder von uns wert ist. Die Leute wollen aber dieses Salz nicht, sie sagen, mit dem sollen sich die Deutschen selbst einsalzen, wobei sie hinzufügen, an welcher Körperstelle am meisten. In fünf Minuten (vom Dorfplatz abbiegen, über die Brücke fahren, den Berggang einlegen) könnten die Deutschen von Isola aus uns hier besuchen kommen, wo hundert Meter über der Ebene unser Lager ist; die Kriminellen von San Vito könnten uns ohne weiteres jeden Augenblick heimsuchen. Die Straßen sind zwar nicht komfortabel, aber befahrbar; bei uns steht niemand Wache. Aber sie versuchen, uns mit Salz zu fangen.

Wir stehen nicht Wache, weil es nicht nötig ist; das nehmen uns die Leute, die Bauern, die Bevölkerung ab. Wir sind hier mitten in der Natur und in den Feldern so unter sie gemischt, daß wir nicht einmal unsere Boten zu bemühen brauchen, denn die Nachrichten werden von Mund zu Mund weitergegeben. Am Fuß des Hügels und den Hang hinauf liegen vereinzelt Bauernhöfe, die Landwirte und Bauern, die einen wohlhabender, die anderen ärmer, sind lauter Freunde von uns; für sie geht das Leben mehr oder weniger weiter wie immer, nach einem jahrhundertealten Muster, nur daß jetzt, seit den letzten Jahren, Krieg ist; und jetzt, seit den letzten Monaten, hier auch diese jungen Leute, die Partisanen, sind. Die Frauen kochen oft auch für uns etwas mit, die Familien gewähren uns ohne weiteres Zutritt in ihre Häuser. An Feiertagen schicken sie uns eine Flasche Wein.

Als wir ankamen, brannten sie heimlich Schnaps. Wir kamen eines Nachmittags im Juli, vereinzelt, zum Teil ohne Waffen, zum Teil schon bewaffnet, die einen über den Hügel, die anderen querfeldein, wieder andere kamen mit dem Fahrrad und falschen Papieren auf der Straße. Vereinbarungen und Verabredungen waren strahlenförmig getroffen worden, Befehle weitergegeben durch die Schätzchen und die Freunde der Schätzchen und die Schätzchen der Freunde; alles klappte, wie es sollte. Nach den wilden Monaten im Gebirge hatte sich das Ganze nun ländlich und beinahe häuslich gefärbt; ich gehörte zu denen, die querfeldein kamen; am Fuß der Hügel stand ich plötzlich auf einer Tenne. Es waren schon alle da. Die Heimkehrer vom Altipiano, Dante, Mario, Enrico und Bene; andere Freunde aus Vicenza, Marietto, Gigi und noch einige neue; und die schnapsbrennenden Bauern. Es war wie ein Fest auf dem Lande. Die Liebenswürdigkeit des Ganzen stieg mir sofort in den Kopf; nun waren wir also in der Ebene, Partisanen inmitten von Männern und Frauen, Rebellen mit Wurzeln. Mir war heiß, und ich hatte Durst, da reichte mir ein Bauer lachend eine Schüssel, die zu drei Vierteln voll durchsichtigem Schnaps war, farblos wie frisches Wasser. Ich nahm sie, wie hypnotisiert, in beide Hände und trank sie leer, als wäre es eben nur eine Schüssel Wasser. Es war Schnaps auf der letzten Stufe vor reinem Alkohol. Alle lachten, und ich sagte: »Dem Krieg zum Trotz!« Eine Viertelstunde lang verhielt ich mich beinahe genauso wie zuvor. Das Licht des Nachmittags hatte sich unglaublich intensiviert und leuchtete, als würde es brennen; dann begann ruckweise alles zu erlöschen, zuerst die Geräusche, dann die Farbtöne, dann die Dinge, dann selbst die Abwesenheit der Dinge. Zuletzt auch der Sinn der Wörter, der Adjektive, der Substantive, der Schufte von Verben; übrig blieben einige gemeine Pronomen und Interjektionen, die dann ineinanderflossen wie Gegenstände, denen die Farbe ausläuft. Zuletzt blieben wir allein zurück: Ich und das Nicht-ich.

Als ich tags darauf wieder zu mir kam, empfand ich keine Scham, sondern war beunruhigt; ich hatte aufs neue zu ahnen bekommen, wie nahe das Bewußtsein bei der Bewußtlosigkeit liegt, welch merkwürdige Nachbarschaften es gibt auf der Welt.

Auch die Nachbarschaft mit den Deutschen zeigte merkwürdige Wirkungen. Eines Morgens weckte mich Gigi (wir schliefen so lange wie in einem Zeltlager am Ufer eines Sees) und sagte: »Horch mal!« Es waren viele Schüsse zu hören, in nächster Nähe, gleich jenseits der Hecke. »Kann es sein, daß die Jagdsaison schon angefangen hat?« sagte Gigi; aber es war ihm selbst klar, daß es sich nicht um eine ernstzunehmende Theorie handelte. Durch das Laubwerk kriechend bewegten wir uns zu einem Spähpunkt; jenseits der Hecke lag eine abschüssige Wiese und dort in fünfzig Meter Entfernung ein kleiner freier Platz zwischen den Akazienbüschen. »Um Gotteswillen!« sagte Gigi. Es wimmelte von Deutschen. Wie ich aber beobachtete, schossen sie mit einer gewissen Ruhe und Ordnung, eigentlich der Reihe nach; außerdem nicht aufwärts in unsere Richtung, sondern quer über die Wiese; mit anderen Worten, sie übten sich im Zielschießen. Ich erklärte es Gigi, nicht ohne dabei eine gewisse Selbstgefälligkeit vorzutäuschen; er sagte: »Wo bleibt die gute Kinderstube?«

Wir scherzten, aber insgeheim waren wir argwöhnisch geworden. Das waren eben die Unsicherheiten der Nachbarschaft; es gab unser Territorium und ihr Territorium, und wir befanden uns genau auf der Grenze.

Es war wie auf einer Straßenkreuzung, vorbei kam alles und jedes; vor uns Deutsche und Faschisten, hinter uns Partisanen jeglicher Färbung. Das Leben ging auf eigene Faust weiter, der europäische Krieg auch (wenngleich in weiter Ferne); unser eigener Krieg schuf ein dichtes Netz vielfältiger Beziehungen: der Ebene zu den Bergen, der Dörfer zum Land, der Komitees zu den Banden, der Banden zueinander.

Als wir ins Gebirge aufgebrochen waren, schien es, als wäre der Widerstand in der Ebene zu Ende und als wäre es unsere Aufgabe, die Ehre Italiens mit in die Berge zu nehmen. Als wir wieder herunterkamen, schwante uns nichts Gutes, aber in Wirklichkeit hätten wir uns diese Sorge auch sparen können: Italien hatte sich in unserer Abwesenheit sehr gut benommen.

Die Bevölkerung im Vicentiner Oberland war ganz auf unserer Seite: die anderen Parteien traten nicht einmal zum Wettstreit an. Auf den Hügeln und auf dem flachen Land wimmelte es von Partisanen, überall hatten sich Verbände jeglicher Art zusammengetan; mit der warmen Jahreszeit war die Volksbewegung des vergangenen Herbstes wieder erstarkt, in spezifischeren und hartnäckigeren Formen. Wir waren nicht mehr allein, man spürte ganz im Gegenteil, daß wir unserer Einsamkeit eine zu große Bedeutung beigemessen hatten. Jetzt gab es Einheiten, Gebietseinteilungen, Sektoren, Kommandos: Waffen, militärische Ränge, Verbindungen, Kuriere, Kokarden, Losungen; eine verwickelte und chaotische, aber wirkliche Welt. Wir hungerten geradezu nach Wirklichkeit, auf die Halluzinationen hin, die uns die Monate in der Einöde beschert hatten. Hier brauchte man nur seinen Platz unter den anderen einzunehmen; und wir nahmen ihn oberhalb der Häuser von Isola ein, einige hundert Handbreit über dem Dorf.

In Richtung Thiene und Bassano, in Richtung Schio und auf das Gebirge zu sah man ein großes Stück Ebene liegen. Wir befanden uns auf dem Horn einer kleinen mondsichelförmigen Bucht, deren Ausbuchtung westwärts blickte. Der Durchmesser dieser Bucht beträgt ungefähr zwei Kilometer, die Höhe der Hügel drei- oder vierhundert Meter; an den zwei Enden liegen Isola und Santomio. Auf dem Kamm oben sieht man zwei Dörfchen liegen: Torreselle und Monte Pulgo, die nun den Partisanen gehörten. Der Zufall hatte uns in diese Ecke verschlagen, ein paar Schritte von meinem Dorf, in die Gegend, wo ich als kleiner Junge mit den anderen Jungen Krieg spielte.

Der Sommer war da, in seiner ganzen Fülle; wir waren zwischen reife Felder und dichtes Laub gebettet; hatten das Gefühl, stets aus Blättern und Ähren aufzutauchen: uns umgaben Fuhrwerke, Tiere, Heu, landwirtschaftliche Werkzeuge, ländliches Gerät. Wir tranken mit den Bauern, lachten mit den Bäuerinnen, sangen auf den Tennen. Der Sommer ließ Früchte und Blumen gedeihen, und in seinen Girlanden steckten, vor Gesundheit strotzend, unsere Gesichter. In Hecken, Macchia und Waldungen hingen unsere Nester wie kleine Gehäuse, die sich zwischen den Zweigen verfangen hatten; zwischen den Akazienbüschen stand mein kleines Zelt in Tarnfarben.

Im prallen sommerlichen Wohlbehagen fühlte auch ich mich so gesund und stark wie nie zuvor. Ich war beinahe dick zu nennen und spürte, wie mich die körperliche Kraft von innen her aufblähte; wenn ich meine Freunde umschlang, um mit ihnen zu ringen, mußte ich mich vorsehen, daß ich sie nicht durch den Druck meiner Arme zermalmte. Schnaubend und lachend rangen wir miteinander, und wie wir einander im Scherz niederzwangen, war großartig. Es schien außerordentlich schade, diese Kräfte nicht direkt für kriegerische Zwecke ausnützen zu können. Wir waren wie eine Schar Affen, die auf einer Wiese einander das Bein stellten.

Mädchen in hellen Kleidern besuchten uns: Schätzchen, Schulfreundinnen und sonstige Freundinnen. Sie zogen sich ihre Festtagskleider an, wenn sie kamen, und es war eine wahre Lust, sie zu empfangen, sich mit ihnen ins Gras zu setzen und zwischen den Glocken der anmutigen Röcke mit ihnen zu plaudern. Simonetta kam zu Enrico. Sie trug ein blaues Kleid. Ich hatte kein Mädchen: so saß ich vor dem Zelt und legte meine Pistole auseinander, eine ganz banale italienische Pistole, wenngleich Kaliber neun. Simonetta erschien unter den schattigen Zweigen und sagte: »Was machst du denn Schönes?« Ich sagte: »Ich lege das Ding auseinander und dann wieder zusammen.« Simonetta war hübsch und unbefangen, las die hermetischen Dichter, kletterte, fuhr Motorrad, kleidete sich elegant. Ich glaube, damals war sie auch schon an der Technischen Hochschule immatrikuliert.

Sie sah mir eine Zeitlang im Stehen zu; ich wußte wirklich nicht, was ich zu ihr sagen sollte, auch weil sie Enricos Mädchen war. Nach einer Weile sagte ich zu ihr: »Kennst du die Pistole hier, Kaliber neun?«, und sie sagte nein. Ich erbot mich, sie ihr zu erklären, und so verbrachte ich eine hinreißende halbe Stunde mit ihr. Es war reine Kameradschaft, aber mein Geschlecht streckte sich, und es kam mir sperriger vor als die große Pistole in meiner Hand, und in der engen kurzen Hose hatte es kaum mehr Platz.

»Simonetta«, sagte ich.

»Was?« sagte sie.

»Nichts, schauen wir mal, wo die anderen sind.«

Sie waren unter den Weinstöcken, die Mädchen lasen die leeren Gläser und die Servietten vom Boden auf und machten sich zum Weggehen fertig. Die Partisanen, mehr oder weniger uniformiert, blickten ihnen freundschaftlich nach. Das schien der schönste Augenblick des Krieges.

Ich war vom Altipiano heruntergekommen, um von den anderen etwas zu hören; es war selbstverständlich für mich, daß wir wieder ins Gebirge zurückgehen würden, daß unser Platz dort in der Höhe war. Als ich unten war, änderte sich meine Meinung. Dort oben in der Höhe war es zu leicht; der Krieg mußte mitten im wirklichen Land geführt werden, nicht in der Einöde der Thebais. Wir mußten uns versuchen in einzelnen, konkreten, alltäglichen terroristischen Aktionen; uns so zusammenschließen, daß etwas anderes aus uns wurde als nur Razzia-Material. Unten bleiben, um die Stärksten zu sein; den Luxus, schwach, allein, tugendhaft, Razzien ausgeliefert und ausrottbar zu sein, hatten wir uns hinlänglich geleistet.

Ich weiß nicht mehr, ob ich es war, der den anderen diese Botschaft zukommen ließ, als ich wußte, wo sie waren, oder ob auch sie von selbst zu ähnlichen Schlußfolgerungen kamen. Auf jeden Fall waren auch sie im Juli heruntergekommen, nach einem stolzen bewaffneten Marsch durch die nachts verdunkelten Dörfer, wie Veteranen, die sich nicht dazu herablassen, vorsichtshalber außen herum zu gehen.

Renzo kam nicht mit. Er war oben geblieben, unter welchen Umständen, ist nie ganz aufgeklärt worden. Bald begannen wir von ihm zu hören, er hatte sich kommunistisch-einheimischen Einheiten am Westrand des Altipiano angeschlossen, oder vielleicht hatten sich diese Einheiten auch ihm angeschlossen.

Er hieß jetzt Tempesta, und den Rest des Krieges führte er unter diesem stürmischen Namen, er hatte sich einen Schnurrbart wachsen lassen, so hieß es, und der war ziemlich groß und schief, richtig stürmisch und kupferfarben; schon hatte er einen schrecklichen Ruf, und in den neun Kriegsmonaten, die noch folgten, wurde er immer schlimmer. Aus dem kleinen angehenden Rebellen, wie ich ihn bei seiner Ankunft auf dem Altipiano in Erinnerung hatte: schmächtig, verschlossen, von den Problemen stummer und nicht sagbarer Dinge vollkommen absorbiert, war dieser Gauner geworden, hart wie die Landschaft in der Gegend von Rotzo, aber mit der Bosheit einer reflektierten Bildung ausgestattet.

Auch Giampa und Gualtiero waren oben geblieben, sie gingen dann zu der Einheit der Sieben Gemeinden des Altipiano. Alle drei überwinterten im Gebirge als Abgesandte der Kultur Vicenzas in der langen Barbarei des letzten Kriegswinters. Ihre Unternehmungen gehören nicht zu dieser Geschichte; aber ihren Ruhm rechnen wir zu unserem Ruhm dazu: ihnen war es zugefallen, das Bild dessen zu werden, was larvenhaft in jedem von uns angelegt gewesen war. Als sie nach der Befreiung behaart, schreckerregend und pittoresk in den Straßen Vicenzas auftauchten, waren sie so perfekt, daß den Leuten nur eine Empfehlung einfiel: »Geht wieder hinauf und bleibt immer so.«

Warum sie nicht mit den anderen heruntergekommen waren, bleibt ungeklärt: für Giampa und Gualtiero war es wahrscheinlich zu früh, denn sie waren gerade angekommen; bei Renzo hat vielleicht eine leichte Mißbilligung, ein Anflug von Ungeduld unseren, seinen eigenen, ideologischen Feinheiten gegenüber mitgespielt, oder vielleicht war es auch eine rein impulsive Handlung. Die Erklärungen der anderen waren ziemlich ungenau.

»Warum ist Renzo nicht dabei?«

»Weißt du, der war zum Campo-gallina gegangen«, sagten sie.

»Wieso zum Campo-gallina?« fragte ich. »Habt ihr denn nicht auf ihn gewartet?«; und sie sagten: »Wir haben ihm einen Streich gespielt.«

Wahrhaft ein übler Streich; aber wenn man ein zweites Mal überlegt, wird er sinnvoll. Es ist nicht leicht, sich heute daran zu erinnern, welche Rolle der Zufall und die Improvisation bei allem spielten, was wir in jenen Monaten machten.

Renzo kommt vom Campo-gallina zurück und trifft nun schwer beladen und todmüde auf die Leute aus Asiago.

»Wo sind denn die Burschen?«

»Die sind hinunter ins Flachland; sie wollen konkreten Terrorismus machen, haben sie gesagt.«

»Und wann kommen sie dann wieder?«

»Keine Ahnung.«

»Und was sollt ihr mir von ihnen ausrichten?«

»Nichts.«

»Hurentreiber, verdammte«, sagt Renzo; und zum Trotz geht er sofort auf die Suche nach Kommunisten, findet welche am Westrand, verbündet sich mit ihnen und fängt an mit seinen Stürmen. Schon sprießt ihm der schreckliche rote Schnurrbart, dem der Herbst und der Winter nichts werden anhaben können.

Wir waren aufs neue ein Dutzend, neun ständige und zwei oder drei, die ab und zu kamen, alle mit Stens bewaffnet, außer Raffaele, der mit einem Maschinengewehr aufgekreuzt war, und Marietto, der ein 91er Gewehr hatte. Wenn wir im Gänsemarsch gingen, mußte er mit seinem langen 91er auf der Schulter immer den letzten machen. Der lange Lauf sah aus wie eine Antenne. Marietto war kurzsichtig, vom Barras unbeleckt, und mit seinem Riesengewehr auf der Schulter glühte er nur so vor Lust. Er war der Jüngste von uns, erstes Semester Philosophie, ziemlich auf Draht. Die Mannschaft war nahezu vollkommen. Bei uns gab es mehr Grammatik, mehr Syntax, mehr Eloquenz, mehr Dialektik, mehr reine und mehr angewandte Naturwissenschaften als in jeder anderen Partisanenmannschaft seit der Zeit der Makkabäer. Trotzdem machten uns unsere studentischen Ruhmestaten eher verlegen, besonders den Neulingen Raffaele und Severino gegenüber, die Männer ganz anderer Abkunft waren.

Es war eine wahre Erleichterung, einen Mann wie Severino unter uns zu haben. Wir redeten vom Tun an sich, er vom Ding an ihr; wir sprachen von den Operationen der Gironde und der Montagne, und er erzählte von seinem Freund mit den Hämorrhoiden, der kein Geld für die Operation hatte und der sich deshalb mit einigem Erfindungsgeist selbst hatte operieren müssen. Er hatte sich mit den Füßen an einem Deckenbalken im Schlafzimmer festbinden lassen, so daß er mit dem Kopf nach unten vor dem Schrankspiegel hing und sich mit einem Rasiermesser operieren konnte. Das Blut floß in einen Bottich, der am Boden stand. Dieser Freund von Severino benutzte beinahe zu allem, was er machte, Stricke, auch zum Schlafen mit seiner Frau.

»Könnten wir ihn nicht als Rekruten aufnehmen?« sagten wir.

Aber Severino hatte ihn aus den Augen verloren und sagte: »Vielleicht ist er jetzt bei den Schwarzen Brigaden.«

Auch Raffaele war ein Neuling bei uns; er war so alt wie wir, sah aber jünger aus; in meiner Erinnerung blieb ein blonder Junge von feinem, freundlichem Äußeren, der mit einem Maschinengewehr ankam. Er sah aus, als käme er direkt vom Spielen mit seinen Brüdern, direkt aus seinem Hinterhof. Er hatte aber schon Erfahrung mit Risiko und Gewalt, sogar weit mehr als wir. Im Frieden war er ein waghalsiger Kletterer und im Krieg bei einer Anti-Partisaneneinheit in Kroatien gewesen. Sie waren da unten durch die Wälder gestrichen, nicht zu Razziazwecken, sondern um die dortigen Partisanen von Mann zu Mann niederzumachen; als wären sie selbst auch Partisanen, streiften sie durch die Wälder, und sobald sie auf ein Rudel echte Partisanen stießen, die im Kreis um ein Feuer saßen, näherten sie sich ihnen ganz leise und machten sie nieder. Manchmal wurden auch sie von den Partisanen niedergemacht; aber Raffaele war, wie auch immer, am Leben geblieben, und beim Waffenstillstand hatte er das Maschinengewehr behalten, dieses MG der Vernichtung, und jetzt war er hier bei uns.

Unser halb offizieller Anführer war Dante, wir hatten ihn ohne alle Form wiedergewählt. Er hatte sich dagegen gewehrt, aber wir waren unbeugsam geblieben, hatten ihm *befohlen* zu kommandieren. In Wirklichkeit war unser Kommandant eine Art Präsident; die Entscheidungen wurden demokratisch getroffen, selbst in Gegenwart des Feindes. Wir stimmten ab, wenn auch flüsternd, um nicht gehört zu werden. In der Praxis sah es so aus, daß jeder von uns der Reihe nach drankam, das Amt eines Vizekommandanten zu übernehmen, wenn ihm etwas besonders am Herzen lag; der Haupt-Vizekommandant von allen war ich, glaube ich, selbst, wenigstens in der Praxis: es stimmt zwar, daß ich mir keinen höheren Rang zumaß als den anderen, es stimmt aber auch, daß ich einen Haufen Befehle gab.

Dies war unsere zweite Manier. Wir besaßen eine eigene Technik, wir fühlten uns nicht mehr als Lehrlinge, sondern als selbständige Meister, eifersüchtig wachten wir über unsere Unabhängigkeit von jeglicher Schule, waren streng und anspruchsvoll. Die Kommunisten schossen mehr und richteten schwereren Schaden an; bei uns aber war das Verständnis für die Folgen des Schießens und des Schadens wacher; wir neigten dazu, uns der Untüchtigkeit zu bezichtigen, aber jetzt ist mir klar, daß unsere Gewissenhaftigkeit ihre Vorzüge hatte, auch im Vergleich mit den Kommunisten. Sie hatten Kommandanten und Kommissare, die schon eine allgemeine Lehre vom Menschen und von der Gesellschaft, dem Krieg schlechthin und diesem im besonderen ihr eigen nannten; im Rükken hatten sie das ganze Gebäude des internationalen Kommunismus, sicherlich eines der imposantesten Ideengebäude auf der Welt (das sie aber nicht selbst errichtet hatten). Wir hatten nichts: wir mußten jegliche – auch die geringste – Explosion und jeden einzelnen Tod vor uns rechtfertigen.

Von finsterer Strenge in den Grundbegriffen, liebenswürdig und beinahe mild, wenn ein konkreter Fall vorlag, zogen wir nicht einmal die Vorstellung in Betracht, jemanden feige zu erschießen. Überdies wollten wir nicht ohne zu zahlen (mit den Guten) brechen, nicht ohne Notwendigkeit Schrecken verbreiten, nicht ohne Erklärungen morden. Dies waren unsere Absichten: in der Praxis sah es so aus, daß wir nicht sonderlich brachen, nur mittelmäßig Schrecken verbreiteten und beinahe nichts mordeten; eine Gruppe künstlerischer Handwerker mit streng beschränkter Produktion und einem stark entwickelten Empfinden für berufliche und persönliche Unabhängigkeit.

Ich glaube, wir waren in der ganzen Gegend die einzigen, die es bis zum Schluß ablehnten, sich Decknamen zuzulegen. Deren Nutzen erschien uns zweifelhaft, und unser Stilgefühl sträubte sich dagegen. Das Arkadien der Namen ist eine alte italienische Krankheit, bestenfalls hätten die Namen arkadischer Hirten zu uns gepaßt: Menalca, Coridone, Melibeo; vielleicht auch die Namen verkappter Mitglieder gewisser Akademien wie der Berauschte, der Betäubte, der Hyperbolische. So blieben wir aber mitten unter Tiger, Brand und Pfeil Mario, Severino und Bruno. Dieser Bruno war einer der unseren aus Vicenza, aber er war nicht die ganze Zeit über bei uns: wenn uns die Kommunisten einen Besuch abstatteten, steckte er sich eine lange weiße Feder ins schwarze Haar und empfing sie dann so. Während Russen und Alliierte dem Nazismus den Hals umdrehten, versuchten wir ihn wenigstens in seinem hohlen Pathos umzudrehen.

Das Wichtigste war vielleicht, daß es uns überhaupt gab; daß wir uns bewaffnet auf dem langen Grat sehen ließen, der in der Höhe dem Lauf der Straße bis Vicenza folgt. Häufig gingen wir ihn entlang, von Torreselle bis Ignago und bis Monteviale; die Ebene unten, die gehörte ihnen, zumindest tagsüber und die Straßen entlang; hier oben, einen Steinschleuderschuß entfernt, lag unser kleines Hügelreich. Es bestanden ähnliche Konventionen wie bei Staatsgrenzen. Es gab Abweichungen, die geduldet wurden. Wir konnten auf eigene Gefahr hinuntergehen, und das taten wir auch; sie konnten heraufkommen und ein wenig Razzia machen, und manchmal kamen sie auch. Aber wie wir uns nicht anmaßten, ihr Territorium zu besetzen, so maßten sie sich nicht ernsthaft an, das unsere zu besetzen. Das Territorialproblem hatte sich von selbst gelöst: es gab kein geschlossenes, befestigtes Gebiet mehr, das es Schritt für Schritt zu verteidigen galt; das wäre absurd gewesen; das Gebiet war offen und zugänglich. Aber in Wirklichkeit betraten sie es nur für kurze Zeit und beinahe lustlos.

So vorläufig und abenteuerlich war unsere Herrschaft über die Hügel und die kleinen Dörfer in der Höhe; nachts stiegen wir hinunter, um das dunkle Land zu bearbeiten. Wir hatten Plastiksprengstoff, den uns ein Techniker in einem Köfferchen nach Vicenza gebracht und erklärt hatte. Er war mit dem Fahrrad und seinen gefälschten Papieren gekommen, als einer, der mit Unterhemden und Unterhosen handelte. Die Sprengkörper waren kleine Tuben aus weichem Kupfer, in lebhaften Farben – blau, rot oder violett – lackiert; innen drin hatten sie ein Reagenzgläschen voll Säure, das zerbrach, wenn man die Kupferhülle mit den Zähnen zusammendrückte. Die Farbe gab die Zeit an, aber in schwachen Augenblicken konnte man sich vorstellen, daß es blaue, violette und orangefarbene Explosionen gab.

Bei Tagesanbruch waren in unserem Lager alle Gesichter ostwärts gewandt, in Richtung Villaverla, Marano, Dueville: weit aufgerissene Augen spähten nach den Blitzen der im Herzen der Nacht ausgelegten Sprengkörper. In Wirklichkeit konnten wir an dem Morgen, nachdem wir Gigi und Marietto zum erstenmal ausgesandt hatten, da sie sich üben sollten (Marietto war nämlich unerfahren und Gigi Pazifist), unter den vielen anderen ihre besondere Explosion nicht unterscheiden. Wir hatten eigens für sie ein hübsches Stückchen der Linie Vicenza-Thiene ausgewählt, nicht gerade in nächster Nähe, aber bequem erreichbar; sie hatten sich sorgfältig, aber nicht vorbehaltlos gerüstet: »Aber wie wichtig ist denn die Linie Vicenza-Thiene überhaupt?« sagte Gigi, während er die bunten Sprengkörper auf alle seine Täschchen verteilte. Am hellichten Tag kamen sie ratlos zurück. Auf dem Rückweg hatten sie haltgemacht, um ebenfalls die Explosion, ihre erste selbst bewirkte, abzuwarten. Während sie warteten, hatten sie den Käse gegessen, den sich Gigi in die Hosentasche gesteckt hatte; da aber keine Explosion erfolgte, fuhr es Gigi durch den Kopf, daß das Stück Käse und das Stück Sprengstoff beinahe dasselbe Format und dieselbe Farbe hatten; und es freute ihn unglaublich, ein wenig mit der Vorstellung zu spielen, er habe in die falsche Hosentasche gefaßt. Zu uns sagte er, wenn er sich wirklich geirrt haben sollte, dann sei der Geschmack des Sprengstoffes ein Gemisch aus Seife und Kreide, aber die Kreide schmecke vor. Ich füge hinzu, der Käse schmeckte beinahe genauso, aber vielleicht schmeckte die Seife vor.

Waffen, englische Hemden, Sprengkörper und Margarine bekamen wir nachts. Ich suchte die Sprüche für die Abwürfe aus, aber auf die schönsten, die mir einfielen, mußte ich verzichten. Die Sprecher von Radio London hätten eher gestreikt, als sich herbeizulassen, sowas mit lauter Stimme auszusprechen. Einen Spruch, der mir sehr hübsch und durchaus möglich erschien, bekam ich vom Rundfunktechniker zurückgesandt. Er hieß: *Umgebracht ist der König mit einem Sack zu wenig.* Natürlich ein Zitat. Ich hatte eine Erklärung beigepackt, der Text bedeute nicht, wie er wohl bedeuten könnte: *Der König hatte einen Sack statt zwei (wie alle anderen Männer), und man hatte ihn umgebracht*, sondern einfach: *Um den König umzubringen, hatte man statt zwei Säcken Steine nur einen gebraucht.* Aber es nützte nichts, in derlei Dingen sind die Engländer recht empfindlich.

Die Abwürfe über der Ebene waren denkwürdig. Es war stockdunkel, denn man wählte eigens mondlose Nächte; Zusammenkünfte aufs Geratewohl, Leute kommen scharenweise aus den vier Himmelsrichtungen, Getuschel mitten auf freiem Feld. Wenn das Surren des Flugzeugs näherkam, wurden die Reisigbündel angezündet, um die Wiese kenntlich zu machen; eine Taschenlampe gab Morsesignale: *Hier ist's, laß fallen.* Der schwarze Himmel füllte sich mit den Gespenstern der großen Fallschirme, die näher kamen; in aller Eile teilten wir uns das Material und brachten es schleunigst weg. Kilometerweit in der Runde bellten die Hunde.

Ich war mit Marietto allein auf freiem Feld, mit der üblichen maßlosen Last zu schleppen, und wir schwankten über die ungleichen Furchen. Er ist bei Tag schon kurzsichtig, stieß nun sofort gegen eine Weinstockreihe und stürzte fürchterlich. Einen Zentner Zeug zu schleppen, ist weiter nichts, das Schwierige dabei ist, wie man ihn sich aufladen soll. Wir probierten es die ganze Nacht über. Marietto war beharrlich, aber unerfahren. Wenn die Last oben war, ging Marietto zu Boden, und umgekehrt. Ich weiß nicht, ob auch ihm die entsprechenden Mythen in den Sinn kamen. Sie saßen uns schon seit geraumer Zeit im Genick; was wir machten, wurde zunichte gemacht, was wir auf den Berg trugen, rollte wieder hinunter; rauf und runter, runter und rauf, es hörte nie auf. Unter Rollen und Zerren erreichten wir das Lager bei Tagesanbruch.

Um uns herum spürte man den Überfluß und die Mannigfalt der Formen, das dichte Flechtwerk des sommerlichen Partisanenlebens, die Vitalität Italiens.

In den Dörfern war der Landsturm, sie wohnten bei sich zu Hause, entweder halbwegs in der Verborgenheit oder, häufiger, nicht zu allen Aktionen herangezogen und als Bauern getarnt. Sie hatten im Garten oder auf dem Speicher Waffen versteckt; nahmen teil an kleinen nächtlichen Zusammenkünften, um einander zu zählen, Befehle entgegenzunehmen, einen Abwurf abzuholen. Im Grunde waren sie die direkten Erben derer, die von Anfang an in jedem Dorf »das Dorf verteidigen« und sich bis zum »richtigen Augenblick« schonen wollten. Sie bildeten den gemäßigten Flügel des Widerstands, der abwartete. Jetzt aber sah man, wie wichtig ihre Funktion geworden war. In ihren Händen lag die Organisation der Lebensmittelversorgung und des sonstigen Nachschubs, unsere Verbindung mit den Komitees, die Information, wenn eine Razzia im Anzug war, der Nachrichtendienst, die Ankündigung von »Aktionen«. Nur selten ließen sie sich zu eigenen kriegerischen Aktionen herbei: ihre Grundidee blieb immer abwarten und sich für den richtigen Augenblick rüsten: welcher dann im Grunde der Augenblick gewesen wäre, in dem man keine Waffen mehr brauchte und nichts riskierte, wenn man welche bei sich hatte.

Die militärischen Kommandos in der Ebene waren in erster Linie von diesen nützlichen Schatten abhängig, deshalb vermittelten sie oft den Eindruck allzu vorsichtiger und rückständiger Organe: in Wirklichkeit gab es unter den Kommandanten in der Ebene einige außergewöhnlich tüchtige, wie etwa unseren bärtigen Grafen in

Santomio und die dynamischen Jungmänner, die die Linie der Dörfer an unserem östlichen Horizont, von Dueville bis Thiene, an den Zugängen zum Asticotal beherrschten. Sie hatten vor, mit dem Krieg Ernst zu machen, und arbeiteten in der Ebene, um aus dem Landsturm neue Gebirgseinheiten zu rekrutieren; was sie machten, war wohl gefährlicher als unsere Unternehmungen; und man kann sicherlich nicht sagen, sie hätten nie ihr Leben aufs Spiel gesetzt. Von denen, die wir besser kannten, wurde einer aufgehängt, ein anderer deportiert, und einige kamen bei bewaffneten Zusammenstößen ums Leben; unser Graf wurde im September von den Galgenstricken von San Vito erwischt, und zum Verhör mußte er sein Steißbein hinhalten und anderes; es gelang ihm aber, in den Pausen zwischen den Verhören einen seiner Gefängniswärter umzustimmen und mit ihm zu entkommen: seltsamerweise wurde später der Gefängniswärter als Partisan von den Faschisten umgebracht.

Andere Anführer des Landsturms aber neigten, insbesondere auf lokaler Ebene, eher zum Abwarten, vorsichtig von Natur aus, wahre Extremisten der Mäßigung. Für sie schienen die Banden auf den Hügeln beinahe ein notwendiges Übel zu sein; und die Ungeduld, »etwas zu tun«, behandelten sie als lästiges, störendes Element, sobald sie sich in ihren eigenen Reihen zeigte. So gingen viele Initiativen von unten aus, von Grüppchen junger Leute ohne Papiere, die entschlossen waren, »zu den Waffen zu greifen«, und die ohne die Bewilligung, vielleicht sogar gegen den Willen der Kommandos eines schönen Tages den Weg auf den Berg oder durch die Felder nahmen.

In der Mannschaft meines Bruders Bruno war ein halbes Dutzend solcher Leute, zwei Arbeiter, zwei Bauern, ein Grundbesitzer und ein Student. Sie hatten keine »Papiere« und wollten auch keine; sie wollten Stens und dann fortwährend unterwegs bleiben. Das Komitee stellte sich hinter den lokalen Kommandanten und befahl ihnen, die Waffen zurückzugeben: Sie waren auf einer Tenne versammelt; zuerst besprachen sie sich eine Weile, dann kreisten sie das Komitee ein und entsicherten ihre Stens. Dann gab das Komitee die Bewilligung.

Sie blieben den ganzen Sommer unterwegs als unabhängige kleine Mannschaft. Ihr Kommandant war ein blonder Bauer, ein Heimkehrer vom Pasubio, der dort bei einem der blutigsten Zusammenstöße dabeigewesen war. Sie betraten kein Dorf, gingen immer außen herum über Obst- und Gemüsegärten; ihr Gebiet waren die Ortschaften und Weiler in der Ebene, die direkt am Fuß der Hügel lagen, auf denen wir uns aufhielten. Wärmstens unterstützt wurden sie von den Bauernmädchen, die ihnen lachend ihre großen Häuser mitsamt all ihren Schätzen öffneten (dies war zugleich die Rache der Bauernmädchen an den gezierten Dorf- und Stadtmädchen, denen in Friedenszeiten die besten Leckerbissen zufielen). Sie hatten sogar eine Uniform, kurze Hosen und Leinenblusen, alle in demselben schönen Hellblau: sie wirkten gar nicht wie eine kleine militärische Einheit, sondern eher wie eine Sportlergruppe, eine Art bäurischer, bewaffneter Alpenverein; auf ihre Waffen waren sie so stolz wie auf ein schönes Fahrrad. Der Ruhm (der in unseren Träumen manchmal herumgeisterte) kümmerte sie weder viel noch wenig, sie schossen jedoch sehr gern, sobald sich die Gelegenheit bot; und die Anwesenheit von Leuten ihres Schlages in der Gegend bedeutete, daß die Gegend praktisch mehr uns gehörte als den anderen. Bei den Großrazzien waren sie mit einem Sprung auf den Hügeln. Kaum zu glauben, wie unbequem die platte Ebene in derlei Fällen wird; es ist nichts zu sehen, du tauchst in einer Tenne auf, um den Ukrainern zu entkommen, die Tenne ist menschenleer, und der Wetterhahn auf der Scheune, einen Augenblick zuvor noch von den Ukrainern beschossen, dreht sich noch. Auf den Hügeln ist es ganz anders, da siehst du die Ukrainer nämlich. Bruno und seine Mannen kamen auf einige Tage als Gäste zu uns. Was sie am meisten beeindruckte, war unsere rigorose Diät; wir aßen nämlich noch hauptsächlich Polenta und dazu die Margarine, die vom Himmel kam. Unsere Gäste, an hausgemachte Würste, zarte Hühnchen und große Melonen gewöhnt, blickten staunend und ein wenig mitleidig auf die Schar von Wilden, die wir waren und die auf den mageren Feldern der Hügel ihr spartanisches Mahl verzehrten; und für die Zeit ihres Besuches verschafften und befahlen sie uns eine üppigere Lebensweise.

Auf den Hügeln schwärmten die Gebirgspartisanen herum, die zu mehr oder weniger regulären Einheiten mit eigener Führungsschicht, Stammlager und einer bestimmten Disziplin gehörten: verglich man sie mit den Partisanen des Hochgebirges, so war der einzige Unterschied, daß die Rekruten der hiesigen Einheiten Einheimische waren und sich ihre Tätigkeit in erster Linie auf ihre eigenen Dörfer erstreckte, mit allen Vorteilen der Vertrautheit und der unmittelbaren Ortskenntnis. Es waren ziemlich zahlreiche Banden, bestens angeführt von Leuten wie dem Tar, dem Tiger, dem Neger; theoretisch eingegliedert in große, anerkannte Formationen, aber in Wirklichkeit weitgehend selbständig. Schroff und ohne viel Federlesen gingen sie vor; viele von ihnen empfanden es als vollkommen natürlich, den einstigen Kampf gegen die Besatzung der Kasernen, die Obrigkeiten und die widerlichsten Spießbürger, die gewöhnlich auch die bekanntesten Faschisten waren, mit unvergleichlich größerem Nachdruck weiterzuführen. Sie waren ständig in Aktion: Expeditionen, kleine Feuergefechte, Entführungen, wobei sie es zumeist vermieden, sich mit den Deutschen anzulegen (die es ihrerseits vermieden, sie zu belästigen), mit Vorliebe aber die Lurche der Tagliamento-Kompanie und jegliche andere Form einheimischer Räuberei heimsuchten. Die Lurche mit ihren Baskenmützen in Tarnfarben und ihren anspruchsvollen Knickerbockern konnten ihnen offenbar nichts anhaben: die wenigen Expeditionen, die sie mit ihren Lastwagen hügelaufwärts unternahmen, gingen immer zum Nachteil der Lurche aus; das Hauptquartier des Tar hatte – obwohl es knapp eine halbe Stunde (zu Fuß) vom Platz meines Dorfes entfernt war –, glaube ich, niemals richtigen Alarm, allenfalls ein paarmal eine Vorwarnung. Während solcher Razziaversuche mag der Tar weiter seine kurzen, ruhigen Befehle erteilt und dazu ein paar Akkorde auf seiner Gitarre angeschlagen haben; mehr war, glaube ich, nie nötig gewesen.

Dieser Tar, der Fürst der hinter unserem Gebiet ansteigenden Berge, war der Mann mit der Pelzmütze, den ich bei den ersten illegalen Versammlungen in meinem Dorf kennengelernt hatte. Nun war er zu einem legendären Bandenführer geworden, hatte seine Kopfbedeckung gewechselt und trug einen Kolonialhelm. Mich schätzte er, und uns respektierte er immer noch. Er besuchte uns mit dem Adler, einem seiner Statthalter, und das war Rino; es gab viele Adler in den Bergen, einfache, weiße oder schwarze. Der Adler Rino war bescheiden gekleidet, zurückhaltend bewaffnet, nur mit einer Sten und zwei Handgranaten, und in seinem Socken steckte natürlich der Feilendolch. Er hatte glattes, sorgfältig gekämmtes Haar und ziemlich lange Koteletten. Der Tar war eine strahlende Erscheinung; er hatte längere und dichtere Koteletten als sein Statthalter, er war wenig oder gar nicht bewaffnet, eine altertümliche, unfehlbare Pistole hing lässig an seinem Gürtel. Er trug Shorts, Gamaschen und eben diesen Kolonialhelm. Alles an ihm strahlte: das gebräunte Gesicht, die Samtaugen, die weißen Zähne, die ebenmäßigen Gesichtszüge, die eleganten Gesten.

Sie kamen privat zu uns, beinahe incognito; gaben sich fröhlich und plauderten behaglich ein wenig vom Krieg, ein wenig von anderen Dingen. Der Tar zog ein Lederetui heraus, gab es mir und sagte: »Mach's auf!« Ich machte auf, und zwischen zwei oder drei Zigaretten der Marke »milit« sprang, von einer Feder in die Luft gereckt, ein kleiner roter Phallus hervor; etwa so groß wie eine Bohne; der Tar lächelte vornehm.

Nach diesem ersten Kontakt unterhielten wir zum Tar gut nachbarliche Beziehungen; sein Reich war groß, die Mitte lag auf der Hügelgruppe südlich meines Dorfes, es verzweigte sich aufwärts längs der Hügelkämme in Richtung Schio und südwärts über die gegabelten Grate, die sich nach Vicenza hinunterziehen; unser eigenes Gebiet war beinahe eine kleine verbündete Provinz an der Peripherie dieses Reichs.

Der Tar war nicht nur ein großer Krieger, sondern auch ein großer Gesetzgeber; das Gesetz herrschte souverän in seinen Landen; er hatte es sich selbst gemacht und es gerade auch in den angrenzenden Ebenen eingeführt.

»Die langen Waffen gehören auf den Berg«, sagte er uns eines Tages. Dante, der ein leicht eigensinniges Wesen hatte, fragte ihn warum, und der Tar sagte: »Ich habe ein Dekret erlassen.« Die Erklärung erschien uns hinreißend. Darauf erfuhren wir, daß auch die Sten zu den langen Waffen gehörte. So wurden die armen Leute vom Landsturm ihrer brutal entledigt; sie kamen nachts zu einer Fortbildungsversammlung, jeder mit einer neuen Sten am Arm, der Wachtposten rief im Dunkel »Hände hoch« und sie, die armen Teufel, erhoben sie und näherten sich, Anführer wie Fußvolk. Der Wachtposten nahm sie einen nach dem anderen fest und zog ihnen die Stens herunter. So kamen die langen Waffen wieder auf den Berg.

Eines Tages hatten wir einen Truthahn geschenkt bekommen, den man bei uns »pao« nennt; die Bauern richteten ein Festmahl für uns aus, und wir luden den Tar mit dem Adler ein. Unglücklicherweise bekam ich gegen Abend die starken Kopfschmerzen, die ich damals öfter bekam, und konnte nicht an dem Mahl teilnehmen. Ich verbrachte den Abend vor dem Haus im Gebüsch liegend, bald leise stöhnend und bald den Reden der Gäste lauschend. Unsere Mannschaft war vollzählig da, dann die Bauernmädchen und die Gäste, außerdem waren in letzter Minute auch noch Enricos Bruder und Vater angekommen. Dieser merkwürdige Besuch war ganz außergewöhnlich: Enricos Vater hatte sich unvermittelt in den Kopf gesetzt, einmal selbst nachzusehen, was sein Sohn in den Bergen eigentlich trieb; der Bruder hatte uns wissen lassen, wir sollten ein paar Waffen verstecken und im übrigen die friedlichen Seiten der Situation hervorkehren. Das geplante Festmahl schien für den Zweck geeignet. Dann bekam ich Kopfweh und mußte mich ins Gebüsch legen.

Der Abend war sehr lustig, die zwei Gäste wurden Enricos Vater vorgestellt, der Direktor einer Fabrik in Valdagno war; er begrüßte sie sehr liebenswürdig. »Adler?« sagte er; »der Nachname kommt aber nicht aus dieser Gegend.«

Der Tar gefiel ihm, und er mußte sich neben ihn setzen. Ich hörte einige Fetzen ihrer Unterhaltung.

»Zuerst hab ich den Kommissar holen lassen«, sagte der Tar, »und dann auch den Sohn des Kommissars. Und jetzt werde ich die Tochter holen lassen.«

»Die Tochter?« sagte Enricos Vater. »Auch die Tochter?«

»Es lebe die Tochter!« rief Enrico. Der Tar sagte: »Aber, damit wir uns nicht mißverstehen: keinerlei körperliche Annäherungen.«

»Keinerlei?« sagte Enricos Vater.

»Nein«, sagte der Tar. »Ich werde sie von einem Wolfshund dekken lassen.«

Es war eine taufeuchte Nacht. Ich hörte das Klappern der Teller und die friedliche Unterhaltung.

»Wenn du ihm mit diesem Draht einen Ring um den Kopf legst...«

»Und wenn man mit der Beißzange die zusammengewickelten Enden einmal herumdreht...«

»Und dann noch einmal herumdreht...«

»Und wenn die Schädelknochen krik machen...«

Allmählich hörte man von christdemokratischen Einheiten reden; ziemlich verspätet, aber unbeirrbar kamen auch sie. Die Teilnahme einiger Kirchenleute und Priester an den ersten Phasen des Widerstands war bewunderungswürdig gewesen; aber diese organisierte, leicht verspätete Beteiligung ließ beinahe an einen opportunistischen Schachzug und an Konkurrenz denken.

Ein großer Anführer der guelfischen Neopartisanen hatte sich bereits hervorgetan; er hieß Omobono und beabsichtigte in einem Gebiet zu wirken, das an das unsere grenzte. Eines Tages wurde uns sein Besuch angekündigt; er kam am Nachmittag ohne Begleitmannschaft, es war Robertino, unser ehemaliger Schulkamerad Robertino mit dem langen braunen Haar à la Rodolfo Valentino. Der Überraschung folgte ein unhöflicher Heiterkeitsausbruch: alle zeigten mit dem Finger auf ihn und krümmten sich vor Lachen. »Omobono, das bist also du? Denk mal an: Omobono ist Robertino!«

In der Schule war Robertino nicht viele Jahre bei uns geblieben, weil er das Klassenziel nicht schaffte; früh am Morgen stand er zum Lernen auf und verbrachte den ganzen Tag an seinem Schreibtisch. Sein Vater schlich sich auf Zehenspitzen heran und spähte nach den illustrierten Heftchen zwischen seinen Büchern und verabreichte ihm die erste Ohrfeige, die ihm das lange braune Haar in Unordnung brachte. Man braucht aber nicht zu glauben, daß Robertino, wenn kein illustriertes Heftchen zu finden war, den Ohrfeigen entging. Es waren daktylische Ohrfeigen, verstärkt durch aufmunternde Proparoxytona. »Wach doch auf! Tu dich um!« sagte ohrfeigend Robertinos Papa und sah dabei aus wie einer, der ohne große Zuversicht eine Radikalkur verschreibt.

Dauernd auf den Kopf geschlagen, hatte Robertino eine ungewöhnliche Schullaufbahn hinter sich gebracht, indem er nicht von einer Klasse in die andere wechselte, sondern von einer Schule in die andere, wodurch er schließlich zu einem der großen Privatschüler unserer Generation wurde. Irgendwann war er, man weiß nicht genau wie, in einem Offizierslehrgang für Bersaglieri gelandet; da hatte er dann erneut in der Klemme gesessen, der Arme; und seine damaligen Kameraden erinnern sich noch, daß er oft vor den großen Fenstern der Kaserne im zweiten Stock verweilte wie einer, der nicht weiß, wo es hinausgeht. Er war ein guter Junge, ehrlich willens, alles gut zu machen; er hatte große graue Augen, die sich angesichts der Grobheiten des Lebens oft mit Tränen füllten, die dann wie Quellen hervorsprangen. Als er uns oberhalb von Isola besuchte, gab mehr als einer von uns zu bedenken, daß der große Nachholmarsch der Katholiken nicht unter günstigen Vorzeichen begann. Wenn es so weitergeht, dachten wir, wird das die Partei der Repetenten, der Ohrfeigenempfänger: Die waren nun offenbar aufgewacht und hatten sich umgetan. Heute sind wir in Italien alle sehr froh darüber, in den Händen derer zu sein, die uns in Händen haben; aber als wir damals, an jenem schwülen Nachmittag, neben Omobono im Gras saßen und aus seinen Augen das übliche Tränenwasser quoll, hätten auch wir am liebsten zu weinen angefangen, an der Wiege der neuen guelfischen herrschenden Klasse.

In Torreselle lag eine Einheit, die zum Imperium des Tar gehörte, aber ziemlich unabhängig war. Der Anführer war ein kleiner Mann mit großem Kopf, genannt der Neger; er hatte kurze, krumme Beine, einfache, offene Umgangsformen, und eine bemerkenswerte Vitalität steckte hinter seinem Gesicht und in seinem mißgestalteten Körper. Als Mario und ich seine Einheit zum erstenmal besuchten, brachte man uns in das Haus, das sie besetzt hatte, und bot uns einen recht guten Imbiß an. Man behandelte uns mit Respekt und Vertrautheit; zu guter Letzt wollte Mario sich die Nase putzen und bat mich um ein Taschentuch, ich hatte aber keines. Mario schickte sich an, sie sich mit den Fingern zu putzen, aber das wollte der Neger absolut nicht, und er befahl einem Gemeinen: »Hol das Taschentuch!« Der Gemeine ging nach oben, und wir hörten ihn herumstöbern; schließlich erschien er, das Taschentuch der Einheit in der Hand. Es war zusammengeknüllt, trocken und wie gestärkt. Der Neger nahm es mit beiden Händen und zog es auseinander; das Taschentuch knisterte und knarzte; und als es schön ausgebreitet war, gab der Neger es Mario, der sich die Nase putzte und es dann mir gab, und ich putzte mir auch die Nase, nur zum Vergnügen.

Mit den Sommerernten, mit den ersten Früchten reiften auch die neuen Partisanenjahrgänge heran. Rekruten kamen, und wir holten sie in den ersten Nachtstunden an verschiedenen Stellen auf den Hügeln ab; sie kamen in kleinen Gruppen aus der Stadt und aus den Dörfern, waren zumeist jung; erst vor wenigen Stunden hatten sie ihr Zuhause und ihre Familien verlassen; waren von eigens dazu bestimmten Kurieren an den Fuß des Berges gebracht und auf einen ansteigenden Pfad gewiesen worden; an einer Wegbiegung hörten sie das erste »Halt! Wer da?«, und vielleicht mischte sich in ihr Gefühl eines Jungenstreiches ein inneres Zittern. Dann nahmen wir sie in Empfang. Wir stellten uns vor, sie in halb autonomen Formationen als unsere Satelliten einzusetzen, erklärten ihnen die Bodengestalt der Gegend, die benachbarten Einheiten und die Waffen und schlossen dann: »Ihr werdet euch sofort eingewöhnen.« Damit sie sich eingewöhnten, gaben wir ihnen kleine Aufgaben, schon am ersten Tag eine kleine Expedition in die Ebene, ein kleiner Gang zu einer benachbarten Einheit. Berto kam eines Nachts mit einem Freund, und am Morgen schickten wir die beiden zum Neger, bei dem sie einige Magazine abholen sollten.

Zügig ausschreitend und Lieder vor sich hin singend zogen sie ab: ein Mittelding zwischen katholischer Jugendgruppe und faschistischen Jungbergsteigern.

Man sah ihnen an, daß sie brave Jungen waren, die pünktlich zur Messe erschienen, sicherlich imstande, bei der Messe zu dienen, typische Erzeugnisse unserer Betsäle in Vicenza, in denen ministrierende Fußballer und bergsteigende Sänger herangebildet wurden. Sie waren aber nicht bigott, sondern lustig und sogar keck: einen Fluch hätten sie niemals ausgesprochen, Schimpfwörter schon, wie Kinder. Ihr Interesse für den Widerstand war schwierig einzuschätzen. Berto sagt, als er bei uns angekommen sei, hätte ich ihn und seinen Freund empfangen, sie zunächst freundlich aufgenommen, dann ernst gefragt: »Und du, warum bist du hier?«, und er habe gesagt, da ihm im Moment nichts eingefallen sei und er gehofft habe, mir eine Freude zu machen: »Für die Fahne des Vaterlands.« Unglücklicherweise war ich aber schlecht gelaunt und sagte noch strenger als vorher: »Aber pfeifst du denn nicht auf die Fahne des Vaterlands?« (Statt »pfeifen« gebrauchte ich allerdings ein anderes Verb.) Berto paßte sich sofort dem Stil an und sagte: »Die ist mir scheißegal.« Und ich sagte mit äußerster Strenge zu ihm: »Warum?« Da antwortete Berto nicht mehr und dachte: »Das ist offenbar die Bande der Warum-Frager.«

Diese beiden gingen also am Vormittag, vor sich hin singend, über die Hügelkämme in Richtung Torreselle. »Stark und rein«, dachte ich; »immer die ersten auf dem Gipfel, aber doch sympathisch.«

Am Spätnachmittag kamen sie sehr bleich zurück.

Die Einheit des Negers hatte sie freundlich aufgenommen. Ein pittoreskes Milieu; an dem Vormittag ging alles ein wenig drunter und drüber, weil die Verteilung von Hemden auf dem Programm stand. »Ihr könnt ruhig bleiben«, sagte der Kommissar. Die Hemden waren vom Himmel gekommen, zusammen mit den Waffen und dem kanadischen Käse; es waren die üblichen englischen Militärhemden mit den attraktiven trapezförmigen Täschchen. Berto und sein Freund, noch in Zivilkleidung, hofften insgeheim, bei der Verteilung nicht leer auszugehen. Ein Helfer rief zum Appell, die Partisanen kamen in kleinen Gruppen und stellten sich vor dem Neger und dem Kommissar auf. Berto und sein Freund standen bei diesem Grüppchen der Obrigkeiten. Hoch und heiter spannte sich der Himmel.

Der Kommissar fing in seiner schludrigen Art an zu sprechen und verkündete offiziell die Verteilung der Hemden. »Auch die Schuhe sind knapp«, sagte er; »aber fangen wir einmal bei den Hemden an.« Er persönlich trug aschgraue Filzpantoffeln: so war er immer, und das paßte zu seiner schludrigen Art; es war wie eine schlechte Angewohnheit, eine Verwöhnung seiner Füße. Er war rachitisch, schleifte Füße und Worte nach; als wäre er schon müde, stützte er seine Hände auf die kleine, nicht vorschriftsmäßige Maschinenpistole, die er um den Hals hängen hatte.

»Da wir nun schon versammelt sind«, sagte er, »wollen wir die Gelegenheit nützen und im Auftrag des Brigade-Kommandos eine Waffenkontrolle durchführen. Nur eine Formalität.«

Die Helfer machten die Runde, und die Partisanen lieferten ihre Waffen ab. Auf einmal entstand ein Durcheinander, ein Geschiebe, wie wenn Tiere gereizt werden. Die Gruppe der schon entwaffneten Partisanen trat auseinander und bildete einen Halbkreis: in der Mitte standen, zwischen drei oder vier Häscher mit auf sie gerichteten Gewehren gezwängt, zwei Männer mit erhobenen Händen.

Zwei Brüder, wie man sah, schon älter und sehr kräftig. »Wohl eine Art Einkleidung?« fragte sich Berto. Sorgenvoll stellten sich auch seine Knie einige kleine Fragen.

Die Gewehrläufe der Häscher waren strahlenförmig verteilt; der

Kommissar hatte einige Schritte nach vorne getan, wobei er immer noch die Hände auf seine kleine Maschinenpistole stützte. Nun drehte er sich auf der Ferse seines linken Fußes herum und begleitete seine Worte mit der Spitze seines Filzpantoffels. Er sagte: »Riale Giovanni und Riale Saverio, des Diebstahls schuldig, zum Tode verurteilt. Die Hinrichtung findet jetzt statt.«

Die zwei Brüder schrien: »Nein, nicht gestohlen, keine Diebe, Herrgott Sakrament.«

Der Kommissar schrie: »Doch, zum Henker, Herrgott Sakrament.«

Der restliche Verlauf der Debatte gestaltete sich ziemlich erregt, da jede Partei die Argumente der Gegenpartei aufgriff.

Riale Giovanni und Riale Saverio: »Nicht, zum Henker, Herrgott Sakrament.«

Der Kommissar: »Diebe, Herrgott Sakrament.«

Riale Giovanni und Riale Saverio: »Keine Diebe, Herrgott Sakrament.«

Der Kommissar: »Doch, zum Henker; Herrgott Sakrament.«

Jetzt schoß der Kommissar, wobei er weiterhin auf seinem Standpunkt beharrte; die zwei Brüder sanken, ihm erwidernd, um und sackten zusammen. Bertos Knie klopften stark, und Berto meinte, man könne das Klopfen hören.

Der Kommissar schlurfte ein paar Schritte zurück und sagte zu Berto: »Gut gezielt, was?« Dann ordnete er die Rückgabe der Waffen an. Berto blickte heimlich nach den zwei zusammengesackten Brüdern: die dunklen Spritzer auf ihren Körpern wurden größer.

Das war die Verteilung der Hemden. Wenn von da an irgendeine Verteilung angekündigt wurde, zuckten Berto und sein Freund zusammen.

In der Folge stellte sich heraus, daß sie praktisch alle Lieder der katholischen und der faschistischen Jugend auswendig konnten, besonders der weiblichen Organisationen, von den Nesthäkchen bis zu den fruchtbaren Müttern, von den Töchtern der Wölfin bis zu den Töchtern Mariae. In diese Gesänge legten sie extrovertiert und humoristisch ihre Kritik an den Dingen, mit denen sie großgezogen worden waren. Im Grunde war dies ihr *Warum*. Das allerschönste Lied war das der »Mütter von morgen«, in dem es hieß:

Unsere kleinen Herzen,
die kleinen, die vor Liebe glühen,
singen und trillern wie Vögelchen:
Heil dem Duce und Befreier!

Unsere beiden hatten sehr wohl erfaßt, daß es in diesem Lied auf die »Kleinen, die vor Liebe glühen« ankam, sie sangen diese Stelle nämlich auf erlesene Weise.

Im Lauf eines Tages gab es viel zu tun. Beim Morgengrauen kamen die gestohlenen Fahrzeuge dran; die Übergabe erfolgte auf der asphaltierten Straße mitten im feindlichen Territorium, vor dem Friedhof von Isola. Wir bekamen auch die Losungswörter zu hören, denn die »Diebe« waren als Deutsche oder Faschisten getarnt. Aber wozu sie eigentlich dienten, ist nicht einzusehen. Beim erstenmal hieß das Wort »Bart«; merkwürdig, im Morgengrauen vor dem Tor eines Dorffriedhofs zu stehen und sich »Bart, Bart« murmelnd um einen Lastwagen mit Deutschen zu drängen, die den Dialekt von Thiene sprechen. Die Ausbeute war damals ziemlich gemischt und nur indirekt kriegerisch zu nennen: unter anderem war ein Sack mit weißgefiederten Hühnern dabei, alle lebendig. »Der Kreis schließt sich«, so dachte ich, das weiß ich noch, »nun sind wir bei den Hühnern angelangt.«

Manchmal mußten wir die Fahrzeuge in den Feldern verschwinden lassen; manche stemmten wir auf einen rohgezimmerten Steg und ließen sie in einen Graben gleiten; es blieb uns nichts anderes übrig, als den größten Teil in Form von Ersatzteilen wegzuschleppen.

Dann die Besuche im Hauptquartier des Tar, der uns auf dem Boden sitzend und Gitarre spielend empfing, gewöhnlich mit einem Gefangenen an seiner Seite, der ebenfalls mit nacktem Oberkörper am Boden saß. An einem Strauch hing ein Lederriemen, daneben stand ein Statthalter, der sich vor einem an einem Zweig hängenden Spiegel rasierte.

Dann die langen Gänge über die Hügel, um Kontakt aufzunehmen mit den Partisanen entfernterer Gegenden, etwa im Agnotal oder auf den Bergen von Recoaro. Jeder lange Gang war ein Abenteuer, man stieß ständig auf Leute, die einen verhaften, einem die

Waffen abnehmen oder einen sogar auf der Stelle erschießen wollten. In manchen Tälern galt mein Name etwas, in anderen Enricos Name, er war nämlich aus dem Agnotal, und in wieder anderen galt unsere Verfahrensweise etwas.

Dann die fachmännischen Zusammenkünfte zur Vorbereitung eines »coups«, Schnellkurse für den Umgang mit Plastiksprengstoff; Lokaltermine; sogar Audienzen gaben wir. Von überallher kamen Leute, um sich bei uns Rat zu holen wie bei kleinen Orakeln auf dem Berg. Manche suchten militärischen Rat, manche geistigen; einige überbrachten die guten Wünsche des Priesterseminars, andere die Avancen des Polizeipräsidenten, andere noch anderes mehr. Jeder von uns übernahm von Zeit zu Zeit die Rolle des Beraters; aber die Nervensägen, die armen Seelen, überließen wir alle Gigi, denn er war geduldig und tolerant.

Gegen Abend waren dann die Entführungen an der Reihe, alle mit rein politischem Hintergrund und mit Feingefühl in der formalen Ausführung. Mit den Pistolen in der Faust traten wir ein, sagten aber »Sie gestatten doch«; forderten die beim Abendessen sitzende Familie auf, nicht zu erschrecken; erklärten Gesetzlichkeit und Ordnung unseres Vorhabens und gingen dazu über, es auszuführen. Severino ließ seinen Blick über die Füße der Männer gleiten, denn seine Schuhe waren kaputt, und er hoffte jedesmal, einen zu finden, der so große Füße hatte wie er, aber vergeblich.

Es gab zwar unter unseren Anhängern in der Ebene einen großen Schuhfabrikanten, jederzeit bereit, uns mit seinen Erzeugnissen zu bestücken: aber Severinos Nummer fehlte auch bei ihm. Dieser Anhänger schickte uns in regelmäßigen Abständen mehrere Paar Schuhe und eine Botschaft, immer dieselbe: »Nicht angreifen.« Er hatte die fixe Idee, wir führten einen Angriff im Schild.

Dann kam die Nacht, die Zeit, in der man unterwegs ist, um Eisenbahnschienen zu roden, den Marmeladedepots der Nazis und den kleinen Flugzeugen von der Startbahn in Villaverla aufzulauern und, wenn möglich, die Lurche zu verdreschen.

Was Severinos Schuhe betrifft: die richtige Nummer sahen wir (er, Raffaele und ich) eines Tages auf der Straße nach Priabona im Dilà-Tal. Zwei Deutsche kamen des Weges, einer links, einer rechts von einem beinahe archaischen Fuhrwerk, das von einem archaischen Pferd gezogen wurde. Sie sahen aus wie Einheimische im Ersten Weltkrieg; ältere Bauern mit Schnurrbärten, sie sahen überhaupt nicht aus wie Soldaten, sondern eher wie Müller oder Fuhrleute, vielleicht aus einem Tal, das nicht viel anders war als das Dilà-Tal.

Als sie genau vor uns waren, blieben sie zum Pinkeln stehen. Der eine drehte sich talwärts, der andere näherte sich dem Mäuerchen, hinter dem ich versteckt war, und pinkelte mir praktisch auf die Schnauze. Und da sahen wir, was für Füße sie hatten, und uns allen kam dieselbe Versuchung. Wir wußten aber, es sollte unter allen Umständen vermieden werden, die Deutschen auf dieser Strecke des Tals zu provozieren. Die beiden unterhielten sich arglos in ihrem Dialekt, und ihren kurzen Grunzlauten war anzumerken, daß sie die Nase voll hatten. Der, welcher vor mir stand, nur durch den halb durchsichtigen Schirm der Akazienblätter von mir getrennt, hatte den Kopf in derselben Höhe wie ich, nur ein paar Daumen weit entfernt, aber er blickte nach unten, wie man es eben beim Pinkeln macht. Wenn er seinen Blick erhoben hätte, wäre er zwischen dem feinen Laub der Akazie dem meinen begegnet und in diesem Fall...

(Auf einen Menschen zu schießen, macht, wenn man angegriffen wird, keinen besonderen Eindruck; da gehst du mit dem Gios mitten in der Nacht auf einem Bergpfad im Stagnatal; der Pfad geht um die Ecke, und der Gios springt in die Luft wie eine Katze, mit einem Blitz explodiert etwas Vielfaches, du bist in einem Windwirbel, in einer Lärmglocke; du schlägst mit Brust und Gesicht auf den Boden, du schießt auch wie ein Verrückter, von unten nach oben. Die zwei Säcke, die euch entgegengerollt kommen, sind zwei umgebrachte Männer; das ist nichts.

Etwas anderes war es mit dem blutjungen Deutschen, oben auf dem Altipiano; nach eigenen Aussagen war er desertiert, um sich mit uns zu verbünden, er war dann einige Zeit bei uns, dann versuchte er auszureißen, wurde aber gefangen, nach einer Weile gesteht er, er ist ein Spion. Wir haben keine Wahl. Wir sind uns alle einig, auch er. Wir fesseln ihm die Hände mit einer Schnur in diesem kleinen felsigen Trichter. Wir verjagen den Finco, der ihm ein Ohr abknabbern möchte, ohne jegliche Erlaubnis.

Wir fragen den Blondschopf, ob er für jemanden in Deutschland zu Hause eine Nachricht hinterlassen will, falls wir am Ende des

Krieges noch am Leben sein sollten. Er zögert, dann sagt er nein. Er wird gefragt, wer bei ihm bleiben soll, und er wählt einen. Die anderen gehen weg.

Man hört die Bienen summen. Hier oben kommt ihre Jahreszeit erst spät.

Wir stehen da, berühren einander beinahe. Eine Art Schlag, und wir scheinen zusammen zu sterben.)

Der Sommer ging seinen Gang, die Bauern hielten unter harten Mühen Schritt mit ihm. Italien war in seinem Überbau erschüttert, und seine grundlegenden Infrastrukturen kamen zum Vorschein. Die Erde trug weiter ihre Früchte und die Bäume ihr Laub; die große Masse der Landbevölkerung, an ihre wenigen Äcker gefesselt, fuhr fort in ihrer harten Arbeit: rechen, säen, hacken, ernten, immer harte Mühen, immer dieselben Bewegungen. In manchen Augenblicken empfanden wir uns heftig als Müßiggänger.

In einem Tal außerhalb unseres Gebietes trafen wir auf drei Bäuerinnen, die ein Maisfeld aufhackten; es mag Ende Juli gewesen sein, der Zwergmais ist in dieser Jahreszeit etwa zwei Handbreit hoch, und das Feld wird von den Bauern aufgehackt, nur daß es in jenem Jahr die Bäuerinnen machten. Der gewöhnliche Mais war schon ganz schön hoch. Wir waren in einem Akazienwäldchen am Rand der Felder.

»Schau mal, die armen Dinger dort!« sagte Enrico zu mir. Sie hatten Kopftücher auf und Strohhüte darüber. Die Hitze war drükkend; wenn es uns im Schatten schon zu heiß war und wir, sobald wir die Sten nur in die Hand nahmen, schon schwitzten, dann mußte es für die Frauen, die da vornübergebeugt in der prallen Sonne hackten, ein wahres Lustbad sein.

»Siehst du«, sagte ich zu Enrico. »Hier die Mühen des Krieges, dort die Freuden des Friedens.«

Enrico antwortete nichts, und ich sagte: »Bedenke, daß wir von den Mühen des Krieges befreit sind, sobald der Frieden kommt; daß für sie aber die Freuden des Friedens nie aufhören.«

Ich fragte Enrico, ob er wisse, wie viele Bauern es in Italien gebe, aber er sagte: »Helfen wir ihnen.« Ich wäre wahrscheinlich nur imstande gewesen, sie zu erschrecken, aber Enrico stellte sich an den Rand des Feldes und rief mit vollkommener Natürlichkeit: »He da, ihr Frauen«, und sie erschraken kein bißchen, trotz der Stens, und sagten »He da«, und Enrico sagte: »Sollen wir euch helfen?«

Wir hackten wacker drauflos, ungefähr mit demselben Kraftaufwand, als würden wir Holz hacken. Die Arbeit geriet gut, aber die Kräfte schwanden im Nu. Wir arbeiteten sportlich, das heißt wie Leute, die nur eine Viertelstunde hacken müssen und dann wieder etwas anderes machen können: aber die Leute, die hacken müssen, arbeiten wie Leute, die eben den ganzen Tag zu hacken haben.

Eine oder zwei Frauen arbeiteten mit uns, und die anderen, die uns ihre Hacken gegeben hatten, schauten uns zu. »Man sieht, daß ihr's nicht gewöhnt seid«, sagten sie. Nach zehn Minuten war ich in demselben Zustand wie nach einem unbesonnenen Spurt mit dem Fahrrad, wo man vom ersten Ruck an spürt, daß man übertreibt, aber statt langsamer zu werden, auch noch die letzten Kräfte in den glühenden Ofen der Müdigkeit wirft. Der Schweiß quoll mir aus allen Poren, meine Hände waren schon mit Wasserblasen überzogen, mit galoppierenden Wasserblasen, genährt vom Brei der Hitze; das Blut, das in meinem Kopf brauste, neigte dazu, die Landschaft schwarz zu färben, die Maispflänzchen waren wie schwarz lackiertes Metall. Ich sagte zu Enrico: »In dem Stil gehts nicht weiter.« Es handelte sich darum, im selben Rhythmus zu arbeiten wie die Frauen; sich paarweise zusammenzutun und den Rhythmus der Frauen *nachzuahmen*.

So machten wir es dann auch. Es war kein Honiglecken, ging aber viel besser. Nach und nach gewöhnte ich mich daran, kam allmählich wieder zu mir. Anfänglich hatten wir die Bäuerinnen als Gruppe gesehen, jetzt aber hatte ich eine an meiner Seite und begann sie als Einzelwesen zu betrachten. Sie war zwischen dreißig und vierzig, der dunkelblonde Typ, den man bei uns auf dem Land häufig antrifft. Sie war barfuß, der Rock reichte ihr über die Waden. Das Kleid war aus dickem Tuch, unter dem Hals hatte sie sich zwei Knöpfe aufgemacht, und man sah ihr Flanellunterhemd. Wir arbeiteten Seite an Seite, berührten einander fast. Plötzlich spürte ich, wie sehr Frau diese Frau war; und nun stieg mir die Hitze ins Gesicht, ich wollte ein Bauer sein, nicht nur allgemein aus historisch-soziologischer Begeisterung, sondern ihretwegen. Beim Hacken schlägt man einige Minuten zu, dann rastet man einige Minuten auf die Hacke gestützt, dann fängt man wieder an: so wird's gemacht.

Mir kam das Gedicht in den Sinn, wo es heißt: *eine blaue Kornblume war ihrer Augen Licht*[19], und in einer der Pausen, in denen man rastet, sah ich mir ihrer Augen Licht an. Keine Kornblume war zu sehen. Sie hatte schöne steingraue Augen. Ich roch ihren scharfen Geruch, der sich mit meinem, jüngeren, mischte; seit wann hatte ich meine Kleider nicht mehr gewechselt? Erst seit ein paar Wochen, sie wer weiß wie lange.

Und ährengleich hing ihr das Haar ins Korn[19]: Unsinn, die Ähren haben nichts zu tun mit dem Haar einer schmutzigen, verschwitzten Frau; und dies gilt auch für die Ährenleserin von Sapri und für alle anderen und natürlich auch für Ruth. Am Abend spürte ich, wie sich auf meiner Haut die Schweißkristalle zusammenzogen, und mein Geruch erschien mir anders als sonst, wie befleckt. Ich träumte die ganze Nacht vom alten Palästina und von Ruth, die ein kräftiges palästinisches Mädchen war und sehr attraktiv und die mir beibrachte, wie man ganz nahe beieinander hackt, mit einem biblischen Werkzeug, dem unseren nicht unähnlich, nur kürzer. Ich atmete den Geruch ihrer Haut, der war wie Salbei, nur stärker, und ihres roten Haares, der war wie Harz und Heu.

In der Ebene bewegten wir uns vor allem querfeldein, im Schutz der Maisfelder. Das Land glich einem Schachbrett, von oben gesehen klar und rational; sobald man es aber unten betrat, kannte man sich nicht mehr aus und mußte sich eine andere empirische Logik aufbauen, die sich nach den Kulissen der Bäume, den Girlanden der Weinstöcke und den ländlichen Mäuerchen richtete. Geräusche und Stimmen kamen in der Luft angeschwommen, als wären sie nirgends verankert; wir empfanden uns als absurde Existenzen mitten in dieser großen gelassenen Maschine, die wie seit eh und je Blätter, Polenta und Trauben erzeugte.

Die Grillen beginnen im August zu zirpen, wenn gegen sieben Uhr Abend das Licht abnimmt und sich die Hügel bläulich färben. Die Luft wird kühl, die Häscher kehren in ihre Höhlen zurück, die Kinder schreien auf den Tennen, im Krieg wie im Frieden, und die Hunde bellen lustig unter den Kindern. Wie kleine Bündel fliegen die Fledermäuse aus, während die letzten Vögel schon zu Hause sind und vor dem Einschlafen noch ein wenig schwatzen. Über den Häusern steht der Rauch. Wir sitzen auf der Erde, die Flinten zwischen den Knien, und es ist uns zumute, als bewachte uns das Land wie seine Kinder. Nie haben wir das Land, das nun langsam schwarz wird, mehr geliebt.

Der rosige Widerschein verflüchtigte sich in der Luft. Die Farben wurden dichter, man sah, wie sich in der Höhe gespenstisch ein großer See bildete und den dunklen See der Maisfelder widerspiegelte. Die Landschaft erlosch in sanften Wellen; allmählich nahmen wir wahr, wie langsam sich die Erde drehte und wie übermäßig groß die Kruste war, auf der wir saßen. Eine Weile leisteten uns die fernen Konturen der Berge Gesellschaft, gaben uns den Maßstab für die Dinge, dann verschwanden auch sie, vom See verschlungen, und man sah nur noch den Himmel.

Die Nächte im Lager am Berg von Torreselle waren hinreißend. In den Dörfern war alles verdunkelt, und es gab keinen Widerschein künstlichen Lichtes. Wir lagen auf dem Boden, das Gesicht nach oben gekehrt: und wenn man in einer Sternennacht eine Viertelstunde so liegenbleibt, beginnt sich alles zu drehen. Auch das Sprechen bekommt eine seltsame Wirkung, die Akustik des nächtlichen Himmels ist höchst seltsam, man hört zwar die Stimme, aber sie verliert ihre Eigenschaften, wird körperlos. Dante wußte die Namen der Sterne und der Sternbilder und schickte sie hinauf in die Luft; der Himmel trank sie alle.

Wenn man in den Nachthimmel schaut, ist einem hin und wieder zumute, als hebe sich der Körper von der Erde ab, eine ähnliche Wirkung wie bei einem Weinrausch, und manchmal mag bei uns auch der Wein ein wenig mitgespielt haben, da uns die Bauern ja Wein gaben. So machten wir schwindelerregende Ausflüge zu Berenice, Kassiopeia und Andromeda. Ich erzählte Severino die Geschichten dieser Frauen, wenn ich sie wußte, wobei ich sie ein wenig durcheinanderbrachte. »Lauter Huren«, sagte Severino. Seine Stimme wurde von der Luft verschlungen.

Der Sommer war zu dicht geworden; man spürte, wie die Jahreszeit erschlaffte. Ich hatte aus einem Brunnen auf halber Höhe frisches Quellwasser getrunken. Es war heiß, und ich machte mir Sorgen wegen einiger Nachrichten, die wir aus der Ebene bekommen hatten, und erlebte einen jener Augenblicke untergründigen Verzagens, die sich im Lauf jenes Sommers ab und zu einstellten, wenn uns der Sinn unseres Tuns abhanden kam und uns die Landschaft rätselhaft, verschwommen und unentzifferbar wurde. Dieses Gefühl ist in meiner Vorstellung dem Tod nicht ganz unähnlich; und da man der erholsamen Seite des Todes gegenüber nicht ganz unempfindlich bleiben kann, spürte ich unter dem Verzagen eine wohlige Müdigkeit aufsteigen. Gierig trank ich das klare kühle Wasser, bis mein Durst gestillt war; dann entfernte ich mich ein paar Schritte vom Brunnen, und da ich mich auf einem kleinen grasbewachsenen Fleck zwischen Bäumen und Sträuchern befand, legte ich mich auf die Erde und blickte zu den bebenden Blättchen hinauf; nach einer Weile schloß ich die Augen, beinahe ohne es zu merken; und so entschlummerte ich, umgeben von den feinen Geräuschen des Sommers, in der einen Hand meine Sten und die andere auf dem Boden ausgestreckt, die offene Handfläche nach oben gekehrt. Während ich noch schlief, war es mir, als fiele aus den Zweigen etwas herunter in meine Hand, ich spürte aber, es war keine Ausscheidung der frechen Vögel, es war viel leichter, jedoch weniger leicht als ein Blatt. Da begann ich von selbst mein gewohntes Spiel und stellte mir mit kühler Vernunft die Frage: »Was kann das sein?« und suchte nach glaubwürdigen Lösungen.

Auf einmal war mir, als wüßte ich ganz genau, was es sei, es war eine Zikade. Ich wollte die Augen aufmachen, um nachzusehen, aber da fiel mir etwas Merkwürdiges ein, daß ich nämlich noch nie eine Zikade gesehen hatte. Nicht, daß ich nie eine hätte sehen *können*: man braucht nur auf einen Baum zu klettern, auf dem eine sitzt und singt, denn bekanntlich fliegen sie nicht weg, sondern hören nur auf zu singen und rühren sich nicht. Aber die Wahrheit ist, daß ich keine hatte sehen *wollen*, aus ungeklärten Gründen, die aber mit dem Gefühl eines Frevels verknüpft sind. Es mag an ihrem merkwürdigen Singen liegen, das einen so bizarren akustischen Effekt erzeugt, daß man nie weiß, ob es sich um ein Gespinst feiner Schreie ganz in der Nähe unserer Ohren handelt oder um einen unergründlichen Chor, der die ganze Landschaft ausfüllt. Der kreischende Gesang der Zikaden hat keine Perspektive. Es hilft alles nichts, ein Hauch Magie muß dabei sein, das Geräusch ist nicht ganz von dieser Welt. Auf jeden Fall hatte ich noch nie eine Zikade gesehen, weder in Wirklichkeit noch als Abbildung in einem Buch.

Zweifellos ist die Zikade etwas Griechisches. Die Griechen müssen gespürt haben, wie geheimnisvoll sie ist: und für Geheimnisse hatten sie ein unfehlbares Ohr. Wie mag wohl Zikade auf Griechisch heißen? Und ihr biologisches Alter? Ist sie älter als der Mensch, älter als der Hund? Warum lernt man so etwas nicht in der Schule? Feige Verräter, sagte ich mir (aber ziemlich träg, denn es war heiß), scheinen es ja darauf abgesehen zu haben, uns die interessanten Dinge nicht beizubringen; wenn sie uns wenigstens ordentlich Griechisch beibrächten. Stimmen weckten mich. Es waren Leute, die am Brunnen trinken wollten. Nach und nach erkannte ich sie am Sprechen. Sie waren zu dritt.

»Es geht eigentlich nur darum, daß man ihn nicht in die Wachmannschaft aufnehmen darf«, sagte Enrico. Dann lobte er das Wasser und die Lust, soviel zu trinken, wie man wollte.

»Wenn der Krieg aus ist, dann möchte ich mir einiges gönnen«, sagte er.

»Bist du nicht der Sohn des Direktors von Marzotto?« sagte der Neger.

»Doch«, sagte Enrico. »Und du, was machen deine Eltern?«

»Nichts«, sagte der Neger. »Seit ich denken kann, waren sie schon immer gestorben.«

»Das tut mir leid«, sagte Enrico.

»Aber wenn der Krieg aus ist, dann möchte ich mir auch was gönnen«, sagte der Neger.

»Ich muß zusehen, daß ich meine Examina mache«, sagte Raffaele. »Meine Leute haben sich deswegen kasteit.«

»Du gehst doch auch klettern?« fragte Enrico. »Da mußt du mich nach dem Krieg mitnehmen. Ich bin scharf auf die Kletterei.«

»Nummer eins, ein Motorrad«, sagte der Neger. »Eine rote Saturnmaschine, die ihre hundertzehn schafft, wenn nicht mehr.«

»Und ich möchte mich ein wenig ernsthafter mit den Frauen beschäftigen«, sagte Enrico. »Aber auch die Kletterei möchte ich mir gönnen.«

Jetzt, wo ich wieder daran gedacht und ihre Worte rekonstruiert habe, sehe ich wohl, daß an dieser Unterhaltung nichts Eigenartiges ist, aber damals erschien sie mir eigenartig. Da ich nur die Stimmen hörte, war es mir, als kämen sie aus einer anderen Sphäre der Wirklichkeit, wie Gespenster, die miteinander sprechen; und übrigens will es der Zufall, daß sie – nun schon alle drei tot – im großen ganzen jetzt auch Gespenster *sind*.

Ich blieb mit geschlossenen Augen liegen, bis sie wieder weggegangen waren, ohne sie zu rufen. In meiner offenen Hand hatte ich, als ich mich im Gras aufsetzte und nachsah, nichts mehr, da machte ich sie zu und dachte: Wenn man die Hand zumacht, fängt man eine Handvoll Luft.

Für den fünfzehnten August hatten wir uns den Generalmajor vorgemerkt: eines unserer größten ethisch-politischen Opfer und unsere längste Expedition in die Ebene, beinahe eine halbe Provinz weit entfernt. In den Jugendorganisationen des Regimes waren wir sozusagen seine Schüler gewesen; fühlten uns somit verpflichtet, seinen Fall persönlich in die Hand zu nehmen. Er war ein Mann in riskanter Position, eine ziemlich exponierte Gestalt, einer von denen, die zwei-, dreimal wöchentlich Blei für jemanden (gewöhnlich für uns) verlangten. Wir diskutierten lange darüber, ob es gerechter sei, ihn wissen zu lassen, wer ihn zum GEFALLENEN beförderte oder nicht (er kannte uns alle nämlich sehr gut); dann aber beschlossen wir, wohl aus Schamgefühl, ihn darüber im unklaren zu lassen. Wir wußten, daß er jeden Abend gegen Sonnenuntergang mit dem Fahrrad von Vicenza auf einer Nebenstraße in das Dorf fuhr, wo er als Evakuierter bei einer Familie wohnte.

Die Expedition dauerte mehrere Tage. Die erste Nacht bewegten wir uns durch Maisfelder und über Feldwege fort, und allmählich wagten wir uns in die Ebene vor; nachdem wir dann einen Tag oder zwei durch unbekanntes Land weitergegangen waren, fanden wir den Ort und ersuchten eine Bauernfamilie um Gastfreundschaft. Ich glaube, es waren Leute, die einen von uns kannten, vielleicht auch eine unserer Familien; in Italien kommt man ja immer durch Bekanntschaften vorwärts; auf jeden Fall waren diese Bauern, vor allem die Frauen, einfach von uns begeistert. Hier, wo wir praktisch fremd waren, sah man, auf welche Weise das Volk die Partisanen unterstützte. Sie glaubten an die Allmacht der Partisanen und an die unsere im besonderen; waren überzeugt, wir seien zu allem und jedem in der Lage, und wenn abends hinter den Hügeln der Abendstern heraufkam, waren sie sicher, das sei ein Signal für uns; dies zu leugnen, war vergebene Liebesmüh. Das Risiko, das sie eingingen, indem sie uns beherbergten, machte ihnen überhaupt keine Angst; sie waren im Gegenteil stolz darauf, uns bei sich zu haben, und man sah, sie glaubten, weiß Gott wen bei sich zu haben.

Wir waren zu viert oder zu fünft, jeder mit seiner Sten, auch weil wir den Major kollektiv umbringen wollten; Gigi, der die Aufgabe hatte, ihn zu begraben, hatte statt der Sten eine Schaufel, mit der er unserer Unternehmung folgte. Das Bauernhaus war etwa zwei Kilometer von der Stelle der Straße entfernt, die wir für unser Unterfangen ausgesucht hatten; die Landschaft ist hier wasserreich, durchzogen von Gräben und Kanälen, und sich in ihr fortzubewegen, war gefährlich. Ganz schön umständlich, einen Mann umzubringen. Am Vorabend des fünfzehnten waren wir auf unseren Plätzen im Gebüsch, schon gut eine Stunde vor Sonnenuntergang. Wir hatten uns eine Wassermelone mitgenommen, und als wir uns niedergelassen hatten, teilten wir sie uns. Auf der Straße kamen die Fabrikarbeiterinnen vorbei, die mit ihren Fahrrädern nach Hause fuhren und sagten: »Mmmm, hier riechts nach Wassermelone!« Wir blickten auf das gerade Stück Straße, wo der Major erscheinen mußte: Die Reihenfolge der Schützen hatten wir durch das Los ermittelt.

Der Sonnenuntergang kam mit seinem zauberischen Licht; dann kam der Abend. Einige Radfahrer kamen vorbei, die meisten unterschieden sich ziemlich vom Major, sowohl im Geschlecht als auch in der Statur, nur einer oder zwei waren ein wenig gefährdet.

Bald wurde es dunkel, und wir mußten einsehen, daß der Major nun nicht mehr vorbeikommen würde. Spät in der Nacht beschlossen wir, zum Schlafen in die Maisfelder in der Nähe unseres Bauernhofes zurückzukehren; es war eine schöne Mondnacht.

Außer einer herrlichen Wiese, die hinreißend schön im Mondlicht lag, gab es auch einen ziemlich breiten Graben. Weder nach rechts noch nach links war, soweit das Auge reichte, die Spur einer Brücke zu entdecken.

»Da müssen wir rüber«, sagte ich.

Das begeisterte niemanden besonders, und ich selbst war im Zweifel über das Wie. Es gab verschiedene Verfahrensweisen; die mit dem Ast: man hängt sich an den Ast eines kräftigen Maulbeerbaumes am Ufer, ein energischer Schwung... oder die mit der Stange (am Boden lag nämlich eine): man rammte sie ins Wasser, mit dem nötigen Anlauf natürlich, und dann eine halbe Drehung... Aber Gigi sagte, dazu wäre er nicht imstande, und unsere größte Sorge war er, denn er hatte nie eine Sympathie für Sport gezeigt.

»Na gut«, sagte ich; »dann gehen wir eben zu Fuß durch den Graben.«

»Laß uns doch eine Brücke suchen«, sagte Dante.

»Nein«, sagte ich, »hier wird durchgegangen«, und ging ins Wasser; beim dritten Schritt verschwand ich bis auf meine erhobenen Hände mit der Sten. Ich muß gestehen, Gräben machen mir Angst, aber ich war so gereizt, daß ich weiterging und auf der anderen Seite wieder auftauchte. Die anderen holten mich eine halbe Stunde später ein, nachdem sie ein Stück weiter unten eine Brücke gefunden hatten. Ich hatte mich ausgezogen und rannte um eine Schilfhütte herum, auf die ich mein Zeug zum Trocknen in den Mond gehängt hatte. Es war noch keineswegs trocken, und Gigi gab mir seinen ärmellosen Pullover, den ich mir anstelle einer Hose überzog; er war mir zu weit, und Gigi hielt ihn mir hinten hoch, damit er nicht hinunterrutschte.

Am nächsten Tag waren wir eine Stunde vor Sonnenuntergang wieder an unserer Straße. Marios Sten war unvollständig, er hatte sie nämlich tagsüber auseinandergenommen und konnte den Kolben nicht mehr finden. »Der ist mir gestohlen worden«, sagte er; und wir sagten: »Dann schießt du eben ohne Kolben.«

Gleich nach Sonnenuntergang erschien am Anfang der geraden Strecke ein Radfahrer, und ich sah sofort, das war der Major. Mit gezückten Gewehren hockten wir im Gebüsch; der Major rückte, ganz in seine Gedanken versunken, näher; in Zivil erschien er traurig und schwach; ich bewegte langsam meine Sten von der Stelle, und der kleine Kreis des Suchers ging ein wenig vor ihm her. Als wir an der richtigen Stelle waren, hielt ich inne und wartete auf ihn, und in einem Augenblick sah ich ihn mit seinen traurigen Gedanken in dem kleinen Kreis auftauchen; und dort will ich ihn lassen.

Nun glich die Jahreszeit einem Festmahl zu fortgeschrittener Stunde, wo alles schon formloser wird, in dem Augenblick der Anarchie, der dem Ende vorausgeht. Wir auf den Hügelkämmen hatten das Gefühl, als bekäme das unten liegende Italien Risse und

Sprünge und schickte seine konfuse Lava zu uns herauf. Von allen Seiten kamen extrovertierte Banden, nicht aus dieser Gegend. Häufig erreichte die eigentliche Horde nicht einmal die Hügelkämme, sondern beleckte den Fuß der Hügel und fraß ihn ab. Nach oben kamen jedoch die Anführer, die abenteuerlichen ambulanten Generalstäbe. Man brauchte sie nur anzusehen, und schon begriff man, wie anders sie waren als wir. Eine erneute Mutation, das Erzeugnis einer anderen Kultur, schien eingetreten zu sein. Sie trugen Seidenschärpen, unvorschriftsmäßige Maschinenpistolen, fröhlich-schreckliche Gesichter.

Die Begegnungen waren immer sehenswert; Attila, mit den Seinen Aquila begegnend, war schreckenerregend, à la Sàlgari.[20] Nach der Begrüßung durch Handschlag stellten sie sich gegenseitig vor:

»Aquila.«

»Attila.«

»Aquila?«

»At-ti-la.«

Furcht-er-re-gend! Dieser Attila hatte auch eine Gefährtin, so nannte er sie selbst, eine kleine Brünette mit elegantem Profil und feinen Gesichtszügen. Dante blickte sie intensiv an, denn sie war sehr unvorschriftsmäßig, und Attila lächelte und sagte mit liebevollem Stolz: »Sie redet nicht so viel, zweiunddreißig Wörter insgesamt.« Wohl auf Slawisch, denn sie war aus der Tschechoslowakei.

Es geschahen auch außerordentliche Dinge; der stellvertretende Polizeipräsident vereinbarte einen Termin mit uns; er kam mit seinen Häschern nach Monteviale herauf, und wir kamen hinunter, aber ohne Häscher, denn unsere Häscher waren wir selbst; man traf sich in einem Gasthaus. Die Flinten stellten wir feinfühlig in eine Ecke, bestellten Weißwein und verhandelten. Sie boten an: Kollaboration, Schutz für die politischen Häftlinge, dafür wollten sie Garantien für ihr eigenes Leib-und-Leben am Ende des Krieges. Sie verstanden zu verhandeln, ihr Stil war korrupt. Ich hatte immer stillschweigend angenommen, daß der Bürgerkrieg die zwei Parteien trennte wie ein Sakrament, das »uns ein unauslöschliches Zeichen einprägt«.

Die Zeit der Verrücktheiten war gekommen, die Generalprobe für das Kriegsende. Außerdem war es verwirrend, wenn man merkte, daß man für wichtig gehalten wurde; man war versucht, ihnen zu sagen: »Wir sind Privatleute, versteht ihr, wir haben nicht die Absicht, etwas zu gelten, wenn der Krieg aus ist.« Aber sie zu enttäuschen, wäre eine Sünde gewesen.

Dann kam der September mit den ersten Trauben, und das Durcheinander wurde bedrohlich: die Großrazzien auf den Bergen, die Verhaftungen in den Dörfern, die niedergebrannten Häuser, die kleineren Erschießungen; die Kriminellen, von den stellvertretenden Polizeipräsidenten im Stich gelassen, wurden auf eigene Faust immer grausamer. Uns nahmen sie den Grafen weg, der zu den Anführern in der Ebene gehörte, nicht nur ein guter Freund, sondern auch unsere wichtigste Stütze. Die Regeln wurden beiseitegeschoben, nur der Praxis gehorchend, rannten wir bald hierhin, bald dorthin und versuchten die brutalsten Herausforderungen zu erwidern.

Der Marsch nach San Vito, wo der Graf gefangengehalten wird, wenn er überhaupt noch lebt; eine große demonstrative Aktion, an der alle Einheiten der Gegend teilnehmen. Früher Nachmittag, schon hallen von allen Hügeln Schüsse wider, wir beeilen uns, um rechtzeitig unser Scherflein Ruhm abzuholen. Die Leute machen uns Mut wie bei einem sportlichen Wettkampf: »Bravo! Bravo! Schlagt sie alle nieder!« Wir gehen durch Höfe, Arkaden, Gemüsegärten, fast immer zwischen zwei Reihen Beifall klatschender Leute.

Jetzt sind wir auf den Bergen oberhalb von San Vito; Gigi und ich von den anderen abgetrennt, um ein neues Bataillon zum Gedenken des Grafen zu gründen, mitten in den Razzien auf den Hügeln. Die Leute in den Weilern kamen, bis sie dran waren, wartend vor den Häusern zusammen und beteten den Rosenkranz; wir zwischen den Stühlen mit den betenden Frauen mittendurch. Wir waren hoch oben zwischen dem Faedo und dem Mución und sahen tiefer unten die Häuser brennen.

Schließlich landeten wir unter einer Brücke in Priabona, Gigi und ich. Auf der Straße schon seit einiger Zeit der Zug der deutschen Lastwagen, wir versuchten, sie zwischen zwei Lastwagen schnell zu überqueren; als wir gerade loslaufen wollten, kam noch eine Kolonne, wir hatten kaum soviel Zeit, unter diese kleine Brücke zu schlüpfen, und da sind wir nun. Die Lastwagen fuhren laut dröhnend über unseren Köpfen vorbei. Der letzte wurde vor der Brücke langsamer und blieb ein wenig weiter vorne stehen; wir hörten, wie sich die Soldaten unterhielten, es waren Ukrainer.

Aber auch sie waren nicht besonders gescheit; wie kann man unter einer solchen Brücke nicht nachsehen? Sie hätten ihren Spaß haben können.

Der Sommer ging zu Ende; die Verschiebungen hörten auf, die extrovertierten Horden kamen nicht mehr vorbei; die Razzien flauten ab, und wir strichen durch die letzten Maisfelder der Ebene bei unseren kleinen matten Aktionen. In den großen Maisfeldern verbrachten wir Stunden zwischen Erde und Schollen. Wir kannten alle Phänomene dieser grünlichen Unterwelt; das feuchte Erdreich, die stets leicht wässerigen Stiele, die staubigen Auswüchse, die zarten Büschel an den Maiskolben. In unserer Phantasie waren wir selbst schon Geschöpfe der Maiswelt; wir hatten gelernt, dort unten auf allen vieren zu gehen, plaudernd zu sitzen und nachts zu schlafen.

»Wenn der Mais geschnitten wird, geht es uns schlecht.«

»Vielleicht wird er dieses Jahr nicht geschnitten.«

»Bald wird alles ganz dürr sein.«

»Aber wenn es zum Regnen kommt, bleibt es grün.«

»Wenn es zum Regnen kommt, werden wir geduscht.«

»Dann gehen wir eben weg von hier.«

»Wohin sollen wir denn gehen?«

Wir begannen an den Winter zu denken. Im vergangenen Winter waren einige von uns noch zu Hause gewesen, die anderen versteckt. Im Gebirge liegt im Winter Schnee; auf den Hügeln gibt es kein Laub mehr. Unser Krieg war ein Sohn des Laubes.

»Meinst du, es dauert noch einen ganzen Winter?«

»Wer weiß?«

Mir war alles einerlei. Das Laub begann schon abzusterben. Es gab auch Hunde, mit denen gewisse Einheiten Wiesen und Felder absuchten. Für solche Hunde hatte ich ein Spezialmesser, ein Zwischending zwischen einer Gartenhippe und einem Krummsäbel. Ich hatte es von einem Freund bekommen, der uns besucht und uns allen die besten Wünsche für den Krieg und mir dieses Messer hinterlassen hatte; er hatte versichert, für die Hunde sei es wie geschaffen. Du brauchst dich, nach seinen Worten, nur mit dem Gesicht nach oben auf den Boden zu legen, der Hund hetzt vorbei, und einen Moment ist sein Bauch ungedeckt: du hebst das Messer ein wenig hoch, und schon hast du ihn von oben bis unten aufgeschlitzt. Automatisch machte ich eine kleine Anstrengung, um ihm zu glauben. Es gelang mir beinahe. Im Maisfeld freilich ist man mit so einem Messer nie allein, und ich bin überzeugt, es funktioniert auch gegen die Hunde.

Die *Colli Berici* sind die Hügel direkt südlich von Vicenza; sie haben winzige Ausläufer, miniaturähnlich, bilden kleine Täler und Senken: In einer solchen Senke liegt ein trauriger kleiner Tümpel, der Fimón-See; jenseits des Tümpels liegen wie zwei ausgestreckte, gespreizte Beine zwei behaarte Abhänge. Unterhalb der Knie sind sie beachtlich weit auseinandergespreizt, und dort liegt auch wie eine uralte Urinlache des Berges der See; von den Knien nach oben rükken sie wieder näher zusammen. Mitten im Herbst sind wir dort in dem Raum zwischen den Schenkelhälsen. Der Boden ist tonhaltig, und überall liegen wie Löckchen verstreut die Kastanien; einige Häuser stehen hier in der Einöde; die Leute, die darin wohnen, leben immer hier, verbringen ihr ganzes Leben an diesem Ort. Sie sind so arm, daß man nicht begreifen kann, wie sie ihr Leben fristen: alles, was man sagen kann, ist, daß sie auf ihren Füßen stehen und daß aus ihrem Mund, wenn sie ihn aufmachen, eine Stimme herauskommt; sie essen auch und kochen und geben uns davon ab; sie lachen. Sie nennen sich Bauern; aber wo sind ihre Felder? Die Männer gehen auf Tagelohn entweder hinauf in die Wälder oder hinunter jenseits des Sees. Die Frauen kriegen Kinder, kochen Suppen, holen in Eimern Wasser und rühren die Polenta um. Wohin gehen sie in die Kirche und in die Schule? Wer kommt hier herauf und behandelt sie, wenn sie krank werden? Wenn sie in die Stadt hinunter müssen, gehen sie barfuß und tragen ihre Schuhe in der Hand: erst wenn sie durch die Porta Monte die Stadt betreten, ziehen sie sie an.

Daß sie verhältnismäßig lustig waren, verwirrte mich.

»Man müßte immer eine Trauermiene haben, solange es Italiener gibt, die unter solchen Umständen leben«, sagte ich zu Bene.

»Dann hättest du eine Nation mit Trauermiene rings um eine Schar relativ lustiger Talbewohner.«

»Wenn ich hier geboren wäre, würde ich Terrorist werden.«

»Das bist du ja sowieso.«

Gemeinsam erwogen wir die Möglichkeit, die Schätze des Tales besser auszunützen. Es lagen so viele Kastanien am Boden, und ebenso viele hingen noch an den Bäumen. Warum gingen sie nicht hinunter in die Ebene und verkauften sie?

Wir sprachen mit den Bauern darüber, und sie sagten uns: »Weil die niemand will.« Wir versuchten es mit Kleinbetrieben, die am Fuß der Hügel Kastanienmarmelade erzeugten, und sahen das Tal reingefegt und durch den Wohlstand erlöst und alle Leute beschuht.

»Wo würdest du denn die Kleinbetriebe hinbauen?«

»Da unten in die Ebene, jenseits des Sees.«

»Aber warum sollten dann die Leute ausgerechnet hier leben?«

Ja: und warum ausgerechnet Kastanienmarmelade? Vielleicht kommt es nicht auf die Kastanien an, sondern auf die Kleinbetriebe. Sie könnten ja auch Knöpfe herstellen.

»Was meinst du, wird man in Italien solche Kleinbetriebe bauen?«

»Was kann man denn wissen?«

»Dieses Tal hier wird leer werden, die Häuser werden verfallen; ein Abhang, nichts weiter.«

Mir kamen diese Häuser nicht vor wie Bauten, sondern wie Lebensweisen; die Höfe im Schatten der Kastanien und die Wege und die Ställe und die Lauben, alles trug das Siegel der Armut, hatte sich mit Armut vollgesogen, so war die Gestalt des Tales und des italienischen Lebens.

Ich sagte zu Bene: »Um die Armut umzubringen, werden sie ganz Italien zerschlagen müssen.«

»Du übertreibst«, sagte Bene.

Viel Zeit verbrachten wir im Stroh auf dem Rücken liegend. Das war der Müßiggang von Fimón. Müde träumten wir von der Erfindung einer neuen Kriegsform, und zwischendurch spielten wir Karten. Zwischen uns und der Welt stand nicht mehr der Schirm des Laubwerks, nur noch kahle Stecken und Stoppelfelder. Unter den verfaulten Blättern spürte man die Tonerde; wir fühlten uns selbst auch aufgeweicht und erdig und schutzlos.

Wir starteten unsere letzten kleinen Aktionen, die letzten tadellosen Überfälle. Aber in Wahrheit gab es oft etwas zu tadeln. »Verflixt nochmal, ich hab den Bezugsschein nicht«, sagte Mario, dem wir ihn anvertraut hatten. In solchen Fällen schickt man den Bezugsschein mit der Post. Wir nahmen vor allem Fahrräder und Schuhe: wir rüsteten uns aus für die Rückkehr in die Ebene. Nach dem Überfall gingen wir weg, einige über die Felder mit ihren Stens, die anderen in Zivil, unbewaffnet, mit dem Fahrrad. Dante hatte Mario auf der Stange seines Fahrrads Marke Commenda: sie sahen, wie ihnen ein deutsches Auto entgegenkam, und setzten schon legale Gesichter auf.

In fünfzig Meter Entfernung von den Deutschen sagte Dante: »Um Gotteswillen, du hast die Sten noch.« Mario hatte sie, ohne es zu bemerken, aus reiner Zerstreutheit behalten. Er sprang im Hechtsprung direkt von der Fahrradstange in den Straßengraben; Dante winkte den Deutschen »ciao, ciao« zu, als sie aneinander vorbeifuhren.

»Es steht schlecht um uns«, sagten wir. Man konnte uns von allen Seiten sehen. Und um ein wenig besser zu verschwinden, stiegen wir nach und nach höher hinauf, bis wir ganz oben waren; dort, genau unter dem Rand der Straße, die den Grat entlangführte, lag eine niedrige Höhle aus Tonerde, in die wir uns schließlich verkrochen. Es regnete. Es war uns zumute, wie es den ersten Rudeln von Menschen oder auch vormenschlichen Affen zumute gewesen sein mag, als sie auf ein halbes Dutzend zusammengeschrumpft waren, die Kälte begann und sie verzagt in der Öffnung einer Höhle wie dieser hier standen, die ihnen wohl auch als der offene Schoß der Erde erschienen war, in den sie, da die warme Jahreszeit und das Leben erloschen, wohl oder übel zurückkehren mußten.

»Wir müssen weg aus diesem Tal.« Um Allerseelen begannen wir mit den Vorbereitungen. Die vollkommene kleine Bande öffnet sich wie eine Schote, verstreut sich in die Winde wie Knöpfe; strahlenförmig schwärmten wir aus als kleine reisende Meister, einzeln oder paarweise, um das Salz unserer Meisterschaft in die umliegenden Provinzen auszustreuen.

Ich fuhr mit Marietto vom Seeufer ab, zunächst auf einem Feldweg; die Strecke bis zu den Mündungen in den Asphalt, in die feindlichen Landstraßen, in die wirkliche Ebene legten wir zusammen zurück. Ich fing an, Verse von Gozzano zu deklamieren, dessen Technik ich bewunderte, und er, der hinter der Dichtung Leichtfertigkeit argwöhnte, hörte mir mit wenig Begeisterung zu.

»Kennst du das Gedicht von den Goldkäfern?« fragte ich ihn. Marietto kannte es nicht, und ich deklamierte:

um einen Grashalm zu geben den Beinchen

während man die frei kreisenden Fahrradspeichen surren hörte, und ich sagte mit drei dumpfen neutralen Schlägen:

verzweifelter zappelnder Goldkäfer[21]

Natürlich bekam ich eine Gänsehaut. »Das ist praktisch vollkommen«, sagte ich. »Weißt du, er hatte ein Auge für die Insekten.«

Wir waren auf dem letzten geraden Stück zwischen den Gräben angelangt, an dessen Ende sahen wir schon den bewegten Verkehr der Landstraße; wir sagten uns noch einmal den Ort und die Zeit unserer Verabredung in Padua, und dann ging es weg, er in die eine Richtung und ich in die andere.

Der ruhende Krieger liegt auf einem Sofa und liest Bücher, ißt Ei mit Zucker verquirlt und empfängt streng vertrauliche Besuche. Eines Tages kamen Herren, die ich nicht kannte; vom Arbeitszimmer im ersten Stock aus sah ich sie plaudernd die Straße heraufkommen, die Hände in den Manteltaschen. Marta machte ihnen auf; als ich die Stimme des Oberbesuchers am Eingang hörte, dachte ich sofort: »Oh weh!« Nur um etwas zu tun, schloß ich meine Zimmertür von innen ab und steckte den Schlüssel in meine Tasche. Dann warf ich meine Brieftasche gleich direkt in den Ofen. Die Vorstellung, man dürfe sich nie mit seinen Papieren fangen lassen, gehörte zu einer anerkannten Technik, war aber auch eine Manie von uns; freilich bestand keinerlei Notwendigkeit, gleich die *ganze* Brieftasche zu verbrennen, schließlich waren auch meine zehn Lire drin, und sonst hatte ich kein Geld mehr. Der Balkon befand sich über einer Terrasse, die mit einem Metallnetz umzäunt war; hinter dem Netz sah man einen von den Besuchern, der mit einem Revolver in der Hand wartete. Ich war nicht bewaffnet – der ruhende Krieger legt die Waffen ab, bevor er sich zur Ruhe setzt –, und mir war zumute wie in einer Falle. Unten hatten die Besucher angefangen, ein Zimmer nach dem anderen zu besuchen, und nacheinander schlossen sie alle Türen mit dem Schlüssel ab. Die meine im ersten Stock war schon abgeschlossen, die Situation wäre lächerlich geworden.

»Gänschen, mach mir auf« – »Ich nicht«
»Gänschen, mach mir auf« – »Ich nicht«
»Gänschen, mach mir auf«

Und dann? Man kann auch aufmachen. Als der Oberbesucher mit dem Erdgeschoß fertig war, rief er die Wachtposten herein, um mit Verstärkung nach oben zu kommen. Ich spähte durch das Balkonfenster hinaus; der Mann mit dem Revolver drehte sich um und ging ins Haus, und als er verschwunden war, trat ich auf den Balkon hinaus, band einen blauen Seidenschal an einen Stab des Geländers, glitt bis zum Ende des Schals hinunter und ließ mich dann fallen. Ich war beinahe schon am Boden und fiel praktisch kaum; aber als ich mich dann, nicht ohne Ungestüm, über das hohe Metallnetz schwang, verfing ich mich im Stacheldraht über dem Netz, und da ich meinen Anzug nicht über Gebühr zerreißen wollte, fiel ich leicht regelwidrig jenseits des Netzes auf. Die Verstauchung, die ich mir zuzog, setzte das ganze Bein außer Gefecht; so mußte ich es auf der Flucht querfeldein hinter mir herziehen.

Das Haus liegt auf einem Hügel und beherrscht weithin die Landschaft. Ich lief ein schönes Stück in dem Gefühl, für alle vollkommen sichtbar zu sein. Ich trug den einzigen Zivilanzug, den ich damals noch hatte, es war ein Festtagsanzug, ein Zweireiher mit dunkelbraunen Streifen, so gut wie neu, abgesehen von den zerrissenen Stellen, die ich mir im Stacheldraht geholt hatte. Die Felder waren spätherbstlich dürr, kahl und uneben, da schon geackert. Ich lief energisch, mit meinem dunklen Zweireiher, und zog mein Bein nach. Das Haus sah man nicht mehr, aber inzwischen war mir der blaue Seidenschal eingefallen, und es erschien mir selbstverständlich, daß man mich verfolgen würde. Als ich einen Kilometer hinter mir hatte, konnte ich nicht mehr: außerdem war das Gelände so beschaffen, daß ich erneut völlig ohne Deckung hätte weiterlaufen müssen. Ich schlüpfte in einen der Getreideschober, die da standen. Der Raum war beinahe nach Maß für mich gemacht, wenn ich mich mit angezogenen Knien hineinsetzte. Wenn sie hier vorbeikommen, werden sie hoffentlich nicht so neugierig sein und in die Schober hineinschauen; ich hatte mir nicht überlegt, daß dies ein Hund besorgen konnte, falls sie einen hatten. Der Hund kam mir erst dann in den Sinn, als ich ihn in etwa hundert Meter Entfernung bellen hörte. »Das sind sie«, sagte ich zu mir; ich hörte auch die Stimme des Mannes, der mit dem Hund redete, während sie näherkamen. Ich beschloß zu bleiben, wo ich war. Beinahe hatte ich ein wenig Lust auf Gefängnis.

Der Hund mußte mich ohne weiteres aufstöbern; man hörte an seinem Gebell, daß er seiner Sache schon sicher war. Er kam sofort und bellte wütend den Schober an. Der Mann machte ihn auf, und ich saß ungeschützt da; aber es war nicht der hartnäckige Besucher, sondern ein Bauer.

»Entschuldigen Sie die Störung«, sagte ich, und er sagte: »Die gottverdammten Kerle!«, brachte den Schober wieder in Ordnung und ging mit seinem Hund weg. So kann sich der Krieger erneut zur Ruhe setzen, bis zum Abend wird geschlummert und dann gehts wieder querfeldein. In wenigen Stunden hatte ich eine sichere Gegend erreicht, suchte mir ein Haus aus von Leuten, die ich kannte, und, um sie nicht mitten in der Nacht zu stören, legte ich mich in die Scheune, die voll Heu war, und da es kalt war, vergrub ich mich ganz ins Heu; auf diese Art und Weise riskierte ich etwas ziemlich Schlimmes, denn am Morgen kamen meine Freunde, die Bauern, um mit ihren großen Heugabeln Heu zu holen, und sie stießen fest hinein (ich hab es oft gesehen, wie sie das Heu aus den Heuböden holen), bis sie schließlich einen Schuh ausgruben, und als sie ihn mit einem Zacken der Gabel hochhoben, kam ein Bein nach, und an dem Bein hing ein junger Mann in einem dunkelbraun gestreiften Zweireiher, der unter dem Heu schlief; so weckten sie mich, und wir begrüßten einander.

Ich weiß, daß Marta, als sie zu dem abgeschlossenen Arbeitszimmer im ersten Stock kamen, sagte, sie habe den Schlüssel nicht, was ja auch stimmte, denn ich hatte ihn in meiner Tasche; und so bekam sie ein paar Elektroschocks (sie hatten nämlich ein tragbares Gerät bei sich), und dann brachen sie die Tür auf. Wegen des blauen Seidenschals bekam sie noch einmal ein paar Elektroschocks und da und dort eine brennende Zigarette aufgedrückt. Sie sagte aber nicht einmal meinen Namen. Marta war gescheit: sie sagte die ersten zwei Silben meines Namens richtig, und die anderen änderte sie ab.

So hatte sie selbst den Eindruck, sie hätte den Namen gesagt, und sagte ihn nicht mehr. Leider haben sie ihr dann im Gefängnis die schlimmsten Foltern verpaßt. Die impotenten Bastarde, die verseuchten Schweine.

10

In der Stadt kümmerten sich die Leute um ihre eigenen Angelegenheiten. Die Bars, die Kinos, die Straßenbahnen, die Zeitungen: der helle Wahn. Das Reich des Satans, so nahmen wir es im ersten Moment wahr: die Bürgersteige waren glühend heiß; die Gesichter der Leute auf den Bürgersteigen ließen uns erschaudern; die Kleider, die Mäntel, die Krawatten flößten Abscheu und Angst ein. Ganz Padua erschien uns eine Lasterhöhle; man mußte auf der Hut sein, um nicht instinktiv den Schluß zu ziehen, die Massen der verräterischen Mitbürger und diese gesamte Anlage von Arkaden, Gewölben, Bars, Kloaken, Kasernen und Schienen seien schlicht und einfach zu vernichten. Es mag auch bei uns ein wenig banales Heimkehrertum mitgespielt haben: die unvermeidliche plumpe Polemik gegen die Drückeberger. Unsere Kommilitonen freilich, die uns auf der Straße erkannten und sagten: »Grüß dich, altes Haus: endlich wieder mal! Hast du den Tagliavini schon hinter dir? Und den Cessi?«, mußte unsere eilige Zurückhaltung beinahe kränken; sie brachten uns in Wut, aber die Hauptsache war etwas anderes.

Ich hatte mich noch nie so sehr als illegaler Bandit gefühlt wie jetzt, da ich mit meinen falschen Papieren in die gewöhnliche Welt zurückkehrte; bei einem normalen Krieg hat jede der zwei Parteien ihre eigene normale Welt, die jeweilige innere Front hinter dem Kriegsgeschehen. Hier sah es so aus, als hätten dies nur unsere Gegner; die Straßenbahnen waren faschistisch und ebenso die Postämter, die Geschäfte, die Luftschutzbunker, die Lebensmittelkarten, alles.

In meinem Innersten verabscheute ich die Gesellschaft, nicht nur speziell diese, sondern jede städtische Gesellschaft, beinahe die Gesellschaft als solche, das bestialische Zusammenleben der zivilisierten Menschen, in der die einen als eklige Schmarotzer der anderen lebten. Saugt euch euer ekliges Blut aus, dachte ich; lebt zusammen. Oh unsere gesegnete Thebais, wo wir in den Felsspalten nach frischem Wasser suchten und uns der Rabe Polenta und Margarine brachte. Sünder, Hurentreiber, Sodom und Gomorrha! Treibt nur eure bestialischen Paarungen: Paart euch mit euren Hündinnen zu

Hause, paart euch mit euren Straßenbahnen! Geht in eure letzten Messen, steckt euch eure frommen Kerzen in den Arsch!

Anders ausgedrückt: Zunächst hatten wir Angst vor der Welt. Die Leute auf der Straße erschienen uns furchterregend; unsere Blicke suchten das Maschinengewehr in der Hand des Milchmanns und der Zeitungsfrau. Als wir das erste Mal ein Lokal betraten, erschienen uns alle Leute, die an den Tischen saßen, als schwarze Kriminelle, mit jenem abstoßenden Äußeren, das sie in Zivilkleidung hatten. In einigen wenigen Wochen gewöhnten wir uns daran; bald gingen wir absichtlich dorthin, wo sich die Beamten der Ministerien, der Polizeipräsidien, der Kommandanturen, selbst der Folterhäuser aufhielten; absichtlich, um sie zu sehen. Wir begegneten unbesonnen dem verhaßten Blick des politischen Wahlrömers, eines Typs, der mir damals zutiefst verabscheuungswürdig erschien. Ich weiß nicht, ob die Christdemokraten eine eigene Variante dieses Typs hervorgebracht haben.

In Padua waren wir im ZENTRUM. Ein illegales ZENTRUM ist etwas Eigentümliches: je mehr man sich ihm nähert, desto weniger kann man es sehen. Aus der Ferne zweifelte niemand daran, daß es sich um einen soliden handgreiflichen Organismus, eine Schmiede für Direktiven, ein ungeheures Laboratorium handelte; aber wenn man näherkam, fand man den Organismus nicht mehr, geriet statt dessen in ein Netz vorläufiger und mühseliger Kontakte. Aber eigentlich war es nicht einmal ein Netz; einige Personen mit falschem Namen waren damit befaßt, so etwas zu weben wie ein Netz. Solange sie an der Arbeit waren, gab es das Netz, und magnetische Ströme zirkulierten darin, aber sobald sie aufhörten, es zu weben, gab es kein Netz mehr. Zunächst meinte man, es müsse in der Mitte doch, wie eine Spinne, ein lebendiges Zentrum in einer seidenen Nische geben. Aber gab es das wirklich? Erst allmählich begriff man: das Netz selbst, ständig zerrissen, ständig neu gewebt, war das ZENTRUM. Solange wir die Fäden aneinandergeknüpft ließen, liefen die Ströme hindurch. So funktionierte das ZENTRUM.

Das ZENTRUM hatte dichte Verbindungen mit der gesamten Region, und wir befaßten uns dann fast alle mit dieser Verbindungsarbeit, die einen in Padua, die anderen in den Provinzen verstreut; die einen mit berufsmäßiger Strenge, die anderen nur mit halber Kraft.

Nun sahen wir, daß die Verbindungsarbeit nicht ein wichtiger Aspekt des Widerstandes war, sondern der Widerstand selbst. Das eine ging im anderen auf, »restlos«, wie man damals so gern zu sagen pflegte; wenn man die Verbindung hergestellt hatte, hatte man gewöhnlich auch alles andere gemacht, Komitees geschaffen, die Presse verbreitet, die Finanzierungen durchgeführt, Nachrichten ausgestreut oder gesammelt, Befehle weitergegeben und zugleich auch ausgeführt. Sucht die Verbindungen, und alles andere wird euch dazugegeben werden.

Einen Teil unserer Energien verwandten wir darauf, untereinander in Verbindung zu bleiben, aber es blieb noch ein gut Teil übrig, um auch die anderen zu verbinden. Wir waren mit falschen Papieren und gefälschten Genehmigungen unterwegs; einige von uns (insbesondere Marietto und ich, da wir in Padua selbst ansässig waren) wechselten häufig Wohnung und Identität; manchmal machte ich mich jünger und wurde ein siebzehnjähriges Erstsemester, noch frei von militärischen Verpflichtungen, manchmal beförderte ich mich in entlegene Einheiten und Distrikte und gewährte mir ordentlichen oder außerordentlichen Urlaub. Als ich das erste Mal angehalten wurde (es war in Treviso), schlug mein Herz gewaltig; aber dann hatte ich mich daran gewöhnt, und bald hielt ich selbst Leute an und kontrollierte ihre Papiere, um mir Mut zu machen. Manchmal, wenn meine kontrolliert wurden, war mir der Name entfallen, den ich mir in dem Monat zugelegt hatte, ganz zu schweigen von der Einheit, aber es klappte dann doch jedesmal, und ich erinnere mich noch daran, was für ein merkwürdiges Gefühl es nach Kriegsende umgekehrt war, nur die kahle eigene Identität in der Tasche zu haben.

Wir waren viel auf Reisen, auch mit dem Zug, aber vor allem mit dem Fahrrad; wir fuhren in alle Zentren in der Provinz und in die Städte Venedig, Verona, Treviso, Rovigo. Um Vicenza machten wir selbstverständlich einen großen Bogen. Zweimal fuhr ich mit dem Rad nach Mailand, ins ZENTRUM aller Zentren.

Im wesentlichen waren diese Reisen nur möglich, weil wir, obschon keine innere Front, so doch etwas viel Besseres hatten: die heimliche, aber selbstverständliche Allianz zahlreicher Familien und Einzelpersonen. Die wirklich berufsmäßigen Widerständler waren zweifellos nicht viele; aber die Anhängerschaft war groß, viele andere waren in den Widerstand verwickelt. Großenteils Leute, denen es nie in den Sinn gekommen wäre, selbst in den Widerstand zu gehen; aber für die jungen Leute, die es taten, waren sie zu vielem bereit. Sie nahmen uns gastlich auf, sie ernährten uns, sie lieferten uns Fahrräder, sie nahmen Nachrichten für uns in Empfang, sie hatten Lager und Archive in ihren Wohnungen, oft auch den illegalen Sender und sogar den Operator des illegalen Senders; und je nach Bedarf riefen sie selbst einen zuverlässigen Techniker für das Sendegerät oder ihren Hausarzt für den Operator.

Da wir über ganz Venetien verstreut waren, brauchten wir Monate, um alle Verbindungen zu schaffen. Viele von uns wurden mehrmals wegen Schwarzhandels angehalten, aber in den schweren Koffern aus Vulkanfiber befand sich nur die aufständische Presse; es wurde nach Butter gesucht, und GERECHTIGKEIT UND FREIHEIT[22] wurde gefunden. Die Angehaltenen erklärten, sie hätten die Kofferschlüssel verloren und könnten die Koffer somit nicht für die Inspektion öffnen; und während sie darauf warteten, daß man sich entschloß, den Koffer mit Gewalt zu öffnen, sahen sie sich nach der geeigneten Route zum Ausreißen um. Und dann rissen sie aus.

Dies waren vor allem die Monate der entschiedenen Fluchten durch die Stadt oder über Land; manchmal mußte man auch die Schmuggelware im Stich lassen, manchmal gelang es, sie mitzunehmen, was aber die Flucht erheblich belastete. Auch einige Fahrräder gingen dabei flöten, aber meines Wissens niemals das Geld, das wir oft am Leib trugen: ein Zeichen, daß unsere solide bürgerliche Erziehung ihre Früchte zeitigte.

Ernstliche Unannehmlichkeiten konnte man durch die gefälschten Papiere, Ausweise und militärischen Urlaubsscheine bekommen. Bei den ersten Kontrollen an Ort und Stelle bestand noch kein Risiko, aber wenn sie Anstalten machten, einen zu weiteren Kontrollen mitzunehmen, war die Gefahr groß: ein gefälschtes Papier ist wie eine kleine Zeitbombe, es kann wirklich Trümmer im Gefolge haben.

Mir ist es nie passiert; aber andere mußten sich ständig, da sie zufällig in irgendwelche Fahndungen gerieten, gründlich anstrengen, um die Krankheiten auf ihren Urlaubsscheinen glaubwürdig darzustellen. Bene hatte eine trockene Rippenfellentzündung auf dem rechten Flügel.

»Zeig mal«, sagte der Feldwebel.

»Man sieht nichts«, sagte Bene. »Das ist innerlich.«

Von da an pinselte er sich jeden Morgen die Schulter und ein Stück Rücken mit Jodtinktur ein.

Einen gefälschten Urlaubsschein in der Tasche, ein Paket Zeitungen auf dem Gepäckträger, eine Mütze auf dem Kopf, um eventuelle Bekannte irrezuführen, und oft einen Schatz Tausenderscheine irgendwo versteckt wie eine frühchristliche Eucharistie. Die Zeitungen wurden hauptsächlich innerhalb der Organisation verbreitet; sie wurden geschrieben, gedruckt, ins ZENTRUM transportiert, in den Provinzen verteilt: und an wen? An die, die sie geschrieben, gedruckt, transportiert und verteilt hatten. Sie alle lasen und studierten sie mit großer Befriedigung; dann schrieben sie von neuem etwas, und alles begann wieder von vorne. Zumindest war dies der allgemeine Eindruck.

Es befand sich alles in einem geschlossenen System, wie die Million, die in Francos langen Unterhosen zirkulierte. Wir hatten jede Menge Millionen. Wir lebten asketisch, mäßig im Essen und in allem anderen; um ein Buch zu kaufen, mußten wir eine Mahlzeit überspringen, die vier Lire kostete; aber oft transportierten wir ein halbes Dutzend Millionen auf einmal, das sind heute Hunderte von Millionen. Wir trugen sie in einer Tasche oder direkt auf dem Leib. Es waren Tausenderscheine, und meines Wissens ist nie ein Schein abhanden gekommen. Wenn wir abends in die Familien kamen, die wir um Gastfreundschaft gebeten hatten, zogen wir die verschwitzten und zerknitterten Millionen zum Trocknen hervor. Die Familien hatten meist in ihrem ganzen Leben noch nie eine Million auf einmal gesehen; und wir zeigten sie ihnen unter den gebotenen Vorsichtsmaßnahmen auf dem Fußboden.

Die Million, die in Francos langen Unterhosen zirkulierte, zirkulierte dort einmal zwei Tage lang; anfangs raschelte sie ziemlich laut, dann paßte sie sich an. Am ersten Abend ließ er sie beim Rasten drin, denn er war müde; am zweiten Abend, als er an seinem Bestimmungsort angekommen war, zog er sie heraus und bemerkte, daß sich ein Tausender über einem Knie eingenistet hatte und von der Reibung zermalmt worden war. Franco war außer sich vor Schrecken. Die Empfänger sagten strahlend: »Macht nichts, macht nichts« (sie hielten wohl die restlichen neunhundertneunundneunzig für genug); aber er fand keine Ruhe, bevor er nicht alle Fetzen, die in seiner Unterhose verstreut waren, eingesammelt und den Schein wieder zusammengesetzt hatte, den ein mitverschworener Bankbeamter aus Lonigo dann pflichtschuldigst gegen einen guten Schein umtauschte.

In manchen Augenblicken kamen wir uns wie eine Schattenregierung Venetiens vor; in anderen fühlten wir uns wieder als die üblichen drei Männchen, die mit dem Rad durch die Gegend fuhren und sich gegenseitig zählten. Theoretisch unterhielten wir Beziehungen zu Komitees, Kommandos, zum »Widerstand«, dem politischen und dem militärischen, in den einzelnen Dörfern; praktisch trafen wir uns mit einigen wenigen Personen, und die Umstände dieser Zusammenkünfte steigerten noch den Eindruck des Unwirklichen. Es war schier unglaublich; man sagte: »Heute, den achten, um zwölf Uhr Mittag hier an diesem Platz«, und das war alles. Einmal war es nur eine Wegkreuzung mitten auf dem Land, ein andermal eine Strecke auf einer Straße nahe bei einem Dorf, häufiger aber eine Brücke. Vielleicht habe ich eine übertriebene Vorstellung von der Funktion der Brücken: aber von vielen Leuten wußte ich beinahe nichts anderes, als auf welcher Brücke mitten auf dem Land sie an welchem Wochentag anzutreffen waren. Wenn ich ihnen dann in der dürren Winterlandschaft mit meinem Rad näherkam, überlegte ich: »Die Frage, die man nie stellen darf, ist: Wie viele sind wir eigentlich?« Und da war schon die Brücke, und am Geländer lehnte, den Blick auf die winterliche Landschaft gerichtet, das Komitee von Albettone oder das Kommando von Montegaldella im Wintermantel, ebenfalls in Widerstandsgedanken versunken. Wir nahmen Verbindung auf, tauschten unsere Taschen aus oder deren Inhalt und einige politische Ratschläge; und dann fuhr ich wieder weg.

Die Komitees in den Dörfern waren paritätisch, wie man damals sagte: sie bestanden aus einzelnen Personen mit einem Etikett, beinahe einem unsichtbaren Abzeichen, das der Symmetrie halber, die erforderlich war, oft nur eben so getragen wurde: Der eine war der Kommunist, der andere der Sozialist, der dort der Christdemokrat, den Liberalen könntest du doch machen, wäre es dir recht? Und so sind wir dann alle vertreten.

Einige von unseren Freunden, die von Anfang an in dieser Arbeit steckten, hatten sich noch nicht damit abgefunden, daß nach Kriegsende unvermeidlich eine große katholische Partei allen zur Last fallen würde, und versuchten daher, deren Vertreter, häufig aufgeschlossene Leute, zur Umkehr zu bewegen.

»Aber warum wollt ihr denn eine Partei bilden?« sagte einer unserer Freunde, der in einem großen Provinzzentrum tätig war, zu seinem christdemokratischen Gegenüber. »Warum verteilt ihr Katholiken euch nicht einfach auf die anderen Parteien, die doch wahre Parteien sind, und christianisiert sie dann (letzteres war ein wenig hinterhältig gemeint)? Warum wollt ihr eine eigene Partei, die sich gegen alle anderen richtet? So zieht ihr die Glaubensdinge mit herein und erniedriegt sie zu rein politischen Angelegenheiten.« Wir sagten damals ständig »rein, pur«. »Aber so komm doch«, schloß unser Freund, »und schreib dich in die Aktionspartei ein!« Der Christdemokrat hörte sich alles an und brachte schüchterne Einwände vor; aber er schrieb sich nicht ein.

Eines Tages wurde er aus heiterem Himmel verhaftet; und unser Freund rieb sich politisch die Hände, obschon es ihm um den Genossen der gemeinsamen Verschwörung leidtat: »Politisch gesehen kommt mir das gelegen«, sagte er und, wie auch Mussolini unter nicht unähnlichen Umständen gesagt haben soll: »Das Gleichgewicht des Komitees verlagert sich auf unsere Seite.« Die Verhaftung der Politischen wurde nun schon als völlig belanglos betrachtet; einer verschwand von der Bildfläche, die anderen trafen ein paar Vorsichtsmaßnahmen mehr, und auf Wiedersehn bei Kriegsende. Leider wurde einige Tage darauf auch unser Freund verhaftet, und so verlagerte sich das Gleichgewicht des Komitees aufs neue. Sie wurden beide nach Dachau geschickt, wo sie vielleicht ihr Gespräch über die beste politische Struktur Italiens wiederaufgenommen haben; mit welchem Ausgang weiß man nicht, denn weder der eine noch der andere ist von dort zurückgekehrt.

Obschon Marietto und ich im ZENTRUM ansässig waren, stifteten wir Verbindungen noch und noch: ich glaube, ich bin in jenem Winter mehr Rad gefahren als im gesamten Radfahrtraining meines Lebens; trotzdem war die Hauptarbeit für uns beide in der Stadt. Von unseren Genossen waren wir die einzigen, die immer in Padua waren, die anderen kamen nur gelegentlich; die Schätzchen einiger

Partisanen waren jedoch da, ihre Ausrede war die Universität; und da war Simonetta, die sich für uns ziemlich abmühte, ja sogar Familie und Studium an den Nagel hängte und im wesentlichen dasselbe Geschäft betrieb wie wir.

Ehrlich gesagt weiß ich nicht mehr, was ich eigentlich genau war. Militärischer Inspektor? Erster Sekretär des Kommandos von Venetien? Kommissar? Die Vorstellung, ein Amt innezuhaben, machte mich nervös, aber ich muß ja wohl eines gehabt haben, und ich hoffe, es war ein wenig wichtiger als das Mariettos, schon allein aus Gründen des Alters. Ich wohnte mit ihm im selben Zimmer; im Schrank waren die Stens; unter dem Bett hatten wir den großen Koffer mit dem REGIONALE; kiloweise Papier: Seine Beschlagnahme hätte die Region entvölkert, aber irgendwo mußte man das REGIONALE doch aufbewahren. Ich frage mich, was es eigentlich genau war. Es war eine wichtige Körperschaft, aber ich weiß nicht sicher, ob überwiegend militärisch oder politisch, partei- oder regierungsgebunden. Es war etwas à la Kafka, fundamental, aber ungewiß, beinahe nicht existent. Wir arbeiteten vor allem für ES, aber ohne es wirklich zu kennen; manchmal stellten wir uns vor, es säße im großen Koffer.

Außer seiner zentralen Substanz hatte Padua auch seine akzidentellen Entzentralisierten. Sie hießen GAP[23]. Mit diesen Jungen waren wir auf den Straßen und in den Cafés ständig in Verbindung. Was sie betrieben, war faszinierend: es war die richtige Antwort auf die schamlose Sündhaftigkeit der Stadt, reiner Terrorismus.

Eines schönen Tages kamen sie nicht zur Verabredung: nachdem ich die vorschriftsmäßigen Minuten gewartet hatte, ging ich weg und bekam später bei einer der zahlreichen Verabredungen im Lauf des Tages eine Mitteilung; als ich am Abend nach Hause kam, nahm ich mein *Cahier jaune* und strich, wo ihr Symbol und die Zeit stand, alles mit Bleistift mehrmals durch, riß dann noch das Blatt heraus und sah zu, wie es verbrannte, bis die Flamme meine Finger berührte.

Von unseren militärischen Vorgesetzten war Spartaco der nächste und am besten erkennbare, er war sehr tüchtig; er sagte nur einen Fluch, den man phonetisch etwa so umschreiben könnte: Coìo. Er sagte ihn mit einem kreischenden Stimmchen, das sich von seiner normalen Stimme unterschied. Er war aus Friaul. Politisch gesehen hatten wir keine direkten Vorgesetzten, außer der immer noch ungeheuren Autorität Francos, von uns Verbindungsmännern der leidenschaftlichste. Franco war nicht in der Lage, weit zu Fuß zu gehen, aber auf dem Fahrrad war er ein Gott; das Fahrrad war ein Teil seiner Persönlichkeit, und daher entfaltete Franco seine Größe in dieser Phase des Widerstands, der Phase des Fahrrads, dem Reich der Speichen. Seine Leidenschaft war schon immer Inspizieren und Anstiften gewesen: seine Ideen, seine Entdeckungen, seine geschätzten Suchten, nie hatte er sie für sich selbst behalten wollen, sondern immer großzügig an die anderen verteilt; auch im Frieden war er immer unterwegs gewesen, überall Honig auszuteilen. Hier einen Begriff, dort einen Vorwurf, da eine Bibliographie. Jetzt war er in seinem Element.

Bei den politischen Fragen im engeren Sinn verließen wir uns auf sein Urteil. Wir kamen auch mit verschiedenen anderen Quellen des politischen Denkens und Urteilens in Berührung, die unvergleichlich angesehener waren; mit alten Antifaschisten, gelehrten Professoren, mit anderen Worten, den Leuten, bei denen wir die Leitartikel für die illegale Presse abzuholen pflegten. Aber nicht immer erschienen sie uns wirklich überzeugend. Wir glaubten an ein *corpus* antifaschistischen Wissens; aber nicht sie waren, unserer Ansicht nach, dessen Träger. Wenn wir Franco dazu hätten bringen können, ein wenig den Anführer zu spielen, wäre uns wohler und sicherer zumute gewesen; aber er wollte nur anstiften, niemals den Anführer spielen. Sein Anstiften war energisch, manchmal durch Überredung, manchmal durch Lautstärke: »Sei doch ein Mann!« sagte er. Womöglich zu hervorragenden Verschwörern, die zweimal so alt waren wie er, und auch noch in Gegenwart der Ehefrauen. Aber Anführer spielen, nein, das wollte er nicht.

So sahen Marietto und ich, zwischen Verabredungen, Fahrten und Komitees, uns auch noch gezwungen zu studieren. Es kam uns selbstverständlich nicht einmal in den Sinn, schulmäßiges Zeug oder fürs Examen zu studieren. Wir studierten buchstäblich für Italien, für die nicht vorhandene große italienische Führungsschicht, die nach dem Krieg auftauchen sollte. Sollte.

Es war ein harter Winter. Wir studierten am gleichen Tisch in den Stunden oder an den seltenen Tagen, an denen wir weder Verabredungen noch Fahrten hatten, in unsere Bettdecken eingewikkelt, mit Sturmmützen und Wollhandschuhen.

Es war ein Schnellkurs in antifaschistischem Wissen. Wenn wir die roten Hefte GERECHTIGKEIT UND FREIHEIT zur Hand nahmen, hatten wir das Gefühl, aus einer unermeßlichen, beinahe heiligen Quelle zu schöpfen. Wir versuchten die einzelnen Abhandlungen nicht nur insgesamt zu verstehen und uns anzueignen, sondern sogar die einzelnen Abschnitte, herausgenommene Sätze. Wir glaubten, all das müsse man wissen, selbst noch die Kommas: und die Druckfehler machten uns einen so merkwürdigen Eindruck, als wären es Versehen des Heiligen Geistes. Wir ahnten etwas von einer Welt unverdorbener Wahrheit, einen Reichtum, um den wir bisher betrogen worden waren.

Auf unseren Schultern spürten wir es, auf unserem Tisch gestapelt maßen wir es, das Gewicht und den Umfang der Enzyklopädie der politischen Wissenschaften. Die Geschichte der Parteien, die Theorie der Führungsschichten, die Marktwirtschaft, die italienische Landwirtschaft, die Gewerkschaften, der Marxismus, die Soziologie; was hätten wir eigentlich nicht studieren sollen?

Manchmal beschlichen mich Zweifel und Verzagtheit. Was machen wir, wenn der Krieg aus ist? Beruflich, meinte ich; aber zu Marietto sagte ich nichts davon, ich wollte ihm nicht den Mut nehmen. Bekümmert dachte ich: »Wetten, wir werden die Historiker der Geschichtsschreibung?«

In den politischen Fragen von unmittelbarer Bedeutung hatten wir den Eindruck, praktisch alles selbst machen zu müssen: die lokalen Obrigkeiten, die wir um Rat fragten, schienen für manche Probleme taub zu sein, sie reagierten nicht darauf. Die anderen, noch höheren, im ZENTRUM der Zentren, erschienen unnahbar. Wie in manchen grausamen amerikanischen Abenteuererzählungen, wo der oberste Boß unnahbar mit seiner großen Blondine auf seiner Yacht weilt und man nur versuchen kann, sich ihm heimlich zu nähern, indem man sich wie ein Dieb in der Nacht anschleicht, womöglich mit einem Ruderboot; so waren unsere obersten Anführer in hohe ferne Wolken gehüllt. Als ich mit dem Fahrrad nach Mailand fuhr und höchstpersönlich das ZENTRUM der Zentren betrat, ließ man mich nur bis zum Vorzimmer oder vielleicht bis in den Hinterraum gelangen: berühmte Leute vornehmen Aussehens unterhielten sich lebhaft, um ein Exemplar der Londoner TIMES geschart, das eben angekommen war. Es erschien unvorstellbar, ihr Interesse für unsere effektiven Probleme zu gewinnen, die waren unsere Sache, dafür waren wir allein verantwortlich, das spürten wir.

Der Bürgerkrieg ist etwas zu Ernstes, sagten wir, als daß man ihn den Leidenschaften und dem Zufall überlassen könnte. Man muß die Dinge mit Vernunft angehen, studieren, was uns die Vergangenheit lehrt, historisch sein. Wir glaubten glühend und ahnungslos an das Wort Historismus. Wir schlugen erneut in *La Rivoluzione Napoletana* (Die neapolitanische Revolution) von Cuoco nach, um Revolutionärsweisheit zu schöpfen, und dann stellten wir insgeheim ein Dokument zusammen, das, so hofften wir, den Sturm der Gemüter beschwichtigen sollte, wenn der Krieg aus war.

Links stand der militärische Rang oder die Zivilfunktion, und rechts trugen wir die entsprechenden Strafen ein. Wir hätten Italien wahrhaft mit gelichteten Reihen aus unseren Händen entlassen. Gewissenhaft diskutierten wir über jeden einzelnen Fall:

»Ein Hauptmann, was meinst du, zum Tod oder lebenslänglich?«

»Wie viele Hauptleute wird es wohl in ganz Italien geben?« Wir rechneten; dann sagte ich seufzend: »Zum Tod, was sonst?«

Marietto fragte mich, wie viele Leute ein Hauptmann befehligt, und ich erklärte es ihm; wir wogen das Für und Wider ab, und schließlich schrieben wir: »Tod: eventuell umwandeln.«

Wir wandelten die Strafen weniger Zivilisten, aber vieler Militärs um (jeder versteht, daß es nicht wichtig ist, beispielsweise alle Feldwebel leibhaftig auszurotten, außer, versteht sich, die der Schwarzen Brigaden, der Decima Mas[24] und ähnliche).

Zutiefst empfanden wir die Notwendigkeit, jeglichen Versuch von Schnellverfahren, jegliche Verwirrung der Leidenschaft im Keim zu ersticken; wir dachten sogar schon daran, daß voraussichtlicher Mißbrauch in dieser Richtung einem Grad der G.N.R. gleichgestellt und mit derselben Strafe geahndet werden müßte. Wir mußten zum Wohl Italiens handeln, uns den Haß aus dem Herzen reißen und die Vernunft regieren lassen.

»Glaubst du nicht, es wäre angebracht, auch die Familienangehörigen gleich mitumzubringen?« Aus humanitären und praktischen

Gründen vielleicht schon. Man könnte Tafeln der Blutsverwandtschaft aufstellen: der erste Grad wird ohne Prozeß erschossen; der zweite Grad hat die Möglichkeit, Erschießung zu beantragen. Es wäre die barmherzigste und sicherste Verfahrensweise: um dem unendlichen Schrecken des Bürgerkrieges ein Ende zu machen und Trauer ohne Ende zu vermeiden.

So hatte sich in unserem Kämmerchen das Problem herausgeschält, wie man den Bürgerkrieg liquidieren sollte. Wir waren isoliert, diese Art von Tätigkeit isoliert einen. Unser Versuch war zweifellos sehr ernst und ehrlich gemeint: wir spürten aber, es war etwas dabei, das nicht funktionierte. Wir sahen noch einmal bei Cuoco nach, ein wenig auch bei Machiavelli und bei Tocqueville, um die zentralen ethisch-politischen Ansätze zu überprüfen. Sie kamen uns richtig vor. Wir berechneten noch einmal alles: die Rechnung stimmte. Und doch blieb ein gewisses Unbehagen zurück.

Offensichtlich waren wir aus übertriebenem Eifer einfach verrückt geworden, wir waren brave Jungen, waren gute Studenten gewesen, kamen aus ehrenwerten, arbeitsamen, friedlichen Familien. Offensichtlich hatten wir vor lauter Bürgerkrieg einen Wahnsinnsanfall bekommen, der von niemandem diagnostiziert wurde, wie manchmal eine Gelbsucht nicht erkannt wird, mit der man sich zwei oder drei Wochen herumschlägt, mit Fieber und einer Art Grippe im Bett liegt; und wenn sie zu Ende ist, kommt der Arzt und sagt: »Das war Gelbsucht.« Und die Leintücher haben tatsächlich einen bizarren gelblichen Farbton.

Sorgfältig schrieben wir unsere Ächtungslisten nieder, versahen sie mit einem Appell an die Obrigkeiten, in dem wir auf die lebensnotwendige Wichtigkeit einer Regelung dieser Materie hinwiesen, und mit dem Verzeichnis der Vorschläge und der zusammenfassenden Tafeln im Anhang. Als ich später Swifts »Bescheidenen Vorschlag« las, man solle die hungrige Frau doch ihre eigenen Kinder aufessen lassen, sah ich sofort, was unserem Vorschlag fehlte, nämlich der Humor.

Wir hatten keinen »humour«, Marietto und ich, allein und eingemummt, in unserem kalten Kämmerchen, zwei Philosophen, zwei historizistische Historiker, zwei kleine Robespierres in einer Wohnung in Padua. Die beste Kur für einen Anfall von Vorschlägen, so wie es der unsere war, ist die Niederschrift; als wir unseren Vorschlag dem ZENTRUM geschickt hatten, fühlte ich mich schon viel wohler. Die Genesung hatte begonnen.

»Marietto, weißt du, was mir in den Sinn gekommen ist, zu unserem Vorschlag?«

Marietto zog gerade seine Söckchen aus. So nannte er sie nämlich. Er war noch ein kleiner Junge, er kam geradewegs aus dem Elternhaus, kann man sagen; das galt im Grunde für uns alle, aber für ihn besonders. Er wusch sich Gesicht und Hals mit heftigem Reiben, wozu die Mütter früher ihre Kinder anhielten; er kleidete sich an, er zog sich seine Söckchen aus, er verhielt sich in all seinen Gebärden und Gesten wie ein kleiner Junge; man spürte hinter den toskanischen Bezeichnungen seiner Kleidungsstücke die Ermahnungen von zu Hause, die zu einer Gewohnheit geworden waren.

»Es ist mir in den Sinn gekommen, daß er eigentlich Italien gar nicht betrifft.«

»Und was betrifft er dann?«

»Ich weiß es nicht«, sagte ich. »Dieses Zimmer.«

»Ach was«, sagte Marietto.

»Denk mal an das Problem der Leichen«, sagte ich zu ihm. »Diese Leichen haben ein Volumen und ein Gewicht: ein Tintenstrich dagegen wiegt praktisch gar nichts, er hat eine Oberfläche, aber man kann sagen, Volumen hat er nicht; eine Idee hat weder Gewicht noch Volumen.«

»Aber wir haben doch beschlossen, daß man sie erschießen muß.«

»Vielleicht reicht es, wenn man sie mit Tinte erschießt.«

»Ach was«, sagte Marietto; doch die Bemerkung muß ihn getroffen haben, und allmählich gewöhnten wir uns an die Vorstellung, sie im wesentlichen schon erschossen zu haben, wir nannten sie nämlich unter uns die Hingerichteten.

Marietto wurde mir weggeholt, verhaftet, am Anfang des Frühlings, merkwürdigerweise von einem Hauptmann. Unmittelbar schuld daran war die illegale Presse, die wir immer kritisierten, weil sie unserer Meinung nach nur von ihren Verfassern und Verteilern gelesen wurde. Sie wurde aber auch im Polizeipräsidium gelesen, und eine Nummer las auch der Hauptmann der G.N.R. in der Via San Francesco. Marietto war mit dem Fahrrad in Richtung Venedig weggefahren, ein großes Paket auf dem Gepäckträger; wir versuchten immer früh am Morgen loszufahren, gleich wenn die Ausgangssperre vorbei war. Unter dem Tor des Kommandos der G.N.R. stand der Hauptmann, offensichtlich auch ein Frühaufsteher. Die Straße war beinahe noch menschenleer; Marietto fuhr an dem Tor vorbei, frisch drauflos tretend, und vielleicht hatte er auch zum römischen Gruß angesetzt; auf jeden Fall rutschte ihm das Paket aus dem Gepäckträger und rollte dem Hauptmann direkt vor die Füße. Während Marietto, feuerrot im Gesicht, anhielt, hob der Hauptmann freundlich das Paket auf; da zerriß die Hülle, und der Hauptmann fing an zu lesen.

Der Sitz der G.N.R. war nur einige Schritte vom Palazzo Giusti entfernt. Marietto wurden einige Knorpel und einige Knochen gebrochen, und das wissen wir, weil sie am Ende des Krieges, als er herauskam, noch immer gebrochen waren; sie taten ihm auch anderes an, aber er hat nie daran gedacht, uns die Einzelheiten zu erzählen. Als er herauskam, sagte er mir nur, daß die Gefängniswärterinnen mit den Häftlingen einen außerordentlich freien Umgangston pflegten, eine habe die Wirkung beschrieben, die die Testikeln eines nicht mehr ganz jungen Mannes hätten, wenn sie beim Beischlaf in ihrer ganzen Länge an die erotischen Stellen der Frau schwappten. Es schien, als wäre dies das einschneidendste Erlebnis der ganzen Haft gewesen.

Der Frühling begann, als Marietto verhaftet wurde. Ich meldete es Spartaco, und der sagte: »Coìo.«

Im Gefängnis sagte Marietto nichts; kein Sterbenswörtchen; aber wir wußten im Moment nicht, ob er etwas sagen würde oder schon gesagt hatte und ob in unserem Zimmer nicht schon jemand auf mich wartete und, um sich die Wartezeit zu verkürzen, in dem großen Koffer herumspionierte. Spartaco ordnete an, ich solle Simonetta vorausschicken, und sie ging leichtfertig vor sich hin pfeifend voraus. Ich wartete unter den Arkaden, startbereit mit dem Fahrrad. Es war keiner da, und so leerten wir im Handumdrehen das Zimmer und gingen dann, das Fahrrad schiebend, unsere Arche aus Vulkanfiber auf der Lenkstange, eine andere Unterkunft suchen. Zu Spartacos militärischer Brut gehörten ziemlich viele, über ganz Padua verstreut, der raffinierte André aus Belluno, Fiorò aus Treviso, groß wie ein Kamel, und der beinahe preußische Meo und noch verschiedene andere. Alle von der Aktionspartei; aber ich hatte unsere vicentinische Bande noch im Sinn.

Das Jahr vorher waren wir im März aufgebrochen, jetzt war es beinahe Zeit. Das ist doch unser Geschäft, dachte ich, ich will nicht zum Kofferbewacher werden und auch nicht zum illegalen Gappisten; auf ins Gebirge, weg von den Bürgersteigen. Auch meinen alten Kumpanen kribbelte es in den Füßen. Enrico ließ fragen: »Rauf zur Cima Posta, wie wäre es damit?« Und ich ließ antworten, für mich wäre es sehr gut. Wer weiß, was für perfekte Soldaten wir schließlich auf den ausgemergelten Abhängen der Cima Posta geworden wären, wenn der Krieg noch einige Monate länger gedauert hätte. Aber wir waren schon (freilich ohne es zu wissen) in den letzten Wochen vor Kriegsende; einige Dinge kamen dazwischen, einige Verhaftungen und die Notwendigkeit, sofort eine lange Fahrt durch die Provinz zu machen. Es mußten zwei Leute sein; Simonetta und ich fuhren also los.

Die Fahrt beginnt vor der schiefen Fassade von Santa Sofia, wo wir verabredet waren. Es war am Morgen; Simonetta sportlich elegant; ein schönes Damenfahrrad mit Aluminiumfelgen und eine Pose auf dem Fahrrad, in der die Quintessenz sportlicher Grazie steckte. Die Pose hatte sie selbst erfunden; später verbreitete sie sich in ganz Italien, und die Leute, die für so was einen Blick haben, verbinden sie, glaube ich, mit den italienischen Mädchen der Nachkriegszeit. Die englischen Mädchen saßen in den ersten Nachkriegsjahren ganz anders auf ihren Fahrrädern; ihre Pose war auch schön, das muß man sagen; aber die italienische Pose war unvergleichlich moderner. Erfunden von Simonetta.

Wir blieben wohl eine Woche unterwegs: in der Gegend von Padua, Verona und Vicenza. Wir fuhren auf Nebenstraßen, an deren Rändern der hartgefrorene Schnee lag und die vereist waren; wir schliefen zumeist zusammen, oft in Häusern, manchmal in Heuböden, aber mit der Erlaubnis des Hausherrn. Ich weiß nicht mehr, wo und wie wir aßen; freilich tauschten wir insgeheim die Säfte unserer Jugend aus, für mich kann ich zumindest sagen, daß ich mich hauptsächlich von der zarten, lebhaften Gestalt, den grauen Pullovern, den sportlich geschnittenen Röcken, dem Gesicht ohne Lippenstift ernährte. Ich dachte nicht im Traum daran, ihr den Hof zu machen. Sie zog sich aus, wenn wir schlafen gingen, selbst im Stroh; ich drehte mich auf die andere Seite und wartete, bis sie sich ausgezogen hatte, dabei plauderte ich. Wenn wir nebeneinander lagen, plauderte ich noch ein wenig, dann sagten wir zueinander: »Schlaf gut!« und schliefen.

Sie ist bestimmt die anmutigste Partisanin des Jahrhunderts, dachte ich; die eleganteste auf jeden Fall. Wenn ich morgens vor ihr erwachte und sie neben mir fand, erschauderte ich. Ich sah ihr beim Schlafen zu: wie ruhig, lieb und sanft sie auf dem Stroh lag. Wie die Dinge zusammenlaufen: das Korn wird geschnitten, das Stroh wird aufgehäuft, Jungen und Mädchen werden großgezogen, Kriege werden begonnen, tausend Strömungen kreuzen einander, und zu guter Letzt ist in diesem Krieg Simonetta, liegt auf diesem Stroh.

Ich sah ihr zu, bis sie die Augen aufmachte und zum erstenmal lächelte und »ciao« sagte, und wieder ein Tag begann.

Den vorletzten Abend verbrachten wir in Martas Haus auf dem Land. Marta war im Gefängnis oder schon im Krankenhaus, das weiß ich nicht mehr; denn sie wurde vom Gefängnis, wo ihr die feigen Hunde allerhand angetan hatten, direkt ins Krankenhaus eingeliefert. Das Haus war leer und still. In den unteren Zimmern war allerdings eine Fauna aus verschiedenen Flüchtlingen und Vertriebenen, eine evakuierte Familie und eine jüdische Dame; ich glaube, daß sie alle von den Bauern ernährt wurden. Wir ließen die Fensterläden zu und die Lampen verdunkelt; das Haus war bequem, hatte nach unseren Kreuzundquerfahrten beinahe den Anschein von Luxus. Wir saßen auf der Bettcouch im Arbeitszimmer, rings um uns die schlafenden Bücher; Simonetta war jetzt städtisch gekleidet; ich weiß nicht, wo sie diese Kleider her hatte, aber im geeigneten Moment waren sie eben zur Stelle. Sie bekam Lust, Musik zu hören, ein kleines Grammophon und einige Schallplatten waren ja da, und so hörten wir Sonaten und Fugen, ihr schien viel daran zu liegen. Mich störte es nicht, die Lautstärke war so gering, ein dünner Faden Musik. Als der Abend vorrückte, wurde es Zeit zum Schlafengehen; ich schlief auf der Bettcouch, und Simonetta ging ins andere Zimmer. Es war so: sie stand auf einmal auf und sagte zu mir: »Also dann gute Nacht«, und ich sagte: »Gute Nacht«, und sie ging in das andere Zimmer. Am nächsten Tag trennten wir uns, unsere Fahrten über die vereisten Straßen endeten am Spätnachmittag auf dem

Land nordöstlich von Vicenza; eine lange schnurgerade Straße mündete im rechten Winkel in eine andere. Schmale, verschneite Straßen. Wir kamen nur ganz langsam vorwärts, denn wir unterhielten uns darüber, wie es den Frauen mit den Männern ergeht und umgekehrt. Der trockene Schnee knirschte unter den Fahrradreifen. Um unser Gespräch zu beenden, hielten wir, wo sich die beiden Straßen kreuzten. Niemand kam vorbei.

»Ich glaube, das ist ein Märchen«, sagte ich, »daß man in diesen Liebesdingen auf einmal alles findet, was man sucht.«

Simonetta sagte, es sei wahr und sie habe es genau in diesen Tagen erlebt. Dann stieg sie wieder auf ihr Fahrrad, sagte »ciao« zu mir und fuhr mit ihrer eleganten Pose davon.

Als sie weggefahren war, dachte ich: »Na bitte: statt mit Enrico ins Gebirge zu gehen, spanne ich ihm in der Ebene sein Mädchen aus.«

Sie fuhr sehr schnell mit dem Rad; ich war mehr oder weniger ein ehemaliger Rennfahrer, gewöhnt an Rennräder, Training und so weiter; aber um die Wahrheit zu sagen, mehrmals auf dieser Fahrt konnte ich kaum mit ihr mithalten und mußte mich ernstlich anstrengen.

An diesen Abschied auf den verschneiten Straßen, wo wir uns für einige Tage trennten, habe ich eine lebhafte Erinnerung; an das, was später kam, viel weniger. Ich weiß noch, wie ihre Augen waren, wenn ich sie ganz aus der Nähe anblickte; im normalen Leben waren sie nicht gerade das, was man schöne Augen nennt, solche, die wie Blumen oder Sterne aussehen; es waren ganz gewöhnliche Augen, eine Mischung aus Grün und Grau würde ich sagen, jung und ziemlich attraktiv. Wenn man sie aber aus nächster Nähe anblickte, entdeckte man etwas Einzigartiges; sie waren bunt und enthielten einen schönen Garten in Miniaturform, und mir war, als würde ich hineingehen.

11

Morgendlicher Regen, Freude, Simonetta in elektrischer Luft, perlgrauer Pullover und umgehängtes Maschinengewehr... Der Aufstand von Padua war ein ziemlich bedeutendes Ereignis, unser glücklicher Einfall für den Frühling, wir waren in allen Straßen, bewaffnet, erregt, jung, mit bemerkenswerten Taten und Schüssen ging der Krieg zu Ende. Doch ich muß gestehen, als das Bedeutendste erschien mir sie: ihre anmutige, zarte Gestalt, ihr tiefernstes Aufstandsgesicht. Gern hätte ich mich der Betrachtung Simonettas als Aufständischer gewidmet, aber es gab zu tun. Spartacos Brut verteilte sich über die ganze Stadt, zunächst um den Aufstand anzuzetteln, dann um ihn, wenigstens versuchsweise, zu lenken. Eine Menge Leute begann sich vorzudrängen, und unser allgemeiner Eindruck war, daß sie ein Klotz am Bein waren. Die Wichtigsten waren bei den Jesuiten versammelt, sie standen in kleinen Gruppen in der Eingangshalle und diskutierten. Von der Straße sah man auf den Pra della Valle; ein Auto stand mitten auf dem Pflaster zwischen einer Mauer und den Arkaden; da und dort kleinere Gruppen Partisanen. Wie bei einer Posse begannen ringsum Geschosse zu explodieren. An den Einschüssen auf den Blechteilen des Autos erkannte ich das Maschinengewehr mit zwanzig Schuß: Sie schossen vom Pra della Valle aus die Straße hinunter. Es war wohl ein ganzes Kommando; unter den Bögen konnte man am Ende des Pra in der Ferne einige Stahlhelme erkennen. Zu zweit oder zu dritt stellten wir uns hinter die Pfeiler der Arkaden und begannen auch zu schießen. Der Effekt war derselbe, als würde man mit einer Steinschleuder Erbsen durch die Luft befördern. Das Auto brannte.

Ich versuchte, mich den Maschinengewehrschützen ein wenig zu nähern; auch die anderen versuchten es. Unter den Arkaden wimmelte es von zurückprallenden Dingen. Ich ging zwei Pfeiler weiter, beim dritten saß ein Junge am Boden, nach rückwärts gewendet. Auf seiner Schulter hatte sich ein Blutflecken gebildet; instinktiv suchte ich nach Tropfen auf dem Bürgersteig, aber es waren noch keine da. Ich dachte mit großem Wohlgefallen: »Das ist ja zum Sterben schön und revolutionär.« Dann zog ich ihn unter die

Arkaden. Da war eins von jenen typisch paduanischen Haustoren, die ein menschenleeres Haus zu bewachen scheinen, und ein Klingelknopf ohne Namen, da klingelte ich.

Das padovanische Haustor machte einen winzigen Ruck. Drinnen war ein geräumiger leerer Flur und eine breite Treppe. Und oben auf der Treppe, vollkommen unglaublich, zwei junge blonde hübsche Frauen, die mit liebevoll ausgestreckten Armen schon die ersten Stufen herunterkamen. Ich hatte das Gefühl, mitten in ein patriotisches Gedicht hineingeraten zu sein. Ein niederschmetterndes Vergnügen.

Wir sind in einem Zimmer mit hohen, typisch paduanischen Fenstern, die auf einen Garten gehen. Der Verwundete sitzt auf einem Bett, sein Oberkörper ist entblößt, die Mädchen machen sich an ihm zu schaffen. Eine von beiden, die hübschere, ist als Krankenschwester gekleidet; sie hat aschblondes Haar und legt ihm weiche Verbände um seine Schulter. Sie erzählte uns, sie studiere Jura, habe aber einen Kurs als Rotekreuzschwester gemacht, und offensichtlich hatte sie eine weiße Uniform mit dem scharlachroten Kreuz im Haus; vielleicht hat sie sich auch gedacht: »Eine solche Gelegenheit kommt nie wieder.« Sie ist zwar (als Schema) im *Orlando Innamorato* ziemlich häufig, im Leben aber selten; mir ist sie nur wenige Male begegnet, und jedesmal spürte ich ein starkes Verlangen zu bleiben und nicht mehr hinauszugehen.

Die Rotekreuzschwester begleitete mich bis zur Treppe: unten drehte ich mich um und verabschiedete mich, da sah ich sie so, wie sie war: jungfräulich, reinlich, eher mager.

Unten gingen die Schießereien weiter: hin und wieder fegten vom Pra della Valle aus tütenweise Maschinengewehrfeuer durch die Straße. Wenn es auch nur ein Dutzend Mann sind, dachte ich, sie aber ausgerechnet hierher kommen wollten, wer könnte sie daran hindern? Sie haben nun fünf Jahre Praxis, eine Straße mehr oder weniger, das spielt für sie keine Rolle; so gehen sie dann hinein zu den Jesuiten und legen all die großen Tiere um, die sich schon darüber streiten, wer die Festrede halten wird, und vielleicht auch die Jesuiten selbst. Verdient hätten sie es ja fast, die gewissenlosen Kerle.

Aufmerksam machen wollte ich sie wenigstens und überquerte eilends und ungedeckt die Straße bis zu ihrem Palast. Aber als ich durch den Vorraum in den Saal kam und sah, wie diese Leute unter den Jesuiten standen und schwatzten, verlor ich jegliches Maß und fing an zu brüllen wie ein Besessener. Die dicht gedrängte Versammlung verstummte: und der Lärm meiner Wut machte mich noch rasender, und unwillkürlich fluchte ich auf einmal mit gewaltiger Stimme, die Mitteilung, die ich machen wollte, immer wieder mit Flüchen durchsetzend. Ich weiß nicht, ob jener Saal in der gesamten Geschichte des Instituts je so laute Flüche zu hören bekommen hat. Die Anwesenden hörten mich widerspruchslos, aber auch interesselos an. Dann wandten sie sich wieder ihren Grüppchen zu.

Äußerst gereizt kehrte ich zu den anderen unter die Arkaden zurück. Wir waren zu dritt oder zu viert; liefen zwischen den Pfeilern hin und her, kreuzten einander im Zickzack und verschossen aus Repräsentationsgründen ein paar Erbsen. Als die Deutschen aus ihrer Deckung hervorzukommen beschlossen, dachte ich: »Jetzt ist's soweit: nun sind die Handgranaten dran; es ist ja sowieso zwecklos, aber denen da drinnen geschieht es recht.« Die Deutschen aber, eine kleine Gruppe blaugrün gekleideter Herren, hatten seltsamerweise ihre Hände erhoben und ließen sie oben. Heilige Muttergottes! so hatte ich sie noch nie gesehen, ich wäre beinahe erschrocken. Von rechts sah ich eine Schar bewaffneter Zivilisten hervorbrechen; ich lief vor und konnte gerade noch rechtzeitig schreien: »He da, schnell, nehmt die mal in Empfang«, bevor sie sie aus eigenem Antrieb unschädlich machten. Größere Schießereien habe ich an dem Tag nicht mehr erlebt, nur mehrere Schnellfeuer, die vereinzelt aus Fenstern und Dachluken auf mich abgegeben wurden, gewöhnlich an Straßenecken, und die ich erwiderte. Aber sie erwischten mich nicht, und ich erwischte sie wohl auch nicht, und damit sind wir quitt. Der Krieg war zu Ende.

Auf einmal ging es zu wie bei einer großen Kirchweih. Das lief, das schlenderte, das marschierte; aus allen Ecken und Enden kamen Leute, die meisten mit weißrotgrünen Armbinden. Aber wer war das alles? Die Frage drängte sich auf. Wenn an einer Ecke ein Schnellfeuer losging, entvölkerte sich ein Stück Straße, wir blieben zu zweit oder zu dritt zurück und spielten eine Zeitlang unser Versteckspiel mit den Pfeilern; dann begann die Kirchweih von neuem.

Hin und wieder lief einem ein Freund über den Weg, jeder auf eigene Faust beschäftigt. Zu guter Letzt sah ich Simonetta von hinten, die einen riesigen Deutschen mit einem riesigen schwarzen Ledermantel und einem monströsen Stahlhelm begleitete. Anmutig wie immer, umgehängtes Maschinengewehr und perlgrauer Pullover von derselben Farbe wie die Luft neben dem großen schwarzen Fleck des Deutschen. Sie gingen zehn Meter vor mir, zwischen uns die Begleiterscheinungen der Kirchweih; ich rief ihr laut nach, da drehten sie sich beide um. Der Deutsche war unser Freund Fiorò. Bald werden wir uns alle nicht mehr unterscheiden können, dachte ich. Sie winkten mir beide zu, er sehr wohlgefällig, sie noch mit dem aufständischen Schmollen, das sie am Morgen aufgesetzt hatte, und sie war sehr schön anzusehen. Dann drehten sie sich wieder um, und die Begleiterscheinungen der Kirchweih trennten uns.

Bald waren wir hier, bald da. Es schienen immer dieselben Dinge zu sein, aber sie änderten sich von einer Minute auf die andere. Dieser Aufstand war nicht ganz echt, so überlegte ich, aber in seinem kleinen Ausmaß, in seiner Unvollkommenheit spiegelte er doch das Schema und den allgemeinen Gang solcher Dinge. Es scheint ein Mittelpunkt zu fehlen, aber es bilden sich ständig Mittelpunkte; wer es versteht, sich an diese Mittelpunkte zu halten, kontrolliert alles andere. Man begriff, worin die Kunst der Revolutionäre bei einem Aufstand besteht; den richtigen Blick haben, der Strömung immer voraus sein, den Mittelpunkt der bevorstehenden Wirbel erkennen.

Ab und zu hatte ich eine Mannschaft anständiger Jungen, wirkliche Gappisten, auch ohne Armbinden, um mich; ich ließ sie kleinere Schlupfwinkel ausheben und belanglose Orte besetzen.

Ich sagte mir: Welche Verschwendung, sie nicht für etwas Größeres einzusetzen, bei allem, was es in Italien jetzt zu tun gäbe, und wo es sicher ist, daß vieles, was wir heute nicht tun, morgen nicht mehr geschehen kann, und wer weiß, wann es dann geschieht, vielleicht, wenn wir schon alt und zittrig sind und uns alles egal ist. Wir sind nicht, noch nicht, bereit: wir hätten noch – wie viele? – vielleicht sechs Monate, zwei Jahre, fünf Jahre Krieg gebraucht.

Nun gehört Padua dem, der es sich nimmt; und in ganz Oberitalien wird es ähnlich sein: in ein paar Stunden, bestenfalls Tagen, muß es wieder abgegeben werden. Wäre es nicht zumindest der Mühe wert, etwas zu improvisieren, das Großbürgertum meinetwegen oder einige Ränge der kirchlichen Hierarchie...?

Die armen Herrschaften, nur aus dem einfachen Grund, daß sie Kategorien angehörten, die ich damals in Bausch und Bogen als Schädlinge für Italien betrachtete, liefen sie in meinem Kopf diese Gefahr.

Alles wechselte weiter; meine Freunde kamen mit Autos in Tarnfarben, Motorrädern mit Beiwagen, in langen Ledermänteln und Stahlhelmen angefahren; jedesmal, wenn sie wieder auftauchten, sahen sie gebieterischer aus. Es begannen die Aufmärsche und Umzüge; scharenweise und entschieden marschierten Leute mit Armbinden singend und etwas schwenkend durch die Stadt. Fahnen erschienen an den Fenstern: die mit dem Wappen des Königs ärgerten einen, die anderen sahen sonderbar aus, wie wenn sich jemand einen Pullover verkehrt herum anzieht. Mit der Zeit wuchs in mir die absurde Lust, mich sofort aus dieser Geschichte zurückzuziehen, noch am selben Morgen in die Bibliothek zu gehen, ein Buch zur Hand zu nehmen und zu studieren. Abgesehen davon, daß die Bibliothek geschlossen war.

Wir begannen unser Augenmerk auf Gebäude und Säle zu richten. Hier stand geschrieben *Kommando*, hier *Direktion*, hier *Partei*, hier *Komitee.* Teils standen wir vor Eingängen, teils saßen wir hinter Tischen. Es war ein großes Kommen und Gehen. In den Sälen saßen wichtige Leute, die Komitees bildeten. Ich war jetzt wieder mit Marietto zusammen. Marietto hatte mit den anderen Politischen und den Dieben im Lauf des Vormittags das Gefängnis verlassen; er war mir auf der Straße entgegengekommen wie eine Geistererscheinung am hellen Tag, lebend und gesund, abgesehen von einigem Gebrochenen, das man aber nicht sah.

Auf einmal waren wir im Saal eines wichtigen Gebäudes, und aus einer glänzenden dunklen Tür kam ein ziemlich wichtiger Mann (unser Freund und Anführer), sah uns, rief uns und sagte:

»Den Leitartikel für die Zeitung, die morgen erscheint, die erste freie Zeitung Venetiens, den schreibt ihr beide. Macht schnell.«

Marietto schluckte. Ich fragte: »Was wollt ihr denn in dem Leitartikel sagen?«

»Wird euch schon was einfallen«, sagte der Mann.

»Marietto und mir, uns beiden fehlt die Bildung«, sagte ich.

»Was fehlt euch?«

»Die Bildung, die politische Bildung. Wir haben niemand was zu sagen. Wir können uns doch nicht schriftlich auf Kosten der Öffentlichkeit bilden. Das ist was für einen reifen Menschen.«

Statt wütend zu werden, wurde der Mann traurig.

»Aber sagt man so was in einem solchen Augenblick?« murmelte er.

»Wir müssen studieren, nicht Artikel schreiben«, sagte ich. »Artikel geschrieben haben wir schon in den faschistischen Zeitungen, zumindest ich, er nicht, weil er noch zu jung war.«

Sein Gesicht sagte: Wie traurig! Seine Augen suchten verdrossen nach etwas weniger Trostlosem. In der Nähe stand Zaccheo, ein brünetter, dynamischer, bebrillter Typ. Ein tüchtiger Junge mit einer ethisch-politischen Einstellung vierten Ranges (unsere mag zweiten Ranges gewesen sein, in den mittleren Stufen des zweiten Ranges).

»Du«, sagte der Mann.

Zaccheo schlug die Hacken zusammen. Er trug einen deutschen Stahlhelm.

»Traust du dir zu, den Leitartikel für die Zeitung von morgen zu schreiben?«

»Zu Befehl«, sagte Zaccheo und bestätigte mit den Hacken. Verantwortungsbewußtsein drang ihm aus allen Poren. Der wichtige Mann gab ihm einige Verfügungen und ein wenig Papier; dann ging er wieder dort hinein, wo die Mitte dieses wichtigen Gebäudes war, und Zaccheo machte sich ans Schreiben.

Den Vornamen weiß ich nicht mehr und den Nachnamen noch viel weniger, und mir fehlt die Lust, in den Büchern danach zu suchen; auch das Gesicht hat sich verflüchtigt. Geblieben ist: eine Farbskala zwischen Blond und Braun, aber eher nach Braun; geblieben ist: der Gesichtsschnitt und die Statur im allgemeinen, die groß und kräftig war. Der Junge ist nicht mehr da, nur diese Überbleibsel an seiner Stelle.

Ich saß hinter einem Tisch und erledigte Dringliches mit einem lebhaften Gefühl für die Dringlichkeit und die Vergeblichkeit. Die Fußböden waren groß und auf Hochglanz poliert, die Farbe der Luft neutral; Bekannte in Zivil, Unbekannte in Uniform, vielbeschäftigte Freunde kamen vorbei. Einer stellte sich vor meinen Tisch hin, beinahe in strammer Haltung, und sagte:

»Die drei, die in Voltabarozzo umgebracht worden sind, liegen jetzt in der kleinen Kirche. Das sind ihre Brieftaschen.« Als ich die erste Kennkarte herauszog, war er es, der mich ansah.

Auch von meiner Beziehung zu diesem Jungen weiß ich nur noch Allgemeines, erinnere mich an ein Gefühl der Sympathie, halb bewundernd, halb beschützend, wie vom Introvertierten zum weniger Introvertierten, vom weniger Jungen zum Jüngeren.

Ich blickte auf und sagte zu dem Boten:

»Dann ist der hier also tot?«

Er sagte: »Hast du ihn gekannt?«

Ich stand auf und ging zum Fenster, in der Absicht hinauszuschauen. Ein solches Erlebnis hat naturgemäß etwas von einem heftigen Husten. Ich stand zwar aufrecht da, aber naturgemäß wäre bei diesem Erlebnis, daß man sich krümmt und auf den Boden blicken möchte.

Eine halbe Stunde später betraten Zaccheo und ich einen Raum, wo rund um einen Tisch eine Gruppe von Männern ein Komitee bildete. Ich versuchte meinen Mund zu öffnen, aber es kam nur ein Anflug von einem Husten heraus, und so sah ich die Komiteebildenden an. Da schaltete sich Zaccheo ein und war der Lage sofort gewachsen: den Stahlhelm unter dem Arm, den Mund nach oben gewölbt, stand er stramm und verkündete laut und deutlich:

»Melde dem Komitee gehorsamst: Der Kommandant der Aktionstruppen von Padua ist heute früh bei einem Gefecht in Voltaborazzo gefallen.«

Seine Augen blitzten hinter den Gläsern seines Zwickers. Die um den Tisch Sitzenden nahmen die Nachricht diskret zur Kenntnis und schienen zu sagen: »Gut, gut; tüchtige Jungen. Herr Sekretär, machen Sie sich eine Notiz.« Dann wandten sie sich wieder dem Problem der Plakate zu.

Am Abend holte ich die drei Toten mit dem Lastwagen ab. Man hatte sie in die kleine Kirche gebracht; der Haupteindruck war, als wären sie in ihre Kleider eingewickelt. Nun hilft nichts mehr: das ist eben die Wahrheit, der Schmerz hat mit der Wahrheit zu tun. Wir luden die Eingewickelten auf den Lastwagen und brachten sie nach Padua zurück.

Ich ging höchstpersönlich, die achte Armee unserer Alliierten zu empfangen, als sie sich entschlossen hatte, in Padua einzumarschieren. Ich war auf einer Patrouille zwischen dem Santo[25] und dem Bassanello, kurz vor Mitternacht. An den Straßensperren spielten sich merkwürdige Szenen ab. Die Losungen stimmten nicht mehr, strenggenommen hätten wir alle dreißig Meter aufeinander schießen müssen; nur die Euphorie verhinderte, glaube ich, ein allgemeines internes Blutbad. Die Euphorie soll ja zum Schießen anstiften; aber bestimmt nicht zum guten Zielen.

Ich hatte mit meiner Patrouille (Simonetta mit ihrem Maschinengewehr war auch dabei) die letzte Straßensperre hinter mir, und wir gingen in der stockdunklen Nacht durch die verdunkelte Peripherie, auf einer langen, breiten Straße. Natürlich war niemand auf der Straße; man wußte, daß die Alliierten in der Nähe waren, aber deutsche Einheiten kamen immer wieder in der Umgebung der Stadt vorbei, die einen bereit, sich zu ergeben, die anderen ungebrochen und grausam. So geht also ein Krieg zu Ende. Zuerst zieht ein Heer ab, dann kommt ein anderes an; aber das ist eigentlich noch gar nicht das Ende. Der Krieg geht in den Gemütern zu Ende, in dem einen ein wenig früher, in dem anderen ein wenig später; und darum gibt es noch solch sinnlose Schießereien.

Aus der Ferne erreichte uns auf der breiten Straße nach und nach ein Dröhnen gewaltiger Motoren, massig und intensiv.

»Das sind die Engländer«, sagte ich zu Simonetta, der guten Vorbedeutung halber; insgeheim fragte ich mich, mit welcher Wahrscheinlichkeit es aber die letzte deutsche Kolonne sein konnte. Ich entschied mich für dreißig Prozent.

»Weißt du das sicher?« fragte sie.

»Ganz sicher«, sagte ich zu ihr, und sie murmelte: »Es ist wie im Traum.«

Es war buchstäblich ein Traum. Im Grunde warteten wir erst zwei Jahre auf sie, aber es war eine lange, lange Zeit. Eine gewisse Erfahrung mit Dingen, die nie aufzuhören scheinen, habe ich, und auf einmal glaubt man dann, sie hören wirklich nie mehr auf, und wenn sie dann mit einem Schlag aufhören, erscheint es noch unmöglich und man hat stark den Eindruck zu träumen.

Wir gingen mitten auf der Straße der achten Armee, wenigstens siebzig Prozent von ihr, entgegen. Das Dröhnen wurde immer stärker, und wir mitten auf der finsteren Straße immer kleiner. Allmählich erkannten wir verschwommen die dunklen Massen der Panzer: sie waren riesig. Als wir noch fünfzig Meter von ihnen entfernt waren, ließ ich die Patrouille stillstehen; wir hatten zwei Taschenlampen und fingen an, Signale zu geben. Dann ging ich mit Simonetta noch ein Stück weiter vor.

Das Leben ist doch seltsam, jetzt sind die Engländer da. Willkommen. Diese Panzer sind unsere Alliierten. Mit diesen Buckeln, mit diesen großen metallbeschlagenen Rändern, mit diesem Geratter, mit diesem Gestänge wollen sie dasselbe wie wir. Europa ist ganz voll von diesen riesigen Alliierten; welch nichtige Figur muß unsereiner auf einem solchen Panzer abgeben! Lumpenpack; Banden, Banditen. Freilich sind wir immer noch das Annehmbarste, was von Italien übriggeblieben ist, hatten die Ausländer nicht schon immer gedacht, dies sei ein Land von Banditen?

Der erste Panzer hielt; ein Offizier und ein einfacher Soldat waren drin. Ich hätte ihnen gern etwas Historisches gesagt.

»Ihr seid doch keine Deutschen, oder?« sagte ich.

»Not really«, sagte der Offizier.

»Willkommen«, sagte ich. »Die Stadt ist schon in unseren Händen.«

»Können wir einsteigen?« sagte völlig gewissenlos Simonetta. Aber die Patrouille war jetzt nicht mehr nötig; die Kolonne drängte über viele hundert Meter hinter dem ersten Panzer nach; das Dröhnen der Motoren war befreiend. Auf dem Panzer sitzend kehrten wir in die Stadt zurück und unterhielten uns schreiend mit den Engländern.

»Wer seid ihr denn?« sagte der Offizier zu guter Letzt. Ich erwiderte unbesonnen: »Fucking bandits«, aber sofort fiel mir ein, daß dies ja Simonetta gegenüber eine respektlose Wendung war, und ich errötete im Dunkeln. Der Offizier schrie: »I beg your pardon?«, und ich schrie: »Ich habe gesagt, wir sind *Die freiwilligen Kämpfer für die Freiheit.*«

»Freiheit«, schrie der Offizier, und ich bestätigte es ihm und fügte hinzu: »Und jetzt singe ich ein Lied, das euch betrifft, wenn es Ihnen recht ist.«

»Sing away«, sagte er, und ich setzte ein:

Die Jahre sind vergangen
die Monate sind vergangen
die Tage sind vergangen
die Engländer sind da.

Simonetta stimmte beim Refrain ein. Ich singe falsch, sie aber nicht. In dem Krach tönte alles durcheinander.

unsere Heimat ist die ganze Welt...
der einzige Gedanke – die Menschheit retten!

»Was heißt das?« fragte der Offizier.

»Daß der Krieg zu Ende geht«, sagte ich und fügte hinzu: »Und daß uns die Rettung der Menschheit sehr interessiert.«

»You a poet?« fragte der Offizier.

Ich legte meine Hände um sein Ohr und schrie hinein: »Just a fucking bandit.«

So begleiteten wir die achte Armee nach Padua, dann gingen Simonetta und ich schlafen, und die Engländer ließen wir stehen, mitten auf einem Platz.

Erklärungen

1 Gemeint ist der Lyriker Vincenzo Cardarelli (1887–1959), der in Tarquinia geboren ist.

2 Vittorio Emanuele III. war König von Italien und Kaiser von Abessinien.

3 8. September 1943: Bekanntgabe des Waffenstillstands, das heißt der bedingungslosen Kapitulation.

4 Balilla Vittorio (balilla entspricht dem nazistischen Hitlerjungen) war eine vorbildliche Jungengestalt im faschistischen Schullesebuch.

5 Gemeint sind die *Schwarzen Brigaden* der Republik von Salò, der bewaffnete Teil der faschistischen Partei.

6 Aktionspartei: Partito d'azione, entstanden 1943 aus der großen antifaschistischen Strömung GIUSTIZIA E LIBERTÀ, die schon seit 1929 existierte.

7 Pietro Badoglio hatte unter Mussolini verschiedene hohe Ämter bekleidet, u. a. das eines Generalstabchefs; im Juni 1943 wurde er, nach dem Sturz des Duce, der Ministerpräsident der neuen Regierung, deren Mitglieder alle im Faschismus zu Rang und Namen gekommen waren.

8 Hier wird Bezug genommen auf ein bekanntes Trinklied mit vielen erfindungsreichen Strophen. Der genannte Bìscaro ist das Person gewordene männliche Glied.

9 Versunkene Oboe: Anspielung auf »Oboe sommerso«, einen Teil des Lyrikbandes *Ed è subito sera* von Salvatore Quasimodo, 1942 erschienen. Salvatore Quasimodo gehört zu der Gruppe der sogenannten hermetischen Lyriker.

10 Gemeint ist der Fluch »Dio càn« (Gott, du Hund).

11 »alalà« ist ein Schrei, der bei den Großkundgebungen des Faschismus üblich war.

12 »... Luft, bei der man die Farbe wechselt«: Anspielung auf ein patriotisches Lied.

13 Vgl. Anmerkung zu S. 41.

14 Das Gedicht ist von Eugenio Montale aus *Ossi di seppia* (1. Ausgabe Genua 1925). Montale hat als junger Offizier am 1. Weltkrieg teilgenommen.

15 Gil: Gioventù italiana del Littorio, faschistische Jugendorganisation.

16 *Fitfull fever*: Zitat aus Shakespeares »Macbeth«.

17 Anspielung auf »L'infinito« von Giacomo Leopardi, eines der bekanntesten Gedichte der italienischen Literatur, wo eine Hecke den Blick auf die Weite des Horizonts verwehrt. (»Das Dorngesträuch auch, das von vielen Seiten / die letzten Fernen meinem Blick verwehrt.« Zitiert nach der Übersetzung von Ludwig Wolde. Frankfurt / M. 1974.)

18 G.N.R.: »Guardia Nazionale Repubblicana« ist das Heer der Republik von Salò.

19 Zitate aus dem Sonett von Giacomo Zanelia, einem Dichter aus der Gegend von Vicenza (1820–1888) (Sonett Nr. 90 in der Ausgabe von 1910: Titel der Sammlung *Astichello*).

20 Emilio Salgari, Jugendschriftsteller, unserem Karl May nicht unähnlich, schrieb an die achtzig Abenteuerromane, die in fernen Ländern spielen.

21 Guido Gozzano (1883–1916): italienischer Lyriker; zitiert sind die letzten Verse des Gedichts »I colloqui« aus der Sammlung *Il reduce* (Der Heimkehrer).

22 *Gerechtigkeit und Freiheit* (GIUSTIZIA E LIBERTÀ), Titel der Zeitung der antifaschistischen Aktionspartei: vgl. auch Anmerkung 6.

23 GAP: »Gruppi di azione patriotica«: Partisanengruppen.

24 Decima Mas: faschistische Schlägergruppe, aus der Marine hervorgegangen.

25 *Il Santo*: So nennen die Paduaner kurz und bündig den Dom des heiligen Antonius.